Danilo Kiš

Anatomiestunde

Aus dem Serbokroatischen
von Katharina Wolf-Grießhaber

Carl Hanser Verlag

Die Originalausgabe erschien 1978 unter dem Titel
Čas anatomije bei Nolit in Belgrad.

Die Übersetzung wurde gefördert
vom Literarischen Colloquium Berlin
mit Mitteln des Auswärtigen Amtes
und der Senatsverwaltung für Wissenschaft,
Forschung und Kultur Berlin.

1 2 3 4 5   02 01 00 99 98

ISBN 3-446-19489-4
© The Estate of Danilo Kiš
Alle Rechte der deutschen Ausgabe:
© 1998 Carl Hanser Verlag München Wien
Satz: Fotosatz Reinhard Amann, Aichstetten
Druck und Bindung: Clausen & Bosse, Leck
Printed in Germany

Einführung

Eine nie gesehene Hetzkampagne, die gegen das Buch *Ein Grabmal für Boris Dawidowitsch* und seinen Autor betrieben wurde, liegt hinter uns wie ein Provinz*schabbes*; die Fenster sind erneut im Dunkel, die Vorhänge vorgezogen, die Hunde verstummt, und auf den Plätzen wendet der Wind altes Zeitungspapier, das letzte Zeugnis dieser Walpurgisnacht, dieses (literarischen) Hexensabbats.

Und wenn eines Tages vielleicht ein Literaturhistoriker versucht, sich durch all das durchzufinden, durch diese ganze Wühlarbeit, die von den Zeitungen »die größte literarische Nachkriegsaffäre bei uns« getauft wurde, also dieses vergilbte Zeitungspapier zusammenzusammeln, um aus literaturgeschichtlichem Blickwinkel unvoreingenommen zu betrachten, was sich alles auf diesem trunkenen Jahrmarkt unserer Literatur abgespielt hat, dann möchte ich ihm, diesem künftigen Forscher, hier ein paar Daten über die Dinge, die ihn dann interessieren könnten, an die Hand geben und ihm helfen, sich in diesem Dunkel zurechtzufinden.

Denn trotz der Unmenge vergossener Tinte, Druckerschwärze und Galle wird es diesem künftigen Literaturforscher schwerfallen, sich durch all das durchzufinden, weil sich die Dinge hauptsächlich hinter den Kulissen abgespielt haben, in unseren literarischen »Salons« und Clubs, in unserer literarischen Kneipe, und die Presse darüber meist sensationslüstern, will sagen dummdreist, schrieb.

Und hätte es nicht diese sensationslüsterne Presse und unsere verkrachten Schriftsteller-Journalisten gegeben, die all dem Farbe und Ton verliehen haben, wäre es zu diesem Buch vielleicht gar nicht gekommen, hätte es nicht dazu kommen müssen, weil ich alles – oder wenigstens den größten Teil von dem, was ich zu sagen habe – noch während der Affäre auf den Seiten der Presse vorgebracht hätte. Und ich hatte ja auch in diesem Sinne (Aufklärung einiger Unklarheiten und Mißverständnisse) ein paar Texte zum richtigen Zeitpunkt geschrieben, aber ich konnte diese Texte nicht veröffentlichen wegen der angeblichen Objektivität einiger unserer literarischen und nichtliterarischen Organe – deren Redakteure meinten, ich hätte als betroffene Partei nicht das Recht, meine Meinung über Dinge zu sagen, die mich betreffen, und wie! – oder weil ich diese Texte selber zurückzog, als ich begriff, daß unsere auflagenstarken Blätter nur den sogenannten sensationellen Teil hervorziehen würden (wie sie das auch mit meinen früheren Texten gemacht haben), wodurch sie ihnen jede Argumentation und jede Sinnhaftigkeit genommen hätten.

Diese Hetzkampagne dauerte in voller Intensität an die sieben Monate (von September 1976 bis März 1977), bald hinter den Kulissen, bald öffentlich, und der polemische Brand, der auf den Seiten unserer Organe loderte, beleuchtete wie ein unverhofftes bengalisches Feuer das Antlitz unserer literarischen Provinz. Aber nur für einen Augenblick. Sobald die Flamme aufloderte und die Ränkeschmiede, die im Dunkel und aus dem Dunkel agierten, zu versengen drohte, zogen sie sich plötzlich zurück und versteckten sich hinter ihren Institutionen, hinter ihren Lügen, ihre bis gestern öffentlichen, halböffentlichen und geheimen Äußerungen widerrufend, glücklich, mit Verbrennungen zweiten Grades davongekommen zu sein. Aber ich habe ihnen, weil ich damals verhindert war, das Wort zu ergreifen, versprochen, mich mit ihren Texten zu befassen, ihre Schriften aufmerksam zu lesen, »mit dem Enthusiasmus guten Lesens« (*close reading*), die Sache ins reine zu bringen und an klaren und lehrreichen Beispielen zu zeigen, daß sie nicht berufen sind, ein wie auch immer geartetes Urteil über Bücher vorzubringen, weil ihnen die Qualifikation fehlt, die moralische ebenso wie die literarische. Diese einfache und angenehme Unterhaltung hebe ich mir für den zweiten Teil des Buches auf. Im ersten Teil aber werde ich beiläufig *Ein Grabmal für Boris Dawidowitsch* behandeln, seine Entstehung, seine Quellen und einige literaturtheoretische Ansätze, auf denen es beruht. Da hier von einem bekannten Phänomen eines modernen literarischen Verfahrens die Rede ist, der Nutzung paraliterarischen und dokumentarischen Materials zu literarischen Zwecken, einer Technik, die seit Flaubert bis heute zu einer der dominierenden geworden ist, werde ich aus pädagogischen Gründen ein paar lehrreiche Texte, *textes à l'appui*, eine ganze, vollkommen apropos in meinen Text gewobene und mit diesem Zeichen ☞ gekennzeichnete Chrestomathie anführen.

Denn beim heutigen Stand unserer Literaturkritik und unserer Literaturtheorie – einem Stand, der keinerlei Besserung verspricht – ist es durchaus keine Laune, literaturtheoretisch über seine Bücher zu sprechen, sondern eine Notwendigkeit.

Letztendlich ist alles, was dem Schriftsteller zustößt, das Böse und das Gute, ein Teil seines literarischen Schicksals (und ein anderes hat er nicht). *Tout est à aboutir à un livre* (Mallarmé). Alles auf der Welt existiert, damit ein Buch darüber geschrieben wird.

Und schon vom ersten Augenblick an, als mir dieser Gedanke kam – nicht nur ein paar Prinzipien vorzuführen, auf denen *Ein Grabmal für Boris Dawidowitsch* beruht, sondern auch einen anatomischen Schnitt durch das moralische und literarische Profil unserer *Cosa Nostra* und der Jeremićschen[1] Kritik als ästhetischer Grundlage unseres literarischen Heiduckentums zu machen –, von diesem ersten Augenblick an stand als visuelle Metapher dieses meines Verfahrens, als Illustration und als Einband dieses künftigen Buches Rem-

---

1 Dragan M. Jeremić (1925-1986), Professor der Philosophie, Kritiker, Essayist, mehrfach Vorsitzender des Serbischen Schriftstellerverbandes. *(A.d.Ü.)*

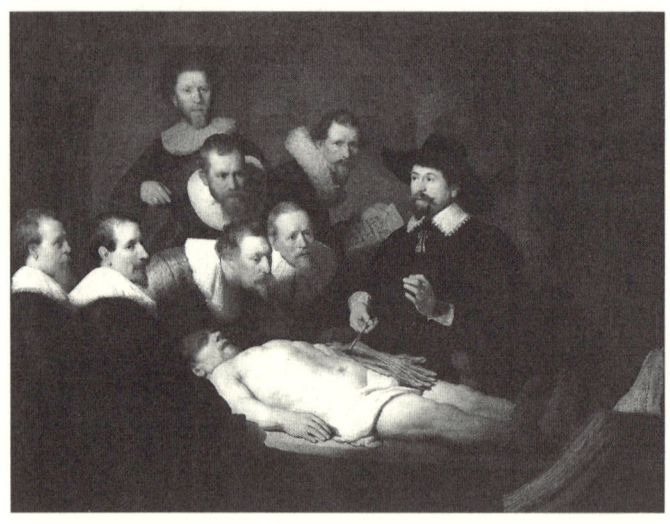

brandts *Anatomiestunde* vor meinem geistigen Auge, jene aus
dem Museum von Den Haag, mit dem Porträt Professor
Tulps und seiner Schüler. Nach einer gewissen Unschlüssig-
keit entschied ich mich dann auch für diese *Anatomiestunde*
und nicht für die andere, jene spätere aus dem Jahr 1656, die
mich als Bild und als Illustration des Themas mit ihrer Palette, ihrem Schicksal (dieses Bild war durch die Versuchung
der Flammen gegangen), ihrem fragmentarischen Charakter,
ihrer meisterhaften Ausführung vielleicht noch mehr anzieht,
wo nicht mehr diese Glattheit und Perfektion wie in der *Anatomiestunde des Professor Tulp* herrscht, sondern wo mit der
Leichtigkeit der Meisterschaft – als Demonstration dieser
Meisterschaft – die blutige und entleerte Bauchhöhle dargeboten wird und wo die Hand mit dem Skalpell, die Hand
Doktor Johan Deymans, obwohl im Hintergrund, das Bild
nachgerade dominiert, denn diese Hand mit dem Skalpell, das
wie ein Rasiermesser glitzert, ist auch gleichzeitig die Hand
des Meisters, die Hand desjenigen, der das Skalpell hinein-
gelegt hat, indem er es mit einer einzigen schnellen Pinselbe-
wegung, einem einzigen Ausholen der Hand, wie mit einem

Bistourischnitt malte. Und wenn ich schließlich diese Illustration in den Hintergrund gedrängt habe, und zwar zugunsten jenes anderen Bildes, bleibt die Hand mit dem Skalpell doch noch genauso in meinem Geist, der blitzende Stahl des Skalpells ist in meinen Augen in die Hände Professor Tulps von jenem anderen Tableau übergegangen, und jetzt hat Professor Tulp, als Resümee dieser Kontamination, gleichzeitig Skalpell und anatomische Schere! Ich habe die eine Illustration zugunsten der anderen nur deshalb verworfen, weil diese andere Anatomiestunde *öffentlich* ist und weil der Tote auf dem Seziertisch ein gewöhnlicher Leichnam ist, farblos wie die Leiche eines Ertrunkenen, steril, sterilisiert, nur dazu gut, an ihm die Symptome eines pathologischen Zustands zu demonstrieren, und da braucht es keinen *brasero*, um mit dem Rauch seiner Kräuter den Verwesungsgeruch zu beseitigen.

Professor Tulp hat mit der anatomischen Schere die Muskelfasern des abgehäuteten linken Unterarms gedehnt und zeigt seinen Schülern dieses Knäuel von Muskeln und Sehnen, Venen und Arterien, durch die kein Blut mehr zirkuliert, zeigt es ihnen mit der Ruhe und Gelassenheit eines Menschen, der weiß, daß der menschliche Körper, außerhalb seiner geistigen Funktionen, außerhalb von Seele und Moral, nur ein Verdauungsapparat, ein Balg, ein Geflecht von Gedärmen und Nerven, ein Haufen von Sehnen und Fleisch ist, wie jener gehäutete Stier (aus dem Louvre), den Rembrandt etwa fünf Jahre später malte: ein Haufen kopfüber aufgehängtes Fleisch. Die linke Hand des Professors mit sich berührendem Daumen und Zeigefinger – dieses Betasten der Epidermis an den Fingerkuppen, wo man die feinste Berührung des Staubs von einem Schmetterlingsflügel oder Blütenstaubs fühlt, fein, fast abwesend, wie ein Hauch, wie der Aromafilm der Apfelhaut, was die Franzosen Nebelglocke (*brume des cloches*) nennen –, diese lebendige, zur Geste erhobene Hand zieht die Aufmerksamkeit einiger Schüler stärker an als der tote Unterarm und die freigelegten Sehnen: als funke aus diesen sich berührenden Fingern Elektrizität, die Inkarna-

9

tion der Seele, die Emanation der Vitalität, als Kontrast zu den toten Sehnen des Leichnams und als – Nutzanwendung. Das, was zwischen sich angenähertem Daumen und Zeigefinger des Primararztes Nicolaes Pieterszon (Tulp) wie eine Emanation vibriert, dieser Funken der Erkenntnis und Erfahrung, der fast wie eine elektrische Entladung zwischen zwei Alabastern, von einer Elektronenmasse chargiert, sprüht (und den Schülern kommt es so vor, als inspirierte sie diese empirische Erfahrung der Arztfinger wie ein heiliges Sakrament), diese Erfahrung aller früheren (anatomischen) Erkenntnisse beinhaltet zweifellos auch die Anatomiestunde des Professors Dr. Seb. Egbertsz, ebenso wie Rembrandt bei seiner Arbeit »Vorbild und Vorläufer« in der *Vorlesung der Anatomie des Dr. Seb. Egbertsz* hat, die Thomas de Keyser (1597-1667) malte und wo sich in der Mitte ein unverhülltes menschliches Skelett aufbaut, nicht ohne metaphysische Botschaft. Und nicht ohne ästhetische Botschaft; die gleiche, die wir erahnen und die auch bei Rembrandt immanent als Echo der klassischen (aristotelischen) »Ästhetik des Häßlichen« vorhanden ist: »Was wir nämlich in der Wirklichkeit nur mit Unbehagen anschauen, das betrachten wir mit Vergnügen, wenn wir möglichst getreue Abbildungen vor uns haben, wie etwa die Gestalten von abstoßenden Tieren oder von *Leichnamen*« (Aristoteles: *Poetik*, IV).[2]

Einer der Schüler, wenn es nicht der Assistent ist, dem Professor am nächsten, hält ein Buch in der Hand, vielleicht ein Merkbuch oder ein Lehrbuch der Histologie. Neben dem Professor, auf der rechten Seite des Bildes, befindet sich auch ein gefaltetes Blatt: nichts ist der Improvisation überlassen, die geschriebenen Denkmäler sind da, die Erfahrung der Welt, die Erkenntnis der Anthropometrie, die Erfahrung aller früheren anatomischen Untersuchungen und Ergebnisse ist da, im Geist, im Logos, hier herrscht der Geist der Wissen-

---

2 Diese also schon in diesem Abschnitt der *Poetik* Aristoteles' gegenwärtige »Ästhetik des Häßlichen« wird im neunzehnten Jahrhundert bei Rosenkranz ins Absolute gesteigert: Häßlich ist schön. *(A. d. A.)*

schaft, die Bibliographie existiert bereits, die Summe der bisherigen Erfahrungen, vom Pythagoreer Alkmäon über Galen (der die Anthropoiden beobachtet und die Funktionen der menschlichen Organe *per analogiam* beurteilt), von Galen zu Mundius und zu Vesals *De humani corporis fabrica* (1543), von Vesal zu Leonardo da Vinci (der also zu Rembrandts *Anatomiestunde* eine zweifache Affinität hat), von Leonardo zu Varolio und zu Fabrizio d'Acquapendente, mit dessen Arbeiten über Arterien und Venenklappen Professor Tulp zweifellos vertraut ist: die Welt beginnt nicht erst heute, und wir wissen, wir sehen, daß dies nicht die erste Anatomiestunde unter diesem Himmelszelt ist, aber es sind noch neue Dinge zu entdecken, durch Beobachten, Sezieren, Vivisektion, durch die Praxis und die Summe der uns zugänglichen Erfahrungen.

Die Stunde kann beginnen.

I

Über eine skandalöse (literarische) Affäre, subjektiv

> *Schau, schau, sagten sie, jetzt wird er ihn sezieren; das wird unterhaltsam. Auf die gleiche Art, Madame, wissen Sie, unterhält jedes Spektakel die Menschen; sie gehen auf die gleiche Art ins Marionettentheater, auf den Karneval, in die Komische Oper, zum Hochamt, auf die Beerdigung.*
>
> Voltaire, in einem Brief (1770)

Nach einem langen und unrühmlichen Leben von etwa ein, zwei Monaten, in deren Verlauf er als Manuskript in all unseren »Salons« und »Saloons« herumscharwenzelte, gelangte der Text mit dem Titel »Eine Kette aus fremden Perlen« schließlich an die Öffentlichkeit und erschien im Zagreber *Oko*.[1] Dieser Text im *Oko* erschien in einer »abgemilderten« Version, wie eine objektive Buchbesprechung, ganz leger und ganz »objektiv« intoniert, also ohne diesen glorreichen Untertitel, der ihm zugedacht war, ein Untertitel, mit dem einige Belgrader Schriftsteller schlafen gingen und aus dem Schlaf erwachten, mit folgenden süßen Worten auf den Lippen: »Ein Grabmal für Danilo Kiš«. So erblickte schließlich dieser famose Text, über den monatelang wie über eine literarische Sensation ersten Ranges gesprochen wurde, das Licht der Welt, und diese Nachricht von einem bevorstehenden Skandal und von einem literarischen Begräbnis erster Klasse gelangte in ihrer phantastischsten, bulatovićschen[2] Version auch nach Zagreb, Ljubljana, Sarajevo, Titograd. In dieser »abgemilderten Version« und unter dem Titel »Eine Kette aus fremden Perlen« läßt sich unser Pigeon[3] über mein Buch aus wie jemand, der an eine Perlenkette gekommen ist, die

1 Vom 4. bis 18. November 1976. *(A. d. A.)*
2 Miodrag Bulatović (1930-1991), serbischer Schriftsteller. Dt. u. a. *Der rote Hahn fliegt himmelwärts* (1960), *Der Held auf dem Rücken des Esels* (1965). Beide München: Carl Hanser Verlag. *(A. d. Ü.)*
3 Spitzname eines Belgrader Journalisten, dessen Identität auch hier in dieser Anmerkung nicht preisgegeben werden soll. *(A. d. Ü.)*

ihm unecht vorkommt, denn so haben es ihm die »Experten« am Telefon übermittelt, ja auch er selbst versucht wie ein Juwelier seine Expertise zu überbringen, sie an die Öffentlichkeit zu bringen, angeblich beleidigt wegen dieses unerhörten Betrugs. Da bringt er selbstbewußt wie ein Journalist von Skandalkolumnen und ein Kritiker-Dilettant seine Entdeckung und seine mit Fotokopien versehene Expertise vor, wobei er behauptet, daß er das »aus Sorge um die Eigenart der nationalen Kulturen« tue, und die Öffentlichkeit pathetisch dazu aufruft, die Augen gut aufzumachen ...

Werfen wir also einen Blick zurück, fertigen wir ein kleines Aperçu davon an, was sich vor dieser Pigeonischen Petarde zugetragen hat, die, objektiv gesprochen, die gleiche Pointe wie Šćepanovićs[4] Geschichte von Goluža (auch das werden wir sehen) hatte, das heißt überhaupt keine, weil die Pointe ausgeblieben ist, es lediglich ein wenig qualmte und die Luft nach faulen Eiern zu stinken begann.

Zuerst fing das sogenannte tout Belgrade wie die Stadtbürger bei Šćepanović an zu summen, zu brummen und zu ächzen, und die Nachricht, ich hätte mein Buch abgeschrieben, verbreitete sich mit der Geschwindigkeit der Košava durch das ganze Gebiet, in dem die Košava bei uns bläst, und alles, was alphabetisiert, halbalphabetisiert, viertelalphabetisiert und analphabetisch (besonders diese letzte Kategorie der Bürgerschaft) ist, sprach über dieses nie dagewesene Ereignis, über diesen Skandal, bevor er noch ans Tageslicht gebracht wurde, denn die Sache ist schon am Kochen, alles existiert schwarz auf weiß, Bulatović hat die Sache persönlich gesehen, diese famosen Fotokopien, die beweisen, daß ich mein Buch abgeschrieben habe, und dieser Journalist (Pigeon) war, angeblich auf Kosten der Redaktion, auf der Strecke Paris–Bordeaux–Poitiers wie ein Polizeihund auf den Spuren des Autors gereist und hatte also sämtliche notwendigen Be-

---

4 Branimir Šćepanović (geb. 1937), Schriftsteller. *(A. d. Ü.)*

weismaterialien beigebracht. Im Club der Literaten bildeten literarische Jockeys Zirkel, in deren Zentrum der nervöse Bulatović stand, und mit der Autorität und der Glut unseres letzten Gewinners bei Pferderennen legte er als erster und einziger »Goncourtler« dar, wie die Dinge augenblicklich stehen, wie weit es gekommen ist, welche Konsequenzen das für den Autor haben wird, den »unser Volk auf frischer Tat ertappt hat«. Und die Konsequenzen sind, nach Bulatović, ganz klar und logisch: Man muß natürlich alles, was dieser Autor (D. K.) geschrieben hat, in Frage stellen, denn er hat – wer weiß? – vielleicht alle seine Bücher irgendwo abgeschrieben, bei dem kann man nie wissen … Die Journalisten hatten bereits ihre Notizbücher und scharf gespitzten Bleistifte bereitgelegt, die Sache stand an, die Sache hing in der Luft, die Ungeduld war bis zum Paroxysmus gesteigert, und diejenigen, die bei alldem ein wenig Skepsis und Zweifel anmeldeten, wurden für parteiisch und zu Feiglingen erklärt.[5]

In diese beiden journalistischen und analphabetischen (im *Oko* veröffentlichten) Pasquille Pigeons strömte wie in eine Kloake all das, was die literarische Zunft schon monatelang wiedergegeben hatte, das heißt, daß ich »ein geschlachtetes Lamm schlachte«, wobei dieses »Lamm« ein Euphemismus für den Stalinismus ist, und also schlachte und schinde ich das arme Lamm des Stalinismus, das nicht nur ein Lamm, ein ehemaliges Lamm ist, sondern weil es ein ehemaliges ist, dazu noch ein totes Lamm, das Lamm Gottes ist, und so werde ich auch noch zum Abdecker deklariert, der geweihtes und nach allen Glaubensvorschriften geschlachtetes *koscheres* Fleisch schlachtet, und dann unterstehe ich mich auch noch, dieses *ko-*

---

5 Borislav Mihajlović Mihiz und Nikola Milošević erhalten von Pigeon die Drohung, er werde ihr Tun »an die Öffentlichkeit bringen«, das heißt die Tatsache, daß sich die beiden als Kritiker (an die sich die *Duga* gewandt hatte), in diesem Augenblick wohl als die einzigen hier, in das Getöse des Zunftgeschwätzes gestellt haben und mit ihrer nüchternen Meinung und literarischen Argumenten diesen bösen Wind der intellektuellen Gewalt aufzuhalten versucht haben.

schere Fleisch den ehrenwerten Jeremićs, Pigeons, Bulatovićs
und Šćepanovićs zu servieren, statt »über uns« zu schreiben,
aber wenn ich schon über diese Dinge schreibe, das heißt,
wenn ich dieses geschlachtete stalinistische Lamm stückweise
verkaufe, warum nehme ich dann nicht, da ich doch so verwe-
gen bin, andere Themen in Angriff (das wollen wir doch mal
sehen!); dieses Buch ist also eine »jüdische Sache«, das heißt
ein Buch über Juden, aber wenn das schon ein Buch über Juden ist, dann hätte es doch wenigstens anständig geschrieben
sein können und nicht so parteiisch, wie es geschrieben ist,
denn es gab Juden ja auch auf der anderen Seite, es gab Juden
auch unter den Lagerwächtern und unter den Henkern, eigentlich gab es gar keine anderen Henker, und wo sind die in
diesem Buch, all diese Mörder? Wo? Es ist also ein Buch über
Juden, daher irrelevant, es spricht nicht von uns und auch
nicht für uns, was heißt, »es ist nicht unseres«, alles was darin
gesagt wird, ist schon längst, nicht nur bei Solschenizyn, sondern auch in anderen Memoiren und Büchern gesagt worden,
und zwar »mit dem ganzen Erleben des Gesehenen«, und das
alles ist – übrigens – von irgendwo abgeschrieben (das Beweismaterial wird vorbereitet, denn was hat er [das heißt D. K.]
mit alldem zu tun, wo er doch nie im Lager war, usw. usw.) Ich
habe also »den Staat verwechselt«, in dem ich lebe, das heißt,
ich habe den Kompaß verloren und weiß nicht mehr, wo ich
lebe und was ich tue, und warum schreibe ich statt über das,
worüber ich schreibe, nicht über etwas anderes, denn als ich
meinen Familienzyklus schrieb, war auch das fremd, es war
also nicht »unseres«, aber wenigstens ging uns das kein bißchen was an, rein gar nichts, und auch das war von irgendwo
abgeschrieben, roch es doch allzusehr nach Jevropa, aber
Jevropa brauchen wir nicht, wir haben unsere eigene Tradition
usw. Jean Descat mit dem Kosenamen Joca Daska, Hannes das
Brett, mein Übersetzer, hat zuverlässige Beweise, daß, zumindest was dieses letzte Buch betrifft, fast alles aus dem Französischen abgeschrieben ist, da ärgerte sich J. Descat aber, wirklich wahr, wäre er doch fast in die Irre geführt worden und

hätte das ins Französische übersetzt, was bereits aus dem Französischen übersetzt war, und er, das heißt Nach Joca (der »unser Mann« ist und als einer von uns »Oj, Moravo« besser als sonstwer von uns singt), hat schwarz auf weiß die Beweise, daß bei mir alles, oder zumindest der größte Teil, von irgendwo abgeschrieben ist, er ist bereit, all das einem Journalisten zu überlassen, um die Sache publik zu machen und so der serbischen Literatur den Makel zu nehmen; und was den betreffenden Autor (D. K.) angeht, wird er, Joca Daska, schon »*descendre sa carrière en flèche*«, sein Ansehen vom Sockel stürzen!

Die Botschaften trafen ein, die Telefone, arabische und andere, summten und brummten und schnurrten, Bulatović benachrichtigte über die staatlichen Telefone aus Behörden, aus dem Club, aus Bibliotheken, privaten »Salons« und »Saloons«, aus Verlagen und Zeitungs- und Zeitschriftenredaktionen panisch Zagreb, Ljubljana, Titograd, Sarajevo und vermeldete die neuesten Nachrichten – streng geheim, was die Quellen angeht – die *Duga* hat den Druck unterbrochen! Die Experten äußern sich! Die Experten äußerten sich gegen das Plagiat, aber das ist nicht wichtig, Pigeon geht aufs Ganze! Pigeon hat nichts zu verlieren, Pigeon weiß über diese Sachen mehr als alle Experten usw. Natürlich war diese Rekonstruktion der Ereignisse, diese Geschichte über die Reisen und die Nachforschungen, nur dazu da, den Zweiflern zu zeigen, mit wieviel wissenschaftlicher Akribie unser neugebackener Literaturforscher (Pigeon) arbeitet, wieviel Mühe und (staatliches) Geld in dieses Unternehmen investiert wurde, um also zu zeigen, was für ein dickes Ei das ist, aber eigentlich ging es in erster Linie darum, die Spuren und die Herkunft der Argumente und Fotodokumente Pigeons sorgfältig zu verschleiern, das heißt die Tatsache, daß diese ganze Wühlarbeit durch simple Arbeitsteilung zustande gekommen war: nach Joca überließ, genauer: hinterließ Šćepanović das inkriminierte »Beweismaterial«, und *Nach* Scepanowitz überließ dann dieses Material im richtigen Augenblick seinem Arbeitgeber von der *Duga* – Pigeon ...

Die Ungeduld im Schriftstellerclub erreicht ihren Höhepunkt, denn die *Duga* erscheint ohne »Ein Grabmal für D. K.« (dafür ist die »schönste Geschichte der Welt« in der Auswahl von Brana Šćepanović da, zum Trost), die Zunft fängt bereits an, ein bißchen Zweifel an dieser ganzen Wühlarbeit und an ihrer Tauglichkeit zu hegen, obwohl Bulatović nachts mit glühenden Wangen Vorlesungen hält und den Zweiflern versichert, daß er alles gesehen hat, persönlich, mit eigenen Augen, man weiß bereits alles bis ins kleinste Detail, und die Rede ist den einen zufolge von einem emigrierten russischen Schriftsteller, der Ende der dreißiger Jahre in Paris gestorben ist, und den anderen zufolge von einem anderen russischen Schriftsteller, der ebenfalls gestorben ist, aber nicht in Paris und nicht in den dreißiger Jahren, dann betritt erneut der *arbiter elegantiae* selbst die Szene, unser wahrer und einziger Literaturforscher von Autorität (die anderen beschäftigen sich mit toten und balsamierten Schriftstellern), Pigeon also taucht von einer seiner Reisen auch im Schriftstellerclub auf und verliest unter Assistenz unseres selbsternannten »Goncour-lers« (Bulatović) die Anklageschrift, und der »Goncourtler« blättert ihm dabei die Seiten um, wobei er kaum auf die Partitur schaut, weil er sie auswendig kennt, er ist gewisserweise ihr Koautor, die Fotokopien gehen von Hand zu Hand, keiner versteht etwas, keiner versucht auch nur zu dechiffrieren, worum es auf diesen Fotokopien geht, was da eigentlich (auf französisch) steht, wer wird sich noch abstrampeln und die Texte vergleichen, wenn zwei solche Kapazitäten da sind, die durch ihre Autorität garantieren, daß die »Sache überprüft« ist.

Ein junger Kritiker, der bereits über *Ein Grabmal für B. D.* geschrieben hat, positiv, wie man so sagt, meldet indessen eine Richtigstellung an (für das Blatt *Mladost*), einen Text, in dem er mit den Kritikern abrechnen will, die ebenso wie er positiv über das Buch geschrieben haben, aber er hat ein paar Einwände gegen ihre Herangehensweise, doch der Redakteur der *Mladost* möchte diesen Text nicht veröffentlichen, nicht aus Gründen des *fair play*, sondern aus dem einfachen Grund, weil jetzt eine viel größere Affäre im Anzug ist (»Kiš hat sein Buch abgeschrieben«), und da fällt also augenblicklich alles übrige ins Wasser, alles ist unwichtig angesichts dieser Tatsache, deren Bekanntgabe unmittelbar bevorsteht, man muß nur ein bißchen abwarten, die Bombe mit Zeitzünder ist schon gelegt, das Uhrwerk läuft unerbittlich und unheilverkündend, die Explosion steht unmittelbar bevor, und wenn es dazu kommt, bleibt von dem Buch *Ein Grabmal für B. D.* und seinem Autor keine Spur, zerfällt alles zu nichts, und angesichts dessen über ein paar prinzipielle Probleme der Kritik zu debattieren und kleine Geplänkel zu führen kommt ihm (diesem Redakteur) jetzt ganz und gar unwichtig und irrelevant vor. In der Zwischenzeit sickerten die Ergebnisse der sogenannten Expertise in die Öffentlichkeit durch (jemand stellte sich und den anderen die klare Frage: Wie ist es heute möglich, eine Geschichte, ein Buch irgendwo einfach abzuschreiben, denn wenn eine Geschichte abgeschrieben ist, läßt sich das doch leicht beweisen, indem man die eine und die andere Geschichte zum Vergleich abdruckt), und so begannen einige, hauptsächlich von Zweifeln und einer gewissen Reue geplagte Geister (weil sie selbst ohne Überprüfung und voreilig an dem ganzen Prozeß teilgenommen hatten), ihre früheren (mündlichen) Erklärungen zurückzuziehen, angesichts der Autorität der Experten, das heißt jener wenigen, die das Thema und die damit verbundenen Probleme kannten, und dann erscheinen in den Zeitungen Artikel über die sogenannte »Mentalität der Zunft«, die verschiedenartigen Geschichten aufsitzt, Namen werden nicht erwähnt, aber es werden Anspielungen auf einen unserer (angesehenen) Schriftsteller gemacht, der verleumdet wurde, usw. In den »Salons« Enttäuschung. Stillstand. Konsternation. Ja ist es denn die Möglichkeit, daß alles einfach so ausgeht, ohne Pointe (wie die Geschichte von Šćepanović)? Die »Salons« haben indessen ihre Erklärung, ihre Einsichten, die »Salons« wissen bereits, wovon die Rede ist, wissen, daß es da einen russischen Schrift-

steller und »Akademik«[6] namens Medvedev gibt (den Saša
Petrof ganz *mjahko, po-ruski*[7], Mjedvjedjev, und Šćepanović
ganz intim, Medjedev, ausspricht) und daß da etwas ist und
daß man die Sache ins reine bringen muß, man kann doch
eine Bombe mit Zeitzünder nicht einfach so leicht demon-
tieren, zur Explosion muß es kommen, auch wenn alle zusammen in die Luft fliegen, mitsamt den Salons, mitsamt
den Pigeons, mitsamt Bulatović.

Dragan M. Jeremić verkündet als Mitglied der Jury des
Andrić-Preises, als ständiges Mitglied aller möglichen Jurys,
als Küchenhilfe in jeder literarischen Küche, auf einer Sitzung
der Jury, man müsse das Buch *Ein Grabmal für B. D.* von der
Kandidatenliste streichen, und zwar aus höheren, »moralischen Gründen«! Was ihn, D. Jeremić, angeht, hat er von mir
als Schriftsteller ansonsten eine ganz gute Meinung, allgemein
gesprochen, nicht wahr, aber, allerdings, in Anbetracht einiger
»Entdeckungen« meint er persönlich, daß dieses Buch trotz
allem, was er Positives über mich gesagt hat, aus »moralischen
Gründen« nicht kandidieren kann! Nur soviel! Natürlich,
dennoch, also, usw. usw... Mit einem Wort, ganz verlogen
und ganz jeremićmäßig.

Wie zufällig trifft nach der Logik einer scheinbar parapsy-
chologischen Koinzidenz auch die schriftliche Meinung vom
Advokaten Jeremićs ein, der von seiner Hazienda am Meer
einen schriftlichen Bericht über die Kandidaten schickt: was
ihn angeht, legt er alles in schriftlicher Form vor, *schwarz auf
weiß*[8], er ist Advokat, eine juristische und bürgerliche Person, dazu überhaupt nicht interessiert, nicht wahr, an solchen
irdischen Dingen, wie dieses Jurieren eins ist, er beschäftigt
sich wie eine literarische Marionette von Šćepanović mit den
»Quintessenzen«, er schreibt auf seiner Hazienda Parabeln
über die Ewigkeit, über Eis und Schnee, über Fische und Vö-
gel aus dem Himmelsschloß, doch in der Zwischenzeit (und

6 Russ.: Akademiemitglied *(A. d. Ü.)*
7 Russ.: weich, auf russisch *(A. d. Ü.)*
8 Im Original in deutscher Sprache. *(A. d. Ü.)*

in Absprache mit Jeremić) findet er auch etwas Zeit für vergängliche und irdische Dinge, wie es dieser sein Bericht ist, der per Post in der Jury eintraf, just zum richtigen Zeitpunkt wie das Trumpfas auf die Zehn von Jeremić. Was also ihn angeht, so wie er nun einmal ist, wie ihn Gott erschaffen hat, vertieft in die Ewigkeit, denkt er in seinen irdischen Augenblicken und mit den Augen des Juristen betrachtet, und natürlich politisch *prjamoljinjejno*[9], und das setzt er schwarz auf weiß für das Archiv der Andrić-Stiftung auf, daß D. K. einer unserer talentiertesten, gebildetsten und unserer was weiß ich noch alles -sten jüngeren Schriftsteller ist (und ich danke ihm bei dieser Gelegenheit herzlich für alles), *aber* (ich zitiere: »aber er steht dem Glück des Mädchens im Weg«) ich habe mein vorheriges Buch, *Sanduhr*, von Butor *abgeschrieben*, und dieses neueste da, *Ein Grabmal für B. D.*, von Babel! Ansonsten denkt er, natürlich, was ihn persönlich angeht, allgemein gesprochen, einer unserer -sten ... usw. usw. – alles ganz jeremićmäßig, aber schwarz auf weiß, für das Archiv der Andrić-Stiftung. Unterschrift: Erih Koš, Literat.

So war der Stand der Dinge, als schließlich dieser famose Text von Pigeon auf den Seiten des *Oko* das Licht der Welt erblickte. Da er als Redakteur und Verfasser von Skandalchroniken nicht wenig Erfahrung damit hatte, lieferte dieser Pigeon bei *Oko* seinen Text irgendwann unmittelbar vor dem Umbruch des Blattes ab, so daß ich auf sein Pasquill noch im Laufe desselben Tages antworten mußte, das heißt, meine Antwort mußte bis sechs abends fertig sein, weil ich sie dann abschicken sollte. Meine Antwort war kurz und klar, und ich habe darin eigentlich alles gesagt, was man bei solcherart Anlaß sagen kann, aber auch etwas über die Persönlichkeit dieses selbsternannten Literaturforschers: wer hinter ihm steht und von welchen Motiven er geleitet wird. Es war mir nicht im Traume eingefallen, diesen Gentleman zu belehren, weil mir

---

9 Russ.: geradlinig. *(A. d. Ü.)*

klar war, daß er sich hier nicht für literarische Sachen interessiert, sondern von Gründen ganz anderer Art geleitet wird.
Der Satz, den ich am Schluß dieser meiner Antwort anführte,
nämlich die Bitte an die Redaktion des *Oko*, gleichzeitig mit
meiner Geschichte »die Geschichte des sowjetischen Akade-
miks Medvedev« zu bringen, brachte dann ein neues *suspense*
in unsere »Salons«, denn jetzt wartete man darauf, was Pigeons Stab tun und was für eine Geschichte er sich jetzt
ausdenken würde.

Dieser literarische Selbsternannte und Obskurant hatte
die undankbare Rolle einer *vox populi*, das heißt der Stimme
der Zunft, auf sich genommen, und er schrieb über mich,
daß ich

reproduziere, imitiere, komplette Passagen anerkannter Schriftsteller übernehme, unechte Perlen herstelle, daß mein Buch eine
nicht allzu freie Übersetzung von Borges ist, daß ich ausschließlich
über Juden-Revoluzzer schreibe, daß ich fingierte Daten einschiebe,
daß ich die Authentizität mißbrauche, daß ich diejenigen, die man
verwirren kann, verwirren möchte, daß ich mich in Anführungszeichen setze, daß ich das Milieu, an das ich meine Bücher richte,
unterschätze, daß ich aus fremden Werken abschreibe, daß ich mir
unerlaubt fremdes geistiges Eigentum aneigne, daß ich in den Wid-
mungen nicht die Namen derer erwähnt habe, die mir geholfen
haben, daß von mir, wenn man all das abzieht, bloß Leim übrigbleibt, daß die zentrale Geschichte in dem Buch komplett übernommen ist, daß das keine künstlerische Gestaltung ist, daß ich bereits
Gestaltetes gestalte, daß ich abschreibe, daß mein Buch eine Kette
von fremden Perlen ist, daß ich mich mit fremden Federn schmücke,
daß ich als Abschreiber in die Literatur eingehen werde, daß ich den
Staat verwechselt habe, daß ich ihn einen Walachen[10] nenne usw.

Und als ich diesem Gentleman so geantwortet habe, wie man
mit solch einem Gentleman spricht, das heißt, als ich ihm
seinen Platz, unter Ignoranten und Söldnern literarischer
Gruppen, zugewiesen habe, indem ich beide Male in meinen

10 Abschätzige Bezeichnung für die Angehörigen eines Nachbarvolkes. So
wurden z. B. die Serben von den Kroaten genannt. *(A. d. Ü.)*

kurzen Antworten als Motto das Sprichwort von den Säuen hinschrieb, da ächzte die Zunft erneut und knirschte mit den Zähnen, weil ihre Hoffnungen, es werde zu meiner moralischen Liquidierung kommen, zuschanden gegangen waren. Da die Geschichte mit dem Plagiat als dummer Feuerwehrscherz wegfiel, blieb ihr (der Zunft) nichts anderes übrig, als an mir und an *meinen* Verhaltensweisen Anstoß zu nehmen: wie konnte ich nur so mit diesem unserem Mann sprechen, wie konnte ich nur »als Literat« als Motto für meine Antworten Sprichwörter gebrauchen, die Säue zum Gegenstand haben, wie, um alles in der Welt, konnte ich diesen Gentleman nur einen Walachen nennen, auch noch dort, *drüben*, auch noch jetzt und in diesem Moment[11] ... usw. Und da die Zunft analphabetisch ist und da sich die Zunft von Phantomen nährt und sich über alles mündlich verständigt, gelten für sie auch keine literarischen Texte, weil die Zunft nicht liest, die Zunft hat immer jemanden, der zu interpretieren verpflichtet ist, hat immer einen Bulatović oder Pigeon, der für sie und in ihrem Namen spricht, so begann die Zunft auch jetzt, zusammen mit verkrachten Schriftstellern-Journalisten, an meiner »Ausdrucksweise« Anstoß zu nehmen. Die Presse brachte in diesen Tagen ein Dutzend Texte, in denen diese Anstößigkeit zum Ausdruck kommt, denn, ich bitte Sie, wo haben Sie je gehört, daß bei uns so gesprochen wird, das ist ein unzulässiges Niveau, meine Polemik ist »niedrig« und »beleidigend«, der Polemik muß »die Würde zurückgegeben werden«, Karikaturisten und Humoristen machten sich an die Arbeit, die Blätter füllten sich mit unzweideutigen und geistlosen Anspielungen auf meine Antworten, das Fernsehen wollte um kein Haar hinter ihnen zurückstehen, und so schrieb unser Lola nationale[12] einen seiner berühmten Sketche, in denen ich (in der Interpretation von Čkalja[13]) als junger Schriftsteller

---

11 Zeit nationalistischen Auftriebs in Kroatien. *(A. d. Ü.)*
12 Radivoje Djukić , genannt Lola, Journalist und Schriftsteller. *(A. d. Ü.)*
13 Miodrag Petrović, genannt Čkalja, bekannter Komödiant. *(A. d. Ü.)*

dargestellt werde, der aus vollem Halse brüllt und flucht, »um sich zu affirmieren« usw. Natürlich interessierte sich da kein Mensch mehr dafür, was der Gegenstand des Streites war und was dieser Gentleman (Pigeon) mit meinem Buch zu tun versucht hatte, es ging keinen Menschen mehr an (denn das Attentat war nicht gelungen), daß dieser Forscher versucht hatte, mich moralisch zu liquidieren, sondern die Zunft nahm lediglich an der Tatsache Anstoß, daß ich in einer polemischen Replik als Motto ein Sprichwort gebraucht hatte – in dem Säue vorkommen.

Und obwohl ich, meiner bescheidenen Überzeugung nach, diesen Herren Diffamierern und Verleumdern ganz bescheiden geantwortet habe, will sagen, ganz sanft im Verhältnis zu ihren Delikten, waren sie dennoch in dem Moment beleidigt, wo sie sahen, daß die Sache mit meiner moralischen Liquidierung etwas schwerer vonstatten gehen würde, als sie gehofft hatten, in dem Moment, wo sie sahen, daß es – trotzdem! – eine öffentliche Meinung gibt, die nicht in der Macht ihrer Organe ist, eine literarische Öffentlichkeit, die nicht im Netz ihrer literarischen *Cosa Nostra* ist, das sie im Laufe ihrer langjährigen Literatur- und Bürokratenherrschaft gewebt haben. Und als ich persönlich, ohne ihre Namen zu erwähnen, aber mit deutlichen Anspielungen auf die »Daumenlosen« und den »Mund voll süßer Worte«[14], auf ihre Machinationen antwortete, als ich diese Dunkelmänner bei ihrem wahren Namen und ihr Verhältnis zu Welt und Moral »Darmolatovština«[15] nannte, da wurden sie plötzlich unruhig und begannen mir ausrichten zu lassen, daß ich mich vorsehen solle, denn ihre Absichten seien völlig ernst und ihre Methoden effizient!

Diese Drohungen, dieses Anstoßnehmen, diese feindselige

14 Anspielung auf Miodrag Bulatović, den Autor von *Die Daumenlosen,* und Branimir Šćepanović und sein Buch *Der Mund voll Erde. (A. d. Ü.)*
15 Abgeleitet von der Gestalt Darmolatov aus *Ein Grabmal für Boris Dawidowitsch,* Typ eines Schriftstellers, der sich vom Regime ködern läßt. *(A. d. Ü.)*

Atmosphäre, die jetzt wegen meiner Sünde, daß ich Pigeon (in einem Wortspiel) Pig genannt habe, um mich herum geschaffen wurde, waren ebenfalls nur ein Teil der organisierten Hetzkampagne, als zweiter Versuch meiner moralischen Liquidierung (nachdem der erste Versuch mißlungen war), und dieser Appendix, dieser zusätzliche Schlag kam vom nämlichen Propagandastab, von dem auch Pigeons Artikel stammt, einem Stab, in dem die Funktion des Propagandachefs vom ausgekochten Meister der Propaganda und Reklame, dem selbsternannten »Goncourtler«, ausgeübt wurde – von Bulatović. Dieser freiwillige Chef der Pigeonischen Feuerwehrgesellschaft, der in der Rolle des Freiwilligen an den staatlichen Telefonen saß, setzte erneut seine monströse Propagandamaschine in Bewegung, um die Zunft zu überzeugen, daß meine Antwort auf Pigeon uns alle beleidigt, und dieses »uns« bezeichnet die ehrenwerte Zunft, die an alldem Anstoß nehmen muß, denn, ich bitte Sie, wo und wann hat die Zunft je solche Worte wie »Sau« gehört, das kann sich auf uns alle, auf euch alle beziehen, denn dieses Sprichwort von Vuk[16], das meiner Antwort vorangestellt ist – Eure Perlen sollt ihr nicht vor die Säue werfen –, bezieht sich auf uns alle, er (D. K.) beleidigt unser *Volk*, er nennt uns Walachen!

Es wäre angebracht, hier ein für allemal mit der Fama aufzuräumen, daß ich damit, ihrer Meinung nach, »das Volk verraten« hätte, Argumente anzuführen und einige Rechnungen zu begleichen, weil all das natürlich schon vor langer Zeit begonnen hat, die Wurzeln dieses Mißverständnisses datieren seit jenen Jahren, als man laut und deutlich zu sagen hatte, ob

---

16 »Von Vuk«, das heißt volkstümlich, das heißt biblisch, evangelisch: »Ihr sollt das Heilige nicht den Hunden geben, und eure Perlen sollt ihr nicht vor die Säue werfen, auf daß sie dieselben nicht zertreten mit ihren Füßen und sich wenden und euch zerreißen« (Matthäus 7,6). *(A. d. A.)* – Vuk Stefanović Karadžić (1787-1864), Reformator der serbokroatischen Sprache und Rechtschreibung, Sammler von Volksliedern und -märchen, enger Freund Jacob Grimms. *(A. d. Ü.)*

du für uns bist (will sagen, gegen sie) oder nicht (und wenn du nicht für uns bist, dann bist du für sie). Das Porträt des Nationalisten (in meinem famosen Interview für die Zeitschrift *Ideje* 1973), das ich aufgrund persönlicher Wahrnehmungen zeichnete, war nichts anderes als ein psychologisches Porträt *en général* von einem Menschen, der seinen gesunden Menschenverstand und sein Urteilsvermögen verliert, sobald der Name einer anderen Nation, seines *auserkorenen* Feindes, erwähnt wird, das Porträt eines Menschen, der sich durch diese *absolute Wahl,* und einzig und allein durch diese destruktive absolute Wahl, im sartreschen, existentialistischen Sinne des Wortes verwirklicht. Aber auch damals habe ich in diesem meinem Interview (und man darf sein Erscheinungsdatum nicht außer acht lassen) nicht ein einziges und niemandes nationales Prinzip angetastet, sondern ich habe, meine ich, ganz allgemein darüber gesprochen, was eine solche absolute Wahl bedeuten kann, zu welchen psychischen Deformationen sie führen kann. Und daß sich einige Leute in diesem derart gezeichneten Porträt erkannt haben, sollte mich mit eitler Freude erfüllen. Aber da ich wegen dieser *Gestalt,* im literarischen Sinne des Wortes, allzuviel Ungemach auf mich gezogen und weil ich wegen dieses gut getroffenen literarischen Porträts viele Freunde verloren und mir viel Haß zugezogen habe, kann ich leider nicht stolz, kann ich nicht froh sein. Aber ich bereue es nicht, weit gefehlt! Ich konstatiere lediglich, daß ich mit einer psychologisch gelungenen literarischen Gestalt Ungemach auf mich gezogen habe, und konstatiere lediglich, daß literarische Interpretationen bei uns noch immer außerhalb von Text und Kontext betrieben werden und daß die bulatovićsche Textinterpretation, diese Kaffeehaushermeneutik, in Sachen Literatur überaus gegenwärtig ist.

»Nationalismus ist vor allem *Paranoia*« (schrieb ich in diesem Interview). Eine kollektive und individuelle Paranoia. Als kollektive Paranoia ist sie eine Folge von Neid und Angst, vor allem aber die Folge eines Verlusts des individuellen Bewußtseins; und demnach ist die kollektive Paranoia auch nichts anderes als die bis zum Paroxysmus gesteigerte Summe individueller Paranoien. Wenn der einzelne im Rahmen des gesellschaftlichen Entwurfs nicht imstande ist, »sich auszudrücken«, weil ihn dieser gesellschaftliche Entwurf entweder nicht fördert, ihn als *Individuum* nicht stimuliert oder ihn als Individuum hemmt, das heißt, ihn nicht zu seiner Entität kommen läßt, ist er gezwungen, seine Entität außerhalb der Identität und außerhalb der sogenannten gesellschaftlichen Struktur zu suchen. So wird er Angehöriger einer Freimaurergruppe, die, zumindest dem Anschein nach, Aufgabe und Ziel hat, epochale Probleme zu lösen: Existenz und Prestige der Nation oder der Nationen, Bewahrung der Tradition und der nationalen Heiligtümer, der folkloristischen, philosophischen, ethischen, literarischen usw. Mit der Bürde einer solchen – geheimen, halböffentlichen oder öffentlichen – Mission wird N. N. ein Tatmensch, ein Volkstribun, der Schein eines Individuums. Wenn wir ihn dann auf dieses Maß, auf sein wahres Maß, reduziert haben, nachdem wir ihn von seiner Herde getrennt, ihn aus der Freimaurerloge geholt haben, in die er sich selbst gesetzt hat oder von anderen gesetzt wurde, haben wir ein Individuum ohne Individualität, einen Nationalisten vor uns, einen Vetter Jules'. Gemeint ist der Jules bei Sartre, der eine familiäre Null ist, der nur die eine Eigenschaft hat, erblassen zu können, sobald das eine Thema erwähnt wird: die Engländer. Diese Blässe, dieses Zittern, dieses sein »Geheimnis«, erblassen zu können, sobald die Engländer erwähnt werden, das allein ist sein gesellschaftliches Sein, und das macht ihn bedeutend, existent: Erwähnen Sie vor ihm ja nicht *englischen* Tee, denn alle am Tisch werden anfangen Ihnen zuzuzuwinkern, werden Ihnen mit Händen und Füßen Zeichen geben, weil Jules empfindlich gegen Engländer ist, mein Gott, das wissen doch alle, Jules haßt die Engländer (und liebt die Seinen, die Franzosen), mit einem Wort, Jules ist eine Persönlichkeit, er wird eine Persönlichkeit dank *englischem* Tee. Dieses auf alle Nationalisten anwendbare Porträt läßt sich nach diesem Schema ohne weiteres bis zum Ende weiterentwickeln: Der Nationalist ist in der Regel als gesellschaftliches Wesen wie auch als einzelner gleichermaßen ein Nichts. Außerhalb dieser Bestimmung ist er eine Null. Er hat seine Familie, seine Arbeit (hauptsächlich eine Beamtentätigkeit), die Literatur (wenn er Schriftsteller ist), seine gesellschaftlichen Funktionen hintangestellt, denn sie sind allzu unbedeutend angesichts seines Messianismus. Muß man da sagen, daß er *seiner Entscheidung nach Asket* ist, ein potentieller Kämpfer, der auf seine Stunde wartet? Nationalismus ist, um Sartres Ansicht vom Antisemitismus zu paraphrasieren, *die absolute und freie Wahl, eine globale Haltung, die der Mensch nicht nur gegenüber anderen Nationen, sondern auch gegenüber dem Menschen schlechthin, gegenüber der Geschichte und Gesellschaft einnimmt, das ist gleichzeitig Leidenschaft und Weltanschauung.* Der Nationalist ist *per definitionem* ein Ignorant. Nationalismus ist also der Weg des geringsten Widerstands, Bequemlichkeit. Der Nationalist hat es leicht, er kennt seine Werte oder glaubt sie zu kennen, seine, das sind die nationalen, das sind die Werte der Nation, der er angehört, die ethischen und politischen, und für die übrigen interessiert er sich nicht, *sie interessieren ihn nicht*, die Hölle, das sind die anderen (anderen Nationen, anderen Stämme). Die muß man sich auch nicht näher besehen. Der Nationalist sieht in den anderen ausschließlich sich selbst – Nationalisten. Eine, wir sagten es, bequeme Position. Angst und Neid. Eine Bestimmung, ein Engagement, das keine Mühe erfordert. Nicht nur: die Hölle, das sind die anderen, im Rahmen des nationalen Rasters natürlich, sondern auch: alles, was nicht meins ist (serbisch, kroatisch, französisch...), ist mir fremd. Nationalismus ist eine Ideologie der Banalität. Nationalismus ist also eine totalitäre Ideologie. Nationalismus ist zudem nicht nur seiner etymologischen Bedeutung nach die letzte Ideologie und Demagogie, die sich ans *Volk* wendet. Die Schriftsteller wissen das am besten. Daher gerät jeder Schriftsteller, der deklarativ verkündet, daß er »aus dem Volk und für das Volk« schreibt, der seine individuelle Stimme an-

geblich den *höheren*, nationalistischen Interessen unterord-
net, unter den Verdacht des Nationalismus. Nationalismus ist
Kitsch: in der serbokroatischen Variante der Kampf um den
Vorrang bei der nationalen Herkunft des LEBKUCHEN-
HERZENS. Der Nationalist kann im Prinzip keine einzige
Sprache und auch nicht die sogenannten Varianten, er kennt
keine anderen Kulturen (sie gehen ihn nichts an). Aber die Sache ist so einfach nicht. Wenn er eine Sprache kann, will sagen,
als Intellektueller Einblick in das kulturelle Erbe einer anderen großen oder kleinen Nation hat, dient ihm dieses Wissen
nur, um Analogien zu bilden, zum Nachteil der anderen natürlich. Kitsch und Folklore, folkloristischer Kitsch, wenn Ihnen
das so besser gefällt, ist nichts anderes als verkappter Nationalismus, ein fruchtbares Feld der nationalistischen Ideologie. Der Aufschwung des Folklorismus bei uns und weltweit
ist nicht anthropologischer, sondern nationalistischer Natur.
Das Beharren auf der famosen *couleur locale*, so sie außerhalb
des künstlerischen Kontextes (das heißt, nicht im Dienst der
künstlerischen Wahrheit) steht, ist ebenfalls eine Form von
verschleiertem Nationalismus. Nationalismus ist also ein überaus negatives Verhalten, der Nationalismus ist eine negative
Kategorie des Geistes, weil der Nationalismus in der Verneи-
nung und von der Verneinung lebt. Wir sind nicht das, was
die anderen sind. Wir sind der positive Pol, sie der negative.
Unsere nationalen und nationalistischen Werte erhalten ihre
Funktion erst im Verhältnis zum Nationalismus der anderen:
wir *sind* Nationalisten, aber sie sind das noch viel mehr, wir
massakrieren (wenn es sein muß), aber sie noch viel mehr; wir
sind Trinker, sie Alkoholiker; unsere Geschichte ist nur *im
Verhältnis* zu ihrer einwandfrei, unsere Sprache ist nur *im
Verhältnis* zu ihrer rein. Der Nationalismus lebt vom Relati-
vismus. Es gibt keine allgemeinen Werte, ästhetische, ethische
usw. Es gibt nur relative. Und in diesem Sinne ist der Nationalismus in erster Linie Rückschrittlichkeit. Man muß besser
sein, aber *nur* als der Bruder oder Halbbruder, alles übrige
geht mich auch nichts an. Ein bißchen höher springen als er,

die übrigen gehen mich nichts an. Das ist es, was wir Angst genannt haben. Die übrigen haben sogar das Recht, uns einzuholen, uns zu überholen, das geht uns nichts an. Die Ziele des Nationalismus sind immer *erreichbare* Ziele, erreichbar, weil sie bescheiden sind, bescheiden, weil sie niederträchtig sind. Man springt nicht, man mißt seine Kräfte nicht, um das eigene Maximum zu erreichen, sondern um sie zu überbieten, sie, die so ähnlich und doch so verschieden sind, derentwegen das Spiel begonnen wurde. Der Nationalist, wir sagten es, fürchtet sich vor niemand außer vor seinem Bruder. Aber vor ihm hat er eine existentielle, pathologische Angst: Der Sieg des auserkorenen Feindes ist seine *absolute* Niederlage, die Aufhebung seines Seins. Da er ein Feigling und ein Niemand ist, steckt sich der Nationalist keine höheren Ziele. Der Sieg über den *auserkorenen* Feind, den anderen, ist der absolute Sieg. Daher ist der Nationalismus eine Idee der Hoffnungslosigkeit, eine Ideologie des möglichen Sieges, der Sieg ist garantiert, die Niederlage niemals endgültig. Der Nationalist fürchtet sich vor niemand, vor »niemand außer Gott«, und sein Gott ist ein Gott nach seinem Maß, der blasse Vetter Jules', irgendwo an einem anderen Tisch, sein leiblicher Bruder, ebenso ohnmächtig wie er selbst, der »Stolz der Familie«, die Familienentität, ein bewußter und organisierter Teil von Familie und Nation – der blasse Vetter Jims. Wir sagten also, ein Nationalist zu sein bedeutet, ein Individuum ohne Verpflichtung zu sein. Das ist ein Feigling, der seine Feigheit nicht zugeben möchte; ein Mörder, der seine Neigung zum Mord unterdrückt, unfähig, sie ganz zu ersticken, und der es dennoch nicht wagt zu morden, es sei denn hinterrücks oder aus der Anonymität der Masse heraus; ein Unzufriedener, der sich aus Angst vor den Konsequenzen seiner Auflehnung nicht aufzulehnen wagt – ein Ebenbild des zitierten Antisemiten bei Sartre. Woher denn, fragen wir, diese Feigheit, diese Bestimmung, dieser Aufschwung des Nationalismus in unserer Zeit? Von Ideologien bedrängt, am Rande gesellschaftlicher Bewegungen, zwischen den konfrontierten Ideologien eingezwängt und verloren, der individuellen Auflehnung, da man sie ihm verweigert, nicht gewachsen, findet sich das Individuum in der Klemme, in der Leere, hat es nicht teil am gesellschaftlichen Leben und ist doch ein gesellschaftliches Wesen, ein Individualist, doch die Individualität wird ihm im Namen der Ideologie verweigert, und was bleibt ihm anderes übrig, als sein gesellschaftliches Sein *anderswo* zu suchen? Der Nationalist ist ein verhinderter Individualist, der Nationalismus ist der verhinderte (kollektive) Ausdruck eines derartigen Individualismus, Ideologie und Antiideologie...

Und ich bin natürlich weit davon entfernt zu glauben, ich könnte jetzt, durch diesen Kommentar, durch dieses Bekenntnis ihre willkürliche Interpretation, diese böswillige Lesart, korrigieren, vielmehr wird man das in der mündlichen (und einzig möglichen) Version erneut als *Provokation* deklarieren, erneut wird sich die Vernichtungsmaschinerie Bulatovićs in Bewegung setzen und über Telefon die phantomhaften Schlußfolgerungen vermelden, daß ich das »Volk« bespucke. Auch da gibt es kein Heilmittel. Denn das, diese Art, zu lesen und zu interpretieren, ist eigentlich das logische Produkt jener psychischen, irrationalen, paranoiden Instabilität, der immer und überall Phantome erscheinen, jener psychischen und moralischen Verdrehung, die alles auf den gemeinsamen Nenner bringt, *für uns* und *gegen uns*, jenes gestörten Bewußtseins, das zu jeder Zeit und auf allen Meridianen seine geistigen Autodafés schuf und, zumindest mündlich, sein *Je suis partout* ausgab, als Warnung und öffentliches Bekenntnis, daß sie Gespenster sehen wie weiße Mäuse.

Und als ich in meinem Interview beim Thema Nationalismus den Vetter Jules' erwähnte, war das keinerlei Metapher, »damit die Walachen nicht draufkommen«[19], sondern ich habe unter Berufung auf Sartre nur ein bekanntes und eklatantes Beispiel für die psychischen Folgen gebracht, zu denen

17 Kiš zitiert hier seinen Gegner Pigeon, der diese Wendung als Motto für seinen Anti-Kiš-Text »Kette aus fremden Perlen« wählte – ein Vorwurf an Danilo Kiš, daß dieser seine Leser täuschen wolle. *(A. d. Ü.)*

ein derartiger paranoider Geisteszustand und derartige Hal-
luzinationen führen. Ebensowenig wie der eine Satz eine versteckte Anspielung auf einen konkreten Schriftsteller bei uns
war. Da steht drin, was drinsteht: daß sich die Schriftsteller
meist aus demagogischen Gründen nationalistischer (ana-
chronistischer) Parolen bedienen und daß die *couleur locale*
(»so sie nicht im Dienst der künstlerischen Wahrheit steht«)
meist auch nur ein Teil der literarischen Demagogie ist.

Und was jenes LEBKUCHENHERZ angeht, über dessen
nationale Herkunft seinerzeit in unseren, Belgrader und Zagreber, Zeitungen gallige Auseinandersetzungen geführt wurden – als wäre dieses kitschige Lebkuchenherz mit Spiegelchen
und Blümchen aus Zuckerguß nur das Symbol, das Abbild
des schlechten Jahrmarktsgeschmacks des nationalistischen
Bewußtseins und der Andenkenmythologeme aus Teig und
Scherbett –, habe ich genau das gleiche Lebkuchenherz gesehen, als neunjähriger Junge in Ungarn, auf den Jahrmärkten
von Bakša, und auch auf diesem Lebkuchenherz mit Spiegelchen war eine Trikolore, rot-weiß-grün, ganz original und
ganz national, *piros-fehér-zöld, ez a magyar föld*, mit einer
Rosette aus Fondant, mit einer weißen Spitze aus Zuckerguß
um die Bildchen von Husaren in authentischen ungarischen
roten Dolmanen oder von rotwangigen Csárdás-Mädels mit
perlenbesetztem Kopfschmuck, mit grünen Blusen und weißen kurzen Röcken und Unterröcken und mit blutroten Stie-
felchen, auf denen Tulpen blühen – alles im authentischsten
nationalen Stil, bis zur letzten Rockfalte; und hätten Sie damals, eben damals (im Mai 1944), einem aus dieser Volksfest-
masse, die sich um die Buden drängte, einem der Landarbei-
ter oder der Lümmel aus der Stadt, die sich zwischen den
Buden wanden, hätten Sie, sage ich, einem von denen die
blasphemische Frage nach der Authentizität (im nationalen
Sinne) dieses Lebkuchenherzens gestellt, wäre der nicht nur
bereit gewesen, bei Kazinczy, Kossuth und Petőfi auf das tau-
sendjährige Magyarentum dieses nationalen Teigs zu schwö-

ren, sondern er wäre auch bereit gewesen, Ihnen Ihr neugieriges und argwöhnisches Herz herauszureißen, mit dem Rasiermesser, da auf dem Jahrmarkt, vor allen Leuten.

Die Frage, die unsere Zeitungen vor noch nicht so langer Zeit pathetisch als Kardinalfrage der nationalen Eigenheit aufgeworfen haben – ob denn das Lebkuchenherz, von dem eine Aufnahme in der Zeitung kam, bei uns in Paraćin oder dort »drüben« in Varaždin geknipst worden sei –, schien mir daher, ebenso wie jetzt, wirklich eine Jahrmarktsfrage zu sein, derentwegen man keine Worte verschwenden und keine Tinte vergießen sollte, geschweige denn Galle und Blut, also eine ganz unsinnige Frage (außer vielleicht unter ethnologischem Aspekt), im gegebenen Kontext so hohl wie dieses Lebkuchenherz, dazu aus dem gleichen Teig, *de même farine*.

Ich hatte das Glück (oder Unglück), in den Jahren, da man eine Vorstellung von der Welt bekommt, sich einem Mythen und Vorurteile in der Seele einprägen, sich das mythische und gesellschaftliche Sein des Menschen herausbildet, kraft meiner empirischen Erfahrung die Relativität aller Mythen zu begreifen (angefangen mit solchen, den frühesten, daß beispielsweise die Burschen aus der Bemstraße die stärksten und besten Kameraden sind, ihre Ziele Verteidigung und ihre Angriffe immer nur Vergeltung für zugefügte Beleidigungen, ihr Territorium ein heiliges und unantastbares Land ist, *terra nostriana*, in dem das Betreten für jeden anderen Schüler verboten und strafbar ist wie die Schändung eines Heiligtums – ein Thema, das mich ein bißchen später in der literarischen Version von Ferenc Molnárs *Die Jungen der Paulstraße* tief erschüttern würde), weil ich durch die Laune des Zufalls und des Schicksals wie eine Romangestalt, mit der der mächtige Schöpfer spielt, allzu früh in eine Situation geriet, in der ich die Perspektive wechseln mußte, diesen schicksalhaften *point of view*, weil ich nicht nur mit Grauen begriff, daß wir eilends aus der Bemstraße in die Griechenschulstraße ziehen mußten oder, o Graus!, aus der Louis-Barthou-Straße in die Telepstraße, wo die hartgesottensten Bösewichter und Mörder wohnen, sondern weil ich auch begriff, daß in diesem grausamen Spiel des unreifen *homo ludens* (einem Spiel, das in Goldings *Herr der Fliegen* als »ideologische« und psychologische Transposition, als mythologische Parabel literarisch zum Ausdruck kommt) die Begriffe leicht relativiert werden und daß die auf die Ebene absoluter moralischer Kategorien und Prinzipien gehobenen Überzeugungen und Vorurteile offensichtlich zusammenbrechen und zerfallen, sobald Sie die Sache auch *von der anderen Seite* der Grenze und Mauer betrachtet haben, von der anderen Seite der Barrikaden dieses ewigen grausamen Kinderimperialismus und -chauvinismus, der an der Peripherie der Städte, in den Elendsvierteln der Provinznester, neben Ziegeleien und Hütten gedeiht, wo die territoriale Integrität »bis zum letzten Blutstropfen« verteidigt wird, wo sich die durch die ideologische Grenze der Straße oder Siedlung beschränkte Gemeinschaft mit Legenden anstachelt, die von Geschlecht zu Geschlecht überliefert werden; ebenso stählt und härtet sich diese Gemeinschaft durch Heldentaten, das Mischen von Blut aus dem angestochenen Finger, den pathetischen Schwur à la David, die Geheimsprache, den Pfiff, der ein Substitut des Trompetensignals beim Militär ist und das Herz ganz abgedroschen höher schlagen läßt, die Findung durch rituelle Kraft- und Mutproben, die Annahme von Geheim- und Spitznamen (Einfluß der Groschenhefte), die ersten Erkenntnisse über die Geheimnisse des Körpers, des Geschlechts, die Pflege von Legenden, die in reiferen Jahren zu nostalgischen Erinnerungen an die Kindheit werden. Das Grauen meiner Kindertage war ebendiese trübe Erkenntnis von der Relativität aller Dinge, diese Zerstörung der Illusion über die Existenz einer einzigen und unveränderlichen Konstanten, das Grauen, das an die Stelle meiner ersten Furchtsamkeit trat: daß man, tja, aus mir völlig unverständlichen und unbegreiflichen Gründen die Bemstraße und die ganze gewohnte Ordnung dieses Kinderimperiums verlassen mußte, wo souverän ein mit Messer und Fernglas bewaffneter Volksdeutscher herrschte, hart, aber gerecht, und wo jeder in den Labyrinthen der Luftschutzkeller und der frisch ausgehobenen Gräben (die für ein anderes, eigentlich nur von den Konsequenzen her brutaleres und blutigeres Ritual bestimmt waren), wo also jeder seinen klar bestimmten Platz, seine Obliegenheiten und Verpflichtungen hatte, seine Überzeugung, in der besten aller Welten zu leben. Bald nachdem meine ersten Ängste ausgestanden waren, sollte ich begreifen, daß man mich erkennen, entlarven, daß man mich schwer bestrafen würde, sollte ich mit Staunen und Zweifel begreifen, daß auch hier, in dieser neuen Siedlung, die gleichen Gesetze und gleichen Mythen von Gemeinschaft–Kraft–Treue und der gleiche Haß gegenüber dem »Feind« herrschen, dessen Territorium sich hinter der dritten Straße erstreckt, wo nur lauter Räuber, Raufbolde, Lästerer und Diebe, Alkoholikersöhne, Irre und Gewalttäter, lauter Pyromanen und mit Fahrradketten, Messern und Schlagringen bewaffnete Mörder, Leute, die Fenster einschlagen, Mädchenschänder, Wüstlinge und Halunken leben, die man im Namen *unserer* chevalaresken Tradition und unseres Straßen-*fairplays* allesamt niedermachen muß. (Auf die Liste der Todsünden kam erst später die schändlichste aller Sünden – beschnitten, ein *büdös Zsidó* zu sein, und dieser neue Augenblick im Kinderreich war lediglich der Reflex jener grausamen Ereignisse, die zum blutigen Massaker im Januar 1942 und zu den bekannten »Kalten Tagen« von Novi Sad führten, als dieses grausame Kinderspiel für viele äußerst tragisch enden sollte – unter dem Eis der Donau.)

Durch unsere unverhofften und mir unbegreiflichen Umzüge und Orts- und Adressenwechsel – hinter denen die mir damals noch unklaren Motive standen, die meinen Vater dazu trieben, seine Aufenthaltsorte zu wechseln, als könnte er dadurch seinem Schicksal entgehen, und eigentlich stand hinter allem, außer der objektiven Notwendigkeit, eine latente Angstneurose, die in gewisser Weise die endemische Krankheit der jüdischen Intelligenz Mitteleuropas ist –, durch diese

Umzüge, sage ich, gewann ich frühzeitig die Erkenntnis von der Relativität der Mythen, nicht nur der der Kinder. Als ich in Ungarn als Diener und armer Dörfler auf dem Lande lebte und meine »Weltanschauung« und Gewohnheiten – ja, doch, bürgerlich waren, ich also die Erkenntnis hatte, daß ich nicht hierhergehörte, hier nicht zu Hause war, übernahm ich bald, von der Schule und den Bauernfamilien, wo man mich mit Neugier, als seltene Spezies Mensch, aufnahm, alle ungarischen (Dorf-)Mythen, alle Gemeinplätze der mündlichen Überlieferung, Auszählverse, Zaubersprüche, Sprichwörter – »Die Ungarn sind das gastfreundlichste Volk der Welt«, das fleißigste und frömmste – die ungarischen Soldaten sind die gerechtesten im Krieg und die tapfersten, *Talpra Magyar hí a haza!* – die ungarische Tiefebene ist die schönste Landschaft der Welt (einigen objektiven Ausländern, Verfassern von Reisebeschreibungen nach), die Berge sind doch rauh und wenig einladend – *Wer sagt, die Pußta sei nicht schön?* (Petőfi) – Ungarn wurde von Fremden verstümmelt (*Nem, nem soha!*), aber jetzt (Kinder) ist unsere Heimat wieder groß und schön wie zu Szent Istváns Zeiten, unser Land ist wieder ein Blumenstrauß am Hut Gottes, weil der liebe Gott der Ungarn so einen Hut trägt wie ein Csikós aus der Pußta, und am Hut hat er wahrhaftig einen Blumenstrauß von ungarischen Wiesen, von ungarischen Blumen (die niemand sonst hat): *buzavirág* (Klatschmohn), *gyöngyvirág* (Maiglöckchen), *bazsalikom* (Pfingstrose): *Ha a föld Isten kalapja, hazánk a bokréta rajta* – die ungarische Geschichte ist die blutigste, heldenhafteste, gerechteste, die ungarischen Herrscher die edelsten, gelehrtesten, immer von unzuverlässigen Verbündeten verraten – Ungarn war das Bollwerk gegen die türkischen Eroberer – die ungarische Sprache ist die schönste der Welt, und alle Sprachen können sich vor ihr schämen, und so heißt diese Sprache mit dem konstanten Epitheton *schön* denn auch: *a szép magyar nyelv* – die ungarische Literatur ist die beste, die Pferde die schnellsten, die Helden die beherztesten, die ungarischen Husarenregimenter kämpfen vor Stalingrad tapferer als alle anderen, weil die ungarische Honvéd dort ihre Heimat verteidigt (*esik eső ázik, magyar baka fázik*), das Radio der Frau Lehrerin spielt das traurige Lied *Karadi Katalin*: »Denkst du an mich in der Sternennacht« (*Ugye gondolsz néha rám, csillagfényes éjszakán...*) und spielt: »Ich weiß, daß du auf mich wartest« (*Tudom hogy vársz*), obwohl das schon zu dieser Zeit, objektiv gesehen, nur ein tragisches Requiem auf einige hunderttausend Honvéds ist, die in den russischen Schneesteppen den sinnlosen »Heldentod« gestorben sind ...

All das übernahm ich mit einer kindlichen Naivität und mit Vertrauen, trotz gewisser Zweifel und trotz gewisser noch unklarer Erkenntnisse, *trotz der Erfahrung*, trotz der Ahnung, daß ich, daß wir nicht hierhergehören, daß wir vorübergehend hier sind, daß wir hier Kriegsflüchtlinge sind, Fremde und Vertriebene, die das harte Leben der Vertriebenen im Schatten des Todes leben. Über all das habe ich in romanesker Form in meinem Roman *Garten, Asche* gesprochen, über dieses mein frühes Bewußtsein von einem ererbten Fluch ebenso wie über meine langjährigen, qualvollen religiösen Krisen, über diese religiöse Jugend-, Kinderkrise im Schatten des katholischen Rituals, des Katechismus, der Kinderbibel, *Gyermekszívek hódolata*, des Harmoniums, auf dem unsere Lehrerin spielte, der Kirchenmessen, der Religionsstunden, der biblischen Legenden, der Feierlichkeit der Erstkommunion (von der ich ausgeschlossen war), des Glockengebimmels von der Dorfkirche, der Ängste vor der Strafe Gottes. All das war für mich nur Anlaß für Strafe und Pein, diese lyrische Pathetik des katholischen Rituals, die Ministranten in Spitze und Satin, mit Glöckchen in der Hand, im feierlichen Dialog, auf lateinisch, mit dem Dorf*plébános,* das Singen der Gemeinde, dieses Harmonium, dessen Klänge die Seele in den Himmel erhoben, und als ich einmal durch die Barmherzigkeit unserer Lehrerin (die offensichtlich den Wunsch hatte, damit die Dorffaschisten uns gegenüber nachsichtig zu stimmen) Vorsänger wurde, bekleidet mit weiten ungarischen Bauernhosen aus Leinen, mit Weste und Hut und mit einer Csikóspeitsche, und zusammen mit meinen Schulfreunden die aus Holz und Lumpen gefertigte Krippe mit dem Neugeborenen von Bethlehem und den darbringenden Königen von Haus zu Haus trug, war auch das für mich eine Seelenpein, weil ich beim Singen vor den Türen der Bauernhäuser – »Kommet, ihr Hirten« – wußte, daß ich hier nur durch Zufall bin, durch die Barmherzigkeit und Güte der Frau Lehrerin.

Andererseits hörte ich zu Hause bei meiner Mutter an langen Winterabenden eine andere Legende, wo es einen anderen, weniger strengen und weniger grausamen, fast heidnischen Gott gab, und das Vaterunser sprach ich zu Hause auf altslawisch (kirchenslawisch eigentlich), und dieses Vaterunser war meine erste (mündliche) Übersetzung und meine erste frühe Erkenntnis nicht nur von manchen Parallelismen in den *nobilissimarum Europae linguarum*, sondern ich bekam auch eine Ahnung von der Macht der *transrationalen Sprache*, von dem, was Wundt *Lautbilder* nennt.

Und bereits 1947 feierte ich in Cetinje, im Hause meines Großvaters mit dem biblischen Namen Jakob, Heiligabend als »Mann im Haus«, auf dem Fußboden war Stroh verstreut, und meine Tante segnete mich mit Zucker und Nüssen, und sie bekreuzigte sich und verbeugte sich und sprach segnende Zauberworte, magische Formeln auf altslawisch – *da priidet carstvije Tvoje* –, und zwar mit selbsterfundenen rituellen Sprüchen gegen Verhexung und den Leibhaftigen – *anatematenate*, »Verblendung« –, ohne zu wissen, daß das vor ihr schon der Dichter Kručenych getan hatte (*Dyr bul ščul – Ubeščur – Skum*), und lang vor diesem der Prophet Jesaja (*Sav la-sav, sav la-sav – Kav la-kav, kav la-kav – Zeer šam, zeer šam*), der Zucker knisterte unter den Füßen, die Kerzen flackerten, es prasselte der Weihrauchkessel unter der Ikone des heiligen Erzengels Michael, unseres slawischen Heiligen und Patrons, eigentlich heidnischen Hausgeistes, *domovojs*, überzogen von Ruß, Gold und Fliegenschiß; man prostete sich mit Schnaps und Wein zu – *Hristos se rodi – vaistinu se rodi – Dyr bul ščul/Ubeščur/Skum* ...

Mein Großvater (mütterlicherseits) schrieb Gedichte in Zehnsilbern (ich notierte zwei, drei davon und träumte, daß ich einst wie Vuk Volksschätze sammeln würde), die Köpfe der Türken fielen wie Ähren (mein Großvater hatte 1912/1913 tatsächlich auf dem Taraboš gekämpft), die Pferde wieherten wie bei Homer, der Christ jagte den Ungläubigen »bis nach Skutari und über Skutari hinaus«, und dann wurde da gegessen und getrunken, zur Siegesfeier, heidnisch, »allerhand Schmausereien«, Njeguški-Schafskäse, Schinken und Trockenfleisch, und mit Schnaps aus Dobrsko und Crmnički-Rotwein begossen, wurden Türkenköpfe geworfen, und zwar vor die Füße des glorreichen Gebieters (Nikola I.) usw. usw., lauter Helden, Montenegro und die sieben Berge konnten die Türken niemals verheeren, niemals unterjochen, und es schien mir, als hätte ich all diese Gedichte schon einmal gehört, als hätte ich all diese Geschichten, die aus dem Schulbuch (Jagoš Jovanović: *Die Geschichte Montenegros*) und die mündlich überlieferten, mit den schrecklichen, homerischen Übertreibungen, schon irgendwo gelesen, wortwörtlich sozusagen, was Heldentum und Moral angeht, als hätte ich diese blutigen Pfingstrosen (vom Amselfeld) unter dem Namen *hazsalikom* in einigen patriotischen Gedichten in einer anderen Sprache[18] schon einmal gepflückt, ebenso wie ich, nachdem ich von Cetinje weggegangen war, nun schon mit der Reife eines Achtzehnjährigen und hauptsächlich durch die Literatur (Cecil Roth und später A. Memmi, E. Wiesel, Max Brod, Kafkas Tagebücher, Koestler usw.) auch begriff, daß der jüdische alttestamentarische Mythos vom »auserwählten Volk« ebenfalls nur eine bis zur äußersten Konsequenz getriebene nationale (alttestamentarische und talmudische) Mythologie ist und sich talmudische Weisheiten und chassidische Legenden

18 Ebenso wie ich diese Pfingstrosen unter dem Namen *coquelicot* in Schulbüchern und französischen Chrestomathien, nicht nur bei drittklassigen *cocorico*-Dichtern, sondern bei Hugo finden sollte ... (A. d. A.)

im Kern nicht unterscheiden von Vuks Sprichwörtern, von den christlichen, von den griechisch-römischen, von den byzantinischen, von den altindischen ...

In meinem Innern wurde so in einem Augenblick, sozusagen von selbst, wie Obst, das Bewußtsein von der Relativität aller nationalen Mythen reif (auch darüber könnte man ein ganzes Buch schreiben), und obwohl ich diese Idee, die mich umzutreiben begann, nie zuvor zusammenhängend formuliert hatte – daß es interessant wäre, zu schauen, wie all das und was darüber in türkischen Geschichtsbüchern steht, in deutschen, in italienischen –, faßte ich sie in dem Moment, als ich sie bei einem anderen (»Die Schüler sollten die letzten Niederlagen Napoleons anhand der Berichte des *Moniteur* studieren, der seine Siege offen feiert, und nachdem sie in englischen Texten die Geschichte der französisch-englischen Kriege studiert haben, sollten sie dieselbe Geschichte noch einmal, dann aus der französischen Perspektive betrachten«[19]) fast wortwörtlich so, wie ich diesen Gedanken in mir trug, formuliert fand, als meine ureigene Idee auf, die mir schon seit meiner Kindheit bekannt war und mich umtrieb.

Ich bin überzeugt, daß solch ein Geschichtsunterricht (wie ihn Bertrand Russell vorschlägt) weitreichende Folgen hätte und Bedeutung und Auswirkungen solch einer Theorie der historischen Relativität nicht geringer wären als Einsteins Theorie und daß man viele Mißverständnisse vermeiden und viele tragische Irrtümer beseitigen könnte und dabei jene Konstante (die Vinaver[20] in einem anderen Zusammenhang die Konstante h nannte, und zwar analog zu Plancks Theorie des diskreten Wertes im Rahmen der Quantenmechanik), daß also diese diskrete Konstante der nationalen Eigenheit nicht verlorenginge; im Gegenteil! Natürlich würde dieses utopische Projekt nur neue Mißverständnisse verursachen, weil jeder die Textexegese *der anderen* fordern würde. Im

19 Bertrand Russell in *Let the People Think. (A. d. A.)*
20 Stanislav Vinaver (1891-1955), serbischer Dichter, Essayist und Übersetzer. *(A. d. Ü.)*

übrigen sucht sich der Mensch die Mythen aus, an die er glauben will und die ihm helfen zu leben. »Die Identifizierung mit einer Gruppe impliziert immer die Opferung der Kritikfähigkeit des Individuums und die Erweiterung seiner emotionalen Kräfte zu einer Art Gleichklang mit der Gruppe oder ›positiven feed-backs‹ [...]. All das führt zu der Schlußfolgerung, daß die qualvolle Situation des Menschen nicht durch die Aggressivität des Individuums bedingt ist, sondern durch die Dialektik der Gruppenformation; durch diese unwiderstehliche Tendenz, sich mit einer Gruppe zu identifizieren und ihre Glaubenssätze mit Enthusiasmus und ohne Nachdenken zu übernehmen [...]. Der Mensch ist ein symbolschaffendes Tier. Das glorreichste und gefährlichste Produkt dieses Symbolschaffens ist die Sprache. [...] Die Sprache ist in erster Linie die grundlegende Kohäsionskraft innerhalb einer gegebenen ethnischen Gruppe, aber gleichzeitig schafft sie Barrieren und wirkt als abstoßende Kraft zwischen unterschiedlichen Gruppen« (A. Koestler). Und wir wären wieder am Anfang, wie am Anfang das Wort war.

Rivarols *Discours sur l'universalité de la langue française* (1784), diese »geistreiche und begeisterte Apologie der französischen Sprache und des nationalen Genies«, ist nur eine der Varianten von der »schönen ungarischen Sprache« (*a szép magyar nyelv*), »unserer süßen Muttersprache« (*édes anyanyelvünk*), eigentlich von jener romantisierten Idee, daß »unsere« Sprache immer die schönste, klarste, klangvollste, funktionalste, der (edlen) Menschenseele angemessenste ist, und es gibt wohl keine zivilisierte Nation, die in ihrem philologischen oder literarischen Fundus nicht eine eigene »geistreiche und begeisterte Apologie« ihrer Sprache und ihres nationalen Genies hätte – Theorien, die nicht nur im Übergang vom Lateinischen auf die *vulgaris eloquentia*, sondern auch mit den Befreiungskriegen und dem Erwachen des nationalen Selbstbewußtseins zur Zeit der Napoleonischen Invasionen aufkeimten; diese Apologien der einzigen und alleinigen – ihrer – Sprache als Ausdruck des nationalen Genies erblühten zur

Zeit des Romantizismus pathetisch wie die roten Pfingstrosen auf den nationalen, blutgetränkten Feldern, und diese
Apologeme halten sich bis zum heutigen Tag (*Ecrire propre-
ment sa langue est une des formes du patriotisme*[21]), bald als
spätromantische philologische Schwärmereien, bald als phi-
lologischer Schlagabtausch zweier kulturpflegender und -tra-
gender Gesellschaften[22], von denen jede ihre eigene in Ko-
lumnen eingeteilte »süße Volkssprache«, ihrem Aufbau nach
so ähnliche und ihrem Aroma nach so unterschiedliche
Schöpfungen, besitzt, und die Bienenköniginnen sind jeder-
zeit bereit, sich gegenseitig mit ihren giftigen Stacheln zu stechen, jede für sich von der Authentizität und Unnachahm-
lichkeit ihres eigenen heilsamen Nektars überzeugt! Rom
und Byzanz! Schisma! »Kriege werden der Worte wegen, auf
semantischer Ebene, geführt« (Koestler).

Und da, auf philologischem und semantischem Feld, eine
Exaktheit, eine wissenschaftliche Methodologie, ästhetische
und logische Bewertungskriterien – nach der Häufigkeit der
Vokale oder hinsichtlich der Nasalierung als einer Art
sprachlichen »Chics«, nach der *Reinheit* im Verhältnis zu anderen Sprachen usw. – zu suchen wäre natürlich ebenso
fruchtlos, wie sie in einem quantitativen Reichtum des lexikalischen Fundus zu suchen; Reichtum an Synonymie zeugt
nachgerade von einer »Unreinheit« und »Nichtauthentizität«
der Sprache, von einem auf Fremdwörtern basierenden
Reichtum, die auch den größten Teil dieses synonymischen
Parallelismus ausmachen. Der spätromantische süße Irrtum
über die Muttersprache, die nicht nur »süß« und heilsam ist
wie Nektar, sondern darüber hinaus auch noch die überlegen-
ste der Welt, dürfte wohl der letzte süße Irrtum und Mythos
sein – die Kraft der Anziehung und der Abstoßung unter den

---

21 »In einer reinen Sprache zu schreiben ist eine Form des Patriotismus« –
Lucie Delarue-Mardius, *La Liberté* (1933). *(A. d. A.)*
22 Gemeint sind die im 19. Jahrhundert zur Pflege der nationalen Kultur ge-
gründeten literarischen Gesellschaften, z. B. »Serbische Matica« oder »Kroatische Matica« – wörtlich: serbische oder kroatische »Bienenkönigin«. *(A. d. Ü.)*

Völkern, die Größe, auf der das labile Gleichgewicht dieses unseres (europäischen) linguistischen Babylons begründet ist. Und nicht nur des europäischen. Die Domination mit der Sprache und durch die Sprache ist ebenso alt wie die Domination mit der Macht der Waffen. Manchmal siegt die Zahl, der numerische Vorteil, und manchmal die Vernunft (Sprache). »Im Endeffekt«, sagt Eliade, »*erscheint die Welt als Sprache. Sie spricht den Menschen durch ihre eigene Existenzweise, ihre Strukturen und ihre Rhythmen an.*« Die Sprache, versteht man sie so wie hier diskutiert, ist also auch nur ein Mythos wie jeder andere, und aus dieser Erkenntnis können wir dennoch einige Schlüsse ziehen: daß unsere süße Sprache auch etwas Relatives ist (ein Gegenstand also, über den man nicht anders als in subjektiven Kategorien sprechen kann) und ich aus der Tatsache, daß ich einzig, und also am besten, in dieser unseren Sprache schreibe, keinen anderen Schluß ziehen möchte als den einzigen, den man daraus ziehen kann: daß ich einzig und am besten in dieser unseren Sprache schreibe und sie also für mich die einzige und beste ist.[23] Und nichts weiter.

23 *Gabelentz* sagt, der zufällige Beobachter habe keine Ahnung, wie vielfältig und schön grammatische Kategorien selbst in den scheinbar unentwickeltsten Sprachen ausgedrückt werden können [...]. *P. W. Schmidt* [...] sagt, daß sich jeder, der erwarten würde, daß die Sprache der Andamanen ihrer niedrigen Kultur wegen sehr einfach und arm im Ausdruck sei, sehr irre, weil der Mechanismus dieser Sprache sehr kompliziert sei; es gibt viele Präfixe und Suffixe, die oft auch die Wurzel selbst verstecken. *Meinhof* [...] erwähnt die Vielfalt der Pluralformen in afrikanischen Sprachen. *Wilhelm Thomsen* sagt über das Santali, daß seine Grammatik in der Lage ist, eine solche Vielfalt an *Nuancen* auszudrücken, die in anderen Sprachen durch schwerfällige Periphrasen ausgedrückt werden müssen [...].
[...] die Eindrücke von der Sprache eines anderen Volkes werden leicht vom linguistischen auf andere Bereiche übertragen, und von daher werden sehr leicht allgemeine Urteile über den Charakter anderer Völker gebildet. In diese Urteile schleichen sich manchmal Vorurteile aus anderen Bereichen, z. B. aus dem politischen Bereich, ein; manchmal wird hingegen die musikalisch-phonetische Charakterisierung einer Fremdsprache, wenn auch unbewußt, von nationalen Vorurteilen belastet – aus Weingart, *ibid.*, S. 378 (Petar Guberina: *Die Verbindungen zwischen den sprachlichen Elementen*, Zagreb 1952, S. 368-370 [serbokroatisch]). *(A. d. A.)*

Immer der Subjektivität meines Urteils und meiner Meinung bewußt, immer der Relativität, das heißt der Universalität meiner Präferenzen bewußt: überall um mich, überall um uns, einige Stunden Fahrt entfernt, im Westen, Osten, Norden und Süden stehen Tausende Schriftsteller vor beschriebenem Papier und streicheln oder schmähen ihre »schönste, stolzeste, bescheidenste, kühnste, ergreifendste, sinnlichste, sittlichste, vornehmste, vertrauteste, wahnsinnigste und weiseste«[24] und der (edlen) Seele des Menschen, des Dichters angemessenste Sprache. Und wenn meinem entfernten (und nahen) Verwandten in einem Augenblick der blasphemische Gedanke aufsteigt, daß ihn die »Sprache verraten« habe, denkt er das nur deshalb, weil ihm die Feder stockte, weil er nicht das richtige Wort oder den richtigen Ausdruck fand, aber an seiner Sprache zu zweifeln (der Sprache, in der er schreibt) würde für ihn das Ende als Schriftsteller bedeuten. Und ich kann ihn verstehen. Ebenso wie ich seine Ausschließlichkeit verstehe. Was ich will, ist, meine Erkenntnis mitzuteilen, daß seine Ausschließlichkeit Ausfluß eines Irrtums ist. Aber ich gebe auch zu, daß ich es mag, wenn der Schriftsteller mit der Wut des verlorenen Sohnes auf seine Muttersprache losgeht und wenn man in einer Kultur auch die Eignung der Sprache in Frage stellt, wenn sich die üblichen Formen des Verhältnisses zur Sprache ändern. Das mag ich, zumindest als Akt der Auflehnung gegen die Konventionen und Gemeinplätze (die Sprache ist der größte »Gemeinplatz«), als Opposition zu den allgemeingültigen, automatisierten Formen des Denkens, Lebens, Schreibens. Ebenso wie ich glaube, daß jedes Werk, das etwas taugt, ein Akt der Auflehnung gegen die eigene und einzige Sprache ist, daß die Auflehnung wie bei Laza[25], Vinaver

24 Paraphrase nach Anatole France: »La langue française est une femme. Et cette femme est si belle, si fière, si modeste, si hardie, si touchante, si voluptueuse, si chaste, si noble, si familière, si folle, si sage, qu'on l'aime de toute son âme, et qu'on n'est jamais tenté de lui être infidèle« (*Propos*, 1921). *(A. d. A.)*
25 Laza Kostić (1841-1910), größter Dichter der serbischen Romantik. *(A. d. Ü.)*

oder Queneau (»Wir schreiben in einer toten Sprache«) auch ein Teil der Schöpfungstat ist, bedeutsamer als jede *apologie de la langue française.*

Daher möchte ich meinen Seelsorgern hier und auf diesem Weg ausrichten, daß ich dafür, daß ich in der Sprache schreibe, in der ich schreibe, keinerlei Sündenablaß von ihnen brauche, keine von ihnen unterschriebenen Fermane und Hattischerife, da mich ihre Ukasse nicht scheren und ich ihre Bullen und ihre Sündenvergebungen nicht brauche, denn das ist meine Sprache! Und wenn wir uns nicht »von Grund auf« verstehen (»Wo haben die Menschen ihre Heimat? Dort, wo die anderen Menschen um sie herum von Grund auf verstehen, was sie sagen, bis in die letzte äußere oder innere Schwingung der Sprache verstehen, was sie freut und was ihnen weh tut« – Isidora Sekulić[26]), dann nicht deshalb, weil die Herren der Fermane und Ukasse nicht verstünden, was ich sage und schreibe, sondern weil diese Mißverständnisse anderer Natur sind: diese Herren der Fermane und ich sprechen auf einer anderen Ebene – der intellektuellen und moralischen – wirklich nicht dieselbe Sprache, und diesen Herren gebe ich nicht das Recht, mir Normen vorzuschreiben, weder sprachliche noch literarische, noch moralische. Wir sprechen wirklich nicht dieselbe Sprache! Und Dank sei Gottvater Zebaoth!

---

26 Isidora Sekulić (1879-1958), Essayistin und Verfasserin von Reisebeschreibungen. *(A. d. Ü.)*

II
Parabase

Frontalzusammenstoß

Judaismus

Wenn anläßlich meiner Bücher über Probleme des Judaismus, über Juden, über das »Leiden der Juden« usw. usw. gesprochen wird, löst das alles eine Art Idiosynkrasie in mir aus, die mit dem jüdischen Komplex, der Freudschen Heimlichkeit, sicherlich nicht hinlänglich (psychologisch) zu deuten ist. Was mein Verhältnis zu Judaismus und Judentum überhaupt angeht, hatte ich mir, schon lange bevor ich die grausame Assimilationstheorie Koestlers kennenlernte, diese Theorie aufgrund von Überlegung und Erfahrung auch selbst zu eigen gemacht, obwohl mich die Praxis, in erster Linie die literarische Praxis, in gewisser Weise widerlegte: über Juden zu schreiben, Juden als Helden seiner Texte zu haben, das betrachtet man bei uns als eine Art rassisch-religiös-nationale Bestimmung, und manche Kritiker würden mich, wenn sie könnten, am liebsten in die hebräische Literatur einordnen und mich drängen, wenn schon nicht hebräisch, dann wenigstens jiddisch zu schreiben. Und da ist jedes Argument, jede Erklärung vergebens, denn im entscheidenden Augenblick, im Augenblick, da die nationalistischen Posaunen (nicht die von Jericho!) ertönen, muß man sich für ein Volk, für eine Provinz und für eine Region entscheiden, muß man laut und deutlich erklären, ob du zu uns gehörst oder zu ihnen, denn zu jemandem mußt du ja gehören. Und da zu sagen, wenn sie dich noch weiter fragen, daß du weder zu uns noch zu ihnen gehörst, bedeutet das, daß du bist, wofür sie dich innerlich halten, etwas Drittes, vielleicht keiner von ihnen, vielleicht noch kein Gegner, aber auf jeden Fall jemand, mit dem auf der allgesamtnationalen Versammlung der Schriftsteller und Pharisäer nicht zu rechnen ist. Und ihnen da zu sagen, du gehörst mit deiner Sprache, in der du träumst und in der du schreibst, du gehörst also dieser unserer Literatur an (wenn auch der Traditionsbegriff nach deinem Verständnis weiter gefaßt ist, eurozentrisch, und nicht nur eurozentrisch, sondern weltumspannend, *wirklich weltumspannend*, nicht bourgeois und nicht nationalistisch, und nicht einmal in der *goetheschen* Bedeutung von Weltliteratur, sondern im Sinne eines Borges, eines Koestler, so wie ein Etiemble sich ihn vorstellt und versteht), ihnen also dann zu sagen, du bist, aus diesem Blickwinkel betrachtet (im Sinne der Tradition), ein *jugoslawischer* Schriftsteller, dann hält man das für eine Art literarische Lüge oder Heimatlosigkeit, für *Heimlichkeit*, die Mitleid oder Wut auslöst, denn mit dieser Bestimmung hast du deine innere Zugehörigkeit zu verdecken, zu verheimlichen versucht und hast versucht, gleich beim Start, als ginge es hier um Wettläufe, einen guten Platz in Raum und Zeit einzunehmen, als wolltest du mit einemmal in all unsere Gebiete einfallen, weder aus altem noch vornehmem Geschlecht, ein Ewiger Jude, der mit dieser seiner Bestimmung, diesem seinem deutlichen und hervorgekehrten literarischen Merkmal mühelos auch bei europäischen und außereuropäischen Verlegern ankommen wird, aber man weiß ja, auf welchem Weg und auf welche Weise...

Das Judentum ist indes in meinem Fall, und nicht nur in meinem, auf psychologischer und metaphysischer Ebene dieses selbe unveränderte Gefühl, das schon Heine »Familienunglück« nannte, und ich würde meinen Büchern aus dem sogenannten Familienzyklus am liebsten diesen gemeinsamen Titel geben: »Familienunglück«. Und dieses Gefühl des Familienunglücks ist eine Art Angst, die, auf literarischer und psychischer Ebene gleicherweise, dem Gefühl der Relativität Nahrung gibt und – daraus entsprungen – der Ironie. Das ist alles. »Mein Judaismus ist ohne Worte, wie die Lieder von Mendelssohn« (Borges).

Der Judaismus hat darüber hinaus – vielleicht mehr im Fall der Gestalten aus meinen Büchern, E. S. und B. D. Nowskij, als in meinem persönlichen – etwas von jener gewaltigen und geheimnisvollen affektiven Anziehungskraft, von der Freud spricht, etwas von jener »beunruhigenden Ungewöhnlichkeit« (was lediglich eine freiere und genauere Übersetzung von *Heimlichkeit* ist), die an sich schon, auch auf literarischer Ebene, eine Spielart der Verfremdung ist. Aus diesem Blickwinkel betrachtet, sind in bezug auf E. S. oder B. D. Nowskij bestimmte Prärogative des Judaismus, so wie sie Freud verstanden hat, nicht ohne Bedeutung bei der Herausbildung der Weltanschauung dieser Gestalten: der Judaismus ist hier eine Art latente Auflehnung. »Als Jude«, sagt Freud, »war ich dafür vorbereitet, in die Opposition zu gehen und auf das Einvernehmen mit der ›kompakten Majorität‹ zu verzichten.«

Was *Ein Grabmal für Boris Dawidowitsch* (ich denke an das Buch) angeht, ist der Anteil des Judentums darin so hoch, wie er auch in der bolschewistischen Bewegung selbst war (und ich habe jetzt nicht die Absicht, auf die Gründe dieser Beteiligung einzugehen), also in der Pléiade derer, die die »zehn Tage, die die Welt erschütterten« hervorgebracht haben. Dieser Wert läßt sich auch numerisch ausdrücken, und ich denke, daß eine solche Messung im Rahmen meines Buches kein wesentlich anderes Bild ergeben würde als das von den historischen und archivalischen Quellen gebotene: von 246 Urhebern der Oktoberrevolution waren 119 »Ausländer und Juden«, davon 16,6 % Juden. Eine Angabe, die mit jenen über die Herkunft meiner Gestalten aus dem Buch *Ein Grabmal für B. D.* zu vergleichen interessant wäre.

Das Judentum in *Ein Grabmal für B. D.* hat eine zweifache (literarische) Bedeutung: Einerseits stellt es im Zusammenhang mit meinen früheren Büchern eine notwendige Verbindung her und erweitert die Mythologeme, die ich verarbeite (und auf diese Weise verschafft es mir, über das Problem des

Judentums, die Zugangsberechtigung zu einem Thema, sofern man dafür eine Zugangsberechtigung braucht), und andererseits *ist das Judentum hier, wie auch in meinen früheren Büchern, nur ein Verfremdungseffekt.* Wer das nicht versteht, versteht nichts von den Mechanismen der literarischen Transposition.

Borges

Kein Zweifel, die Erzählung, genauer gesagt, die Erzählkunst, läßt sich in die vor Borges und die nach Borges einteilen. Und ich denke da nicht an die Erweiterung des Realitätsbereichs (hin zur Phantastik), sondern in erster Linie an die Erzähltechnik selbst; das Erzählen à la Maupassant–Tschechow–O'Henry, das zum Detail strebte und sein Feld der Mythologeme durch Induktion schuf, wurde bei Borges durch einen Zaubertrick, einen revolutionären Streich, durch die Deduktion, abgelöst, was lediglich eine andere Bezeichnung für einen eigentümlichen erzählerischen Symbolismus ist, dessen Konsequenzen jedoch auf theoretischer und praktischer Ebene nicht weniger weitreichend sind als die, welche der nämliche Symbolismus in der Poesie mit dem Erscheinen Baudelaires auslöste. Darüber hinaus hat die besagte induktive Methode, nachdem sie ihren Höhepunkt in der Erzählkunst der erwähnten drei Größen der sogenannten realistischen Erzählung erlebt hat, wie mir scheint, alle Mittel ausgeschöpft und wirkt heute, nach dem Prinzip des Sensibilitätenwechsels und der darauf folgenden literarischen Reaktion, meist wie ein Anachronismus. Da eine solche Aussage bei uns wegen der extremen Empfindlichkeiten, wenn es um den Begriff Realismus geht, für Gotteslästerung gehalten werden kann, bin ich gezwungen, mich auf Schklowski zu berufen (damit man nicht auf die Idee kommt, ich betrachtete die neuen Formen als Folgen der Ideologie oder wollte den »guten alten Tschechow« desavouieren): »Ein Kunstwerk wird wahrgenommen auf dem Hintergrund und auf dem Wege der Assoziierung mit anderen Kunstwerken. Die Form des Kunstwerks bestimmt sich nach ihrem Verhältnis zu anderen, bereits vorhandenen Formen [...]. *Nicht nur die Parodie, sondern überhaupt jedes Kunstwerk wird geschaffen als Parallele und Gegensatz zu einem vorhandenen Muster. Eine neue Form entsteht nicht, um einen neuen Inhalt auszudrücken, sondern um eine alte Form abzulösen, die ihren Charakter als künstlerische Form bereits verloren hat.*«

Zu einer solchen Erkenntnis, zu einer solchermaßen formulierten Poetik zu gelangen (die ich als Grundlage auch meiner eigenen Poetik betrachte) impliziert keinerlei Pseudowissenschaftlichkeit, keinerlei (für Ignoranten) gefährliche intellektualistische und spekulative Methode, aus der nachträglich Werke geboren werden, sondern diese Art des Herangehens an literarische Phänomene ist, auf theoretischer Ebene wie auch in der literarischen Praxis, dem Begriff der literarischen Sensibilität schlechthin immanent, und für eine solche Erkenntnis reicht auch schon ein flüchtiger Einblick in die Werk- und Ideengeschichte, ja man kann dazu auch ohne jede Theorie gelangen, schlicht und einfach durch Talent. Was ist Talent denn anderes als genau diese Abweichung vom Kanon, das, was Christiansen »Differenzempfinden« oder »Empfinden der Verschiedenheit« nennt! Und wenn unsere Kritik bei der Wertung literarischer Werke dieses Grundprinzip anwenden würde, hätte sie einen sicheren Kompaß in der Hand, sicherer als das mechanische Kriterium der Generation oder die Dichotomie Form–Inhalt oder Realismus–Phantastik usw. usw. Und wenn sie mit diesem Kompaß auch an meine Bücher herangingе, könnte sie in ihnen ohne Schwierigkeit dieses permanente Streben nach diesem famosen »Differenzempfinden« entdecken und würde diese *Verschiedenheit* (in bezug auf unseren literarischen Kanon) nicht im Judaismus und im spezifischen Klima dieser Bücher suchen, sondern in diesem permanenten und obsessiven Streben, sich durch die Form das Recht auf dieses »Differenzempfinden« zu erkämpfen, auch nicht in den sogenannten westlichen Einflüssen (als wären diese westlichen Einflüsse nicht auch den anderen Schriftstellern zugänglich), sondern gerade in diesem permanenten *Abstand* (in formaler und inhaltlicher Hinsicht) zu der bei uns üblichen Literatur, in dieser Entfernung, die, wenn sie dem Werk auch keine absolute oder gar relative Superiorität garantiert (hier ist das Talent entscheidend), ihm zumindest Modernität, will sagen, Nichtanachronismus garantiert. Und wenn ich mir in meinen Büchern die Erfahrungen des modernen europäischen und amerikanischen Romans, selbstverständlich meinen Affinitäten entsprechend, zunutze mache, dann nicht deshalb, weil es mir durch die Gnade des Himmels gelungen wäre, ein paar Romane und ein paar theoretische Werke zu lesen, die anderen Sterblichen unzugänglich wären, sondern weil ich gespürt, geahnt habe, daß sich in der Welt der literarischen Phänomene die Dinge ändern, daß sie sich zusammen mit dem famosen Hegelschen *Weltgeist*[1] bewegen, und weil ich mit Thema und Verfahren, mit meinem eigenen Mythologem, zumindest im Rahmen der Nationalliteratur den Kanon und den Anachronismus zerbrechen wollte. Und ich hege weder die Hoffnung noch die Erwartung, daß sich jemand die Mühe machen wird, sich aus dem Blickwinkel, über den ich spreche, mit meinem bescheidenen *œuvre*[2] zu beschäftigen, das heißt, sich hinzusetzen und zu untersuchen, was im Augenblick des Erscheinens meiner fünf, sechs Bücher ihr *differentieller Koeffizient* hinsichtlich der kanonisierten Werke unserer Literatur zu diesem Zeitpunkt war, und zwar angefangen vom Erscheinen des Kurzromans *Die Dachkammer* bis hin zu *Ein Grabmal für Boris Dawidowitsch*; ebensowenig wie mir daran liegt, daß diese meine famosen »westlichen Einflüsse« (hier denke ich nicht auch an ihre politischen Implikatio-

---

1 Deutsch im Original. *(A. d. Ü.)*
2 »Das auf mich angewandte Wort *œuvre* akzeptiere ich nur in Anführungszeichen, sagen wir, ich akzeptiere es als Metapher, aber nicht anders« (Borges). *(A. d. A.)*

nen, die die Theoretiker und wilden Kritiker, wie Kovač sie
nennt, obligatorisch unterstellen) einmal sorgfältig und solide
erforscht werden. Denn obwohl von einer universalen Regel,
wie Brunetière sie formuliert hat – daß »von allen in der Literaturgeschichte wirkenden Einflüssen der hauptsächliche
der eines Werkes auf ein anderes Werk« sei –, allein unsere
Schriftsteller ausgenommen sind, könnte ich mich bei dieser
Formulierung Brunetières nicht ausnehmen und sagen, ich
hätte nur Njegoš und unsere Volkspoesie gelesen und mir ansonsten die Geschichten meiner Großmutter angehört. Also,
ich leugne die Einflüsse nicht, sondern frage mich, ob es mir
im Rahmen einer *summa* von Einflüssen – und hinsichtlich
der erwähnten Einflüsse – gelungen ist, dieses famose »Differenzempfinden« zu schaffen, mit anderen Worten: inwiefern
es mir, im Rahmen der Einflüsse des sogenannten *nouveau
roman* zum Beispiel, gelungen ist, mein eigenes authentisches
Werk (wenn es sich um *Sanduhr* handelt) zu schaffen, und
inwiefern es mir, ausgehend von einer Literaturtheorie (des
nouveau roman), gelungen ist, eine authentische Romanwelt
zu erschaffen, die eine Polemik und Parodie auf das erwähnte
Vorbild darstellt und ihm, meiner bescheidenen Meinung
nach, zumindest im Fall des *nouveau roman*, auch überlegen
ist.

Ein Grabmal für B. D. nutzt gewisse, in erster Linie von
Borges inaugurierte *procédés*, und diese *procédés* sind nichts
anderes als die Kunst, dokumentarisches Material zu nutzen
und zu manipulieren, ein Verfahren, das in etwas anderer
Spielart auch bei Babel vorkommt (und davor bei Poe, von
dem es Borges übernommen und dabei vervollkommnet hat,
so wie literarische Verfahren eben vervollkommnet werden).
Doch während dieses »dokumentarische« Verfahren bei Borges meist auf metaphysischer Ebene Anwendung findet, wo
der Mensch in erster Linie als Philosophem im kafkaschen
Sinne des Wortes verstanden wird, der Mensch in der Welt
wie in einem Labyrinth metaphysischer Bedeutungen (was
eine Art Ersatz für Kafkas Schloß ist), wo man wie in der mit-

telalterlichen Poesie und Malerei auf der Suche ist nach Seele und Essenz, außerhalb jeder Historizität, gründet *Ein Grabmal für B. D.* genau auf der Historizität, sind die Dokumente dazu da, diese Historizität zu enthüllen, und die Seele ist längst schon dem Teufel übergeben. Der Mensch bei Borges ist *Yogi*, die Personen in *Ein Grabmal für B. D.* sind *Kommissare* (um Koestlers Dichotomie aufzugreifen). Doch sollte man einen anderen Typ von Erzählungen bei Borges nicht vergessen, den nämlich, für den *Emma Zunz* und *Der Eindringling* die Modelle sind, die sich ein wenig vom metaphysischen Sein entfernen und den Akzent von der Seele auf den Körper verschieben, Erzählungen, die vielleicht von gewissen Verfahren her den Erzählungen aus *Ein Grabmal für B. D.* am nächsten sind. Aber was am interessantesten ist, Borges hört in diesen – wirklich seltenen – Texten auf, sich des Dokuments zu bedienen und kehrt in gewisser Weise zur klassischen Tradition zurück. Die Historizität indes spielt auch da keinerlei Rolle. »Ein Buch, das nicht sein Gegenbuch enthält«, sagt Borges an einer Stelle, »wird als unnötig betrachtet.« In diesem Sinne, und nur in diesem Sinne, ist *Ein Grabmal für Boris Dawidowitsch*, als eine Art *éloge à J. L. Borges*, ein Gegenbuch zu den Erzählungen von Borges. Also keine Parodie, sondern ebendas: ein *Gegenbuch*.

»Außerdem weiß ich nicht, ob eigens betont werden muß, daß der Gedanke, eine Literatur müsse sich nach den unterscheidenden Zügen des Landes, das sie hervorbringt, richten, ein ziemlich junger Gedanke ist; so jung und willkürlich wie der Gedanke, daß sich die Schriftsteller nach Stoffen umsehen müssen, die für ihr Land eigentümlich sind. Ich glaube, daß Racine – um ein naheliegendes Beispiel zu wählen – denjenigen nicht einmal verstanden hätte, der ihm den Namen eines französischen Dichters mit der Begründung abgesprochen hätte, er habe sich ja griechische und lateinische Stoffe ausgesucht. Ich glaube, daß Shakespeare sehr verblüfft gewesen wäre, wenn man ihn auf englische Themen hätte einschränken wollen und wenn man zu ihm gesagt hätte, als Engländer

habe er kein Recht, einen Hamlet *zu schreiben, der skandinavischer Herkunft, und einen* Macbeth, *der schottischer Herkunft ist. Der argentinische Kult der Lokalfarbe ist ein europäischer Kult jüngeren Datums, den gerade die Nationalisten als Fremdgut zurückweisen müßten«* (Borges).

Die Individualität

Der Unterschied zwischen dem dokumentarischen Ansatz in *Sanduhr* und dem in *Ein Grabmal für B. D.* ist weit geringer, als es einem auf den ersten Blick erscheinen mag. In beiden Fällen handelt es sich im Grunde um ein Herangehen an die Realität, das das freie Feld der Phantasie, »der Erfindungen«, was heißt, der *Willkür,* einschränkt. In diesem Sinne ist der Brief, der in *Sanduhr* als grundlegendes Dokument vorkommt, das Epizentrum der Eruption, aber einer Eruption, deren Wirkungsfeld vorhersehbar ist, und die konzentrischen Kreise des Assoziationsfelds gehen nicht *ad infinitum* ineinander über wie die Kreise um einen Stein, den man ins Wasser geworfen hat, sondern dieses Assoziationsfeld beschränkt sich auf das semantische – etymologische und synonymische – Feld des Briefes; um dieses Epizentrum der Explosion werden Kreise von immer schwächerer und schwächerer Erschütterung und Sprengkraft beschrieben, doch kann man dieses Feld mit dem Zirkel (wie bei Sektionen) umfassen und die verhängnisvolle Wirkung der Realitätssplitter vorsehen; ein zufälliger, verirrter Splitter, der sich den Gesetzen der Zentripetalkraft widersetzte und der wie ein Schrapnell, völlig außerhalb des Wirkungskreises, in den Ziegel eines Hinterhauses einschlug, ist da nur ein zufälliger und sporadischer Exzeß, eine Ausnahme, die die Regel bestätigt. In solchen Fällen taucht meist erneut das »Dokument« auf, und sei es in Form eines Horoskops, das ebenfalls nur dazu dient, Willkür auf geistiger Ebene zu vermeiden: also keine beliebige Konstellation, sondern genau der *Krebs, caracata, cancer,*

59

das Zeichen von E. S., und andererseits der *Fisch*, das Zeichen von D. K.

Der dokumentarische Ansatz ist, mit einem Wort, ein antiromantisches, antipoetisches Prinzip, ein Rahmen und ein Gefäß, eine Arche Noah, die ein genaues und klares Register über das Inventar führt.

Zwischen E. S. aus *Sanduhr* (und in gewisser Weise auch Eduard Sam aus dem Roman *Garten, Asche*) und den Personen in *Ein Grabmal für B. D.* (in erster Linie Boris Dawidowitsch Nowskij selbst) gibt es zahlreiche geheimnisvolle Verbindungen, aber im Grunde und in erster Linie handelt es sich hier wie da um starke, in entscheidenden Augenblicken der historischen Wirklichkeit in den Strudel der historischen Ereignisse getauchte Individuen, um Individuen, die vom Strudel der Geschichte mitgerissen wurden, die (die Individuen) jedoch das besondere Kennzeichen und Mal ihrer Individualität, »gegen den Strom zu schwimmen«, behalten, sich in einer antiindividualistischen Zeit trotz allem aus der unüberschaubaren Masse der Gleichgesinnten absondern wollen, um Menschen also, deren maßgeblicher Kompaß der Zweifel ist, sofern der Zweifel noch ein Kompaß sein kann ...
B. D. Nowskij und E. S. sind von der gleichen individuellen Auflehnung mitgerissen, aber der erste ist *Kommissar* und der zweite *Yogi*, obwohl die beiden gegensätzlichen Positionen sich einander aufheben, der *Yogi Kommissar* wird, der *Kommissar Yogi* wird, aber nie in ihrer dialektischen Einheit, sondern als getrennte und gesonderte Phasen; daher die Mißverständnisse. Das ist jedoch nicht der einzige Unterschied. Das Schicksal von E. S. ist durch die historischen *Prozesse* (in beiden Wortbedeutungen) bedingt, doch verhält er sich angesichts der historischen Ereignisse wie ein *Yogi*, will sagen, er verlegt den Schwerpunkt seiner Auflehnung auf die metaphysische Ebene, während B. D. Nowskij vor allem ein gesellschaftliches Wesen und ein *homo politicus* ist und daher die metaphysischen Probleme wie ein *Kommissar* löst. Diese Opposition ist an sich ausreichend, um die Individualität (auf

existentieller wie auf der Ebene des Romans) zu isolieren, sie zu »kennzeichnen« und sie als Opfer zu prädestinieren. B. D. Nowskij und E. S. wollen weder wie Hunde noch wie Ameisen leben und sterben. Sondern wie Wölfe. (Siehe dazu Petőfis Zwillingsgedichte mit den Titeln: *Lied der Hunde* und *Lied der Wölfe*.)

B. D. Nowskij ist in den Strudel der historischen Ereignisse getaucht, aber er ist auch ein *Hebel* dieser Ereignisse (ein *Kommissar*) – daher das Gefühl der Aktualität und der Historizität; E. S. nimmt seinem Schicksal und seiner Bestimmung entsprechend (zwischen denen die existentialistische Philosophie zu Recht ein Gleichheitszeichen setzt) nicht an der Erschaffung der Geschichte teil, ist aber durch sie bedingt; den Schwerpunkt seiner Auflehnung verlegt er daher auf die metaphysische Ebene, auf Gott (den *Yogi*) – daher das tragische Lebensgefühl: »Der rationale, auf ein Ziel gerichtete Schmerz«, sagt Rubinstein, »ist unverhältnismäßig leichter zu ertragen als das irrationale Leiden.«

Der französische Garten

Das Grundmerkmal unserer Kritik ist ihre antiindividualistische Tendenz; daher das ständige Bedürfnis, bestimmte literarische Werke nach dem Kriterium der Generation anzugehen. Und diese antiindividualistische Tendenz ist in erster Linie eine Folge des soziologischen Herangehens an literarische Phänomene, denn einem solchen soziologischen Ansatz entsprechend ist das Werk kein individuelles, sondern ein kollektives Produkt, wie das Volkslied; Bücher mit einer bestimmten Tendenz werden nicht von einem einzelnen geschrieben, sondern sind, wenn nicht gerade »aus dem Kopf des ganzen Volkes«, so doch zu einem bestimmten Zeitpunkt des gesellschaftlich-politischen Klimas geboren, und als solche können sie kein individuelles Siegel tragen, sondern nur ein kollektives und kollektivistisches, das Kennzeichen einer

Generation. Und nicht nur das. Dieser kollektivistische Geist der »Generation«, der Gleichmacherei, liquidiert den Wert und die Bedeutung eines jeden Buches, einer jeden individuellen Stimme, ein Buch wird von einem anderen absorbiert, ein gutes von einem durchschnittlichen, ein ausgezeichnetes von einem schlechten, die inhaltliche Qualität des einen wird durch die formale Unvollkommenheit eines anderen abgetötet, und umgekehrt, die Minuspunkte des einen werden dem anderen als Pluspunkte gutgeschrieben, Plus und Minus heben sich auf, also ist mal wieder nichts gewesen, es hat bloß eine Generation die andere abgelöst. Und da gibt es für niemanden ein Risiko, erst recht nicht für den Kritiker: Was er dem einen gegeben, hat er dem anderen genommen, er hat nicht die Absicht, ein Gutachten abzugeben, er steht hinter keinem, auch nicht hinter einem Werk (außer den Klassikern natürlich), alles ist eingeebnet, alles ist grau oder grau übertüncht, mit einer Tarnplane überdeckt, alles ist nivelliert wie in einem französischen Garten, alles, was hervorragt, wird zurückgestutzt, alles ist minimiert, entwertet, alles ist »positiv«.

Unsere Literaturkritik ist eigentlich eine Literaturherrschaft, und als solche dient sie nicht der Literatur, die Literatur dient ihr, die graue literarische Masse ist lediglich ein Vorwand für ihre Existenz, denn wie kann dieser unser Kritiker der Literatur dienen, sich ihren Gesetzen unterwerfen und einen Sinn darin finden, wenn er doch meint, das Bewerten von Werken stehe im semantischen Feld eine Stufe höher, der, der urteilen kann, wird ja wohl auch solch ein Werk, über das er urteilt, schreiben können, und wenn er das nicht tut, tut er das nur deshalb nicht, weil er das für eine Bagatelle hält, er befaßt sich mit der Essenz, und die Schriftsteller befassen sich mit Lappalien, die von ihm aufgedröselt werden und den Platz zugewiesen bekommen, der ihnen gebührt. Die Kritiker sind darüber hinaus Hüter der Hofsiegel, Titularräte, die zu ihren Titeln und hohen Beamtengehältern auch noch die Aufgabe erhalten haben oder so tun, als hätten sie sie erhalten, den französischen Garten instand zu halten und die Alleen zu markieren. Und daß dieser französische Garten immer mehr einem Friedhof gleicht, ist in erster Linie ihr Verdienst. Die Kritik hat nicht nur die Prärogative der Zensur und Herrschaft auf sich genommen, sondern mit ihren Machinationen auch den Leser als möglichen Sachverständigen ein für allemal ausgeschlossen: nicht durch Negation, nicht durch Leugnung, nicht durch *Wertung*, sondern durch Gleichmacherei, diese bewußte und beharrliche Entwertung und Relativierung.

»Der europäische Kreidekreis«

Nachdem er im Raum einen »europäischen Kreidekreis« (Bukowina – Polen – Irland – Spanien – Frankreich – Ungarn – Rußland) und in der Zeit eine Vertikale von fast sechs Jahrhunderten beschrieben hat, verkörpert sich der objektive Geist der Erzählung auf den letzten Seiten plötzlich im Geist des Erzählers, der da am Ende als das offenkundige Ich des Narrators in Erscheinung tritt.

A. A. Darmolatow

Die Geschichte des unglücklichen Darmolatow ist eine Fabel, und als solche ist sie die Moral und Nutzanwendung des ganzen Buches.

Elephantiasis nostra

Das Syntagma »Hoden haben« – das nicht nur eine slawische und jugoslawische sprachliche und psychologische Schöpfung zu sein scheint – ist ein eigentümlicher Obskurantismus, eine Art Lobgesang auf den Wahnsinn außerhalb des erasmischen Kontexts, ein Geständnis, daß der Kopf für die

Künstlerwelt, besonders die Literaturwelt, eine Art Hemm-
schuh darstellt, Denken, Erudition und Geist werden mit
diesem unglücklichen Syntagma als überflüssig oder gar ge-
fährlich verworfen, denn alles, was nicht den Hoden entspringt, entspringt mithin dem Kopf oder dem Geist, und das
taugt nichts, das ist ein klares Kennzeichen und Stigma der
Dekadenz, der Erudition, »die das unverfälschte und authentische (Hoden-)Talent« unvermeidlich verdirbt, und so leitet
man das Wort *muda* (Hoden), Skoks etymologischem Wörterbuch zum Trotz, vom Adjektiv *mudar* (weise) ab, und deshalb ist, wer größere Hoden hat, nach dieser Logik der Dinge
auch weiser, die Hoden entwickeln sich durch geistige Nahrung auf Kosten des von geistigen Getränken schwer gewordenen Kopfes, dem als Endziel zugedacht ist, zum *Wasser-
kopf*[3] zu werden; und wenn unser Künstler, und besonders
unser Schriftsteller, vom Wind und von den Luftströmungen
durch das Gewicht seines *Wasserkopfes* nicht davongetragen
wird, liegt das nur daran, daß seine Hoden das verhindern,
deren Anziehungskraft ihn wie ein Anker an die Erde gebunden hält. »Hoden haben« heißt bei uns noch, ein unverfälsch-
tes Talent, ein literarischer Hengst und lyrischer Kentaur zu
sein, der mit den Euterpen und Kalliopen wie mit seinen un-
verdorbenen Konkubinen schläft, die Literatur mit seinen
Spermatozoiden und Kaulquappen befruchtend, die mit ihren
Geißeln und ihren schlängelnden Bewegungen zur *Quintessenz* aufbrechen, von einem instinktiven, göttlichen Schwung
durch die schleimige Wirklichkeit geleitet, ohne jeden Kompaß und Sinn, ohne Norden und Richtung, nur durch seinen
samenfädigen Trieb, und jede andere Bewegung in Raum und
Zeit, in eine vernünftige Richtung und nach einem logischen
Konzept von Kopf und Geist erklärt man zur verdächtigen
Erudition, zum westeuropäischen Einfluß, zur dekadenten
cartesianischen Schule, die dem Individuum die Hodenspon-
taneität vorenthält; *cogito ergo sum* wird zu *coito ergo sum*,

3 Deutsch im Original. *(A. d. Ü.)*

als Devise und Weltanschauung, im buchstäblichen und metaphorischen (metaphysischen) Sinn. Und dabei werden in dieser unserer Kentaurenliteratur lediglich die sentimentalen Produkte sentimentaler Liebhaber (Hoden beiseite) geboren, im Geist und im altmodischen Gewand des Liebesschmachtens eines Bora Stanković[4], Vierzigjährige schreiben Liebesepistel (in Vers und Prosa), weinen ihrer ersten Liebe und ihrer »entflohenen Jugend« nach, ohne auch nur imstande zu sein, das Liebessehnen eines Bora oder Dantes Paradies und Hölle des Geistig-Leiblichen oder das metaphysische Erbeben eines Novalis oder den (phallokratischen) Mythos der Sexualität eines Miller oder die erotische und tragisch-ironische Angst (im kierkegaardschen Sinne des Wortes) à la Philip Roth aus ihren bereits vertrockneten Säcken zu pressen.

Die Hoden sind darüber hinaus ein nationales Siegel, ein Stempel der Rasse; die übrigen Völker haben Glück, Tradition, Erudition, Geschichte, *ratio*, aber Hoden haben einzig und allein wir. Bei uns geht man in die Literatur nach einem strengen mittelalterlichen, vatikanischen und päpstlichen Ritual ein, wo der glückliche Kandidat für die Bezeichnung Oberster Hodenling vor den bereits oktroyierten Kritikern vom Großen Orden der Hodenlinge defiliert und wo sich jeder Kritiker eigenhändig von der Männlichkeit des künftigen Untertans überzeugt, und mit einem Kopfnicken und dem magischen Wort *habeat* wird der Novize in den Schriftstellerorden aufgenommen, nachdem er ihnen bewiesen hat, daß in diesem *habeat* nicht nur sein literarisches Talent, sondern auch seine rassische und literarische Zugehörigkeit enthalten ist. Die Hoden sind also das Unterpfand dafür, daß sich der Künstler weder durch Denken noch durch Handeln an den Gesetzen der Gemeinschaft versündigen wird, daß er sich somit seines Kopfes nicht bedienen wird, daß er seinen Kopf nicht aufs Spiel setzen wird.

4 Borislav (Bora) Stanković (1876–1927), serbischer Romancier, Erzähler und Dramaturg. (*A. d. Ü.*)

Der Prüfstein der Fakten

Schizopsychologie

»Die moderne Form der Phantastik ist die Erudition«, hat man, wenn ich mich nicht irre, im Zusammenhang mit Borges gesagt. Diese kurze Feststellung enthält eine ganze Poetik der modernen Literatur, und ich würde sagen, die angeführte Formulierung bildet eigentlich die Grundlage der gesamten modernen Literatur. Was will man mit dieser Formel sagen? Daß die Zeit der Erfindungen vorbei ist, daß der Leser nicht mehr an Erfundenes glaubt, weil ihm die moderne Zeit in der Konstellation eines »globalen Dorfs«, das die bizarren Fakten der Wirklichkeit vervielfacht, gezeigt hat, daß der famose Satz von Dostojewski, wonach »nichts phantastischer als die Wirklichkeit« ist, nicht nur die glänzende Idee eines Literaten ist, sondern daß sich diese Phantastik der Wirklichkeit dem modernen Menschen als *phantastische Wirklichkeit* dargestellt hat: die gespenstische Szene einer Stadt, die einer Mondlandschaft gleicht, mit zweihunderttausend Toten und bis zu wunderlichen Ausmaßen verunstalteten Menschenleibern, ist eine Szene, wie sie die mittelalterliche (ja, doch) Phantasie eines großen Dichters allein durch die kühnste Vorstellungskraft einfangen konnte, für die eine ähnliche Szene nur irgendwo außerhalb dieser Welt, in den fernen Gefilden ewiger Strafe und Sühne, denkbar war. Hiroshima ist der Mittelpunkt dieser phantastischen Welt, deren Umrisse sich irgendwann mit dem Ersten Weltkrieg abzuzeichnen beginnen, als der Schrecken der Geheimgesellschaften in Form von massenhaften Ritualopfern auf dem Altar der Ideologie, des Goldenen

Kalbes, der Religion ... Wirklichkeit zu werden beginnt. Ich sage »Geheimgesellschaften«, weil von Okkultismus die Rede ist: die Menge des angehäuften Bösen und der grausamen Phantastik der Realität läßt sich nicht ausschließlich mit historischen und psychologischen Tatsachen deuten, sondern eher mit dem, was MacLean, gemeinsam mit Koestler, vom paranoiden Verhalten des *homo sapiens* ausgehend, *Schizophysiologie* nennt, deren logische Konsequenz jedoch die *Schizopsychologie* ist. Und da reichen, auch auf literarischer Ebene, die sogenannten psychologischen Ansätze, die auf der Dichotomie von Gut und Böse und auf moralischen Kategorien basieren, wie den Zehn Geboten Gottes oder den sieben Todsünden, mit denen der Mensch ringt, nicht mehr aus: die Allegorie, dieser wohl älteste künstlerische (vor allem literarische) Zugang zum Menschen und zur Welt (deren letzte Konsequenz in der Kunst die sogenannte Psychologie ist), hat sich bei der Deutung paranoiden Verhaltens des Menschen als ohnmächtig herausgestellt. Aufgrund dieser Erkenntnis geht der Schriftsteller an seine Helden nicht mehr in der Absicht heran, ihre Verhaltensweisen nach dem psychologischen Schlüssel eines übertretenen Verbots oder moralischer Strenge zu deuten, sondern versucht, wie Truman Capote in seinem Buch *Kaltblütig*, in Massen die Dokumente und Fakten zu sammeln, deren wahnsinnige und unvorhersehbare Verbindung ein sinnloses Massaker hervorbringt, in das unterschiedslos soziologische, ethnologische, parapsychologische, okkulte und ähnliche Motive eingehen, die auf alte Art zu deuten mehr als unsinnig wäre, weil sich im Hintergrund von alldem das schizopsychologische Verhalten des Menschen, die paranoide, das heißt die phantastische Wirklichkeit, befindet: die Pflicht des Schriftstellers ist, diese paranoide Wirklichkeit zu fixieren, dieses wirre Geflecht der Umstände zu untersuchen, kraft der Dokumente, der Forschung, des Ermittlungsverfahrens, und nicht zu versuchen, auf eigene Faust und willkürlich Diagnosen zu stellen und Heilung und Heilmittel vorzuschlagen.

Der psychologische Ansatz

Der psychologische Ansatz ist meist ein Feld der Banalitäten und der Schriftsteller eine Art Dilettant, der vorgeblich kraft seines Talents die Ursachen des Bösen (in der sozialen wie auch psychologischen Sphäre) entdeckt und radikale Lösungen vorschlägt, selbst wenn diese Lösungen nur implizit suggeriert werden. Eine billige (schriftstellerische) Psychologie zieht auch billige Lösungen, meist auf moralischer Ebene, nach sich: der Schriftsteller wird Ikonophil oder Ikonoklast (egal) im Rahmen der bestehenden gesellschaftlichen Strukturen: der Kirche, des Nationalismus, der Ideologie oder des Okkultismus.

»Material für die Sujetfügung«

Die Erzählungen wie die über Boris Dawidowitsch oder jede andere aus dem Buch *Ein Grabmal für Boris Dawidowitsch* verlangten, daß mehr oder weniger alle Daten am »Prüfstein der Tatsachen« gemessen wurden, wie Frau Yourcenar sagen würde. Und das besagt: statt willkürlicher Erfindungen (weil es, mit Vorbehalt gesagt, um ein historisches Thema und um historische Gestalten, mal unter richtigem Namen, mal in einer Art Foto-Robot, geht) sich an Dokumente und historische Tatsachen halten, vor allem auf der Ebene der *Fabel*. (»Die Fabel ist eigentlich nur das Material für die Sujetfügung« – Schklowski.) Zu erfinden (sagen wir), daß ein Kämpfer aus den Reihen der spanischen republikanischen Armee gekidnappt und in ein sowjetisches Lager verschleppt wurde, wäre heute und aus der heutigen Perspektive betrachtet durchaus möglich: die massenhaften Tatsachen und historischen Beweise kommen solch einer Vorstellung entgegen. Aber da ich die Sensibilität des Themas im Auge hatte, will sagen, die tief eingepflanzte und eifersüchtig gehütete Selbstgefälligkeit einer großen Zahl Intellektueller – und da denke ich vor allem an die westlichen sogenannten linken Intellektuellen, die mit bestimmten Tatsachen nicht konfrontiert werden wollen, weil diese in ihrem Bewußtsein und Geist tiefe Erschütterungen und eine notwendige Revidierung ihrer jugendlichen Ideale (als alles sonnenklar war) auslösen könnten – da ich also diese Sensibilität und die psychologische Blindheit im Auge hatte, sah ich mich bei der Themenwahl für meinen Erzählzyklus gezwungen, *Fabeln* zu verwenden, an deren Authentizität man nicht zweifeln konnte.

Obsessive Themen

Ein professioneller Schriftsteller zu sein, hier und heute, will sagen, als einzige Leidenschaft und Berufung die Literatur zu haben, heißt, mit sich und der Welt in einem ständigen Konflikt zu leben. Mit sich, weil Ihnen jede andere – und sei es auch eine zur Literatur in etwa komplementäre – Tätigkeit wie die Preisgabe Ihrer eigenen Haltung und Begabung vorkommt, wie eine Art Ersatz und verlorene Zeit; wie eine Art Verrat an sich selbst. Aber leider schreibe ich trotzdem, trotz dieser klaren Entscheidung für die Literatur, nicht als Professioneller, sondern als »Dichter«, will sagen, beschäftige ich mich ausschließlich mit meinen eigenen *obsessiven Themen*, in einer Art dichterischem Schaffensdrang, und wähle nur die Themen und Probleme, von denen ich innerlich, will sagen, intellektuell und moralisch oder in einer lyrischen intellektuell-moralischen Symbiose, besessen bin. Einfacher gesagt, habe ich kein im vorhinein gewähltes Thema, der Logik eines Bestsellers, »eines aktuellen Themas« entsprechend oder auf Bestellung, sondern setze mich in den seltenen (immer selteneren) Augenblicken, wo das Maß voll ist, an den Tisch, wo ein intellektuelles, moralisches oder lyrisches Dilemma und der Zweifel in einem solchen Ausmaß in mir angewachsen sind, daß ich das Bedürfnis verspüre, es jemandem mitzuteilen. Daher meine bescheidene Bibliographie, fünf, sechs Bücher, daher ihre relative Kürze, trotz der evidenten Tatsache, daß diese Bücher aus einer »gewandten Feder«, will sagen, aus einer geübten Hand hervorgegangen sind. Mir scheint, daß sowohl die Kürze (typisch für moderne Schriftsteller) als auch der fragmentarische Charakter der Werke gerade eine Folge dieser »dichterischen Herangehensweise« an die Phänomene der Wirklichkeit sind, weil dieses im Kern lyrische Verfahren keine epische Länge (»Eingebung ist von kurzer Dauer«) duldet. Wenn es an dieser Haltung etwas gibt, was Achtung verdient, dann in erster Linie die Tatsache, daß die geübte Schriftstellerhand (aus einem höheren moralischen Grund) Literatur nicht wie einen Beruf betreiben will und kann, trotz proklamierter und bewiesener Prinzipien, trotz einer klaren Entscheidung für die Literatur im Sinne des »täglichen Brotes«.

Meine ersten Bücher, und auch dieser sogenannte Familienzyklus, entstanden aus meiner (allerdings) jugendlichen Suche nach Antworten auf die lyrischen und metaphysischen Fragen: Woher komme ich?, Wer bin ich?, Wohin gehe ich?, Fragen, die einiger trüber und schicksalhafter Umstände (Rasse – Milieu – Moment) wegen, trotz der vollendeten Bücher, noch immer offen und unklar, für mich jedoch schon weniger aktuell, weniger schmerzhaft sind; in meinen Büchern habe ich mir statt Antworten nur neue Fragen gestellt, aber ich habe mich auf eine uralte und, es scheint, wirksame Art von diesem lyrischen Druck befreit – durch Aderlaß an der Stelle, wo dieser Druck am stärksten war, hörte der lange Alp auf, und ich fühlte mich befreit wie nach dem Erwachen aus einem Nachtmahr oder nach einer Sitzung auf dem Diwan eines Psychoanalytiker-Scharlatans. Die Wirklichkeit (der geschriebenen Bücher) hat die Fiktion der quälenden Fragen abgelöst.

Was *Ein Grabmal für B. D.* angeht, ist auch dieses nach einem ähnlichen (nichtprofessionellen) Verfahren, will sagen, als Folge eines obsessiven Themas entstanden: Zeitgenosse zweier Unterdrückungssysteme, zweier blutiger historischer Wirklichkeiten, zweier Lagersysteme zur Vernichtung von Seele und Leib zu sein und dabei in meinen Büchern nur eines von beiden (den Faschismus) vorkommen zu lassen, während das andere (der Stalinismus) nach dem System des psychologischen blinden Flecks übersehen wird – diese obsessive intellektuelle Idee, dieser moralische und moralistische Alp drückte mich in letzter Zeit mit solch einer Stärke, daß ich zu besagtem »lyrischen Aderlaß« Zuflucht nehmen mußte. Nachdem ich eine Menge Literatur, linke und rechte, hauptsächlich nichtbelletristische, zum Thema der stalinistischen Säuberungen und Lager gelesen hatte, wuchs in mir bis zur Scham und Reue der obsessive Gedanke an, daß wir uns alle mehr oder weniger wie Pawlowsche Hunde verhalten, daß unsere bedingten Reflexe noch der einzige wahre *spiritus movens* unserer lyrischen und epischen (literarischen) Verhaltensweisen sind, daß wir wie diese Hunde beim Klang der Todesglocken und beim *danse macabre* der Lagerorchester (von Auschwitz) sabbern und uns von diesen bedingten Verhaltens- und Denkreflexen auch die für die Literatur gefährlichste Arbeit diktiert wird, die in der Wiederholung von Stereotypen des Denkens, der Verhaltensweisen, der Personen, der Beziehungen besteht. Als dieser Gedanke seine lyrische Schwere gewonnen hatte, als er bis zur Scham und Reue, bis zur Erkenntnis angewachsen war, begann ich meine Geschichten in einer Art dichterischer Zuckung, relativ leicht und schnell, zu schreiben, wie wenn man sich von einem Alptraum befreit, mit einem Gefühl des Behagens (trotz des Themas), das mich erfüllte. Es war eine Art geistige Erleichterung, wie sie vielleicht nur schwere Sünder nach der Beichte in der Todesstunde empfinden.

Hunde und Bücher

Alles übrige, alles, was danach kam, war lediglich der Preis für diese schöpferische Freude: der ganze rasende Wirbel, die Schriftsteller, Spitzel und Pharisäer, die in meinem derartigen unverfrorenen Verhalten, meiner derartigen Durchdringung, meinem derartigen Sprengen von Klischees – was ihrem hündischen Geruchssinn die hündische Schärfe verlieren läßt – versucht haben und noch versuchen, einen Sinn und eine Rechtfertigung (für sich) zu finden, doch statt von dem Fleisch zu essen, das man ihnen in Reichweite vorgesetzt hat, fangen sie nach dem völligen Verlust ihrer (Pawlowschen) Gewohnheiten zu bellen und beißen an, weil auch das Teil ihrer (schlummernden) bedingten Reflexe ist.

Die satte Schriftstellermischpoke (trotz der objektiven Haltung der Kritik oder gerade deswegen, trotz der Leser und – wahrhaft seltenen – wohlmeinenden Schriftsteller) hat mein Buch als persönliche Herausforderung aufgenommen – was es ja auch ist – und den Zweck des Buches viel besser verstanden, als ich mir hatte erhoffen können, und so begann sie, einen Sinn und eine Rechtfertigung dafür herauszufinden, es des moralischen und ideologischen Aspekts zu berauben (wo diese Mischpoke ebenfalls ihre Ignoranz spürt). Dieses Buch ist – ihrer Meinung nach, denn sie können, außer in Klischees, nicht denken – nur eine Variation auf das Thema »Leiden der Juden« und als solches peripher, lokal, irrelevant, verdächtig.

In einem einzigen Punkt liegen diese Schriftsteller völlig richtig, ob sie nun alle Finger haben oder nicht, »Hoden« haben oder nicht, den Mund voll süßer Worte haben oder nicht: die Geschichte über Darmolatow ist eine Geschichte über sie, sie ist eine Art Allegorie, in der sie sich ohne weiteres wiedererkannt haben.

Die Hunde bellen, die Karawane zieht weiter.

III

Gegen den Obskurantismus
oder
Das Skalpell des kritischen Bewußtseins

Der Text, den Dragan M. Jeremić in den *Književne novine* (vom 1. Dezember 1976) unter dem Titel *Tiefschläge von fremder Hand* veröffentlichte, erschien wie eine (verfrühte) Neujahrskarte der Belgrader *Cosa Nostra* und wie ein Ferman, in dem mich der Literaturchef höchstpersönlich an die Zunftordnung gemahnt: daß ich ja nicht versuche, mein Haupt zu erheben, denn er wird mich skalpieren, daß ich das Schicksal, das mir die *Cosa Nostra* bestimmt hat, ohne aufzumucken hinnehme, sonst wird man mich von Pferden zerreißen lassen.

Dieser kolossale Text von etwa fünf Zeitungsspalten, der sich wie ein Nebelvorhang über der Francuska-Straße 7[1] erhoben hat, wäre der Mühe wert, hier in Gänze analysiert zu werden. Dieses Pasquill ist zwar als Antwort an Predrag Matvejević (der einige Machinationen Jeremićs in Verbindung mit mir publik gemacht hatte) intoniert, aber eigentlich an mich gerichtet, an meine Adresse, und ich weiß nicht, wie ich mir diese Ehre erklären soll: daß sich der Chef in einem öffentlichen, offenen Brief an mich wendet. Aber nun gut.

Dieser Brief von Jeremić hat drei Themen: Unter Nummer eins beschäftigt er sich (natürlich) mit der *Preis*frage, und diesen Teil könnte man als philosophischen bezeichnen, nicht nur, weil Dragan M. Jeremić von sich glaubt, er sei Philosoph,

---

1 Domizil des serbischen Schriftstellerverbandes. *(A. d. Ü.)*

sondern auch weil Jeremić als »Philosoph« zur Grundlage seiner Philosophie, als fundamentale existentielle Frage, die »philosophische« Kategorie des *Erfolgs* gemacht hat, wo der *Preis* nur die Emanation und Verkörperung dieser seiner existentialistischen, utilitären Weltanschauung ist. (Davon wird weiter unten noch die Rede sein.)

An zweiter Stelle, und ganz in Verbindung mit dem ersten Punkt, finden wir in Jeremićs Brief ihn selbst, den Philosophen des *Erfolgs* (als kategorischen Imperativ), seinen Stil, seinen Dünkel; mit einem Wort: Jeremić, wie er leibt und lebt.

In der dritten Schicht dieses offenen Briefes versucht sich Jeremić mit Literatur zu befassen, das heißt, er hat mich da mit seiner Analyse beehrt, einer Analyse, die auf den Prinzipien einer »psychologischen Kritik« gründet: dort demonstriert er nämlich öffentlich seine kritischen, auf »psychologischen« *Vermutungen* beruhenden Grundsätze. Dieser Ebene des Textes werde ich als betroffene Partei und als Adressat von Jeremićs Epistel einen Teil meiner Darlegung widmen. Das wird unterhaltsam!

Dr. Jeremić beginnt ganz würdevoll, das heißt ganz aufgeblasen, aus voller Lunge, wie ein Dorfpope, der in der heiligen Messe ein Lied im Baß anstimmt:

Der Schrieb, von dem die Rede ist [Matvejevićs Text im Oko], *ist unter dem Niveau, auf das mich herabzulassen ich mir erlauben kann, und ich lehne es natürlich entschieden ab, auf diesem Niveau über irgend etwas zu diskutieren.*

Ganz im Baß und ganz würdevoll, nicht wahr? Wenn jemand so insistent, so unzweideutig-entschieden, so vehement, so prinzipienfest, so aufgeblasen-selbstgefällig sagt, daß er *shut-uppen* wird, daß er es sich nicht erlauben wird, sich »unter sein Niveau« herabzulassen, daß er »entschieden ablehnt« usw., heißt das, er wird verstummen! Falls das nicht heißt, daß er »diskutieren« wird, aber auf hohem Niveau, das heißt, daß er seine angekündigte Baßpartie in ein hohes Moralregister verwandeln, daß er seine Arie kleinmönchisch singen wird, mit der Stimme eines Hammels.

Schauen wir mal:

All diese Erfindungen und Widersinnigkeiten hatte Kiš natürlich
nicht selbst erfinden können, weil man ihm nicht geglaubt hätte. Vor
allem hätte man ihm nicht geglaubt, wenn er selbst behauptet hätte,
er sei angeblich Hauptkandidat für den Oktoberpreis gewesen und
Šćepanović habe ihm diesen Preis weggenommen, um ihn mir zu
geben, und ich wiederum hätte ihm den Andrić-Preis weggenommen, um Šćepanović einen anderen Preis zu geben! Und wer wird
wiederum bereit sein, unter seinem Namen solche Wendungen zu
vertreten, die der Peripetien in absurd-komischen Filmen würdig
sind. Dennoch, so ein Mensch hat sich gefunden.
– Der Verfasser des Artikels über den Widder und Nero ist vielmehr
noch bereit, Kišs Rache fortzusetzen und Šćepanović und mich in
Zukunft bei allem, was wir tun, zu beeinträchtigen, indem er uns
zum Clan deklariert. Clan heißt in Wahrheit Gruppe, aber zwei bilden keine Gruppe.
– Doch nicht genug, daß dieser andere sich befleißigt, auf die anstehende Entscheidung der Jury Einfluß zu nehmen, sondern ihm
dient sogar seine Präjudizierung dieser Entscheidung als angeblicher Beweis, daß Šćepanović mir den Oktoberpreis der Stadt Belgrad verliehen hat, damit ich ihm das sogleich zurückgebe!
– Etwa zehn Tage nach der letzten Sitzung dieser Jury [...] kam er
[Matvejević] liebenswürdig auf mich zu und begrüßte mich wie
einen alten Freund, aber er ärgerte sich über mich und begann sogar
zu drohen...

Usw. usw.
Ganz das »Niveau«!

Da also der »Schrieb« unter Jeremićs »Niveau« ist, wird er
nicht darüber diskutieren, außer natürlich auf dem entsprechenden »Niveau«, und was das für ein Jeremić-»Niveau« ist,
werden wir noch zur Genüge sehen.

Er (Jeremić) wird also nicht diskutieren, er wird nur ein
paar wichtige, prinzipielle Sachen sagen, das heißt, er wird
nicht mehr und nicht weniger als die Wahrheit sagen:

Ich möchte nur jene, die die Wahrheit wissen wollen, darauf hinweisen, wie wenig Wahrheit es in diesem Schrieb [von Matvejević] in bezug auf mein Verhältnis zu Kiš gibt.

Wie komme ich zu der Ehre, irgendwelche Verhältnisse zu Dragan Jeremić unterhalten zu haben! Aber da ich zu diesem Gentleman niemals irgendwelche »Verhältnisse« unterhalten habe, kam mir diese Sache von Anfang an sehr verdächtig vor, wie sie mir auch jetzt vorkommt! Weder war ich jemals Dragan M. Jeremićs »Schriftstellerfreund« noch sein sonstiger Freund, und ich sage das hier laut und deutlich, denn diese Tatsache betrachte ich in aller Bescheidenheit und für mich persönlich als mein eigenes Verdienst, und auf diese Tatsache halte ich mir persönlich etwas zugute!

Ich muß gestehen, daß ich mich wegen des Niveaus und wegen der Ziele, mit denen der erwähnte Artikel geschrieben wurde, schweren Herzens zu diesem Schritt [Matvejević zu antworten] entschlossen habe. Es fällt einem nicht leicht, ein Gespräch mit jemandem aufzunehmen, der die Regeln des guten Benehmens überhaupt nicht beachtet, sich zahlreicher Erfindungen bedient und sich bemüht, dich um jeden Preis sogar mit den ungehörigsten Mitteln zu beeinträchtigen, und das anläßlich eines Themas, das ernsthafte Kulturarbeiter keineswegs zu okkupieren braucht.

Diese jeremićmäßige moralistische Baßpartie der feinen Manieren und des spießbürgerlichen »guten Benehmens« kontriert in seinem langen Text ganz monoton, und je mehr sich Jeremić im Werg seiner Widersprüche und seines Geschwafels über Preise verfilzt, um so stärker weitet sich seine Lunge und um so goethescher wird seine Positur (natürlich aus seinem eigenen Blickwinkel betrachtet): da spricht eigentlich der spießbürgerliche *pater familias* eben flügge gewordener Literaten, denen man sagen muß – damit sie es wissen –, wer Papa Jeremić ist, welche Verdienste er hat, welche Güte er hat. Und prinzipielle Strenge natürlich. Daher ist das die Beichte eines »guten Herzens«, eines sittlichen Philosophen, eines ernsthaften »Kulturarbeiters«, den man aus seiner tiefen Nachdenklichkeit über seine Monaden gerissen hat: entweder – oder: entweder Preis oder Tod. *Aut Caesar***** (mit vier Sternchen) *aut nihil!*

Aber hier nun (damit wir es nicht vergessen), was Jeremić so in den Sinn gekommen ist:

Zuerst dachte ich, man sollte dem Verfasser des Artikels »Im Zeichen des Widders, im Schatten Neros« mit nur einem einzigen Satz von Pascal antworten: »Völlig blind müßten die Menschen sein, um euch zu glauben.«

Das also hat Jeremić als erstes gedacht. Daß er sich auf Pascal beruft (und nicht auf Šćepanović) und daß er so das »Niveau« erreicht; auf Pascal, der – nicht wahr? – Philosoph ist, aber Dragan ist ja auch Philosoph, also gibt es da keinerlei Widersprüche, das ist ja fast dasselbe: ob er mit seinen eigenen Worten antwortet oder sich auf Pascal, als sein *alter ego* sozusagen, beruft.

Jeremić hat also tief Luft geholt, seine Lungen gefüllt, der Sermon kann weitergehen.

Auch früher war ich mehrmals herausgefordert, gegen Schriftsteller zu polemisieren, deren Artikel von Erfindungen und Beleidigungen nur so wimmelten, aber ich habe mich immer zurückgehalten, wenn es dabei nur um meine Person ging.

(Merken.)

Ich habe nur polemisiert – die Leser der *Književne novine* werden sich wahrscheinlich an diese Polemiken erinnern –, wenn es um eine allgemeine Angelegenheit ging.

Jeremić hat – so behauptet er wenigstens – nur polemisiert, wenn es um eine allgemeine Angelegenheit ging, und er ist überzeugt, daß sich die Leser der *Književne novine* an seine

Polemiken auf allgemeiner Ebene erinnern werden! Und da sich die Polemik mit Matvejević (und im Zusammenhang mit meinem Buch) nach der Logik der Dinge zu einer Polemik um Jeremićs Preise und Jeremićs Machinationen ausgewachsen hat, läuft es darauf hinaus, daß das Problem von Jeremićs Preisen eine »allgemeine Angelegenheit« ist, zumal Jeremić von sich glaubt, er sei auch selbst Allgemeingut (wie das Wasserwerk).

Jeremić ist indes als literarischer Kentaur, halb Philosoph – halb Schriftsteller (wie halb Frau – halb Fisch), mit sich selbst nicht im reinen: ob er mehr Philosoph und weniger Schriftsteller oder weniger Schriftsteller und mehr Philosoph ist, und er bleibt in dieser seiner philozoophilen Einstellung zerrissen und unbestimmt – erst Pascal, dann gleich Flaubert:

Die Ambition eines Schriftstellers muß höher und seine Redlichkeit größer sein als die, die ihn dazu veranlaßt, sich der Feder zu bedienen, um persönliche Probleme zu erörtern, selbst wenn jemand aus egoistischen oder Cliqueninteressen versucht, ihn zu beschimpfen und zu beschmutzen. Flaubert hat –

Also, diesmal kein anderer als Flaubert (als Jeremićs *alter ego*).

– Flaubert hat diese Haltung sehr schön in einem Brief an Hortense Cornu ausgedrückt: »Die Zeitungen ziehen uns jeden Tag durch den Dreck, ohne daß wir ihnen auch nur antworten, wir, deren Handwerk es doch ist, die Feder zu halten ...«

Daraus geht klar und logisch hervor: erstens, daß Jeremić von sich glaubt, daß er – außer »Philosoph« – auch noch Schriftsteller ist, und zweitens, daß er als Schriftsteller hier die Positionen eines anderen Schriftstellers (Flauberts) anführt, um seine ohnehin feststehende Entscheidung, nicht zu antworten, zu stützen, eine Position, an die er sich ganz gewiß halten wird: er wird also nicht antworten, wie auch Flaubert das getan hat, und aus denselben Gründen. Das heißt, er wird verstummen, da er schon all das gesagt hat was er über sich gesagt hat. Wozu dieses Flaubert-Zitat denn sonst? Denn wenn jemand ein Zitat anführt, mit dem er seine Position bekräftigen möchte, dann erwarten Sie, daß diese Position – das heißt, daß man auf Polemiken aus diesen oder jenen Gründen nicht zu antworten braucht – konsequent eingehalten wird. Besonders, wenn jemand alles gesagt hat, was er gedacht und erdacht hat, und selbst das, was er ganz am Anfang gedacht hat, als er gedacht hat, daß es auch bei diesem Anlaß nicht notwendig sei, das Wort zu ergreifen, sondern nur Pascal (und nicht Šćepanović) zu zitieren.

Jeremić wird indes, nachdem er diese »Haltung« durch die Flauberts und seine eigene bekräftigt hat – nur bei diesem Anlaß –, ein Dutzend Seiten mit einem intriganten, verlogenen, diffamierenden Text vollschmieren!

[…] – »und man glaubt, wir würden uns, um Eindruck zu schinden, um Beifall zu bekommen, über den einen oder die andere hermachen. O nein! Nicht so bescheiden! Unsere Ambition ist viel höher und unser Anstand größer.«

(Jeremić zitiert immer noch Flaubert.)
Daß Jeremićs Ambitionen »viel höher« sind, daran besteht kein Zweifel. Und da ist, was dieses Zitat – als Stützung seiner eigenen Positionen – angeht, soweit erst mal alles in Ordnung.
Und nun, ganz unabhängig vom Flaubert-Zitat, mit Jeremićs Worten:

Aber wenn auch Schriftsteller selbst, und zwar angesehene Schriftsteller, anfangen, Sie zu beleidigen, indem sie nicht vorhandene Absichten und Verhaltensweisen von Ihnen erfinden, um ihre verletzten Eitelkeiten und unerfüllten Ambitionen zu stillen, dann ist es vielleicht auch nötig zu antworten –

Jeremić wird also doch antworten! Denn es geht um »persönliche Beleidigungen«, und er muß also auf diese »persönlichen Beleidigungen« antworten. In Ordnung. Jeremić wird –

dieses eine Mal – auf »persönliche Beleidigungen« antworten. Schauen wir mal, wie das aussieht (würdevoll, fürwahr):

aber natürlich nicht mich, sondern die *Würde des literarischen Wortes* verteidigend [diese Würde wird natürlich von Jeremić hervorgehoben], das sie dazu zwingen, sich, statt an den Himmeln zu schweben, im Dreck zu wälzen.

Da ist, wir haben es gesehen, Jeremić bereits zu den Himmeln entschwebt – der du bist im Himmel! –, mitsamt Pascal, mitsamt Flaubert und mitsamt der Würde des literarischen Wortes, und jetzt gelangt Jeremićs würdiges literarisches Wort bereits aus dem siebenten Himmel seiner höheren Ambitionen zu uns, wir Sterblichen jedoch wälzen uns im Dreck, wo uns der Donnerer Jeremić zurückgelassen hat, und jetzt richten wir unsere Augen gen Himmel, von wo das Gebet zu uns dringt.

Goethe sagte, daß es unter seinen Gegnern Neider gibt, die ihm »das Glück und die ehrenvolle Stellung« nicht gönnen.

Woraus logisch hervorgeht:
1. daß Jeremić nicht die »Würde des literarischen Wortes«, das durch den Dreck gezogen wird, verteidigt, sondern
2. daß Jeremić sein »Glück« und seine »ehrenvolle Stellung« vor denen verteidigt, die ihn angeblich um dieses »Glück« und um diese »ehrenvolle Stellung« beneiden;
3. daß Jeremić sich und seine »ehrenvolle Stellung« verteidigt, will sagen,
4. daß Jeremić eine Stellung hat, die ihm, als Philosophen, »Glück« und »Ehre« einbringt;
5. daß Jeremić ein spießbürgerlicher Philosoph ist, der seine »ehrenvolle Stellung« aus seiner Perspektive analog zu der Goethes sieht!
   Ist Jeremić also »glücklich«? *That is the question!*
   Nein, ist er nicht!

Aber ich wäre doch viel glücklicher, wenn ich weniger Ämter hätte und ich mich mit mehr Aufmerksamkeit dem widmen könnte, was für mich die hauptsächliche Bestimmung ist – dem Schreiben.

Daraus geht doch logisch hervor:

1. daß Jeremić zu viele Ämter hat;

2. daß Jeremić an seiner kentaurischen *condition* – halb Schriftsteller, halb Philosoph – nicht zerbrochen ist, sondern eine mittlere Lösung gefunden hat und sich Ämtern und ehrenvollen Stellungen gewidmet (um nicht zu sagen, geweiht) hat; und

3. daß er – nach eigenem Bekenntnis – das Schreiben mit wenig Aufmerksamkeit betreibt (was wir gesehen haben und was wir noch zur Genüge sehen werden), daß er also mit wenig Aufmerksamkeit schreibt, will heißen, unaufmerksam und schlampig, schlecht und analphabetisch und dümmlich. *Q. e. d.*

Und obwohl er schreibt, wie er schreibt, vergißt Jeremić nicht, daß er als ehrenvoller und glücklicher Schriftsteller seine Positur des glücklichen Menschen mit goetheschen Ambitionen und goetheschem Ansehen aufrechterhalten muß. Aber daß diese »goethesche« Stellung im Falle Jeremić ausschaut, wie sie ausschaut, liegt daran, daß Jeremić glaubt, Goethe sei eine Art literarischer Don Corleone seiner Zeit gewesen, eine Art literarischer »Pate«, der seine Gegner aus Herzensgüte umbringt, und so verkauft Jeremić seine Patenherzensgüte wie ein Lebkuchenherz auf dem Jahrmarkt: er handelt nach der klaren *Cosa-Nostra*-Patenlogik: daß der »Pate« sein Prestige auf der Fama von seiner »Güte« gründen muß, denn das ist die Domäne des kleinbürgerlichen Kitsches und des kleinbürgerlichen Gegenwertes – *pro forma* – für das Fehlen jeden moralischen Wertes. Jeremićs moralische Kategorie der »Güte« ist – *pro forma* – lediglich das Pendant zu Jeremićs ästhetischer Grundkategorie: der Lieblichkeit. Und *lieblich* ist eine ästhetische Kategorie für Kitsch, ebenso wie die Paten-»Güte« des *pater familias,* der die Kinder liebt und seinen Feinden verzeiht (Bild für die Öffentlichkeit), nur kleinbürgerlicher, doncorleonischer Kitsch ist:

Wie immer er sich auch persönlich gefühlt haben mag, ist er [Mat-vejević] objektiv nur die Faust, mit der ein anderer diejenigen schlägt, die er haßt. Mit dieser Einsicht kann ich mich nicht über ihn ärgern. Ich habe ihn bisher geliebt und geschätzt, ebenso wie ich alle Schriftsteller, die für unsere jugoslawische, sozialistische und selbstverwaltende Kultur bedeutende Resultate erbringen können, liebe und schätze, und ich kann ihn nicht über Nacht zu hassen an-fangen, nur weil ihn jemand als Instrument seines Hasses benutzt hat, vielmehr glaube ich, daß sein Artikel das Ergebnis lediglich eines vorübergehenden geistigen Kniefalls ist.

Das ist ausgesprochen lieblich gesagt und – wir werden se-hen – völlig unbedacht. In dieser Liebeserklärung schmei-chelt Papa Jeremić ganz durchsichtig und geschmacklos den Schriftstellern, dem literarischen Parterre und – der Obrig-keit! Denn wen berührt es hier und bei diesem Anlaß, ob Jeremić alle Schriftsteller (»die für unsere jugoslawische, so-zialistische und selbstverwaltende Kultur bedeutende Resul-tate erbringen können«) liebt oder nicht liebt! Und wer ist Dragan M. Jeremić, daß seine Liebe jemanden berühren könnte! Was sind das für geschmacklose, spießbürgerliche Liebeserklärungen in einer literarischen Polemik! Und wen interessieren solche emotionalen Zustände eines Jeremić da, seine »Geständnisse«:

Ich gestehe, daß ich mich nicht einmal über Kiš ärgern kann. Mein Verhältnis zu ihm ist nämlich nicht emotional, sondern rational. Ich verstehe ihn obwohl ich ihn nicht rechtfertigen kann.

Ich meinerseits hätte es mehr »geliebt«, wenn Papa Jeremić da ein Komma gesetzt hätte, wo das Komma hingehört, das heißt im Sinne der Subordination, hinter das Wort *ihn,* und ich hätte ohne jede Emotion und ohne jedes besondere »Verhältnis« begriffen und verstanden, daß er, ob er sich nun über mich ärgert oder nicht, schreiben kann, ebenso wie ich auch so, ohne Mühe und ohne Emotionen, begriffen habe, daß er unfähig ist, diesen seinen emotionslosen, also diesen seinen rationalen Satz hinzuschreiben und daß er unfähig ist, im Satz ein Komma zu setzen; aber ob sein »Verhältnis« zu mir emotionsgeladen oder die Frucht reiner *ratio* ist, das berührt mich wirklich nicht, mich nicht und auch niemanden sonst, und ich kümmere mich also nicht um seine an das literarische Parterre gerichteten Erklärungen, und ich habe es nicht nötig, daß mich Papa Jeremić »versteht« und daß Papa Jeremić mein Verhalten rechtfertigt. Nicht bei Papa Jeremić in Gnaden zu stehen ist für mich persönlich eine Ehre! Mit Papa Jeremić über Kreuz zu stehen ist eine Frage des guten Geschmacks!

Und was also Jeremićs »Verhältnis« zu mir angeht, sei es nun, sage ich, emotional oder rational, muß ich erklären, daß dieses Verhältnis völlig einseitig ist, denn ich interessiere mich nicht im geringsten für seine Liebeserklärungen, und ich bleibe, das gestehe ich, ihnen gegenüber völlig kalt. Ich verwahre mich gegen seine Liebeserklärungen und bin völlig taub für seine Serenaden unter meinem Fenster!

Ich glaube, daß das wenige, was ich gesagt habe –

(Das heißt fünf Spalten im Großformat, etwa *fünftausend Wörter!*)

– völlig ausreicht, um denjenigen, die die Wahrheit erfahren möchten, auch künftig als Wegweiser in dieser Sache zu dienen.

Also: »auch künftig«, das heißt ein für allemal, bis in alle Ewigkeit!
Und als Schlußfolgerung:

Deshalb möchte ich weder diesem Schriftsteller noch diesem Kritiker mehr antworten –
Was sie sich künftig auch immer ausdenken [...] werden, ich werde ihnen nicht antworten, fest davon überzeugt, daß nicht diejenigen im Recht sind, die das LETZTE, sondern diejenigen, die das WAHRE Wort sagen.
Im übrigen werde ich in dieser Sache nicht mehr das Wort ergreifen –

Dreimal hintereinander, wie ein Schwur: »ich möchte nicht mehr antworten«, »ich werde ihnen nicht antworten«, »ich werde nicht mehr das Wort ergreifen«.

In Ordnung, wir haben verstanden. Papa Jeremić hat sich geärgert und ist verstummt. »Ein für allemal«.

Gott sei Dank!

All das wurde, so wie es gesagt wurde, in den *Književne novine* gesagt, mit dem Datum vom 1. Dezember im Jahre 1976 des Herrn.

Im *VUS* vom 11. Dezember desselben a.D. 1976, also zehn Tage nach dem dreifachen Schwur, sagt Papa Jeremić:

Polemik kommt, wie wir noch von der Schulbank wissen, vom griechischen Wort »polemos« und bedeutet Krieg, aber Krieg liebe ich nicht –

Und sagt:

– im Krieg schweigen die Musen, und ich liebe das Lied der Musen mehr als den Donner nicht nur der Kanonen, sondern auch der Schmähungen und Beleidigungen –

Und sagt:

Was ich gesagt habe [...] ist unendlich zarter als das, was er [Matvejević] über mich gesagt hat –
Ich denke, ich würde mich selbst beleidigen, wenn ich einen Menschen beleidigt hätte, der bis gestern mein Freund war und für den ich Liebe und Achtung hegte.

Und weiter sagt er:

Ich will ja nicht unbescheiden sein und auf eine Reihe meiner Ämter verweisen –

Ich wiederhole:

Ich will ja nicht unbescheiden sein und auf eine Reihe meiner Ämter verweisen –

Und am Ende sagt er:

Erlauben Sie mir die Bemerkung, daß Sie sich in den fünfundzwanzig Jahren, in denen *VUS* erscheint, zum erstenmal mit einer Frage an mich wenden.

Was, wir gestehen es, eine Schande ist! Ein Blatt, das fünfundzwanzig Jahre erscheint und sich nie an Papa Jeremić gewandt hat! Unerhört!
Kurze Pause nach dem zweiten Akt.
(Jeremić ist allzusehr mit dem Skandal befaßt, der mit den Machinationen um sein philosophisches, existentielles Problem im Zusammenhang steht: Jeremić ist unrechtmäßig an das Lametta für Literatur gekommen!)

Dritter Akt:

Im Zagreber *Oko* vom 24. März - 7. April (1977) finden wir unter der Unterschrift Papa Jeremićs einen kolossalen »polemos«, in dem der größte Teil des Textes natürlich den Literatur*preisen* gewidmet ist und in dem dieser Liebhaber der Musen auch noch die Wohnungsprobleme der Literaten erörtert, ganz prinzipiell und ganz »das Niveau« und ganz im Geiste seines *dolce stile provinciale*.
In diesem neuen »polemos« streift dieser Philosoph, eben mal *en passant*, auch *Ein Grabmal für Boris Dawidowitsch*,

aufs neue berührt, aufs neue betrübt, »in einem höheren Interesse« seine gemeine Insinuation, das Buch sei überhaupt
nicht original, also abgeschrieben, wiederholen zu müssen:

Ich *bedaure* [hervorgehoben von Papa Jeremić], daß mich Davićo[2]
nötigt [wieder von Jeremić hervorgehoben], darüber zu sprechen,
und deshalb spreche ich nur über dieses Beispiel. Usw. usw.

(Da ich ohne jedes Bedauern auf den folgenden Seiten das
Wort dazu ergreifen werde, lasse ich das jetzt – für einen Augenblick – außer acht.)

Am 23. März, in der *Književna reč*, ein neuer »polemos«,
wieder (natürlich) aus Pflichtgefühl gegenüber der »Wahrheit« und weil Papa Jeremić von den Briefen seiner zahlreichen literarischen Gemeinde überschüttet wurde, die über
sein weises Schweigen über alle Maßen verwundert war:

Das bin ich übrigens auch den vielen Leuten schuldig, die mich
mündlich und schriftlich nach den wahren Gründen gefragt haben,
die ihn [Matvejević] zu so einem häßlichen Benehmen veranlassen.

Und darauf soll man etwa nicht antworten!

Die Wahrheit muß man indes jedem sagen –

Es antwortet ihnen (und auch uns) ein zorniger und gerechter
Papa Jeremić.
Es folgt ein langer *denunziatorischer* Text.

[Einer der hauptsächlichen Theoretiker und Schöpfer unseres
selbstverwalteten Gesellschaftssystems, Edvard Kardelj, wird von
Matvejević lediglich einmal erwähnt, und zwar kritisch (S. 240), wobei er betont, er sei gegen Kardeljs Erklärung, daß die Praxis die ech-
ten Beziehungen der Interessengemeinschaften strukturiert und
miteinander in Einklang bringt. Usw. usw.]

2 Oskar Davičo (1909-1989), Dichter, Schriftsteller, Essayist, einer der
Hauptvertreter des serbischen Surrealismus. *(A. d. Ü.)*

Eine Denunziation, aber natürlich ohne einen »Funken Animosität«, also aus »Güte« und aus »Prinzip«:

Ohne einen Funken Animosität gegenüber seinem Verfasser versichere ich, daß es sich um das schlechteste »theoretische« Buch handelt, das bei uns in der Periode des selbstverwalteten Sozialismus
veröffentlicht wurde [...] usw.

Das ist also »ohne einen Funken Animosität« am 25. März
1977 gesagt worden. Kaum vier Monate nach jener lieblichen
Liebeserklärung: »Ich kann ihn nicht über Nacht zu hassen
anfangen« usw.
    Am 10. Mai (*Književna reč*) ein neuer Bühnenauftritt von
Jeremić:

Zu diesem Anlaß [*Matvejevićs Antwort*] habe ich eine Antwort von
sechzehn Schreibmaschinenseiten abgeschickt –
Also: von *sechzehn* Schreibmaschinenseiten!

Aber als ich noch einmal darüber nachgedacht habe –

(das heißt, als die Redaktion der *Književna reč* seinen Text
abgelehnt hat)

– was mich veranlaßt hat, eine Antwort zu schreiben, entschied ich
mich, diesen Text zurückzuziehen. Für eine solche Entscheidung
gibt es mehrere Gründe –

Von denen, zweifellos, der wichtigste ist, daß die Redaktion
die längere Version, die von sechzehn Schreibmaschinenseiten, als denunziatorisches und unzulässig niedriges Machwerk abgelehnt hatte.
    Und so ließ Jeremić diesen Polemiken das Endspiel folgen,
getreu seinem voreiligen dreifachen Schwur:

Was sie sich künftig auch immer ausdenken [...] werden, ich werde
ihnen nicht antworten –

und getreu seiner philosophierenden Einstellung und Überzeugung:

– fest davon überzeugt, daß nicht diejenigen im Recht sind, die das
LETZTE, sondern diejenigen, die das WAHRE Wort haben.

All das waren bloß Präliminarien. Und da ich nicht geschwo-
ren habe, in dieser Sache nicht mehr das Wort zu ergreifen (im
Gegenteil) und ich – Gott sei Dank – ein Dach über dem Kopf
habe, werde ich hier alle gezinkten Karten, die Jeremić in seinen Texten (»Tiefschläge von fremder Hand«, *Knj. nov.* vom
1. 12. 1976 und »Zur Unwahrheit und darüber hinaus«, *Oko*
vom 24. 4.-7. 5. 1977) verteilt hat, all seine diffamierenden
und doppeldeutigen Erklärungen in Verbindung mit meinem
Buch zusammensammeln und hier Punkt für Punkt, Paragraph für Paragraph das Wort dazu ergreifen.

§ 1

Der Autor dieses Schriebs [Matvejević] möchte die Feststellung
zurückweisen, daß Danilo Kiš einige Seiten, Absätze oder Zeilen in
seinem Buch *Ein Grabmal für Boris Dawidowitsch* benutzt hat ohne
ihre Quellen anzugeben, obwohl sie nicht sein Werk sind.

Was soll das heißen, daß ich in meinem Buch einige Seiten,
Abschnitte, Zeilen »benutzt« habe! Was hat dieser Satz überhaupt zu bedeuten, von seiner grammatischen Verworrenheit
einmal abgesehen? Und was für einen Sinn hat der Satz, daß
ein Schriftsteller Seiten »benutzt« hat? Und welcher Schriftsteller hat denn beim Verfassen eines Buches mit historischen
oder scheinbar historischen Intentionen nicht einige Seiten,
Abschnitte, Zeilen »benutzt«? Und in welchem literarischen
Kontext, in welchem kritischen Kontext, außer in dem von
Jeremić, kann man denn bei diesem Anlaß solch einen zweideutigen und infamen Satz schreiben, ohne sich deswegen vor
der Leserschaft verantworten zu müssen? Jeremić, der verspricht, mich mit seiner kritischen Analyse zu skalpieren, ist
indes nicht imstande, auch nur einen einzigen richtigen und
logischen Satz zu formulieren, denn – Sie erlauben – der Satz,
daß D. K. »Seiten, Absätze oder Zeilen in seinem Buch *Ein
Grabmal für Boris Dawidowitsch* benutzt hat«, ist ebenso
unsinnig wie seine Fortsetzung »ohne ihre Quellen anzugeben obwohl sie nicht sein Werk sind« (ein Komma vor dem
Wort *obwohl*, wo es hingehört, würde indes durchaus nicht
zur Entwirrung dieses grammatiko-logischen Kuddelmud-

dels beitragen). Das Verb *benutzen* bedeutet hier rein gar nichts, denn was heißt, bitte schön, »Seiten *benutzen*«!? Ebenso unsinnig (und unrichtig) ist der zweite Teil des Satzes, in dem Dr. Jeremić vermutlich sagt, daß ein Schriftsteller, wenn er eine leere Seite vollschreibt (denn das bedeutet eine »Seite *benutzen*«), die Quelle der Seiten, Absätze oder Zeilen anführen muß, »obwohl sie nicht sein Werk sind«! Und welcher Schriftsteller, Erzähler, Romancier führt im Prinzip derartige Quellen an!? Ganz gleich, ob dieses *Material* nur Accessoire ist – wie in *Ein Grabmal für B. D.* der Fall – oder integraler Bestandteil der *Sujetkonstruktion*, die Sujetkonstruktion selbst ist (bei Flaubert, Mann, Andrić, Crnjanski usw.)!

Natürlich, Dr. Jeremić persönlich weiß vermutlich, was er sagen will, was er den Lesern suggerieren will, aber weil er sich selbst nicht ganz sicher ist und weil er (nach eigenem Bekenntnis) durch seine Ämter und Funktionen zeitlich verhindert ist, sich mit dem Gegenstand, über den er spricht, zu befassen, und weil das fragliche literarische Thema seinen bescheidenen Verstand und sein bescheidenes Wissen bei weitem übersteigt, bleibt ihm nichts anderes übrig, als sich zweideutiger und verschwommener Anspielungen zu bedienen. Deshalb darf er nicht behaupten, was er denkt (daß ich Seiten, Absätze oder Zeilen in meinem Buch abgeschrieben habe), weil er das ja auch gar nicht denkt, er denkt überhaupt nicht, weil er gedankenlos ist, sondern das nur dem Leser suggeriert, weil Dr. Jeremić – der droht, mich zu skalpieren – nicht den Mut hat, seine Behauptung klar und deutlich vorzubringen, und so redet er um den heißen Brei herum und stellt das, was er nicht sagen darf und kann, weil er das selbst nicht glaubt, sogleich richtig, seine zweideutige Behauptung auch weiterhin aufrechterhaltend:

Meiner Meinung nach wäre es besser gewesen, Kiš hätte einfach »gestanden«, die Quellenangaben aus verschiedenen Gründen unterlassen zu haben: weil sie für das Ziel, mit dem er diese Prosa schrieb, nicht wesentlich waren oder weil er den Prosatext nicht mit Fußnoten überladen wollte, in der Annahme, die Kritiker würden von selbst herausfinden, was woher, in welchem Ausmaß und zu welchem Zweck übernommen wurde. Montaigne zum Beispiel hatte keine Bedenken zu sagen: »Bei dem, was ich anderwärts borge, achte man darauf, ob ich etwas auszuwählen verstanden habe, wodurch die Erfindung gehörig gehoben und unterstützt wird, welche allemal von mir herrührt. Denn ich lege andern, nicht nach ihrer, sondern nach meiner Willkühr, dasjenige in den Mund, was ich, sey es aus Mangel meiner Sprache, sey es wegen Schwäche meiner Kenntnisse, nicht so gut ausdrücken kann. Meine geborgten Stellen zähle ich nicht, sondern wäge sie [...]. Anlangend Gründe, Vergleichungen und Vernunftschlüsse, wenn ich deren in meinem eignen, aus fremdem Grund und Boden verpflanze und mit den meinigen vermische, so verschweige ich oft mit gutem Vorbedacht ihre ersten Urheber, um die voreiligen Richter ein wenig im Zaum zu halten, welche so hastig über alle Arten von Schriften herfallen, und zwar vorzüglich über neuere Schriften, von lebenden Verfassern [...].« So oder ähnlich hätte auch Kiš verfahren können, sich einen großen und weisen Vorgänger zum Vorbild nehmend und alles auf die literarische Ebene bringend, statt all jene zu beleidigen, die, vielleicht ohne den unerläßlichen Charakter und den wahren Sinn seiner Entlehnungen zu begreifen, gleich an das Schlimmste gedacht haben. Usw.

Das heißt, alles ist in Ordnung! Na bitte:

Kišs Buch hat ein Handikap [...], weil es darin Stellen gibt, die man auch bei anderen Schriftstellern finden kann [...].
Als ich meine [oben angeführte] Meinung darlegte, die, wie wir wissen, nicht unrichtig war, habe ich meine Pflicht als Jurymitglied erfüllt: auch die anderen Jurymitglieder über das, was mir aufgefallen war, in Kenntnis zu setzen, und zwar in der besten Absicht, um zu verhindern, daß eine falsche Entscheidung nicht nur die Jury, sondern auch den (ersten) Andrić-Preis kompromittiert.

Ganz und gar zweideutig, ganz und gar verlogen, ganz und gar jeremićmäßig!
Inwieweit ich mich bestimmter Quellen bedient habe, »was woher, in welchem Ausmaß und zu welchem Zweck übernommen wurde«, wäre in jeder zivilisierten Literatur und in

jedem literarischen Milieu Sache literarischer Forschung und universitärer Kritik; von dieser Frage des literarischen Materials und der Art seiner Verwendung wird in diesem Buch noch die Rede sein, weil die Tatsache, daß Dragan M. Jeremić an der Universität lehrt und ein Pigeon als Privatdozent für ihn arbeitet, an sich schon niederschmetternd und aufschlußreich genug ist und nichts Gutes hoffen läßt: nicht genug, daß man einen Teil ihrer Arbeit erledigen muß, man ist auch noch gezwungen, die verheerende Wirkung ihres militanten Unwissens und Handelns auszubügeln. Aber daß mir Jeremić mit seinem eklatanten Mangel an Talent Ratschläge erteilen will, mir oder jedem anderen Schriftsteller außer Šćepanović, ist, denke ich, der Gipfel der Unverschämtheit![3] Aber um fähig zu sein, in einem Buch sogenannte Quellen aufzufinden und zu beurteilen, woher sie stammen, in welchem Ausmaß und zu welchen Zwecken sie übernommen sind, müßte er etwas mehr über Literatur und über literarische Verfahren wissen und überhaupt wissen, was das ist, literarisches Material, er müßte sich – mit einem Wort – ein Grundwissen über die Literatur und über die moderne Literatur insbesondere aneignen. Um sich also mit meinem Buch befassen zu können, müßte er mindestens das Niveau eines Literaturstudenten haben und würde dann gar nicht diese blödsinnige Pigeonfrage nach den »Quellen« in einem erzählerischen Prosatext stellen, weil diese Frage in der literarischen Praxis ebenso gelöst ist wie in dem Buch, von dem die Rede ist. Professor Jeremić beruft sich auf die literarisch-telefonischen Forschungen eines Journalisten der Skandalpresse! (»Es hat sich ereignet, daß er [Pigeon] im *Oko* einen Artikel über Kiss Buch veröffentlichte, in dem er darauf hinwies, daß sich darin ›nichtdeklarierte‹ Texte von Roy Medvedev und Louis Réau finden und noch ein paar anderen.«) So also se-

3 »Ehe man sich eine eigene Übersicht geschaffen und auf eigene Faust Ermittlungen angestellt hat, könnte man zumindest auf der Hut sein und keine Ansichten übernehmen: [...] von Leuten, die selber nichts Bemerkenswertes hervorgebracht haben«, sagt Pound. (*A. d. A.*)

hen die Forschungen Jeremićs aus: er wiederholt bloß nach Papageienart, was Pigeon sagt, vermeidet aber natürlich tunlichst zu sagen, daß weder Medvedev noch Réau *Schriftsteller* sind, sondern fügt bloß noch für alle Fälle hinzu (und das ist vorerst sein persönlicher Beitrag), was sein Privatdozent Pigeon gar nicht behauptet: »und noch ein paar anderen«. Für alle Fälle.

Nach Jeremićs Meinung wäre es also besser gewesen, ich hätte einfach »gestanden«, »die Quellenangaben aus verschiedenen Gründen unterlassen zu haben«.

Die folgende Geschichte, aus Zweifel und Ratlosigkeit entstanden, ist zu ihrem *Unglück* (andere nennen es Glück) wahr: *sie wurde aufgezeichnet von der Hand ehrlicher Menschen und zuverlässiger Zeugen.* (*Ein Grabmal für Boris Dawidowitsch*, S. 7)

Was steht da also im ersten Satz des Buches, in dem Satz, mit dem das Buch eröffnet wird?

Da steht drin, daß die folgende Geschichte *wahr* ist und daß sie deshalb wahr ist, weil sie »von der Hand ehrlicher Menschen und zuverlässiger Zeugen« *aufgezeichnet* wurde.

Es steht auch drin, in diesem ersten Satz, daß die Authentizität dieser Geschichte (und folglich des ganzen Buches) auf *schriftlichen* Zeugnissen beruht.

Und was heißt das, wenn ein Schriftsteller im ersten Satz seines Buches ankündigt, daß die Geschichte, die er erzählen wird, *wahr* und »von der Hand ehrlicher Menschen und zuverlässiger Zeugen« aufgezeichnet ist?

Das heißt, der Schriftsteller möchte den Leser wissen lassen, daß die Fabel der Geschichten keine blutleere Konstruktion, keine reine Erfindung ist, sondern auf verdammten Fakten, auf verdammten Zeugnissen, auf Dokumenten beruht, denn sie wurde »von der Hand ehrlicher Menschen und zuverlässiger Zeugen« *aufgezeichnet*.

Ebenso wie in diesem ersten Satz des Buches deutlich zu lesen ist, daß die Geschichte »aus Zweifel und Ratlosigkeit«

geboren wird, aus schöpferischem Zweifel und gestalterischer Ratlosigkeit: wie diese Welt zum Leben erwecken, wie die *Authentizität* der Wirklichkeit nicht verraten, und daß der Autor somit das Schreiben seiner Geschichten auf der Grundlage authentischer Ereignisse, auf der Grundlage einer wahren Fabel angeht.

Und was ist eine Fabel?

»Die Fabel ist eigentlich nur das *Material* für die Sujetfügung« (Schklowski).

Also ich gebe das Material sehr konsequent an. Für einen scharfsinnigen Leser vielleicht allzu konsequent!

Die von uns verwendeten Dokumente reden die schreckliche Sprache der Tatsachen, und das Wort *Seele* hat in ihr einen blasphemischen Beiklang. (*Ein Grabmal für B. D.*, S. 15)

Oder:

Nun werden die Dokumente, die in der Tat Palimpsesten gleichen, für eine Weile ungenau. (*Ein Grabmal für B. D.*, S. 25)

Oder:

Sosehr die angeführten *Zeugnisse* Zweifel und Mißtrauen erwecken, so sehr ist ein Bericht von Tscheljustnikow über Herriot der Mitteilung wert – mag er auf den ersten Blick auch als reines Phantasieprodukt erscheinen. Ich gebe ihn wieder, da an seiner *Glaubwürdigkeit* keine Zweifel bestehen. Denn alles deutet darauf hin, daß Tscheljustnikows *Berichte, obzwar ungewöhnlich, auf konkreten Fakten beruhen.* (*Ein Grabmal für B. D.*, S. 37)

Oder:

Ich will also versuchen, die weit zurückliegende Begegnung zwischen Tscheljustnikow und Herriot nach bestem Vermögen zu schildern, *indem ich mich sofort jener alptraumhaften Dokumente entledige, die die Geschichte verschütten,* und den argwöhnischen als auch neugierigen Leser auf die erwähnte Bibliographie verweise, wo er das nötige Beweismaterial finden kann. *(Vielleicht wäre es vernünftiger gewesen, ich hätte eine andere Form der Mitteilung gewählt – Essay oder Studie –, um sämtliche Dokumente verwerten zu können. Doch zwei Dinge hinderten mich daran: einmal erscheint es mir unzulässig, das mündliche Zeugnis seriöser Personen für Dokumentationszwecke zu gebrauchen; und zweitens wollte ich mich nicht um das Vergnügen des Erzählens bringen, das dem Schriftsteller die trügerische Idee eingibt, er erschaffe die Welt und verändere sie dadurch, wie man so sagt.) (Ein Grabmal für B. D., S. 37 f.)*

Oder:

Doch das schöpferische Bedürfnis, dem lebendigen Dokument gewisse – vielleicht überflüssige – Farben, Klänge und Gerüche beizumengen, diese dekadente heilige Dreifaltigkeit des modernen Künstlers veranlaßt mich, Fehlendes in Tscheljustnikows Aufzeichnung zu ergänzen: das Flackern und Knistern der Kerzen in den silbernen Armleuchtern aus der Schatzkammer des Museums von Kiew – *und wieder verschmilzt das Dokument mit unserem imaginären Bild*; den Widerschein der Flammen auf den gespensterhaften Gesichtern der Heiligen sowie – auf dem Mosaik in der Apsiswölbung – auf den Falten des langen Chitons der Jungfrau Maria und auf dem violetten Schleier mit den drei leuchtenden weißen Kreuzen; den Schimmer von Gold und Ruß auf den Heiligenscheinen und Ikonenrahmen, auf dem Altargerät, dem Kelch, der Krone und dem Weihrauchfaß, das im Halbdunkel an klingenden Ketten schwingt, während der Duft des Weihrauchs – die Seele der Koniferen – sich mit dem säuerlichen Geruch von Hopfen und Malz vermischt. *(Ein Grabmal für B. D., S. 54 f.)*

Oder:

Unter den immer zahlreicher werdenden Berichten über die Hölle des Eisarchipels gibt es *nur wenige Dokumente, die den Mechanismus des Hasardspiels beschreiben. (Ein Grabmal für B. D., S. 75)*

Oder:

In der Enzyklopädie Granat und in deren Supplementband ist sein Name unter den zweihundertsechsundvierzig autorisierten Biographien und Autobiographien der Helden und Mitkämpfer der Revo-

*lution nicht verzeichnet. In seinem Kommentar zu dieser Enzyklo-
pädie bemerkt Haupt,* es seien darin alle bedeutenden revolutionären Persönlichkeiten vertreten, bedauerlich sei bloß das
»merkwürdige und unerklärliche Fehlen von Podwojski«.

[…]

Gewisse Lücken – besonders solche, die sich auf die wichtigste Periode seines Lebens, auf die Revolutionszeit und die darauffolgenden
Jahre, beziehen – gehen auf dieselben Ursachen zurück, *die obiger
Kommentar im Zusammenhang mit den übrigen Biographien erwähnt*: nach 1917 vermischte sich Nowskijs Leben mit dem öffentlichen Leben und wird zu einem »Teil der Geschichte«. Andererseits
dürfen wir nicht vergessen – *wie Haupt bemerkt* –, daß diese Biographien Ende der zwanziger Jahre geschrieben worden sind: daher die
bedeutsamen Lücken, die Zurückhaltung, die Hast. Eine vom nahen
Tod diktierte Hast, müßte man ergänzen. (*Ein Grabmal für B. D.*,
S. 87 f.)

Oder:

*Nach einer offensichtlichen Lücke in den von uns verwendeten
Quellen (mit denen wir den Leser nicht belasten wollen, damit er die
angenehme, doch trügerische Illusion hege, auch diese Geschichte
sei, was Autoren so gerne hören, ein Produkt ihrer mächtigen Phantasie)* finden wir Nowskij usw. (*Ein Grabmal für B. D.*, S. 96)

Oder:

*Nur ein einziger handgeschriebener Brief Nowskijs hat sich als au-
thentisches Zeugnis* jener Liebe erhalten, in welcher revolutionäre
Leidenschaft und Sinnenrausch rätselhafte und tiefe Bande eingingen. (*Ein Grabmal für B. D.*, S. 101)

Oder:

Die Berichte darüber sind spärlich und widersprüchlich. (*Ein Grabmal für B. D.*, S. 103)

Oder:

Was ihre kurze Ehe mit Nowskij betrifft, so *berichten gewisse Zeugnisse* von qualvollen Eifersuchtsszenen und leidenschaftlichen Versöhnungen. (*Ein Grabmal für B. D.*, S.103f.)

Oder:

Nach dem zuverlässigen Zeugnis seiner Schwester gab es keinen bewaffneten Widerstand, kein Handgemenge im Treppenhaus. (*Ein Grabmal für B. D.*, S. 105)

Oder:

Aufgrund neuester Berichte, die von Nowskijs Schwester A. L. Rubina stammen, entwickelten sich die Dinge später wie folgt. (*Ein Grabmal für B. D.*, S. 105)

Oder:

Nach dem Zeugnis eines gewissen Snasserew sprach Nowskij, trotz zeitweiliger Geistesabwesenheit, mit großer Verve, was Snasserew seinem hohen Fieber zuschrieb. (*Ein Grabmal für B. D.*, S. 123)

Oder:

Ein anderer Überlebender des Prozesses (Kaurin) bekennt, daß Nowskij trotz der fürchterlichen Torturen, denen er monatelang ausgesetzt gewesen sei, nichts von seinem Scharfsinn eingebüßt habe, »*der uns alle erschlug*«. (*Ein Grabmal für B. D.*, S. 123 f.)

Oder:

Die Fortsetzung und der Schluß von Nowskijs Geschichte stammen von Karl Fridrichowitsch[4]. (*Ein Grabmal für B. D.*, S. 127)

4 Steiner. *(A. d. A.)*

Oder:

Aus der konfusen Masse der Tatsachen schält sich ein Menschenleben heraus in voller Blöße. (Ein Grabmal für B. D., S. 148)

Oder:

Es gibt zuverlässige Zeugnisse, denen zufolge sich der junge Darmolatow in dieser Zeit bereits zum kosmopolitischen Programm der Akmeisten bekannte – dieser »Sehnsucht nach der europäischen Kultur« ... (*Ein Grabmal für B. D.,* S. 153)

Na bitte, was stellt das alles dar, wenn nicht eine explizite Darlegung der Poetik und Methodologie des Buches, von dem die Rede ist, das klare und unzweideutige »Geständnis«: a) daß ich mich des Dokuments, eines Materials bediene und b) wie und in welchem Maße ich mich dieses Dokuments, dieses Materials bediene: ein komplettes literarisches *procédé*! (»Bloßlegung des Verfahrens«.)

Eines Tages vielleicht, wenn die Šćepanovićs und Bulatovićs und ihresgleichen Literatur nicht mehr bei Pigeon, sondern an der Fakultät studieren und ihre Vorlesungen in Ästhetik (und vielleicht auch in Ethik) nicht mehr ein Dragan Jeremić hält, sondern ein Professor, der ihnen beizubringen vermag, daß man eine Erzählung weder aus der Geschichte noch aus der Kunstgeschichte abschreiben kann, ebensowenig wie man eine Erzählung aus einer Speisekarte oder einem Fahrplan[5] abschreiben kann, vielleicht wird sich dann, sage ich, einer hinsetzen und den Anteil der »Dokumente« in dem Buch *Ein Grabmal für B. D.* studieren und feststellen, daß er

5 »Abgesehen vom Fahrplan der Eisenbahn, gibt es kein einziges Buch ohne ästhetischen Wert«, sagt Orwell. Und wenn ich in meinem Roman *Garten, Asche* einen Fahrplan auf ästhetisches Niveau erhoben habe, um das einmal so auszudrücken, dann habe ich damit lediglich – wenn auch unzureichend artikuliert – ein Verfahren demonstriert, das sich seinem Wesen nach nicht im geringsten von dem in *Ein Grabmal für B. D.* unterscheidet. *(A. d. A.)*

in diesem Buch gleichzeitig sehr viel kleiner und sehr viel größer ist, als es einem auf den ersten Blick erscheinen mag: kleiner, weil hier der dokumentarische Charakter, auf der Ebene der Sujetfügung, irrelevant ist, größer, weil hier das Dokumentarische, auf der Erkenntnisebene, zu einer größeren Authentizität des ganzes Buches beiträgt: als Dokument einer Epoche.

Schreiben ist ein alchimistischer Prozeß, eine Transmutation, und auf diesen Schöpfungsakt läßt sich, als ideale Metapher und als mögliche Definition, dasselbe anwenden, was für die Alchimie selbst gilt: »Die Alchimie ist die *Kunst der Transmutation* von Metallen, mit dem Ziel, Gold zu gewinnen.« Und muß man da noch sagen, daß ich hier unter Metall den *Logos* verstehe (*Logos*: Wort, Sprache, Rede, Essenz, Wahrheit, Ruhm, Qualität, Ordnung, Wille, Vernunft, Begriff, Geist, Wissen, wahre Lehre, Gesetz, Maß, Verfahren, Beweis, mathematisches Axiom, Geist Gottes, Keim des Werdens, Wort Gottes, Vermittler, philosophisches Problem, Gesetz und Ordnung, Notwendigkeit, Gesetzmäßigkeit, Weltgeist[6]), den Logos mit seinen sämtlichen Bedeutungen, als Materie, als »Material«, in dem und mit dem eine Transformation und Transmutation vorgenommen wird, was zum »vollendeten Metall« führen wird (wenn es dazu führt). Dieser schöpferische Prozeß unterscheidet sich von seinen Intentionen her in letzter Konsequenz nicht von jener anderen, orientalischen Variante der Alchimie, wo man sich über Retorten und geheimen Formeln verzehrt, mit dem einzigen Ziel, flüssiges, *trinkbares Gold* zu gewinnen, das in Verbindung mit der vergänglichen Materie des Leibes in die körperliche und geistige Ewigkeit führen soll. Aber der Prozeß des Schreibens selbst ist, ganz analog zu den alchimistischen Prozessen, Mysterium und Mystifikation gleichzeitig: alles spielt sich im geheimen Laboratorium des Schöpfers ab, in dieser alchimistischen Werkstatt, wo die magischen Formeln der Gilde (*solve et coa-*

---

6 Nach *Philosophisches Wörterbuch*, Zagreb 1965. *(A. d. A.)*

gula: löse und binde) gehütet werden, denen man aber auch die eigenen Entdeckungen hinzufügt, dieses Geheimnis der Geheimnisse. Denn das oberste Ziel ist eigentlich die geistige Transformation, die Erlangung des Absoluten, und das ist die Domäne der Esoterik: »Wem es nicht gelingt, Gold zu gewinnen«, sagt Lieu Hiang, »hat es mangels geistiger Vorbereitungen nicht gewonnen.«

Und wenn ein Schriftsteller die sogenannten Geheimnisse seiner Werkstatt, die Bekenntnisse des Autors ausbreitet, ist auch das nur ein Teil der Mystifikation, der Esoterik: ein falsches Rezept, wo nur ein einziges, das wesentliche Element fehlt, das, von dem man glaubt, es werde im geheimen Laboratorium Gold aus Metallen oder aus Stein schaffen, und dessentwegen man sich in Einsamkeit verzehrt. Wenn Tolstoi seine Kunst leugnet oder sie bei anderen leugnet, tut er das in einer Anwandlung paraliterarischer Ehrlichkeit, mit Gewissensbissen wegen des großen Betruges, der die Kunst zur Kunst macht. »Die literarische Küche widert mich an, wie mich bisher noch nichts angewidert hat«, sagt er. Zwischen den literarischen Theorien, Richtungen und Verfahren, die der Schriftsteller vertritt, und seinen schöpferischen Geheimnissen gibt es einen großen Unterschied. Gerade deshalb finden wir die besten Texte, die sich auf die Geheimnisse des Schaffens beziehen, in den Briefen der Schriftsteller, in Briefen, die nicht für die Öffentlichkeit bestimmt waren. Die sogenannten literarischen Tagebücher, Romane über den Roman, theoretische Präambeln und so weiter sind auch nicht mehr als, ich sagte es bereits, ein Teil der Mystifikation, wenn nicht gar (was noch häufiger der Fall ist) nur ein weiterer Schleier über das schöpferische Geheimnis.

Wenn ich mich also an diese Aufgabe mache – an die Enthüllung einiger »Geheimnisse« des schöpferischen Verfahrens –, und zwar am Beispiel eines meiner Bücher, mache ich das ungern, nicht weil es da irgendwelche »Geheimnisse« gäbe, die man Uneingeweihten nicht aufdecken dürfte, und auch nicht, weil etwas von der Widerwärtigkeit, von der

Tolstoi spricht, darin läge, in dieser Art über sein Werk zu sprechen, sondern einfach weil meiner Meinung nach das Schaffen Mystifikation, das Werk die Frucht schöpferischer Kunststücke ist, und wenn diese Kunststücke aufgedeckt sind, verliert das Werk einfach einen Teil seines Zaubers. Um mich klarer auszudrücken: In meiner Kindheit habe ich ein paar Magier beobachtet (Schklowski gibt ein ähnliches Beispiel), die mich gefangennahmen, die das Publikum mit ihren Zauberkünsten in einer verzauberten und fast übernatürlichen Welt gefangennahmen und uns mit ihrem Hokuspokus und ihrem Abrakadabra in Verzückung, in ein metaphysisches Erschaudern versetzten, das von allem ausging, was den Anschein des Überirdischen, Dämonischen, Wundersamen hatte. Welche Enttäuschung am Ende, als dieser Wundertäter, Mann im Bund mit den Mächten der Finsternis, dem Publikum den Rücken zuwandte und uns die Kehrseite seiner Künste zeigte, einfache Tricks, ein Bällchen auf dem Handrücken, ein Messer, dessen Klinge sich ins Heft zieht, ein Käfig mit doppeltem Boden! Warum hat er mir – sagte ich mir damals –, warum hat er mir das angetan, warum hat er mich enttäuscht! Weit gefehlt, daß ich über die Aufdeckung seiner Geheimnisse glücklich gewesen wäre! Nach Hause zurückgekehrt, versuchte ich, mit Hilfe eines Bällchens einen seiner Tricks, den er uns gezeigt hatte, auszuführen, diese einfachen Kniffe zu wiederholen, und begriff nach langem angestrengtem Üben, daß mir das nicht nur niemals gelingen würde, sondern auch, daß dieser zweite Teil der Zaubernummer, die Kehrseite des Spiels zu zeigen, diese angebliche Demystifikation, daß auch *das* nur ein Teil des Kunststückes war. Doch meine Enttäuschung wurde dadurch nicht geringer. Verschwunden war die Magie, verschwunden war die Verzauberung, verschwunden war der Glauben an das »gewisse Etwas«, das gewisse Etwas, das nur wenigen und glücklichen Individuen gegeben ist, dieser Umgang mit den dämonischen Mächten der Finsternis!

Ein Werk kann man nicht von seiner Rückseite zeigen wie

einen Kelim oder eine Übersetzung, wenn man sie mit dem Original vergleicht. Ein Werk kann man nicht in Bedeutungen übersetzen, die außerhalb der in ihm selbst angelegten liegen. Der Leser will liebend gern wissen, ob »alles so war«, wie Sie es beschrieben haben, ob Sie von den realen Ereignissen etwas verändert haben, und nur ein paar wenige wissen (und das sind wohl auch keine Leser im üblichen Sinne des Wortes mehr), daß »all das« nicht existiert, daß »all das« niemals existiert hat (zumindest nicht so, wie es im Werk »beschrieben« ist), nirgendwo außer im Werk selbst, sei es eine Autobiographie, eine Biographie oder schlicht und einfach ein Roman oder eine Erzählung. Die Memoiren sind noch das letzte literarische Genre, das den Anschein von Objektivität hat.

Ein Werk kann man also nicht rückwärts neu schreiben, kann man nicht rekonstruieren, ebensowenig wie man die Zeit oder die Erinnerung an alte Zeiten (auch das ist nur eine neue Fiktion, eine neue Wirklichkeit, eine neue Entität, ein neues Werk) rekonstruieren kann. Eine derartige Rekonstruktion ist zu derselben Bedeutungslosigkeit verurteilt wie eine wiederholte Geste, die die Rekonstruktion eines Verbrechens erfordert: der Verbrecher holt mit einem falschen Messer aus, gegen ein falsches Opfer, mimt den Mord vor den Augen der Beobachter und bewaffneten Begleiter. Kein verzerrtes Gesicht, kein Schrei, kein Blut, kein Mörder, kein Delikt, kein Verbrechen.

Lesen Sie Sammelbände über literarische Verfahren: Sie werden darin hauptsächlich unbedeutende Anekdoten finden, darüber, wie der Schriftsteller schreibt, im Sitzen oder Liegen, oder im Stehen wie Hemingway (und eines Tages nach seinem Tod werden wir erfahren, daß der Grund für diese Mystifikation nicht »die Kürze von Satz oder Dialog«, sondern die Hämorrhoiden waren!), darüber, welche Schriftsteller er gern liest, welche Bücher: Gesetzesbücher (wie Stendhal), die Bibel (wie Faulkner) oder Goethe (wie Mann) usw. Die Anekdote ist nur ein Vorwand für ein neues Werk, für einen »Roman im Roman« oder eine neue Mystifikation. Und hier hat das Wort Mystifikation einen doppelten Sinn: der Schriftsteller deckt seine Kniffe und Tricks auf oder jubelt (uns und sich) neue unter, und andererseits ist die Mystifikation auch schon selbst der Versuch, das Werk *rückwärts* zu schreiben, dieses Suchen nach der Bedeutung außerhalb des literarischen Werks: der Schriftsteller war von einer Szene, einem Bild oder Erlebnis hingerissen. Genau! Aber auch das ist bloß eine Anekdote, und es handelt sich bloß um eine Anregung, um eine Epiphanie. Die beste und einzig mögliche Erklärung eines Werks wäre eine nochmalige Lektüre!

Deshalb hat Schklowski völlig recht, wenn er sagt, daß es unnütz ist, sich mit Tagebüchern zu befassen, um die Entstehungsweise eines Werkes zu erklären: »Hier gibt es eine versteckte Lüge: der Schriftsteller schafft und schreibt angeblich allein und nicht *mit seinem Genre, mit der ganzen Literatur, mit allen sich bekämpfenden Strömungen.*«

Was von links nach rechts geschrieben steht, läßt sich nicht noch einmal in umgekehrter Richtung schreiben. Und was hier folgt, ist lediglich der Versuch, zu bestimmten »Quellen« zu gelangen.

Die Falle, welche Mikša anfertigte, war eine entfernte Kopie jener Fallen, die einst sein Großvater in der Bukowina gebastelt hatte: eine vage und sehnsüchtige Erinnerung. *Usw. (Ein Grabmal für B. D.,* S. 10)

Der Bauer pflegt mit der Natur noch immer einen heidnischen Umgang, wenn man das so nennen kann: diese Personifizierung der Naturerscheinungen und der Natur selbst, Pflanzen, Erde, Gras, Tiere, Sonne und Himmel, aber nicht wie mit den Gottheiten, sondern als wären auch die Naturerscheinungen, gute und schlechte, Regen und Überschwemmungen, irgendwelche halbvernünftigen Wesen, keine Götter und Halbgötter, keine Inkarnationen, sondern irgendwelche animalischen Mächte, mit denen man sprechen kann; Gott ist etwas anderes. Gott ist die Kirche, das Gebet, das Fasten und der Brauch, eine geheimnisvolle Macht, mit der der Mensch im Leben nicht zusammentrifft, sondern vielleicht erst im Jenseits. Aber die Natur, die Naturerscheinungen, ist etwas, was den Menschen fast verstehen könnte, wenn es nur sprechen könnte, der Baum ist nicht weit vom Hund und der Kuh entfernt, und der Hund und die Kuh sind so etwas wie Dorftrottel: wenn sie sabbern, muß man ihnen auf die Schnauze hauen. Und ich habe auf dem Dorf (in Ungarn, das in *Ein Grabmal für B. D.* durch die »Bukowina« substituiert ist), als ich bei einem Bauern arbeitete, grausame Szenen gesehen, die mir auch damals, als Zehnjährigem, grauenhaft und unverständlich vorgekommen waren, obwohl für mich das Schlachten von Schweinen, das Stopfen von Gänsen, das Schlachten von Geflügel, das Töten von Hunden und das Werfen von Kätzchen in den Fluß als Ritual überhaupt nichts Außergewöhnliches mehr war, ebensowenig wie für mich diese Einteilung der Tiere in gute (nützliche) und böse (schädliche) und diese Logik, daß man die bösen mit allen Mitteln vernichten muß, ganz gleich, ob es sich um eine Wasserschlange, eine Blindschleiche oder eine Eidechse handelt, etwas Außergewöhnliches war. Da herrschten Gesetze, die ich als grausame Naturgesetze akzeptierte. Aber ich habe auch gesehen, wie ein Bauer mit Fuß und Fäusten ein einwöchiges Kalb schlug, es mit einer Wut und Raserei schlug, alle Heiligen dieser Welt, den Himmel und sämtliche Götter verfluchend und schmähend, und die Sünde dieses unglücklichen Tiers (das dazu, nach diesem arkadischen Kodex, zur »nützlichen« Kategorie gehört) einzig und allein war, daß es nicht die Milch seiner Mutter saugen wollte! Der Bauer schlug das Kalb mit schweren Soldatenstiefeln und Fäusten in die Rippen, in den Bauch, in die Seiten und sagte ihm schreckliche Dinge, aber er hat mit ihm *gesprochen* wie mit einem verrückten Kind oder einem Dorftrottel, weil es ihm wohl so vorkam, als ob das Kalb ihn verstünde und als ob dieser erbärmliche, hilflose Blick Stolz und Trotz bedeutete und nicht

das, was er wahrscheinlich bedeutet hat: der Blick eines ein-
wöchigen Kalbs!

Die Szene mit dem Iltis habe ich indes nicht gesehen. Ich
habe einen (»unnützen«) Iltis gesehen, der in eine Falle geraten war, so einen, wie ich ihn in meiner Geschichte beschrieben habe, ich habe sein Gekreische gehört, und zusammen
mit den Kindern vom Dorf kreischte auch ich selbst, weil dieses gefährliche, unnütze und stinkende Tier, das die Dorfhüh-
ner schlachtet, endlich überlistet war. Aber bei dieser Gelegenheit hörte ich eine Geschichte über einen »Mikša« oder so
ähnlich, diese grausame Geschichte, die die Bauern wie ein
Wunder der modernen Technik, wie das neueste und wirk-
samste Handbuch zur Vernichtung von Iltissen herumerzähl-
ten! »Wenn man einen Iltis bei lebendigem Leib abzieht, *az
apja büdös uristenét,* dann, *uram,* mein Herr, wird jahrelang
auch kein anderer Iltis mehr auf diesem Hof auftauchen, und
das geht so … In Bakša hatte vor ein, zwei Jahren ein Hof-
besitzer namens …« Usw.

»Eine vage, sehnsüchtige Erinnerung …«

Ebenso wie die Jagden, an denen ich als Treiber teilgenommen habe, »eine vage, sehnsüchtige Erinnerung« sind und die
Träume von einer »Zukunft ohne Hunde, ohne Herren und
Jagdhörner« (*Ein Grabmal für B. D.,* S. 12) meine eigenen
Träume waren, ebenso wie das Kapitel »Bilder aus dem Al-
bum« (S. 66-67) nur das Resümee meiner fernen Kindheits-
erinnerungen ist, die in der lang entwickelten Metapher mit
dem Titel *Garten, Asche* aufflammen sollten.

Die verpönte positivistische Formel von Milieu und Rasse ist auf den
Menschen mindestens ebenso anwendbar wie auf die flämische Malerei. Usw. (*Ein Grabmal für B. D.,* S. 22)

Das bedeutet, daß ich in dieser Geschichte die Absicht habe
(und genau das tue ich), Hippolyte Taines Formel von *Rasse
und Milieu* (der *Moment* ist in der Geschichte immanent gegeben, der Moment ist hier eigentlich Teil der Sujetfügung) in

gewissem Maße anzuwenden; und um diese Formel von Milieu, Rasse (und Moment) adäquat anwenden zu können, habe ich zu Zeugnissen über diese Rasse und über dieses Milieu gegriffen:

Der erste Akt des Dramas also beginnt in Irland, »*dem letzten Thule, einem Land jenseits des Wissens*«, wie ein Doppelgänger von Dedalus es bezeichnet hat, in Irland, »*dem Land der Trauer, des Hungers, der Verzweiflung und der Gewalt*«, wie ein anderer Forscher, der weniger zum Mythos denn zur rauhen Erdenprosa neigt, es nannte. (*Ein Grabmal für B. D.*, S. 22, Hervorhebungen im Buch)

Wer sagt das über das (irische) Milieu? Wessen Zeugnis steht hier in Anführungszeichen und in Kursivschrift?

Das sagt »ein Doppelgänger von Dedalus«.

Wer ist der »Doppelgänger von Dedalus« in diesem konkreten Kontext?

Derjenige, der hier Zeugnis ablegt, sein zuverlässiges Zeugnis, ist ohne Zweifel der große irische Verbannte, der Autor des *Ulysses*, der Schöpfer des Herrn Bloom (ehedem Virág), der Schöpfer des größten und »brillantesten Scheiterns in der Literaturgeschichte«, James Joyce!

Diese Metonymie, diese Antonomasie, als klassische, eigentlich banale Stilfigur, so alt wie die Rhetorik selbst, die den Namen von Joyce durch das Syntagma »ein Doppelgänger von Dedalus« ersetzt (denn dieses Syntagma fand ich, und finde ich immer noch, passender und geeigneter für die Prosa, für diese Erzählung, als den direkten, eigentlich essayistischen Verweis auf Joyce, die Namensnennung), dieses Syntagma also war zwei, drei Monate lang die literarische Hauptattraktion in den literarischen »Salons«, und alle sprachen mit einem Schaudern und einer unheilvollen Vertraulichkeit den Namen des unglücklichen Joyce aus, den ich so brutal »abgeschrieben«, »beraubt«, »plagiiert« hatte. Bulatović redete sich heiser, Jeremić verkündete mit seiner Patriarchenstimme, daß es eine Schande sei; Dr. Nedeljković hielt häusliche Vorlesungen über das Unrecht ab, das ich dem armen Joyce zugefügt habe, Šćepanović ging die Sache von ihrer praktischen Seite an und forderte über Pigeon Vergeltung und Blutrache für Joyce, bereit, jeden Preis zu bezahlen, und ein gewisser B. M., Schriftsteller und Journalist, beanspruchte für sich das *ius primae noctis*, hatte er doch als erster die Sache bemerkt und als erster diese seine epochale literarische Entdeckung: »daß ich Joyce beraubt hatte« (mündlich-telefonisch), publik gemacht. (Später hat er sich wohl eines anderen besonnen und in der Zeitung geschrieben, die Zunft wolle mich steinigen, wo ich doch völlig unschuldig sei! Vorbei mit dem *ius primae noctis*! Deshalb verpasse ich ihm just diese Notiz. Und wir sind quitt.)

Bourniquels Bild von Dublin läßt uns, mangels zuverlässiger Quellen, mindestens ahnen, welche Erfahrungen Gould Verschoyle von seiner Insel mitbringen wird, Erfahrungen, die die Seele imprägnieren wie der entsetzliche Gestank des Fischmehls aus der Konservenfabrik in der Nähe des Hafens an schwülen Sommernachmittagen die Lunge. (*Ein Grabmal für B. D.*, S. 23)

Welcher Forscher also lieferte die Daten über Dublin (das *Milieu*)?
Bourniquel.
Wie nennt man dieses literarische Verfahren?
Quellenangabe!
Warum bediene ich mich Bourniquels als Quelle?
»Mangels zuverlässiger Quellen« (die Vergangenheit von Verschoyle betreffend).
Was zeigt dieses Verfahren an?
Daß das Leben Gould Verschoyles, abgesehen von seinem Geburtsort (Dublin, Irland), für mich eine Unbekannte ist.
Wo führt das hin?
Zur Imagination, *fiction* (s. u. das Kapitel »Vorsichtige Rekonstruktion«).
Und was »den entsetzlichen Gestank des Fischmehls aus der Konservenfabrik in der Nähe des Hafens« betrifft – die Erfahrung, die »Gould Verschoyle von seiner Insel mitbrin-

gen wird« –, sind ebenfalls keine Quellen angeführt, und ich führe sie an dieser Stelle zum erstenmal, nicht ohne Nostalgie, an, trotz der olfaktorischen und sensoriellen, fast bis zur Übelkeit gegenwärtigen Erinnerung an jene schwülen Ferientage, wenn sich der entsetzliche Gestank von Fischmehl wie Vulkanstaub über die Stadt und den Hafen legt; die *Quelle* ist bekannt: die Fischkonservenfabrik »Mirna«. Halbinsel Istrien. Stadt: Rovinj.

Jene Schwächlinge, die sich von der Macht des neuen Deutschland – von seinen im Takt strenger germanischer Märsche defilierenden bronzefarbenen Jünglingen und Amazonen – blenden ließen, schauderten einen Augenblick, als sie Taubes prophetische Worte hörten: als nämlich Taube, von einem bekannten französischen Journalisten provoziert, seine Jacke auszog und mit entschlossener, wenn auch etwas verlegener Geste das Hemd über seinem Rücken hochkrempelte und die noch unverheilten Spuren schwerer Verletzungen zeigte. [...] So verwarf auch jener Journalist, den die offenen Wunden einen Augenblick lang verblüfft hatten, in seinem Artikel jeglichen Zweifel und jegliche Evidenz – angewidert von der eigenen Schwäche und der blutarmen romanischen Rasse, »die bei der alleinigen Erwähnung von Blut zu flennen beginnt«. (*Ein Grabmal für B. D.*, S. 69 f.)

Die Quellen?
  Lucien Rebatet? Vielleicht. Oder Céline. Oder Brasillach, Henry Poulaille? J. A. de Gobineau?

Ich fand ein erleichtertes und gesäubertes Wien vor. Das fiel ins Auge auf seinen Straßen, die zurückerobert waren von den Mädchen in kurzen geblümten Röcken und mit Spitzenkrägen à la Gretchen und von den auf ihre neuen Uniformen stolzen Jungen. – *Lucien Rebatet im Roman* Les Décombres, *der während der Okkupation im unrühmlichen* Je suis partout *erschien, dessen Chefredakteur Rebatet selbst war.*

Ungvári meint, es habe sich um Tuberkulose gehandelt, während K. S. behauptet, sie habe ihre »Nerven kuriert«. (*Ein Grabmal für B. D.*, S. 72)

Wer ist K. Š.?
Da es sich um Initialen handelt, könnte das zweifellos Karlo Štajner sein. Aber vielleicht handelt es sich nur um ein Anagramm; der erste und letzte Buchstabe des Nachnamens: K & Š ... K in Š, K und Š usw.

»et lui-meme était bien mal en point« (»und er selbst war in einer üblen Lage«)

Einer der Sätze, den Pigeon (als *corpus delicti* des Plagiats) unterstrichen hat, ist Teil der Aussage von Rubins Schwester, der von Medvedev (S. 184) zitierten Aussage, während Pigeon als ihr Pendant den folgenden Satz aus der Geschichte *Ein Grabmal für Boris Dawidowitsch* anführt:

Im Dezember wurde seiner Schwester eine Besuchserlaubnis erteilt. Sie traf ihn krank an: Nowskij klagte über Nierenschmerzen. (*Ein Grabmal für B. D.*, S. 126)

Daß Nowskij bei mir »über Nierenschmerzen« klagt, soll wohl aller Wahrscheinlichkeit nach, begründet durch die Sujetfügung der Geschichte, bedeuten, daß man seine Nieren mit Schlägen malträtiert hat oder daß er in den kalten und feuchten Gefängniszellen krank geworden ist; aber dieser Satz, diese solchermaßen formulierte Aussage, erhält die volle Bedeutung erst dann, wenn man eine Verbindung zwischen dieser Aussage (»klagte über Nierenschmerzen«) und der aus dem Brief des jungen Revolutionärs Nowskij herstellt, dem Brief, in dem »revolutionäre Leidenschaft und Sinnenrausch rätselhafte und tiefe Bande eingingen« (*Ein Grabmal für B. D.*, S. 101). Dieser autobiographische Liebes- und Bekenntnisbrief Nowskijs endet folgendermaßen: »Verzeihen Sie, Sina, und tragen Sie mich im Herzen; das wird schmerzhaft sein, wie wenn man einen Stein in der Niere trägt.« Zwischen diesen beiden Äußerungen in der Geschichte *Ein Grabmal für B. D.* bestehen also »rätselhafte und tiefe« Beziehungen stilistischer und schöpferischer Art. Der junge, von revolutionärer Leidenschaft und Liebe bewegte Nowskij spricht über sich selbst, über die Liebe, und die *Nieren* erscheinen hier als Substitut des »bürgerlichen« Herzens, als Synonym eigentlich von Fleisch, Leib und sinnlicher Begierde. Etwa zwanzig Seiten weiter und etwa zwanzig Jahre danach wird Nowskij schlicht und einfach »über Nierenschmerzen« klagen, weil man sie ihm zu Brei geschlagen hat. War die erste Erwähnung der Nieren (im Brief) nur Vorahnung, Hellseherei, Prophetie? Wie dem auch sei, literaturheoretisch und stilistisch sieht das ganz nach einer diskreten Autorenposition aus, nach einer Einführung des Themas: Mischung metaphysischer Vorahnungen, »rätselhafte Beziehungen«, bittere Ironie des Autors, dargeboten als Ironie des Lebens selbst. Zwischen diesen zwei Diagnosen, nicht des Herzens, sondern der *Nieren*, liegt der ganze Weg Nowskijs, seine ganze tragische »Liebesgeschichte«.

Nach dem zuverlässigen Zeugnis seiner Schwester gab es keinen bewaffneten Widerstand, kein Handgemenge im Treppenhaus. *(Ein Grabmal für B. D.*, S. 105)

Einer der im Französischen (in den famosen Fotokopien) unterstrichenen Sätze beginnt folgendermaßen: »*Mon frère me dit...*« (»Mein Bruder sagt zu mir«), woraus zu ersehen ist, daß das Rubins Schwester sagt, deren Aussage von Medvedev zitiert wird.

In *Ein Grabmal für B. D.*, etwas weiter, auf derselben Seite:

Aufgrund neuester Berichte, die von Nowskijs Schwester A. L. Rubina stammen, entwickelten sich die Dinge später wie folgt: [...]

Der Satz enthält also nicht nur die volle Information über die Quellen, sondern in ihm ist sogar der Name »der Quelle« und ihr Verwandtschaftsverhältnis zur Hauptfigur bewahrt! Das würde als Quellenangabe sogar für ein populärwissenschaftliches historisches Werk ausreichen, erst recht aber für eine Geschichte, die *fiction* ist und in der die Fakten nach der Logik dieser *fiction* verschoben und organisiert sind.

[...] Doch damit endete die Fahndung nach dem Talmud nicht; Jean Gui, »der Eiserne«, beschlagnahmte und verbrannte allein im Jahre 1336 zwei ganze Wagenladungen des inkriminierten Buches, während seine früheren und späteren Taten dem heutigen Forscher leider unbekannt sind. Derselbe Jean Gui, »der Eiserne«, *en fer* (was einige seiner Gegner wegen lautlicher Assoziationen und aus Neid wie *Enfer*, Hölle, aussprachen und sogar schrieben), zeigte sich offenbar besonders beflissen, da er, außer dem Talmud, auch solche Bücher und Menschen zu verbrennen begann, die nicht auf dem offiziellen päpstlichen Index standen; so geriet er eine Zeitlang unter den Druck des Klerus, der ihn sehr fürchtete und sich seinerseits an die päpstlichen und göttlichen Weisungen hielt. Es ist bekannt, daß Jean Gui, »der Eiserne«, aus jenem blutigen Kampf als Sieger hervorging, während ein Großteil seiner Gegner auf dem Scheiterhaufen endete. Er soll halbverrückt in seiner Mönchszelle gestorben sein, umgeben von Büchern und Hunden. (*Ein Grabmal für B. D.*, Anm., S. 130)

Fügt man dem Jahr 1336 genau *sechshundert Jahre* hinzu, treten hier deutliche Analogien auf, und auch der Name von Jean Gui, »der Eiserne«, kann ohne weiteres mit »der Stählerne« übersetzt werden. So erhalten wir in dieser Anmerkung ein kleines Vademekum des Stalinismus und eine metaphorische, dadurch aber nicht weniger präzise (psychologische) Biographie J. W. Stalins.

Ein Kritiker hatte – von den Namen einiger in der Geschichte über Darmolatow erwähnter bekannter russischer Dichter geleitet – diesen Namen, A. A. Darmolatow, in Enzyklopädien gesucht und ihn nicht gefunden, nicht einmal in der »Großen Sowjetischen Enzyklopädie«! Tief enttäuscht zog er die *Wahrhaftigkeit* des ganzen Buches in Zweifel. Später entdeckte ich ihm, auf sein Drängen, den wahren Namen des Schriftstellers, der mir als Modell für Darmolatow gedient hatte. Eine neue Enttäuschung: er fand nicht genug Ähnlichkeiten zwischen dem Modell und dem in der Geschichte gelieferten Porträt. Ich hatte damals vergessen, ihm zu sagen – das hole ich bei dieser Gelegenheit nach –, daß mir für Darmolatow außer dem ihm genannten noch ein paar Schriftsteller – nicht nur russische – als Modell gedient hatten. Aber was mir nicht in den Kopf will, ist nicht die Tatsache, daß dieser Kritiker den Namen Darmolatows in Enzyklopädien gesucht hat – was indirekt ein Kompliment für mich ist –, sondern daß er nicht auf die Idee gekommen ist, auf indirekterem und sichererem Weg zu diesem Modell zu gelangen: wenn in der Geschichte schon gesagt wird, daß dieser Darmolatow im Jahre 1947 nach Cetinje gekommen war, »zur Jubiläumsfeier des *Gorski vijenac*, von dem er anscheinend einige Fragmente übersetzt hatte«, wäre das, scheint mir, mit etwas mehr Scharfsinn gewiß der sicherere Weg gewesen, den Prototyp und das Modell Darmolatows ausfindig zu machen: ich hätte an der Stelle dieses Kritikers zuerst eine Bibliographie der Njegoš-Übersetzungen ins Russische zu Rate gezogen.

Was unsere jeremićmäßigen Kritiker nicht wissen, wußte Aristoteles bereits 300-400 Jahre vor unserer Ära: »*Es kommt allerdings auch in den Tragödien vor, daß unter den Namen nur einer oder zwei bekannt sind und die andern erfunden*« (*Poetik*, IX).

Einige Forscher vertreten die Ansicht, Aimike sei ein deutscher Spion und Provokateur gewesen, welcher der Prüfung nicht habe standhalten können; nach Meinung anderer war er ein gewöhnlicher Polizeispitzel, den die Polizei als einen gefährlichen Zeugen umbringen ließ. Die Annahme Guls, wonach Aimike sich hoffnungslos in die schöne Polin verliebt habe, die ihn ihrer Liebe indes nicht für würdig befand, ist nicht zu verwerfen. (*Ein Grabmal für B. D.*, S. 19)

Was, zum Beispiel, steht hier?
Hier steht, daß »*einige Forscher*« meinen, einer der Helden dieser Geschichte sei ein deutscher Spion gewesen, ich berufe mich hier also auf *Forscher*, will sagen, ich »gestehe« hier, daß

es gewisse Forscher und gewisse Dokumente, gewisse Quellen gibt, deren ich mich bediene.

Und da steht auch noch, daß ich mich vieler Quellen bediene, nicht nur weil das Wort *Forscher* im Plural steht, sondern auch weil ich sage, daß Aimike für die einen ein deutscher Spion und »nach Meinung anderer« ein gewöhnlicher Polizeispitzel gewesen sei, was bedeutet, daß ich zwei mögliche Quellen gegenüberstelle.

Und da steht auch noch der Name eines dritten Forschers – »Gul« –, der noch eine dritte mögliche Annahme hinsichtlich der Dinge bietet, von denen ich spreche: »die Annahme Guls« usw.

Die Frage ist natürlich nur, inwieweit diese Quellen authentisch sind!

Die Chronik des Gelehrten Nestor weiß zu berichten, Fürst Wladimir selbst habe Ikonen, Heiligenstatuen sowie »vier Bronzepferde« aus Korsun, seiner Taufstadt, nach Kiew überführen lassen. (*Ein Grabmal für B. D.*, S. 44)

»Tschetyre koni medjani (vier Bronzepferde)«. Wie einige Fachleute behaupten, wäre zu lesen »Tschetyre ikoni medjani (vier Bronzeikonen)«. Wir sehen in dieser lexikalischen Doppelform in erster Linie ein Beispiel für den Zusammenprall sowie die Durchdringung zweier Idolatrien: der heidnischen und der christlichen. (*Ein Grabmal für B. D.*, S. 44)

Kiew, die ruhmreiche Mutter der russischen Städte, besaß Anfang des elften Jahrhunderts gegen vierhundert Kirchen und war, nach der Chronik Dietmars von Merseburg, eine »Rivalin von Konstantinopel und das schönste Juwel des Byzantinischen Reichs«. (*Ein Grabmal für B. D.*, S. 45)

All dies ist auf den Wandfresken der Kiewer Sophienkathedrale dargestellt. Der Rest sind historische Daten von vergleichsweise geringer Bedeutung. (*Ein Grabmal für B. D.*, S. 46)

In seiner 1651 in Rouen erschienenen *Beschreibung der Ukraine* notiert der Sieur de Beauplan, ein normannischer Adliger in Diensten

des polnischen Königs, folgenden – wie ein Epitaph klingenden –
Satz: »Von sämtlichen Kirchen Kiews ...« (*Ein Grabmal für B. D.*,
S. 46)

Die Schrift des Konstantin Porphyrogennetos über die Zeremonielle
am byzantinischen Hof liefert im Kapitel *Gothische Spiele* eine Deutung solcher Veranstaltungen ... (*Ein Grabmal für B. D.*, S. 47)

In dem Buch *Ein Grabmal für Boris Dawidowitsch* werden
also viele Quellen angeführt, echte und fingierte, »argumentative« und »ornamentale«, nicht nur Blätter und Zeitschrif-
ten, Bücher, Chroniken, Zeugnisse (aus erster oder aus zwei-
ter Hand), sondern auch Namen, echte und fingierte: Gul,
Bourniquel, André Ballit, Daladier, Dietmar von Merseburg,
Sieur de Beauplan, Konstantin Porphyrogennetos, Dr. Tamás
Ungvári, ein gewisser K. Š., Karl Friedrichowitsch, Taras-
tschenko, Terz, die Enzyklopädie Granat, Haupt, Oskar
Blum, Lewin, Olimskij, Meissner, Mikulin, A. L. Rubina,
Snasserew, Kaurin, Taube, Duvernois, Jean-Marie Vidal,
Ignaz von Döllinger, Jacques Fournier, Borges, Olga Forsch,
Makowskij usw.

Und was ist logischer in dieser Welt der Fiktion, wo sich
Wahres und Fingiertes vermischen, in dieser Welt der literarischen Mystifikation – deren Endziel paradoxerweise die Erlangung einer objektiven, *historischen Wahrheit* ist –, was ist
also logischer, als jene »Quellen« anzuführen, die am tiefsten
in der Geschichte vergraben sind, jene ursprünglichen: nicht
Medvedev, weil Medvedev »Herausgeber« ist, sondern A. L.
Rubina, »die Schwester Nowskijs«, nicht Louis Réau, sondern Dietmar von Merseburg, Sieur de Beauplan und Konstantin Porphyrogennetos, auf die sich Réau beruft.[7] Und wie
wollen Sie sich auf Quellen berufen, die Sie nicht nur mor-
phologisch, also stilistisch, sondern auch als Daten, historische und kunsthistorische Daten, deformieren? Wie wollen

---

7 *Die Geschichte der russischen Kunst* von Louis Réau ist eigentlich ein »Digest« der monumentalen (und unvollendeten) *Geschichte der russischen
Kunst* von Igor Grabar. *(A. d. A.)*

Sie also etwas zitieren, was kein Zitat ist? Wie wollen Sie dem Kunsthistoriker Réau die Unkenntnis kunsthistorischer Fakten unterschieben? Behauptet etwa Réau, daß die Sophienkathedrale im Jahre 1240 »bereits eine Ruine« war? Und daß ihr Gewölbe eingestürzt war, »gleichzeitig wie das der Desjatinnajakirche, in welcher Hunderte von Kiewer Bürgern, die vor den grausamen Verfolgungen der Mongolen Zuflucht gesucht hatten, den Tod fanden«? Das allerdings behauptet nicht Réau, das behauptet der Autor der Geschichte, weil es ihm gefallen hat, die Sophienkathedrale genau so zu zerstören, wie er sie zerstört hat, indem er ihr Attribute zuschrieb, die sich auf eine andere Kirche, die Desjatinnaja, beziehen.

Usw.

In der famosen Passage, die sich in der Geschichte *Mechanische Löwen* auf die Kiewer Kathedrale und auf die Beschreibung der Fresken bezieht, ist von gewöhnlichen Artefakten die Rede, und zwar begründet durch Réau, von Artefakten, die ich als meine eigenen stilistischen (und mitunter auch kunsthistorischen) Variationen dargeboten habe. Die einzige Ausnahme von dieser Vorgehensweise ist das eine Réau-Zitat, das ganz im Geist der Erzähltechnik der »Kunsthistorikerin Lidia Krupenik« in den Mund gelegt wurde. Auf diese Art verweist allein schon die Tatsache, daß dieses Zitat von einer »Kunsthistorikerin« ausgesprochen wird, auf seinen kunsthistorischen Ursprung, auf seine Authentizität, ebenso wie die Tatsache, daß Lidia Krupenik dies »in untadeligem Französisch« ausspricht, ein Hinweis auf die Quelle ist. Dieser Text entspricht also nicht nur der Logik literarischer – belletristischer – Komposition (Réaus Buch erschien 1921, und die zweite in der Geschichte beschriebene Reise Herriots nach Rußland fällt ins Jahr 1934), sondern ihm wurde auch ein psychologischer Sinn und Charakter verliehen: Réaus Satz – daß die Sophienkathedrale eine palatinische Kirche »*tout comme les chapelles de NOS rois normands*« (ganz wie die Kapellen UNSERER normannischen Könige) war – wird in der Interpretation Lidia Krupeniks zu »*tout comme les cha-*

pelles de VOS rois normands« (ganz wie die Kapellen IHRER normannischen Könige), und sie spricht es »mit lieblicher Stimme, doch als müßte sie eine Anwandlung von Zorn unterdrücken« – die russische Kunsthistorikerin will Herriot offensichtlich vermitteln, daß auch sie, die *Westler*, dieser Art »Häresie« (Darstellung profaner Szenen im Gotteshaus) ausgesetzt gewesen waren und daß seine Verwunderung da also unangebracht ist. »*N'est-ce pas?*«

Dieses hartnäckige, ich würde sagen, besessene Insistieren auf den *Dokumenten*, den *Zeugnissen*, den *Daten*, den *Zitaten* sollte für den scharfsinnigen Leser und erst recht den scharfsinnigen Kritiker an sich schon ein ausreichend deutlicher Wink sein, daß der Autor damit offensichtlich vor allem die Bedeutung seines literarischen Verfahrens hervorheben möchte, dessen eigentliches Ziel es ist, den Leser von der Glaubwürdigkeit dieser Geschichten, von der *Authentizität* der beschriebenen Ereignisse nicht nur auf der Ebene der Fabel, sondern auch auf der Ebene der Fügung dieser Fabel zum Sujet zu überzeugen. Daher dieses vehemente Berufen auf Zeugen, auf Zeugnisse und Dokumente. *Als ob* in der Geschichte nichts dem Zufall überlassen, *als ob* in der Geschichte nichts unverbürgt und willkürlich, *als ob*, im Gegenteil, all das aus großartigen, göttlichen Archiven angeeignet wäre, wo all die Gedanken, all die Taten sämtlicher Gestalten aufgezeichnet sind, *als ob* der Autor über Archive, Tagebücher, Gerichtsakten, Memoiren, persönliche Aufzeichnungen, Briefe von so vielen anonymen, nichthistorischen und nebensächlichen Gestalten verfügte, ja selbst von solchen wie diesem unglücklichen Aljoscha, dem Chauffeur, in dessen Gerichtsaussage dem Leser Einblick gewährt wird, und der Autor nur die Pflicht gehabt hätte, all diese Ereignisse in einen Zusammenhang zu bringen, ihnen eine chronologische und psychologische Richtung zu verleihen. Alles ist hier erforscht, alles ist bekannt, nicht nur die geheimsten Polizeiarchive, sondern der Autor verfügt auch über beeidigte Zeugenaussagen, geheime Tagebücher, Verhandlungsprotokolle:

der Autor ist von neuem Gott, aber nicht in der Art, wie es Herr Mauriac ist, der weiß, was seine Helden denken und fühlen, was sie träumen und was sich in ihrer Seele abspielt; der Autor versetzt sich in seine Helden nun nicht mehr mit göttlicher Allwissenheit, sondern in der Art eines göttlichen Archivars und Schriftführers, der in der Todesstunde das große Protokoll der Taten hervorholt und daraus die *bereits aufgezeichneten* Taten, Gedanken und Ideen seiner Helden vorliest! Der Autor ist, sage ich, von neuem Gott, aber nicht mehr in der Art des Herrn Mauriac, denn diese allwissende Perspektive (à la Mauriac) ist für ihn bloß ein Blick auf das psychologische Feld der Banalität, und der Autor weiß, daß »im Roman auch die besten psychologischen Analysen nach Tod stinken« (Sartre), nach Leiche, aber weil er ohne dieses metaphysische Beziehungsgeflecht, diese Antriebskraft der Romanhandlung, das, was sich Psychologie oder Motivation nennt, nicht auskommt, ist er genötigt, sich *wie* ein Archivar, *wie* ein Schriftführer zu verhalten, der die psychologischen Reaktionen seiner Gestalten nur so übermittelt, wie sie von »den anderen« bezeugt, so wie sie von »den anderen« beobachtet wurden. Was macht es, daß diese »anderen« meist ebenfalls ausgedacht sind. Der Autor überläßt es ihnen, diesen erfundenen Zeugen, an ihr allwissendes und subjektives Urteil (à la Mauriac) zu glauben, der Autor entledigt sich der Verantwortung für das psychologische Verhalten seiner Helden, für seine Wahrscheinlichkeit oder Unwahrscheinlichkeit hinsichtlich der psychologischen Motivation. Auf jeden Fall umgeht der Schriftsteller mit diesem Verfahren die Erbsünde des realistischen Romans – die psychologische Motivation und den göttlichen *point of view,* eine Motivation, die mit ihrer Banalität und ihren Klischees in den Romanen und Erzählungen bei uns nach wie vor ihr Unwesen treibt und mit ihrem *déjà vu,* ihren anachronistischen, banalen Lösungen nach wie vor die Bewunderung unserer jeremićmäßigen Kritik hervorruft. Dieses Verfahren, dieses Berufen auf Quellen, auf Dokumente, auf Quellen und Dokumente unterschiedlichster Provenienz, ist eigentlich nichts anderes als der Versuch, die psychologische Motivation nicht ganz zu verwerfen (weil man sie unmöglich verwerfen kann, da auf ihr jede Sujetkonstruktion und ihr Funktionieren beruht), sondern ihr diesen allwissenden Blick, diese einseitige Betrachtung aller Erscheinungen zu nehmen, nicht nur das Kameraauge beweglicher zu machen, sondern eine Erscheinung, eine Person unter verschiedenen Aspekten, aus verschiedenen Blickwinkeln, aus verschiedenen subjektiven Positionen nicht des Autors, sondern der Zeugen zu betrachten! Daher das »Dokument«, daher das Berufen auf die Quellen.

Andererseits sollten wir jedoch nicht vergessen, daß es sich im konkreten Beispiel der Geschichten aus *Ein Grabmal für Boris Dawidowitsch* um einen »historischen Roman«, um historisches Material, um eine Fabel handelt, von deren Authentizität der Autor den Leser überzeugen möchte, und daher jedes willkürliche, jedes eingewobene Element der Phantasie durch die Wahrhaftigkeit des Details gerechtfertigt werden muß. Die Referenzen, *die wahren und die fingierten,* erscheinen hier in ihrer literarischen Funktion, völlig paradox, wir haben gesagt: die literarischen (psychologischen) Fakten werden vom »historischen« Material gestützt, die historischen vom – literarischen.

☞ *Es wäre falsch, die Referenzen und die gelehrten Zitate, die Borges so ausgiebig benutzt, mit genau der »argwöhnischen Verwunderung« aufzunehmen, die der Autor selbst verurteilt. Aber genauso falsch – und gleichzeitig unnütz – ist es, sie systematisch in Zweifel zu ziehen. Das Fehlen von Respekt und die Ironie, auf der diese Erudition basiert, sind nicht unbedingt der Beweis ihrer Illegitimität. Andererseits insistiert Borges nicht einen Augenblick auf ihrer Authentizität: er geht viel weiter, sogar so weit, daß man den Eindruck gewinnt, er selbst rege zur Entdeckung der Täuschung an, ebendeshalb, weil eine solche Entdeckung für ihn nicht den geringsten Mißerfolg bedeutet. Das Wahre und das Falsche besitzen, vom Standpunkt der Kultur, keinerlei Wert: es ist unnütz, ein ethisches Urteil anzuwenden, wenn es darum geht, eine Erudition zu erforschen, die beansprucht, im weitesten Sinne des Wortes literarisch zu sein.*

In ihrer Auseinandersetzung mit der Erudition von Borges gehen Marcial Tamayo und Adolfo Ruiz Díaz bei der Klassifizierung seiner Zitate und Referenzen (an die der Leser schon gewöhnt ist) in ornamentale Zitate *und* argumentative Zitate *sehr bedacht vor. Ornamental sind die zur Blendung in den Text eingeflochtenen Zitate, deren Endziel es ist, eine bedeutsame Pause im Text und einen unvermeidlichen Pomp zu erreichen. Vom rein informativen Standpunkt unbegründet, sind sie eine Art stilistischer Manie. Argumentativ sind im Gegensatz dazu die Zitate, die zur Information des Lesers be-*

stimmt sind und die sich oft zu einem schwerfälligen Apparat mit kritischen und bibliographischen Anmerkungen und Anhängen ausweiten: in diesem Fall verschwindet das rein dekorative Motiv oder weicht einem klar utilitären Zweck.

Nachdem sie diese Unterscheidung vorgenommen haben, fühlen sich die Autoren verpflichtet zuzugestehen, daß die Zitate von Borges, obwohl sie sich »ihrer verstandesmäßigen und logischen Natur nach« den Zitaten argumentativen Typs annähern, nicht zufriedenstellend in diese Kategorie eingeordnet werden können; auch nicht zuverlässig in die andere. Nachdem sie geschlossen haben, daß sich »Borges bei der ästhetischen Ausarbeitung bereits in der Zitatmaterie bewegt«, kommen sie zu der umsichtigen Entscheidung, daß »die Frage außerordentlich heikel ist und daß es nicht angebracht ist, einer rein geistigen Unruhe wegen die Grenzen des Beweisbaren zu überschreiten«.

Die Schwierigkeiten, vor die uns jeder Versuch stellt, Borges' Erudition nach traditionellen Normen zu klassifizieren, legen den Schluß nahe, daß diese Zitate, Referenzen und Anspielungen eine neue Interpretation erfordern. Als Mensch mit abendländischer Bildung hätte sich Borges mit argumentativen Zitaten zufriedengeben können; als ludistischer Erforscher ebendieser abendländischen Kultur hätte er auch nur ornamentale Zitate benutzen können. Die Tatsache, daß seine Zitate und Referenzen indes weder das eine noch das andere sind, daß sie den Text nicht von außen verstärken, ihn auch nicht ausschmücken, daß sie sich in einer ständigen Unzufriedenheit bewegen – die Materie selbst des Werkes von Borges – und daß sie, sich dieser Unzufriedenheit bewußt, von der sie hervorgebracht werden und die sie, ihrerseits, beim Leser hervorrufen, auf Multiplizierung und Wiederholung bestehen, zeigt, daß sie von einem anderen Geist belebt werden. [...] Die Respektlosigkeit, mit der Borges die Zitate und Referenzen handhabt, zeigt in vollem Maße, daß es ihm zuallerletzt um die Ruhe des Lesers zu tun ist. [...] Verschiedenen Lesern werden verschiedene Bereiche dieser scheinbar prestigeträchtigen

Zitate entsprechen. Allerdings wird es niemandem gelingen, sie voll und ganz zu erkennen, aber zwei oder drei erkennbare Namen werden als Köder dienen, um den Leser zu einem unnützen Unterfangen zu verleiten: sie erkennen – oder sie identifizieren zu wollen – alle.

In den Texten von Borges bauen die Zitate nicht nur eine Distanz auf, wie sie gewöhnlich auch durch einen Zaubertrick bewirkt wird, sondern auch eine Distanz, die durch Mißtrauen und Mißbehagen hervorgerufen wird: unverkennbar können diese Zitate nicht auf eine rein dekorative Funktion reduziert werden, und so schwankt der Leser zwischen der Versuchung, barbarisch in der klangvollen Exotik zu schwelgen, und der Versuchung, die Bedeutung dieser Erudition zu dechiffrieren, wie es etwa Jean Wahl beansprucht. Gerade aufgrund der Tatsache, daß diese Zitate und Referenzen den unerwartetsten Quellen entspringen, spürt der Leser – oder spürt er, daß man von ihm erwartet, daß er es spürt –, daß sich zwischen ihnen eine geheimnisvolle Dialektik herstellt, die seine Kräfte übersteigt, und daß ein Teil des Vergnügens, das diese Lektüre hervorruft, gerade aus der schwindelerregenden Entfernung resultiert, die ihn, als Leser, in einer ohnmächtigen Bewunderung lähmt. [...]

Im Werk von Borges versteckt sich die gelehrte Referenz, legitim oder erfunden, gewöhnlich verschämt in Klammern: ein stilistisches Mittel, damit sich diese Referenz nicht völlig von den traditionellen Funktionen befreit. Anstatt daß die Borgessche Klammer als reine Erklärung oder Präzisierung eingeführt wird, diskutiert, korrigiert und widerspricht sie fast dem Text, was so weit gehen kann, daß sie ihn sogar verspottet, wenn es nötig ist. [...]

Erkennbare Referenzen zu liefern bedeutet, innerhalb der Grenzen der traditionellen literarischen Schicklichkeit zu bleiben; das bedeutet, einer Idee, die wir als eigene betrachten, deren Übereinstimmung mit der literarischen Tradition aber mit einer gewissen Freude bewiesen wird, größere Intensität zu verleihen. Ein erkennbares Zitat ist das gleiche wie eine Einladung, die unter dem tröstlichen Zeichen der Kultur den Autor des Zitats, den, der zitiert, und den, der liest, verbindet. Aber ohne Respekt zu zitieren, wie es Borges tut, der mit Enthusiasmus das problematische Gerüst der Erudition verwirft, in einer weisen Unordnung Zitate und Referenzen, bekannte, unbekannte und erfundene, vereinend, das bedeutet mehr, als über die Grenzen dieser Kultur zu diskutieren: das bedeutet, sie aufzuheben. Nicht durch ein direktes Urteil, sondern gerade durch die Übertreibung der üblichen Verfahren dieser Buchkultur, durch die Karikatur dieser Verfahren. Ebenso wie Brecht über die chinesischen Schauspieler sagte, ihre Kunst laufe a priori *auf das Zitieren von Personen hinaus*, so läßt sich auch über die Kunst von Borges sagen, daß sie a priori *auf das Zitieren von Literatur hinausläuft. [...]*

Die Texte von Borges, die durchaus einen Teil von dem ausmachen, was wir Literatur nennen, sind minuziös darauf angelegt, auf die evidentesten Verfahren zu verweisen, die man für gewöhnlich dieser Praktik zuschreibt. Indem sie das tun, schaffen sie die Grundlagen einer Literatur, die Zeit brauchte, um eine adäquate Formulierung zu finden, einer Literatur, die der Literatur selbst und nicht der »Realität« – wie real oder imaginär auch immer – das Material entnimmt, das sie konstituiert.

(Sylvia Molloy: »Borges y la distancia literaria«, *SUR*, Mai / Juni 1969)

Das in *Ein Grabmal für B. D.* angewandte literarische Verfahren ist nur einer der Aspekte von *Verfremdung* (im formalistischen Sinne des Wortes), auf deren Prinzipien hier die Überführung einer Form der reinen Imagination in nichtfiktionale, dokumentarische Formen basiert, indem einem rein imaginären Text dokumentarische Züge verliehen werden (und umgekehrt) und gewisse (besonders für den französischen Leser) erkennbare Fakten – wie die famose Beschreibung der Sophienkathedrale – als Paraphrase eines überprüfbaren Textes dargeboten werden, damit die Ähnlichkeiten und die Unterschiede wahrgenommen werden und der Leser aufgrund dessen glaubt, daß auch alle übrigen »Dokumente«, oder fast alle, nach demselben Prinzip gemacht sind: *»Die Leute meinen nämlich fälschlich, wenn das eine ist und das andere auch und wenn das eine wird und das andere auch, so müsse, wenn das Spätere sei, auch das Vorangehende sein oder werden«* (Aristoteles, *Poetik*, XXIV). Und wenn ich Jean Descat als potentiellen Übersetzer meines Buches in diese technischen Einzelheiten eingeweiht habe, dann nur deshalb, weil ich ihm die Funktionsweise dieser Prosa entdecken wollte, ihn in die Geheimnisse dieser Methode, »worin das Authentische und Belegbare sich ununterscheidbar mit dem Apokryphen [...] mischt«[8], einweihen wollte, damit nicht auch er in Enzyklopädien nach dem Namen von A. A. Dar-

---

8 Mann über *Lotte in Weimar*. (A. d. A.)

molatow sucht, wie dieser unglückliche Belgrader Kritiker es getan hat. (Lotman formuliert diese Art Mißverständnis folgendermaßen: »Der Schriftsteller produziert einen künstlerischen Text, aber der Leser kann ihn nicht mit irgendeiner der Organisationsweisen identifizieren, auf die sein Begriff des Künstlerischen beschränkt ist, und rezipiert ihn unter dem Gesichtspunkt nichtkünstlerischer Information.«)

Dabei setzte ich ihm auseinander, daß ich bei einem so heiklen Thema auch nicht auf der Ebene der Fabel auf erfundene Verbrechen hatte zurückgreifen wollen, ja dürfen, sondern daß ich für alle in den Geschichten beschriebenen Ereignisse einen authentischen Ausgangspunkt hatte, und eben auch für die monströse Geschichte über die Ermordung der beiden jungen Männer in Nowskijs Anwesenheit. Und daß Jean Descat, slawistischer Intimus des Slawisten Nedeljković, das so verstanden hat, wie er es verstanden hat, das heißt als Beleidigung seiner slawistischen Ehre, weil er als Slawist mit Nedeljković meint, daß »slawistische Fakten« ihr persönliches Erbteil seien und ich darauf keinen Anspruch zu erheben hätte – das gehört schon zur Pathologie des (literarischen) Alltagslebens.

Wenn Pigeon, der kein Doktor der Literatur, sondern *scandal-maker* ist, von einem Schriftsteller verlangt, daß er »seine Quellen« präzise angibt, dann tut er das, weil er den Tricks von Bulatović aufgesessen und weil er ein diplomierter Feuerwehrmann ist; aber wenn das Herr Professor Doktor Dragan M. Jeremić sagt, das heißt, wenn er die Meinung aus-spricht, ein Schriftsteller müsse seine Quellen angeben und müsse »gestehen«, dann zeigt das nur, daß Jeremić nicht weiß, was Literatur ausmacht. Schriftsteller geben ihre möglichen Quellen nicht an, weil diese »Quellen« – allein schon durch ihre Übertragung aus dem nichtliterarischen oder paraliterarischen Kontext ins Herz der Literatur – in einem solchen Maße verarbeitet und dekomponiert sind, daß sie als Quellen schon keine Bedeutung mehr haben, und wenn sie angegeben werden, ist auch das meist nur eine Art literarischer Mystifikation, denn in der Literatur, in der Belletristik, *gibt es keine Quellen*! Der Autor ist daher die einzige authentische Quelle aller Geschichten, aller Romane, und alle anderen Quellen, *die wahren und die fingierten*, ergießen sich in diese einzige Quelle, in diesen einzigartigen *Strom*, der den Namen des *Dichters*[9] erhält, und alle Quellen verlieren sich in ihm wie in einem Fluß, gleichzeitig ihr Aussehen verlierend, ihre Stimme und ihren Namen, ihre Wichtigkeit und ihre Bedeutung (außer für den Forscher) verlierend. Wenn Borges seine Quellen angibt, mystifiziert und parodiert er eigentlich weiter, und diese – Borgessche – Quellenangabe ist eine Art Komparation und Metapher, in der anstatt des Wortes *wie* und mit demselben Sinn das Assoziationsfeld um den verglichenen Gegenstand erweitert wird und dank dieser fingierten Bibliographie (oder unvollständigen Bibliographie, weil es vollständige auch gar nicht geben kann) ein assoziatives und *intellektuelles* Echo geschaffen wird. (Und nicht nur ein emotionales wie in der realistischen Literatur.)

Und wenn von einer Ähnlichkeit zwischen dem von Borges verwandten Verfahren und dem von mir in *Ein Grabmal für Boris Dawidowitsch* verwandten Verfahren gesprochen werden kann, dann in erster Linie auf dieser Ebene der Erweiterung intellektueller und mythischer Assoziationen durch die Angabe der (hauptsächlich erfundenen) Quellen. Und damit, denke ich, hat dieses ganze Problem der Ähnlichkeiten (Technik beiseite) auch sein Bewenden. Was die Kritik in *Ein Grabmal für Boris Dawidowitsch* – so evident, wie mir scheint, es auch ist – nicht entdeckt hat, ist die Tatsache, daß hier bestimmte technische Borgessche Verfahren an einem für die Borgessche Manier scheinbar nicht angemessenen Material angewandt wurden: an Fabeln von historischer, ja politischer Relevanz, und daß der Borgessche Solipsismus und die metaphysische Zeitlosigkeit (als Programm) durch diesen historischen und politischen Charakter ersetzt wurden und da-

---

9 Im Original in deutscher Sprache. *(A. d. Ü.)*

durch, meiner bescheidenen Meinung nach, ein in gewisser Weise neuer literarischer Zugang zur Realität geschaffen wurde. Womöglich *de la même farine*[10], vom selben Mehl, vom selben intellektuellen Korn – wo der Autor als Summe aller emotionalen, empirischen und intellektuellen Erfahrungen erscheint und wo die Erfahrung der Literatur, des Logos, ein notwendiger und unabtrennbarer Teil des Autors und Mythenschaffers ist. Die Wirklichkeit der gelesenen Bücher geht in eine derartige Mythologie *bewußt* und notwendig ein, nicht als Ballast und als »Bibliographie«, sondern als Summe der Erfahrung der Welt, die sich der Autor durch Lektüre aneignet: daher die Bibliographie-Metapher bei Borges (und nicht aus dem Bedürfnis, den Jeremićs und Pigeons zu zeigen, »was woher übernommen wurde«). Borges versucht eigentlich einen »Digest« der Mythen zu schaffen, der individuellen selbstverständlich, aber in dem Bewußtsein, daß das nur »Digests« sind, daß das, trotz allem, nur der vergebliche Versuch ist, ein *Resümee* der ganzen Menschheitsgeschichte und aller Mythen zu schaffen, deren Ursprung nicht mehr im kollektiven Bewußtsein liegt, weil das kollektive Bewußtsein zerstört ist, sondern in den schriftlichen Denkmälern dieses kollektiven Bewußtseins. Die Borgessche Bibliographie weist also auf diese Unzulänglichkeit, auf die Tatsache hin, daß niemand mehr diese Bibliothek von Babel mit der gesamten Menschheitserfahrung in seinem Bewußtsein (in seiner Erinnerung)

10 *De la même farine.* – Vom selben Mehl bastelte ein Pole gegen Ende des Jahres 1976 einen Revolver und zwang die Besatzung eines Flugzeugs zur Kursänderung. Dieser schwarz angemalte Revolver, dieses *corpus dei*, aus dem Hostien bereitet werden, hatte unbemerkt die X-Strahlen der Kontrollkabine auf dem Flughafen passiert, und die Apparate hatten die Gegenwart des »Leibes des Herrn«, verwandelt in eine falsche, nicht mehr nur symbolische, sondern ganz konkrete Waffe, nicht registriert. Dieser – vielleicht etwas übertriebene – Vergleich also – *de la même farine* – ist im konkreten Fall als Metapher oder Parabel, in jedem Fall als Bild verwendbar: das Werk von Borges ist das *corpus dei*, das Symbol, *Ein Grabmal für B. D.* ist die Metapher *de la meme farine*, aber nicht ohne ironischen, historisch-politischen Kontext. *(A. d. A.)*

tragen kann und ein Resümee also unmöglich ist, es sei denn als subjektive, im Wesen (dennoch) eher lyrische als intellektuelle Vision der Welt, und das ist nichts anderes als eine Geschichte, eine Fiktion, selbst wenn man den Weg einschlägt, den Borges eingeschlagen hat, den Weg der exakten Erforschung von Mythen. Daher diese Borgessche Hybride, halb Geschichte – halb Essay, daher diese *fingierte Bibliographie*[11], die weniger auf die »Quellen« als auf die Unmöglichkeit abhebt, die Quellen festzumachen, daher diese im Wesen parodistische Übernahme von Kapiteln aus fremden Werken in das eigene Opus (in *Et cetera*): sie sind insofern »von Borges«, als er sie aus der gesamten Bibliothek von Babel nach Affinität, Typ, Ähnlichkeit der Handschrift ausgewählt hat (denn diese Werke sind in einer fernen Vergangenheit und einer fernen Literatur »von der Hand Borges' geschrieben«), und das ist nicht mehr nur eine »persönliche Anthologie«, sondern auch eine Art intellektuelles Märchen, eine Illustration der These von der »zyklischen Bewegung der Zeit«. Und damit all das auch noch Literatur wird, eine Art Geschichte in der Geschichte, fügt Borges diesen Geschichten-Zitaten auch ein Körnchen Mystifikation hinzu, und die These von einer Art intellektueller Reinkarnation wird evidenter: indem er in diese Reihe seine eigene Geschichte einschiebt – die er allerdings einem erfundenen Autor oder einem erfundenen Werk unterschiebt –, wird das Märchen edukativer, die Nutzanwendung evidenter.

---

11 Ein bereits von Rabelais inauguriertes Verfahren! *(A. d. A.)*

☞ *Die Texte, die* Et cetera *bilden, sind nicht von Borges erfunden. Er hat sie übersetzt oder adaptiert. Er gibt übrigens die Referenz des Originals am Ende eines jeden an. Aber diese Texte ähneln denen, die er selbst schreibt, so sehr, daß man leicht glauben könnte, sie seien von ihm und es habe ihm einfach gefallen, sie dem einen oder anderen Autor zuzuschreiben. Das ist nicht der Fall, obwohl ich von der Geschichte* Der Tintenspiegel *im Werk Burtons, wo er sie herhaben will, keine einzige Spur gefunden habe. Vielleicht handelt es sich um eine Verwechslung.*

Indes erweckt Borges nicht den Eindruck, sich mit der Auswahl und Gegenüberstellung begnügt zu haben. Er scheint die Geschichte, die er ausgesucht hat, immer modifiziert zu haben. Das Ausmaß der Adaption ist zweifellos variabel. Schwach, aber dennoch spürbar ist es im Fall von Der übergangene Hexenmeister. *Davon kann man sich überzeugen, wenn man Borges' Version mit der wörtlichen Übersetzung des Originaltextes vom Infanten Don Juan Manuel vergleicht, die Adolphe de Puibusque für* Le Comte Lucanor, *Paris 1854, besorgt hat [...].*

Für die Biographien schließlich, die die Universalgeschichte der Niedertracht *selbst bilden, scheint der Anteil der persönlichen Erfindung, in bestimmten Fällen zumindest, sehr umfangreich zu sein. Für* Hakim von Merv, *eine Person, die mich aus anderen Gründen interessierte, habe ich die nötigen Untersuchungen durchgeführt. Es könnte aufschlußreich sein, die*

Resultate hier anzuführen. Es läßt sich also feststellen, daß die arabischen oder persischen Chronisten eine Version von den Ereignissen liefern, die sich im Detail voll und ganz von der bei Borges unterscheidet. Diese scheint lediglich den historischen Rahmen bewahrt zu haben. Insbesondere wird meines Wissens in keinem Text angegeben, daß Hakim ein Aussätziger sei. Ich frage mich, ob Borges durch eine kühne Kontamination nicht Hakims Abenteuer absichtlich mit Marcel Schwobs Geschichte Der König mit der Goldmaske verbunden hat, in der ein Monarch tatsächlich eine Maske trägt, weil sein Gesicht durch Aussatz entstellt ist. Doch kehren wir zu den Tatsachen zurück.

Es ist durch zahlreiche Wissenschaftler bestätigt, daß Hakim al-Moqanna, der Verhüllte Prophet aus (Khorasan, im VIII. Jahrhundert über mehrere Jahre hinweg, vom 160. bis zum 163. Jahr der Hedschra, die Truppen des Kalifen in Schach gehalten hatte. Er trug über dem Gesicht einen Schleier von grüner Farbe oder hatte sich, anderen zufolge, eine Maske aus Gold anfertigen lassen, die er niemals abnahm. Er hielt sich für Gott und behauptete, er bedecke sein Gesicht, weil ihn kein Sterblicher ansehen könne, ohne blind zu werden. Seine Behauptungen wurden unter seinen Feinden heftig diskutiert. Die Chronisten – um die Wahrheit zu sagen, sämtlich Historiographen des Kalifen – schreiben, er habe so gehandelt, weil er kahl, einäugig und von abstoßender Häßlichkeit gewesen sei. Seine Schüler forderten ihn auf, die Wahrheit seiner Behauptungen zu beweisen, und verlangten sein Gesicht zu sehen. Er zeigte es ihnen. Die einen wurden tatsächlich geblendet und die anderen wurden überzeugt. Die offizielle Geschichtsschreibung hat mit der Erklärung dieses Wunders keine Probleme. Sie enthüllt (oder erfindet) seine Strategie. Hier die Geschichte über diese Episode, wie sie sich in einer der ältesten Quellen, in der Topographischen und historischen Beschreibung von Buchara, findet, im Jahre 322 von Abu-Bak Mohammad Ibn Dja'far Narshakhi abgeschlossen ... (In Gholam Hossein Sadighis Dissertation Die iranischen religiösen Bewegungen im II. und III. Jahrhundert der Hedschra, *Paris 1938, sind erschöpfende und kritische Quellen zu Hakim, S. 163-186, angeführt: sie sind weit zahlreicher, als es uns Borges sagt. Vor allem sind es andere.) [...]*

»*Also, den Frauen, die mit ihm im Schloß waren [...], befahl er, eine jede solle einen Spiegel nehmen und auf das Dach der Burg kommen. Er lehrte sie, den Spiegel so zu halten, daß sie einander gegenüberstanden und die Spiegel einander gegenüber waren – und zwar in dem Moment, wo die Sonnenstrahlen am stärksten stechen... Er sagte dann zu seinem Diener: ›Sag meinen Geschöpfen: hier zeigt sich euch euer Gott. – Schaut ihn euch an! Schaut ihn euch an!‹ Die Menschen, die den von Licht überstrahlten Platz sahen, waren sehr erschrocken. Warfen sich nieder.*«

[...] Ich weiß nicht, wie, wann und wodurch die Geschichte Hakims im Abendland bekannt wurde. 1697 wird sie von Herbelot in der Notiz, die er diesem Propheten in seiner Enzyklopädie widmet, resümiert, aber es ist möglich, daß sie von anderen Orientalisten schon früher erwähnt wurde. Das Werk wurde 1777 erneut herausgegeben, mit den Ergänzungen von Galland. 1787 schrieb in Ajaccio im Alter von siebzehn Jahren Napoleon Bonaparte eine kurze Biographie Hakims. Sie trägt den Titel Die Prophetenmaske. *Das ist sein erster literarischer Versuch. Diese 1821 veröffentlichten Seiten scheinen als Werk der Phantasie aufgefaßt worden zu sein. Sie enden – auch sie prophetisch – mit der folgenden Überlegung:* »*Dieses Beispiel ist unglaublich. Wie weit doch die Ruhmsucht führen kann!*« *Ihr Autor sollte das freilich selbst zeigen.*

1914 hat J. Votez in Psychologische Abhandlungen, *von C. G. Jung in Wien veröffentlicht, womöglich aus dieser angeblichen Erzählung den Charakter und das Schicksal Napoleons abgeleitet. Es ist mir nicht gelungen, diese Monographie zu beschaffen, über deren Ambitionen ein Satz von Kuhn in seinem Werk* Die Maske, *Paris 1957, S. 38, erlaubt, Mutmaßungen anzustellen.*

Was läßt sich daraus schließen? Jorge Luis Borges' Text Der maskierte Färber Hakim von Merv *scheint also ganz original zu sein: die zitierten Quellen sind nur dem Autor bekannt, der dafür nicht eine einzige der Sadighi und den anderen Forschern der iranischen Geschichte bekannten Quellen nutzt; ebenso sind auch die Ereignisse aus dem Leben Hakims hier alle Borges' eigene Schöpfung, der wiederum die drei von den Chronisten bestätigten Episoden eliminiert: die glühenden Spiegel, den künstlichen Mond, den Selbstmord im Ofen. In der thematischen Bibliographie der* Universalgeschichte der Niedertracht *werden nur zwei Werke im Zusammenhang mit Hakim erwähnt: die enigmatische und unzugängliche* Vernichtung der Rose *und die umfangreiche, summarische und leicht zugängliche* History of Persia *von Sir Percy Sykes. Aber dieses Werk widmet dem Verhüllten Propheten nur ein Dutzend Zeilen, die kaum etwas mit der von J. L. Borges zusammengestellten Bibliographie gemein haben, die Anspielung auf das Poem von Thomas Moore ausgenommen. (Dieses Gedicht, das zur Sammlung* Lalla Rookh *gehört, wurde anonym ins Französische übersetzt, 1820 bei Arthus Bertrand, danach bei Leroux 1887, von J. Thomassy. Er schmückt nur die Notiz von Herbelot aus.) Hier, wie folgt:*

»The Veiled Prophet of Khorasan, A.H. 158-161 (774 bis 777).

– *To the beginning of Medhi's reign belong the incidents made familiar to English readers in Moore's well known poem. Its hero, Mokanna, known as* Hakim Burkai, *or* ›The Physician with the face-veil‹, *was born at Karez, which is now a squalid village on the road between Meshed and Herat. He taught the immanence of the Deity in Adam, in Abu Muslim, whose name was still intensely revered, and in himself. For four years he held Central Asia, until, being besieged and seeing no hope, he cast into a tank of vitriol.« (T. I., p. 563)*

Ich will keine voreiligen Schlüsse ziehen, die nur eine umfangreichere und fundiertere Untersuchung bestätigen könnte. Ich wollte dem neugierigen Leser nur ein paar Beispiele geben, damit er den Anteil der Tradition im Werk von Borges

und seinen persönlichen Beitrag abwägen kann. Man sieht,
letzterer kann beträchtlich sein: fast vollständig.

(Roger Caillois, »Postface du traducteur«, in: J. L. Borges:
Histoire de l'infamie – Histoire de l'éternité, UGE, Paris
1964)

§ 2

Ich habe bemerkt, daß Danilo Kisˇ nach einer Reihe positiver
Schriebe über sein neuestes Buch plötzlich angefangen hat, Interviews zu geben, die offensichtlich nicht das Ergebnis von Gesprächen mit einem Interviewer waren, sondern, weniger oder
mehr, gallige Polemiken gegen eine unbekannte Person und Sache.
Mir war nicht klar, worum es ging, aber mir ist aufgefallen, daß diese
Artikel immer mehr wurden und daß sie immer unverschämter an
für mich unsichtbare Opponenten gerichtet waren [...]. Mir ist auch
aufgefallen, daß er plötzlich angefangen hat, eine neue Poetik, eine
Poetik der dokumentarischen Prosa im Geiste seines neuesten Werkes zu schaffen, wodurch er sogar seine früheren, auf der Basis ganz
anderer Prinzipien geschaffenen Werke negiert hat.

Dann natürlich ein kleiner pädagogischer Refrain fürs Parterre und für den schriftstellerischen *Kindergarten*[12], ein kleiner provinzlerischer Popensermon:

Mir kam sein Verhalten merkwürdig und falsch vor, obwohl ich
ahnte, daß Kiš mit dieser seiner Haltung Kritiken vereiteln wollte,
bei denen ich nicht sah, woher sie kamen.

Es gab also »eine Reihe positiver Schriebe« über mein Buch,
das geht zumindest aus diesem Satz ganz klar hervor, ebenso
wie klar ist, daß Jeremić alle Kritiken über mein Buch als

12 Deutsch im Original. *(A. d. Ü.)*

»Schriebe« bezeichnet, während er das Machwerk von Pigeon als autoritative und authentische Literaturkritik betrachtet! Auch das ist klar. Aber wer diese »positiven Schriebe« verfaßt hat, das ist freilich diesem grammatischen Wirrwarr von Jeremić nicht so ohne weiteres zu entnehmen, denn aufgrund dessen, was er sagt und wie er es sagt, kommt es so raus, als hätte ich selbst eine »Reihe positiver Schriebe« über mich verfaßt!

»Nach einer Reihe positiver Schriebe« habe ich also laut Jeremić angefangen, Interviews zu geben, die »offensichtlich« nicht das Ergebnis von Gesprächen mit Interviewern waren! Wie läßt sich diese Jeremićsche Scharade erklären? Das soll wohl heißen, daß mich der Interviewer das eine fragt und ich das andere darauf antworte! Wie sonst läßt sich dieses »offensichtlich« von Jeremić erklären?! Als gäbe es zwischen Interviewer und Interviewtem keine Möglichkeit zu einer klaren Kommunikation und einer präzisen Verständigung. Als hätte ich also im Prinzip nicht die Möglichkeit gehabt, so oder so eine Frage zu beantworten, wie ich sie hätte beantworten wollen!

Ich habe also nach Jeremić in diesen Interviews stille Post gespielt und so getan, als wäre ich ein Fremder, der unsere Sprache nicht versteht, und anstatt auf die gestellten Fragen zu antworten, habe ich »weniger oder mehr« (mehr oder weniger) angefangen, gallige Polemiken zu führen gegen eine unbekannte Person oder Sache, also gegen Phantome! Ich habe demzufolge, nach Jeremić, über Phantome gesprochen, obwohl mich dazu keiner etwas gefragt hat, und habe sogar (»weniger oder mehr«) gallig gegen diese Phantome polemisiert! Da – und nur da – hat Dr. Jeremić recht. Ich habe in meinen Interviews wirklich eine Polemik gegen Phantome geführt, denn damals, als ich einige dieser Interviews gab, war ich mir noch nicht darüber im klaren, wer hinter dieser phantomhaften Verschwörung gegen mich und mein Buch steht, und konnte zu diesem Zeitpunkt noch keinen Pflock in die phantomhafte, aber sehr reale Erscheinung des Vorsitzenden des

Schriftstellerverbandes rammen, weil Dr. Jeremić sich zur Zeit dieser phantomhaften Abrechnungen mit meinem Buch im Hintergrund hielt, im tiefen Schatten in der Francuska-Straße Nummer 7 saß, wo er mit seinem »Schriftstellerfreund« (Šćepanović) besprach, mit welcher Intrige er an den Oktoberpreis kommen könne und mit welcher Intrige er mich diskreditieren könne. Ebensowenig wie ich zu der Zeit von Jeremićs Privatdozenten Pigeon und von den Phantomtreffen bei Dr. Nedeljković wußte, zu denen, wie zu spiritistischen Séancen, die Reinkarnation des falschen d'Anthès unter dem Namen Jean Descat herbeigerufen wurde! Aber ich habe in einem dieser Interviews (in *Književna reč*) mit aller Klarheit, ohne ihre Namen zu nennen, gesagt, daß mir die phantomhaften Fratzen von Šćepanović und Bulatović erscheinen, ohne auf den Gedanken gekommen zu sein (weil ich zu diesem Zeitpunkt seine Janitscharenaphorismen noch nicht gelesen hatte), daß sich darin – ohne daß ich ihn beschwört oder heraufbeschwört hätte – Dr. Jeremić höchstpersönlich wiedererkennen könnte.

Ich habe ferner laut Dr. Jeremić »plötzlich angefangen [...], eine neue Poetik, eine Poetik der dokumentarischen Prosa« im Geiste meines neuesten Werkes zu schaffen, und habe damit sogar meine früheren Werke »negiert«.

Betrachten wir diese Feststellung Jeremićs logisch.

Ich habe *plötzlich* angefangen, eine neue Poetik, eine Poetik der dokumentarischen Prosa, zu schaffen.

Lassen wir für einen Augenblick dieses »plötzlich« außer acht (darauf werden wir zurückkommen). Stellen wir ein paar logische Fragen.

Hat ein Schriftsteller das Recht, seine Poetik zu ändern?

Allerdings!

Was passiert nach Meinung des Professors für Ästhetik Jeremić, wenn ein Schriftsteller seine Poetik ändert?

Er »negiert« damit seine früheren Werke!

Was kann man daraus schließen?

Daß ein Schriftsteller, wenn er seine Poetik ändert, damit seine früheren Werke negiert! Sie sozusagen annulliert!

Was passiert also mit einem Schriftsteller, der beispielsweise seine naturalistische, seine symbolistische, seine expressionistische, seine realistische ... Phase hatte?[13]

Er hat, nach Meinung des Professors für Ästhetik Jeremić, sogar seine früheren Werke negiert!

Wenn seiner Meinung nach also ein Schriftsteller nach der Logik der dialektischen Entwicklung, gemessen an seinen eigenen literaturtheoretischen Ansichten und Auffassungen, etwas *Neues* schafft, negiert er sich damit!

Welche Schlüsse soll man also nach alledem über das Wissen des Literaturfunktionärs Jeremić ziehen?

Daß der Literaturfunktionär Jeremić ein Ignorant in Sachen Literatur ist.

Quod erat demonstrandum.

Aber selbst wenn alles so gewesen wäre, wie Dr. Jeremić sagt, das heißt, daß ich eine neue Poetik (eine Poetik der dokumentarischen Prosa) geschaffen hätte, hätte ich nach dem gesunden Menschenverstand und der Logik, das ist zumindest klar, damit noch lange nicht meine früheren Werke negiert. Das wäre für jeden Literaturhistoriker und -theoretiker, der von Literatur halbwegs Ahnung hat, nur eine Phase auf meiner literarischen Suche gewesen, und das würde nur von meiner eigenen Unzufriedenheit, meinen eigenen Spannungen, meinen eigenen Veränderungen zeugen. Und es wäre für einen halbwegs vernünftigen Kritiker und Literaturforscher, der über Grundkenntnisse in der Dialektik der Phänomene oder wenigstens über ein bißchen Vernunft und Logik verfügt, keine Sünde, wenn ein Autor auf seiner Suche das Terrain der erprobten Möglichkeiten verläßt und sich aus Angst vor Schablonen und Autopastiche in neue intellektuelle Abenteuer stürzt. Selbst wenn diese Phasen so häufig und so widersprüchlich wie bei Picasso wären.

Aber weil Jeremić vor lauter literarischen Intrigen und

---

13 Das Werk Miroslav Krležas (1893-1981) wird von der Kritik auf diese Weise in verschiedene Phasen eingeteilt. *(A. d. Ü.)*

Bürokratenambitionen nicht dazu kommt, sich mit literarischen Dingen zu beschäftigen, ist auch seine Behauptung – daß ich *plötzlich* angefangen hätte, eine Poetik der dokumentarischen Prosa zu schaffen – nichts anderes als eine seiner willkürlichen Feststellungen, die nicht auf Tatsachen basiert. Denn zwischen meinem letzten Buch und meinen früheren Büchern, besonders *Sanduhr,* wie auch zwischen meinen früheren theoretischen Texten und den neueren besteht eine klare dialektische Beziehung, wie auch zwischen meiner früheren Poetik und der, die ich in den Texten und Interviews zu *Ein Grabmal für Boris Dawidowitsch* dargelegt habe, eine klare dialektische Beziehung besteht. Es gibt, aus der heutigen Perspektive betrachtet, eine erstaunliche Kontinuität, ein sozusagen obsessives Streben zum Dokumentarischen, nicht nur auf dem Niveau der literarischen Praxis, sondern auch auf theoretischer Ebene. Natürlich, es wäre zuviel verlangt, von Dragan Jeremić zu erwarten, daß er seine Bürokratenkarriere aufgibt und sich auf literarische Forschungen einläßt (das erledigt ein Journalist der Skandalpresse für ihn), und ich persönlich betrachte es als ein Glück für unsere Literatur (die Tatsache, daß sich Dr. Jeremić für die Bürokratenkarriere entschieden hat). Aber es ist dennoch interessant zu sehen, wie schändlich die Behauptung des Bürokraten Jeremić in ihrer Willkürlichkeit und Ungenauigkeit ist – schändlich wie alle Erklärungen Dr. Jeremićs –, wenn er das sagt, was er sagt: daß ich *plötzlich* meine Poetik geändert hätte, daß ich einen Querschnitt durch mein *œuvre* gemacht hätte. Schändlich ist es deswegen, weil Jeremić die Möglichkeit gehabt hätte, eine solche Behauptung zu überprüfen, denn es handelt sich schließlich um literarische Fakten, wie relevant sie auch immer sein mögen.

Schauen wir also, wie es mit dieser Behauptung von Jeremić, daß ich *plötzlich* angefangen hätte, meine Poetik der dokumentarischen Prosa zu schaffen, steht. Über das Dokumentarische in der Literatur, das Dokumentarische und Authentische als Ideal und Modell, das die zeitgenössische

(Nachkriegs-)Prosa anstrebt, schrieb ich zum erstenmal vor gut zwanzig Jahren in einem Text, den ich in der Zeitschrift *Delo* (6-7, 1959) unter dem Titel *Schicksal des Romans* veröffentlichte:

[...] der zeitgenössische Roman verschiebt seinen Schwerpunkt, ungeachtet seiner Verfahren, [...] auf die Probleme der Existenz im weitesten Sinne. Der Romancier wird auf diese Art ein Zeuge, ein Schriftsteller der Ideen, selbst wenn sein Zeugnis den Charakter einer Reportage oder eines Bekenntnisses hat, in diesem Fall um so eher.
Der zeitgenössische Romancier liefert in erster Linie fiebrige Zeugnisse seiner Epoche, ungeachtet von Zeit und Ort der Handlung. George Orwells Roman *1984* zeugt von dieser Zeit aus der Perspektive der Zukunft, und der Ort der Handlung (London) bildet lediglich den tendenziös geschaffenen Rahmen für diese phantasmagorische Vision einer Gegenwart-Zukunft. China, Indochina und Spanien sind in den Werken Malraux' ebenso konkrete wie allgemeine Zeugnisse, aber diese Konkretheit verleiht ihnen eine neue Dimension, wie sie etwa Kafkas Werken fehlt: eine überzeugende und metaphysische Ebene der Realität, *eine wundersame Symbiose von Vision, Zeugnis, Dokument, Legende und Mythos* [...].

Dieses Ideal des Authentischen, Memoirenhaften, Dokumentarischen, dieses Insistieren auf einer *Literatur der Fakten*, findet sich auch in einem Text, den ich ein Jahr nach dem zitierten, also 1960, in der *Politika* (vom 6. November) mit dem Titel »Die Generäle und die Dichter« veröffentlichte:

Wochenschriften und Magazine räumen Memoiren über die Zeit des Zweiten Weltkriegs immer mehr Platz ein. Die Interessiertheit aller Leserschichten ist vergleichbar mit der, die seinerzeit durch die Romane von Dickens und Dostojewski geweckt wurde, als diese in Fortsetzungen erschienen. Die Generäle stellen eine gefährliche Bedrohung für den Ruhm der Dichter und Schriftsteller dar. [...]
Wenn es dieser *Literatur der Fakten* nicht gelingen wird, die Poesie, im weitesten Sinne des Wortes, ganz in den Hintergrund zu drängen, dann nur deshalb, weil das Moment der Mitwirkung, die Teil-

nahme, die einzig und allein wir, die Zeitgenossen, mit diesen nackten Tatsachen verbinden können, verblassen wird. *Damit ist der Charakter dieser Memoiren wie auch unser eigener schöpferischer, poetischer Anteil klar bestimmt.*[14] Die Memoiren der Generäle und Heerführer besitzen die Aureole, die uns zusagt, diese männliche *Pathetik der Fakten*[15], die aus uns allen Helden macht, weil sie uns das Recht gibt, uns mit ihnen zu identifizieren [...]. Die Memoiren der Heerführer und Generäle geben der Persönlichkeit mit einer mosaischen Geste die Aureole zurück, die ihr die Literatur entrissen hat. [...] Den Tätern und den Opfern von Siegen und Niederlagen der Menschlichkeit ist gelungen, das zu schaffen, was der Literatur immer schwerer von der Hand geht – eine integrale Persönlichkeit, einen Helden [...]. Der zeitgenössische Leser möchte den Sieg der Persönlichkeit spüren, wie er auch die menschlichen Gründe für ihre Niederlagen finden möchte. Und in Memoiren über den Krieg gibt es immer eine Antwort, daher haben die Hoffnungslosigkeit und das Absurde darin keinen Platz. Die Memoiren über den Krieg handeln immer von der Hoffnung, wie auch Malraux' Roman über den spanischen Bürgerkrieg [...]. Der heutige Leser neigt eher dazu, der Wahrheit solcher Fakten zu glauben, die Balzac mit der Dummheit gleichgesetzt hat, als der sogenannten *künstlerischen Wahrheit, die von diesen Fakten nur ausgeht, sie aber dennoch nicht verrät* [...].[16] Wenn ein heutiger Romancier an sichtbarer Stelle den schon altbekannten Satz anbringt, daß die in diesem Roman beschriebenen Ereignisse der Wahrheit entsprechen, aber jede Ähnlichkeit mit realen Personen rein zufällig ist, dann will er damit gerade *den Leser dazu veranlassen, an die Authentizität seiner Helden zu glauben*[17], mit dieser unschuldigen Schläue will er nur *den Leser zwingen, sich seinem Roman und seinen Gestalten gegenüber so zu verhalten wie gegenüber Memoiren*[18]: sich in höchstem Grade zu identifizieren, will sagen, zu glauben [...]. Den Dichtern wird man glauben, wenn durch den Prozeß der Transformation von Wirklichkeit und Legende in den Mythos der Unterschied zwischen Fakten und Fiktion gelöscht sein wird.

14 Heute hervorgehoben. *(A. d. A.)*
15 Heute hervorgehoben. *(A. d. A.)*
16 Heute hervorgehoben. *(A. d. A.)*
17 Heute hervorgehoben. *(A. d. A.)*
18 Heute hervorgehoben. *(A. d. A.)*

Ebenso wie ich im Zusammenhang mit *Sanduhr* sagte, »daß die Zeit des Erfindens endgültig vorbei ist, daß Erzählung und Roman immer mehr Bekenntnis und Dokument, Borges und Pilnjak sein werden« (*Ideje*, Nr. 4, 1973).[19]

So also begann *plötzlich* das, was man vielleicht nicht als meine Poetik, auf jeden Fall aber als meinen Drang nach der Befreiung von der »fatalen ersten Person« (Singular) bezeichnen kann. Spuren dieser Poetik finden sich auch in meinem polemischen Text über Vladan Radovanović[20] *Ödland*, wo ich, vor genau siebzehn Jahren[21], nach meiner damaligen und freilich auch heutigen Erfahrung und Erkenntnis gesagt habe, »wenn man mit irgend etwas locken kann, dann mit der Fabel (trotz allem), dem Grand Guignol oder der Reportage, deren Wahrhaftigkeit sich auf die eine oder andere Art nachweisen läßt«. Also auch schon hier, nicht nur in diesem Satz, sondern in diesem ganzen Text, erscheint diese obsessive Idee von der Authentizität, von der Wahrhaftigkeit und der »Reportage« als rettendem und wohl einzig möglichem literarischem Palliativ gegen die willkürliche und arbiträre psychologisierende Prosa, gegen die Introspektion und die klassischen literarischen Klischees, und dieser ganze Text über Vladan Radovanović *Ödland* ist nichts anderes als *ein Plädoyer für die Literatur der Fakten. »Der Roman sucht in der Reportage und den Memoiren einen Ausweg; der Köder der Authentizität, des Grand Guignols oder des Ehebruchs, bringt die Illusion der ›Wahrhaftigkeit‹ zurück: den Keim, aus dem der Roman und die Leser hervorgegangen sind.«* Diesen meinen polemisch intonierten Essay über *Ödland* beendete ich mit einer Art lyrischem Bekenntnis, in dem ich versucht habe, die beiden antagonistischen Prinzipien (das Dokumentarisch-Imaginäre, die *faction-fiction*), auf denen ungefähr zur gleichen Zeit auch meine ersten Prosatexte beruhen sollten, zu ver-

---

19 »Zeit des Zweifels«. In: *Homo poeticus*, S. 169. *(A. d. Ü.)*
20 Vladan Radovanović (geb. 1932), Komponist und Schriftsteller. *(A. d. Ü.)*
21 *Vidici*, Mai/Juni 1960. *(A. d. A.)*

söhnen: »Ein Verehrer aller Abenteuer des Geistes, der Auflehnungen der Vernunft und des Herzens, bleibe ich voller Verehrung für den, der den Satz *Die Marquise ging um 5 Uhr aus* verachtete, aber auch bei der tiefen Überzeugung, daß in diesem Satz mehr Kunst und Leben steckt als im Knirschen von Sand, in dem es keine menschlichen Fußspuren gibt und der nicht die menschliche Sprache spricht. Ein Verehrer von Experimenten und geduldiger Forschung, der Idee der Auflehnung gegen die Konventionen ergeben, bleibe ich an der Grenze stehen, wo das Gestammel beginnt, selbst wenn ich meinen Roman mit: ›Ich stieß am Morgen auf menschliche Spuren im Sand‹ anfangen müßte.«

Dieser Roman, den ich damals in Angriff nahm, hieß *Die Dachkammer*, und wie ich sagte, ist darin im kleinen bereits diese ganze widersprüchliche Poetik des Dokumentarisch-Imaginären, der *faction-fiction*, enthalten, und wenn Dr. Jeremić Belletristik zu lesen verstünde, dann hätte er eine klare Verbindung zwischen meinem ersten Buch, meinem Jugendwerk, und *Ein Grabmal für Boris Dawidowitsch* gesehen, ebenso wie er ohne Schwierigkeiten gesehen hätte, daß *Sanduhr*, etwa fünfzehn Jahre nach dieser eben angeführten lyrischen Erklärung geschrieben, nur die symbolische Endphase auf der Suche nach »menschlichen Spuren *im Sand*« ist: ein bereits im zitierten Abschnitt angekündigtes Thema. Aber da dieses Buch, das der Leser jetzt in den Händen hält, nicht nur ein *coup de grâce* für Dragan Jeremić, sondern auch ein Dialog mit einem mir unbekannten Leser ist, will ich hier in Form eines Inventars, wenn auch als literarisches Kuriosum, auflisten, daß in meinem ersten Buch (in *Die Dachkammer*) all die formalen und technischen Elemente vorhanden waren, die unsere jeremićmäßige Kritik – von der Unterschiedlichkeit der Themen, Sujets geblendet – bei *Ein Grabmal für B. D.* zu einer sündhaften und gefährlichen Innovation, zu einer unpassenden Inkonsequenz proklamierte!

In meinem Jugendwerk *Die Dachkammer* tauchte bereits

ein ganzes Arsenal »geschriebener Denkmäler«[22] auf; lateinische Sentenzen (mit bloßen Nägeln, *ad unguem,* in die Wand geritzt), eine persönliche Bibliothek mit Buchtiteln, Briefe, Tagebücher, eine *carte de vins,* eine Speisekarte, eine Mieterliste und ein in der pigeonisch-jeremićmäßigen Terminologie »nichtdeklariertes« und langes Zitat aus *Der Zauberberg!* Dieses Zitat, in französischer Sprache (das Gespräch zwischen Madame Chauchat und Hans Castorp), wird hier fast in Gänze meinem erfundenen Helden in den Mund gelegt, und zwar in einem zweifachen (eigentlich mehrfachen) semantischen Kontext: als literarisches Stimulans für die Phantasien eines einsamen jungen Mannes (für den die Literatur also eine zweite Natur, eine Art zweite, bessere Welt ist, weil er eigentlich *anywhere out of this world* lebt) und als Identifizierung: dieser mein donquichottisch von Romanen genährte Held erlebt die Welt der Fiktion, die Welt der Romane als sein einziges und wahres Leben (und das ist auch das Material dieses »satirischen Poems«), und er übernimmt deshalb in der Einsamkeit seiner Dachkammer (wo die Dachkammer natürlich ebenfalls eine Metapher ist) alle Repliken Hans Castorps, als wären es seine eigenen (»sagte ich«), und die Repliken der Madame Chauchat schreibt er seiner halb imaginären – halb wirklichen Liebe – Eurydike – zu (»Poet!« *sagte sie.* »Bourgeois, Humanist und Poet [...].«) Usw. Zum Glück hatte ich die Bedeutung dieses *Verfahrens,* dieser Verfremdung, dieser literarischen Mystifikation nicht Joca Daska entdeckt, weil ich Joca Daska (Jean Descat) damals, zum Teufel mit ihm, noch

---

22 Ein Verfahren, das in all meinen Prosawerken konsequent angewandt werden sollte: *Psalm 44* wurde auf der Grundlage einer Zeitungsreportage geschrieben, und darin wird eine Dokumentation über die »Kalten Tage« von Novi Sad benutzt; in *Frühe Leiden* erscheinen Familiendokumente, in *Garten, Asche* Inserate, Ausschnitte aus Briefen, ein Fahrplan, dessen Original – *Fahrplan der Zug-, Autobus-, Schiff- und Flugverbindungen* – in Novi Sad, in der Druckerei Djordje Ivković, 1939 gedruckt wurde und dessen Chefredakteur Eduard M. Kiš, pens. Eisenbahninspektor, war; in *Sanduhr* Zeitungstexte, die Zeitschrift *Izbor,* Papiere und Familiendokumente, »die Lebensstufen«, ein Brief usw. usw. *(A. d. A.)*

nicht kannte, Dr. Nedeljković sich zu der Zeit, wie auch heute, um »internationale Beziehungen« kümmerte, um auf den Einband seines Buches schreiben zu können, daß er »auch auf diesem Gebiet in mehrfacher Hinsicht nützliche Spuren hinterlassen« habe, Dr. Jeremić zu der Zeit wohl an seiner Dissertation herumdokterte, während Pigeon, weiß der Teufel, anscheinend auch damals schon »Berichte verfaßte« (»[...] und ich hatte die Gelegenheit, als ständiger Korrespondent fast sechs Jahre lang täglich Berichte zu verfassen«, *Oko* vom 18. 12. 1976–2. 1. 1977). So ist, sage ich, dieser mein »nichtdeklarierter« Text ohne größere Schwierigkeiten für mich durchgegangen (erst jetzt begreife ich das), außer daß mir ein damaliger Literaturbürokrat, ein damaliger und heutiger, unter anderem vorwarf, meinem jungen Helden mit Gewalt französische Passagen in den Mund gestopft zu haben, »so daß wir ein paar Seiten Text in französischer Sprache haben, was widerlich und abstoßend wirkt«! – »Widerlich und abstoßend«! So wird ausgerechnet unsere jeremićoide Kritik herausfinden, »was woher, in welchem Maße und zu welchen Zwecken übernommen wurde«! Manns Dialog, in französischer Sprache, einer der schönsten in *Der Zauberberg*, wirkt »widerlich und abstoßend«, weil unsere jeremićmäßigen Kritiker keine Belletristik lesen und daher, logisch, nichts von Literatur verstehen.

Dieses lange Zitat aus *Der Zauberberg* steht hier also als *Mimesis* des Lesens, dieser Alltagshandlung des Menschen aus der Gutenbergschen Galaxie und, in erster Linie, des Erzählers, und zwar in der Absicht, eine gewohnte, routinemäßige geistige Tätigkeit (das Lesen) *darzustellen*, deren Darstellung man in der Literatur nicht genügend Aufmerksamkeit gewidmet hat. Denn in einer Geschichte oder einem Roman beispielsweise zu sagen, daß eine Romangestalt oder eine reale, also nicht romanhafte Person »im Original Verlaine, Rimbaud und Apollinaire liest und die Russen und Mann und Hamsun liest und sich in ihre Lektüre einlebt«, das ist ein nichtnarratives und essayistisches Verfahren, das ist eine *Mitteilung* und keine *Darstellung* dieser eigentlich alltäglichen intellektuellen Tätigkeit des *homo gutenbergiensis*, dieser gewohnten und banalen Tätigkeit, wie Essen oder Anziehen, Handlungen, die als Alltagsrituale indes ihr romanhaftes und narratives Äquivalent in der Literatur gefunden haben. Die angeführte Zitat-Passage hat also im konkreten Fall die Funktion sowohl der Darstellung wie auch der Typisierung: das Genre der Lektüre (der Roman), der Autor des Buches (Th. Mann), die ausgewählte Passage (liebevoller Abschied vor dem Hintergrund des Todes), all das hat hier eine ganz bestimmte Bedeutung, eine Funktion und klare Kodes, und seien sie auch noch so elementar und nur oberflächlich angezeigt: an den breiten Rändern dieses Verfahrens bleibt indes genug Raum für Phantasie und Vervollständigung, aber das ist bereits die Domäne des Lesers (der das Buch in den Händen hält) und des Kritikers (der die Kodes und Bedeutungen dechiffrieren muß).

Nach dem Zitat folgt dieser kurze Passus, der (was immer auch Jeremić-Pigeon darüber denkt) ein *Verweisen auf die Quellen*, eine Art Anmerkung ist, in der alles gesagt wird, was zu sagen ist, alles, was man im Rahmen eines solchen *narrativen* Verfahrens sagen kann und sagen *darf*: mehr als das zu sagen würde »den halben Spaß verderben«, wie die Symbolisten sagen würden, würde bedeuten, die absichtlich weiß gelassenen Ränder, die für den scharfsinnigen Leser da sind, vollzuschreiben, würde bedeuten, dem Leser eine Scharade anzubieten, die bereits gelöst ist:

Dann löschte ich die Kerze, völlig erschöpft. Das Buch fiel krachend ins Stroh. Feierliche Ruhe umhüllte meinen Gedanken, meinen Schlaf. (*Die Dachkammer*, S. 5 6)

Und der Name »*Hofrat Behrens*« taucht in diesem Zitat überraschend und überfallartig auf, weil er hier als Chiffre und als Gedächtnishilfe für den Leser steht, der noch nicht darauf gekommen ist, als eine Art Anmerkung und ein klares Verweisen auf die »Quelle«, nicht wegen der Quelle selbst, sondern wegen des intellektuellen Spaßes am Entdecken und Erkennen.

Dann erscheint als Refrain, als Echo der Lektüre, als Widerhall der Identifizierung, als Identifizierung, die auch noch nach dem Lesen, nach dem Zitat anhält, ein weiteres Zitat, ein ebenfalls französisch gesprochener Satz, der eine Art Resümee dieses tragisch-fröhlichen, dieses karnevalesk getönten Abschieds auf immer ist:

»Adieu, mon prince Carnaval!«

Der Identifizierungsprozeß, der feierliche Akt der Lektüre, spielte sich also beim Kerzenschein einer unsteten Flamme ab, was der irrealen Welt (der Lektüre und des Romans) eine noch irrealere Aura verlieh, weil um die Kerzenflamme herum nur Schatten und weite Räume von Halbdunkel und Finsternis sind, Räume der Imagination, Räume, weit wie die Nacht und der nächtliche Himmel, wo der Gedanke des Lesenden die Phantome seiner Lektüre und seine eigenen Phantome ordnen und sich mit ihnen vermischen kann. Die Kerzenflamme erleuchtet nur die Seiten des Buches (und vielleicht nur noch das blasse Gesicht des Lesers, wie bei den flämischen Meistern), deshalb wird die Lektüre zur einzig objektiven Welt, alles übrige ist Nichtsein, Dunkelheit, alles übrige ist *greifbares Nichts*. Der Leser ist offensichtlich müde, erschöpft vom Lesen, von dieser leidenschaftlichen Aktivität der Identifizierung und Heraufbeschwörung von Geistern mit Hilfe der Flamme, des Buches und der Dunkelheit, und um sich von seinen bewußt heraufbeschwörten und lieben Phantomgestalten zu befreien, reicht es, wie er weiß, das Buch zu schließen, und der Traum wird sich auflösen, und der große Karneval der Leidenschaft, der Liebe und des Abschieds wird augenblicklich verschwinden, alles wird erneut nur greifbares Nichts, alles wird wieder ins Nichtsein entschwinden, im selben Moment, da sich die Buchdeckel darüber schließen wie die Steinplatten über der Krypta. Aber der Erzähler ist nicht imstande, das zu tun – das Buch zu schließen und die Quelle seiner Träumereien, seines einzig wahren Lebens, zu vernichten –, weil außerhalb der Kerzenflamme und des von ihr beleuchteten Buches nur die Krypta der Dachkammer existiert, und daher verlängert er seinen *bewußten* Traum, verlängert er ihn bis zu den Grenzen des Menschlichen, bis ihn die Müdigkeit drängt, nicht das Buch zu schließen (dazu hat er keine Kraft mehr, denn das Buch schließen würde für ihn *verschwinden* bedeuten), sondern die Kerze auszublasen, um den Raum der Dunkelheit zu erweitern, um ihn zu vergrößern, um den Platz zu schaffen, auf dem die Träume der Lektüre und die Träume der Wirklichkeit miteinander kämpfen werden. Er löscht also die Kerzenflamme mit letzter Kraft, mit dem letzten Hauch eines erschöpften Träumers und müden Schläfers, und das Buch *fällt* ihm vom Schoß, sich wahrscheinlich von selbst schließend, aber das sieht man nicht mehr, das weiß man nicht mehr: das Buch ist auch nicht mehr wichtig, der Mechanismus der Träumerei und der Träume ist ausgelöst, das Buch ist jetzt schon vielleicht nicht mehr nötig, es bleibt das weite Meer des Schlafes und der Finsternis, in dem der Erzähler seine Träumereien im Halbschlaf und seine Alpträume im Schlaf ertränken wird, in das er notwendige Korrekturen hineinbringen wird. Wenn die Alpträume nicht alles verderben, wird Er (Hans Castorp) Ich, wird Madame Chauchat: Sie (Eurydike), und mit dieser Identifizierung verwirklicht sich ein großes *Mutatis mutandis*: alles ist und alles ist nicht ein und dasselbe, alles ist und ist nicht mehr erkennbar. (Falls die Alpträume, die ihre Phantome aus einer anderen Wirklichkeit rekrutieren, nicht alles verderben!)

Das Buch fiel krachend ins Stroh, wobei das Stroh nicht nur ein Kontrapunkt zum Buch, zu seiner materiellen Struktur ist (als einem Gegenstand, der das Werk von Menschenhänden, das Produkt eines Arbeitsprozesses ist, sogar außerhalb seines Inhalts, seiner Sujetkonstruktion und seiner literarischer Zeichen und Bedeutungen), sondern das Stroh ist hier nur tote Materie, fast ohne Zeichen (und das ist vielleicht sein einziges Zeichen), fern von der Natur, auf dem Fußboden einer Dachkammer, getrennt von der Natur, ausgerissen, zertreten, mehrfach vernichtet, aber es ist hier auch noch ein literarischer, erzählerischer Kontrapunkt zum pathetischen Thema der Lektüre, des Buches und seines Inhalts, eine abrupte Unterbrechung des erhabenen Inhalts der Träumereien (und Zitate); dieses Krachen, dieser abrupte Fall, ist der Fall des Engels, denn hier kollidieren nicht nur zwei materielle Körper, das Buch und der Fußboden, auf dem das Stroh ausgelegt ist (und auf dem allem Anschein nach unser Leser schläft), sondern das ist das Zeichen, daß der Traum den Sieg davongetragen und mit seinen Verwüstungen angefangen, daß er diese *bewußt* heraufbeschwörte Welt vernichtet hat: dieser kaum gedämpfte Fall des Buches ins Stroh enthüllt, daß all das Erhabene, all das Edle (aus der Perspektive des Lesers natürlich) unwirklich und *immateriell* war und daß die einzige Realität, materiell und greifbar wie das Buch-Objekt, die Realität dieser vergammelten Dachkammer ist, wo der Leser-Erzähler, im Stroh liegend, für einen Augenblick durch das magische Ritual der Flamme und des Buches die glorreichen Orgien der Phantasien und Reisen erlebt hat.

Der Identifizierungsprozeß des Helden in dem besagten Buch, diese jugendliche Donquichotterie, wie wenn man jugendliche Verrücktheit sagt, hat in *Die Dachkammer* natürlich die Funktion, die Person zu charakterisieren, wie man sagt, und sie über diese Identifizierungsszene auch soziologisch, nach Klassenzugehörigkeit und anthropologisch, und nicht nur psychologisch zu kennzeichnen: »Zeig mir, was du liest, und ich sage dir, wer du bist!« »In das Spiel des Textes«, sagt Jean Thibaudeau, »ist die ganze Welt des Romanciers, seine Sprache, seine Kultur, seine Ideologie eingeschaltet.« Und somit ist diese Szene, dieser »widerliche und abstoßende« Dialog, dort nicht durch Zufall eingeschaltet, sondern damit sie mit all diesen Bedeutungen erkannt wird, damit sie identifiziert wird; sie wurde also auch nicht durch

Zufall gerade aus *Der Zauberberg* (und das ist auch nicht nur eine *Hommage à T. Mann*) ausgewählt, und es ist auch nicht durch Zufall ausgerechnet diese sentimentale Abschiedsszene. Dieser mein Kurzroman (*Die Dachkammer*), geschrieben in der ersten Person, ist in gewisser Weise auch meine eigene intellektuelle und sentimentale Biographie, eine Momentaufnahme meiner »Lehrjahre«, meiner Beklemmungen und meiner Auflehnungen in der Jugend. Und was ist für einen Literaturstudenten logischer – in dem Augenblick, da seine Person zu einer Romangestalt wird (in dieser selbstbefruchtenden und wundersamen Transformation, wo zwischen dem Roman-*Ich* und dem realen *Ich* gleichzeitig ein Prozeß der Trennung und der Vereinigung ausgelöst wird, weil das über sich schreibende *Ich* und das es beschreibende *Ich* ein und dieselbe Person *sind und nicht sind*) –, was ist also für ihn logischer, für diesen verliebten und leidenden Studenten der *Weltliteratur*[23], der im Original Verlaine, Rimbaud und Apollinaire liest und die Russen und Mann und Hamsun liest, was ist, sage ich, logischer für ihn, als sich in seine Lektüre einzuleben, was ist signifikanter für sein intellektuelles Profil als seine Lektüre! (Denn alles übrige bedeutet Trivialität für ihn.) Und wenn ich also zu diesem Mittel (Darstellung des Identifizierungsprozesses, Mimesis des Lesens) Zuflucht genommen habe, dann hatte ich auch damals einen klaren Plan und eine klare Absicht: diese *erschwerte Form*, diese typische formalistische *Verfremdung*, diese zweifache Verfremdung eigentlich (Zitat, Fremdsprache), ist da, um von all diesen Referenzen zu zeugen, alles ist hier auf eine Art und in der eitlen Hoffnung eingeschoben, daß der Leser den Sinn und die Logik dieser Zeichen, dieser Bedeutungen entdecken werde. All dieser Bedeutungen! (Denn der Schriftsteller schreibt eigentlich für *seinen* Leser, für einen Leser nach seinem Maß. Die Mißverständnisse beginnen in dem Moment, wo diese Isomeren und Isobaren durcheinandergebracht und gestört wer-

---

23 Deutsch im Original. *(A. d. Ü.)*

den, wenn sich in das semantische Feld ein unerwünschter Empfänger einschaltet, ein Empfänger, an den weder die semantische noch die ästhetische Botschaft gerichtet ist und dem diese Botschaft deshalb unverständlich ist.) Wenn Sie im einen oder anderen Sinn, mit dieser oder jener Absicht, ein Mann-Zitat (auf französisch) anführen und wenn das ein gewisser S. R. liest, der sich, wie auch Jeremić, seiner Bürokratenpflicht gemäß und im Akkord mit Kritik befaßt, dann wirkt das natürlich »widerlich«! Und wenn Sie nach dem gleichen Verfahren und mit ähnlichen Absichten einen Text mit historischen, eigentlich kunsthistorischen Referenzen in eine Geschichte einbauen und dabei der Logik und der Struktur der Geschichte entsprechend eine notwendige Transformation dieses *Textes* durchführen, ihn durch einen zauberischen, künstlerischen, artistischen Eingriff in einen literarischen, in einen dichterischen Text (der jetzt schon Ihre eigene Handschrift trägt) verwandeln, an diesem Material *»par une chimie merveilleuse«* (Flaubert) sozusagen eine alchimistische Transformation dieses Materials durchführen, eine hinreichende Transformation, damit es dennoch *zu erkennen* ist (wie im vorigen Beispiel), denn dieses Erkennen oder wenigstens die Erkenntnis, daß es sich um die alchimistische Verwandlung einer Substanz in eine andere, einer niederen oder in eine höhere, handelt, ist nur ein Teil des intellektuellen, also auch ästhetischen Erlebnisses, das ist das ästhetische Erlebnis selbst (vollkommen erst für diejenigen, die dieses subtile Spiel, seine Vieldeutigkeit, seine Intentionalität aufdecken können), wenn also dieser intellektuelle Halo, der eine Art Musik ist, ins Ohr eines Esels dringt, dann bricht logischerweise dieses ganze subtile Spiel des Geistes zusammen und verwandelt sich in eine »Übernahme von Seiten«! Und da gibt's kein Heilmittel!

Aus Nichts schafft Gott, wir schaffen aus Ruinen!
(Grabbe)

☞ *Triumph und Verzweiflung des magischen Spiels zeich-*
nen sich im Schaffensprozeß des Dichters gleichermaßen ab:
einerseits die schwebende Leichtigkeit, mit der sein magischer
Stab neue Ordnungen in die Luft spielt, märchenhaft leicht
und gesättigt von Farbe; andererseits die mühsame Kärrner-
arbeit des Sammelns von Einzelzügen, Frondienst des Geistes
an einer (sekundären) Wirklichkeit, die seiner fiktiven Welt
Wahrscheinlichkeit verleihen soll [...].

»Das Zitat als solches hat etwas spezifisch Musikalisches,
ungeachtet des Mechanischen, das ihm eignet, außerdem aber
ist es Wirklichkeit, die sich in Fiktion verwandelt, Fiktion, die
das Wirkliche absorbiert, eine eigentümlich träumerische
und reizvolle Vermischung der Sphären« *(XI 166). Das träu-*
merisch-bewußte Spiel mit dem Vorgeprägten, das Weben von
Beziehungen zwischen Vorgeformtem, die Lust an vielfältigen
Brechungen und Spiegelungen: das ist seit dem Tod in Venedig
das Gesetz dieses teils schlafwandlerischen, teils hellwach-
agilen, aber immer ungemein assoziationskräftigen Musizie-
rens [...].

Thomas Manns Nachlaß gewährt Einblicke in die Technik
der Montage, wie sie uns sonst äußerst selten beschieden sind.
Um so wertvoller ist das Material, das er uns hinterlassen hat.
Es setzt uns instand, die Möglichkeiten und Grenzen einer
Technik besser zu erkennen, die für viele Dichter des 20. Jahr-
hunderts verbindlich geworden ist.

Wohl vermögen wir das Phänomen der montierten Kunst-

welt zu beschreiben. Bewerten können wir es nicht. Eine Literaturwissenschaft, die nach den Maßstäben des Goethe-Zeitalters mißt oder gar nur den visionären Dichter gelten lassen will, kann diese Art von Kunst nicht anerkennen [...].

Wir wählen zu näherer Betrachtung einen Ausschnitt aus dem Kapitel Die Kinder *(VII 23/24):*

»Ihr war nun eine edle Witwe zugeteilt, von Cleve eine Gräfin, mit der sie in der Fensternische den Psalter sang, und die sie das Wirken von Stoffen lehrte aus kostbarem Garn. Der Junker dagegen hatte einen Gurvenal, mit Namen Herr Eisengrein, Cons du chatel, will sagen einer festen Wasserburg mit Gräben breit und tief und einem Berchfrit, der weit ausschaute übers Meer, denn die Burg lag in der Ebene drunten, wo es Rousselaere und Thorhout heißt, dem Meere ganz nah. (Gebt acht, und merkt euch diese Wasserburg, dem knatternden Meere nah! Es wird noch seine Bewandtnis damit haben in der Geschichte.) Von dorther war Herr Eisengrein, ein Bester von dem Lande und getreuer Lehnsmann, eigens heraufgekommen nach Belrapeire, trotz Weib und Kind, des Junkers Ehrenherr und maistre de corteisie zu sein. Es war diesem auch noch, fürs Gröbere, der Meisterknappe Patafrid zur Seite gegeben. Dann wenn auch Herzog Grimals das Fräulein, wegen des Scheines von oben, dem Sohne immer vorgezogen hatte und, je mehr die Knospe sich entfaltete, nur desto galanter und zärtlicher zu ihr wurde, je mehr aber der Junker heranwuchs, nur desto barscher zu ihm, so war er doch auf die gute Zucht des Erben recht väterlich bedacht und gebot, daß er un om de gentilesce werde, afeitié, bien parlant et anseignié. So lernte er von jenen beiden die Ritterschaft und seine Moralität. Er lernte von Patafrid, ob er's nun sonderlich gern tat oder nicht, aufs Roß zu springen ohne Bügel, und von Herrn Eisengrein, wie man beim Lustritt in weicher Tracht ein Bein légèrement vor sich aufs Pferd legt. Mit dem Oberknappen mußte er eine Tjoste kämpfen in Eisenschienen von Soissons und lernen, wie man

mit dem Speer zielt auf die vier Nägel am Schild des Gegen-
helden, wobei denn Patafrid ihm zu Gefallen wohl vom
Pferde fiel und Sicherheit anbot. Er lernte sowohl, wie man
den kurzen Gabylot schleudert, als wie man zum Anrennen
einlegt die lange Lanze. Mit seinem Gurvenal und Falkner
ritt er zur Beize in den grünen Wald, lernte den abgerichte-
ten Schellenvogel von der Hand werfen und künstlich blatten, daß alles Wild den Schrei der eigenen Art zu hören
meinte.

Was weiß ich von Ritterschaft und Weidwerk! Ich bin ein
Mönch, im Grunde unkund all dessen und etwas ängstlich
davor. Ich habe nie eine Sau bestanden, noch mir das Hürnen
zum Gefälle des Hirsches in die Ohren schmettern lassen,
noch das Wild zerwirkt und mir als des Gejägtes Herr die
leckeren Teile auf Kohlen braten lassen. Ich tue nur so, als
wüßt ich recht zu erzählen, wie Junker Wiligis gezogen
wurde, und wende Worte vor.«

*Die Gräfin von Cleve wird bei Scherer als spätere Gattin des
Landgrafen Ludwig von Thüringen eingeführt (146). Thomas Mann verschmilzt sie kurzerhand mit Otfrieds Maria,
die bei Scherer als »adelige Dame« geschildert ist – »mit dem
Psalter in der Hand, den sie bis zu Ende sang, ein schönes
Tuch wirkend aus kostbarem Garne« (49). Über die Bedeutung der Fensternische haben den Dichter Stellen in Deut-
sches Leben (43, 102) und im Parzival (I, 56) aufgeklärt. Gurvenal = Erzieher ist auf den Notizblättern verschiedentlich
festgehalten (Not. 45; 4/2; 25); der Schreibung nach ist es aus
Parz. I 174 übernommen. Den Namen Eisengrein verdankt
der Dichter Samuel Singer (Brief vom 19.3.48). Cons du chatel wird im Parzival in einer Anmerkung auf S. I 74 erklärt
(Not. 52; 24; 30). Über die Burg konnte sich Thomas Mann in
Parz. I 254 unterrichten, auch das Handbuch der Kunstwis-
senschaft weist darauf hin; am ehesten dürfte der Ausdruck
hier aus Meyers Kleinem Lexikon oder aus dem Göschen-
bändchen übernommen sein, wo Berchfrit in dieser Schreib-*

form anzutreffen ist. Die Namen Rousselaere *und* Thorhout *hat Thomas Mann auf der Karte der Niederlande in Meyer II gefunden.* Belrapeire *dagegen ist in* Parz. *I 210 angestrichen und in die Notizen übertragen (Not. 46).* Corteisie *wird im* Parzival ›Courtoisie‹ *geschrieben (S. I 77, 93); es ist Auerbachs* Mimesis *entnommen (132), wo zehn Seiten weiter hinten auch die Form* maistre *anzutreffen ist. Was ein Meisterknappe ist, erklärt* Pannier *in* Parz. *I 91 (Not. 26; 42), und* Patafrid *ist wieder einer von Singers Namen. Grimald dürfte seinen Namen aus dem Göschen-Bändchen (S. 58) haben. Das* afeitié, bien parlant et anseignié *stammt aus* Mimesis *(123), wo allerdings die afrz. weibliche Form gedruckt ist (vgl. auch Singers Brief vom 15. 5. 48). Von* moraliteit *wird bei Göschen (100) gehandelt, von* Moralität *in Tristan (582). Aufs Roß er leichten Fußes sprang erläutert* Pannier *in* Parz. *I 103.* »Leicht hat gelegt der Degen wert / Das eine Bein vor sich aufs Pferd«, *lesen wir ebenfalls in* Parz. *I 94. Über die Tjost konnte sich Thomas Mann im Göschen-Bändchen (133 ff.) das Wissenswerte holen. Dort sind auch die vier Nägel am Schild wieder erwähnt, die Thomas Mann sich schon aus* Parz. *I 203 notiert hatte, offenbar erfreut darüber, daß sie nach der Anmerkung auch in Hartmanns* Gregorius *V. 1616 (Universal-Bibliothek Nr. 1787, S. 57) eine Rolle spielten (Not. 46). Herzog* Orilus *(Parz. I 289) trägt zwar keine Beinschienen aus Soissons, aber seine Panzerplatte ist doch von dort. Daß der Besiegte dem Sieger Sicherheit (afrz.* fiance*) bot, hatte Thomas Mann schon in* Parz. *I 69 gelesen, das Göschen-Bändchen konnte es bestätigen (131).* »Gabylot« *ist unterstrichen in* Parz. *I 157, Dieffenbacher braucht die Form mit* i *(95). Auch das Anrennen ist in* Parz. *I 255 angemerkt:* »Buhurd (von hurten = anrennen) ist ein Reiterspiel [...]«; *von der langen Lanze handelt Dieffenbacher (94). Der Falkner* Schar *reitet in* Parz. *I 309 zur Beize; Hertz verbreitet sich in seinen Anmerkungen zum* Tristan *(550 f.) über die Falkenjagd, Dieffenbacher auf S. 143. Über das Wort* Schellenvogel *werden wir in* Parz. *I 192 aufgeklärt:* »Die Jagdvögel trugen zur Zier und, damit sie beim Verflie-

gen leichter aufgefunden würden, Schellen an den Beinen.«
Auch das Blatten *ist in* Parz. *I 150 und bei Göschen (141) erklärt.*

Der folgende Abschnitt scheint mit einem eigenständigen
Satze zu beginnen: »Was weiß ich von Ritterschaft und Weidwerk!« Aber Irrtum, auf S. 23 von Marga Bauers Übersetzung des Gregorius spricht der Abt: »Du weißt nichts von
Ritterschaft. Sieht man Dich nicht gewandt reiten, mußt Du
ewig den Spott anderer Leute erdulden.« Und nun beginnt
das Zusammensetzspiel mit erneuter Lust. Auch in diesem
Abschnitt sind über 70 Prozent der Sachbezeichnungen und
Metaphern Zitat.

Auf Grund des vorliegenden Notizmaterials kann ohne
weiteres gezeigt werden, daß diese Technik der Montage nicht
nur in einzelnen Abschnitten angewendet wird, sondern im
ganzen Roman, mag auch das Zitaten-Gewebe nicht immer
so dicht sein wie hier. [...]

Der Entstehungsprozeß von Thomas Manns späteren Werken läßt sich vereinfacht wie folgt charakterisieren:

1. An die Stelle von Phantasie und Intuition treten eine Assi-
   milationskraft und eine assoziative Intelligenz von stupen-
   dem Beziehungsreichtum.
2. Die Bruchstücke vorgeformter Realien werden dem vorgeprägten Handlungsgerippe einmontiert und sollen den
   Wahrscheinlichkeitsgehalt des fiktiven Gebildes erhöhen.
3. Die Wirklichkeit, die in Fiktion verwandelt wird, ist meist
   schon selbst Fiktion: eine Wirklichkeit aus zweiter oder
   dritter Hand, eine schon »humanisierte« Wirklichkeit [...].
5. Indem er das künstliche Assoziationengewebe einem Mythos aufmontiert, versucht es Thomas Mann im »Leben«
   zu verankern [...].

So war jedes Werk Anlaß zu Zweifeln: War die Montage
der künstlichen Welt gelungen und die Täuschung vollkommen? – die Frage des Artisten. War das Hochstapelei? – die
Frage des bürgerlichen Moralisten [...].

(Hans Wysling: »Die Technik der Montage. Zu Thomas Manns Erwähltem«. In: Euphorion, 57. Band, Heft 1/2, 1963. – Der Abschnitt aus Der Erwählte *ist Thomas Mann:* Der Erwählte, *Frankfurt am Main 1960, und ein Zitat in diesem Text Thomas Mann:* Die Entstehung des Doktor Faustus, *Frankfurt am Main 1949, entnommen.)*

§ 3

Er [D. K.] hat lediglich die Feder seinem Freund »geliehen«, um auf die Persönlichkeiten einschlagen zu können, denen er die Hauptschuld daran zuschiebt, daß er den gewünschten Preis nicht bekommen hat.

Ich habe also nach Dr. Jeremić Matvejević meine Feder »*ge-liehen*«, und es läuft nach Dr. Jeremić darauf hinaus, daß ich keine Literatur betreibe, sondern literarischen Wucher und bald die Feder von anderen Schriftstellern leihe, bald meine eigene Feder anderen Schriftstellern leihe. Weil ich angeblich nicht auf die Pigeonaden Jeremićs antworten darf und kann, leihe ich eben Kritikern meine Feder, damit sie diesen intellektuellen Panzerkreuzer, der da Jeremić heißt, angreifen! Und ich habe das nach Jeremić getan, um zwar mit meiner Feder, aber mit fremder Hand auf *Persönlichkeiten* einschlagen zu können (weil Dr. Jeremić eine *Persönlichkeit*, eine analphabetische *Persönlichkeit* obendrein, und nicht nur eine »Wenigkeit« ist), also ich mache all das, was ich mache, um *Persönlichkeiten*, wie er eine ist, mit einem Schuldspruch wie mit einem Zauberbann zu belegen, und zwar deshalb, weil ich den »gewünschten Preis nicht bekommen« habe! Wenn Ihnen so etwas eine *Persönlichkeit* sagt, die durch ihre Machenschaften an einen Preis für ein unsinniges und analphabetisches Buch gekommen ist und dadurch einen öffentlichen Skandal provoziert hat, wenn Ihnen also so eine *Persönlichkeit*, die in ihren Texten das Wort »Preis« (und zwar im Zusammenhang mit ihrer *Persönlichkeit*) genau hunderteinundzwanzigmal (»Siebzehnundvier!«) erwähnt, wenn Ihnen so eine *Persönlichkeit* sagt, daß Sie etwas tun, um den »gewünschten Preis« zu bekommen – und für solch eine Behauptung nicht ein einziges Argument, nicht einen einzigen Beweis oder noch nicht einmal das kleinste Indiz hat, daß in dem, was sie sagt, ein Körnchen Wahrheit steckt –, dann ist das nur ein Beweis, daß dieses Individuum zu allen Machenschaften bereit ist und daß dieses Individuum, das so spricht, von zweifelhafter Moral ist! Denn in meinen Interviews und in meinen Erklärungen werden Sie nicht die leiseste Spur oder die leiseste Erwähnung literarischer Rekompensationen finden, um eine solche These – daß ich etwas im Namen des *Grand-prix* täte – irgendwie beweisen zu können! Die literarische Küche, in der all das gekocht wird, überlasse ich leichten Herzens der Sorge von Köchen à la Jeremić, Šćepanović, Bulatović! Und ich wünsche ihnen dabei viel Glück!

Übrigens, möge dieses Buch ein Beweis für Jeremić sein, daß ich es nicht nötig habe, jemandem meine Feder zu leihen, weil ich die literarische Fechtkunst (*l'escrime littéraire*, der Ausdruck stammt von Balzac) ausgesprochen gut beherrsche und mit meiner eigenen Feder und mit meiner eigenen Hand wie mit einem Stilett diesen Fesselballon, der unseren literarischen Himmel überzogen hat und uns den Horizont versperrt, stechen kann!

§ 4

Als Mitglied der Jury für die Verleihung des Andrić-Preises habe ich auf der letzten Sitzung vor drei Jurymitgliedern (die Jury besteht aus neun Schriftstellern) gesagt, ich sei der Meinung, daß das Buch von Kiš ein Handikap hat, in bezug auf die zwei anderen Bücher der ernsthaftesten Kandidaten für diesen Preis, weil es darin Stellen gibt, die man auch bei anderen Schriftstellern finden kann.

In der Zwischenzeit hat es sich auch ereignet, daß er [Pigeon] im *Oko* einen Artikel über das Buch von Kiš veröffentlicht hat, wo er darauf hinweist, daß sich darin »nichtdeklarierte« Texte von Roy Medvedev und Louis Réau finden und noch ein paar anderen.

Solch einen diffamierenden Satz kann bloß Jeremić schreiben, und solche Sachen können bloß in dieser unseren literarischen Provinz geschrieben werden. Und was hat diese infame öffentliche Erklärung von Jeremić zu bedeuten? Jeremić würde als richtiger Falschspieler gerne mit gezinkten Karten in der Hand bluffen (»Siebzehnundvier!«), aber auch dafür fehlt ihm die Kraft, und er traut sich nicht, laut und deutlich das zu sagen, was er am liebsten sagen würde, wenn er Argumente dafür hätte (das heißt, daß mein Buch ein Plagiat sei); sondern läßt diesen Satz *tel quel* stehen, mit seinen Andeutungen und Insinuationen, damit er sich nicht, wenn es dazu kommen sollte, öffentlich wegen Diffamierung verantworten muß. Jeremić würde, wenn er könnte, gerne das sagen, was er insinuiert, das heißt, daß ich von einigen *Schriftstellern* abgeschrieben hätte, aber weil er keinerlei Beweise dafür hat, überläßt er diese Arbeit kleinen Söldnern, und er selbst, als

Chef und Pate, hütet sich vor Erklärungen, und so bleiben seine Erklärungen geheimnisvoll zweideutig. Und was soll das, bitte schön, für eine Beleidigung sein, wenn man sagt, daß es bei einem Schriftsteller »Stellen gibt, die man auch bei anderen Schriftstellern finden kann«, Schriftsteller sind wir ja alle (suggeriert der gutmütige Jeremić), zwischen *écrivain* und *écrivant* braucht man keinen Unterschied zu machen, und was macht es da also, daß Medvedev und Réau keine Schriftsteller sind, Schriftsteller sind auch Historiker und Kunsthistoriker, jeder, der *schreibt*, der eine Feder in der Hand hält, ist ein Schriftsteller, dann ist eben auch Jeremić ein Schriftsteller, bloß daß er keine Zeit zum *Schreiben* hat, aber auch er schwärzt Papier, zumindest soviel – und in der Art – wie ein Kneipenwirt, wenn er die Speisekarte aufsetzt, und eine alte Jungfer, wenn sie ihre Diätrezepte notiert, und ein angeknackster Gymnasiast, wenn er seine geheimen Groschenromanphantasien in sein intimes Tagebuch einträgt, und ein Händler, wenn er auf seinen Bleistift spuckt, um seinen Verdienst auszurechnen, und ein Federfuchser, wenn er die Ärmel hochkrempelt, um seine »kurzen Texte, beruhend auf der Beobachtung verschiedener Erscheinungen beim Menschen und in der Welt« aufzuschreiben, also seine kurzen Gedanken-Apophthegmen-Gnomen über die Ehe, über die Liebe, über die Inspiration, und ein *Berichterstatter*, wenn er sich an die Maschine setzt, um durch diese Tat in die Literatur einzugehen, und sei es durch den Dienstboteneingang, und ein gewisser Nach Joca, wenn er Notizen und Fotokopien macht, die er als »unser Joca« unterschreibt (kyrillisch) – all das ist »Literatur«, all das ist, nicht wahr?, *geschrieben*, aufgeschrieben.

Weil Jeremić vielleicht nicht den Unterschied zwischen *écrivant*, »dem, der schreibt«, und *écrivain*, dem Schriftsteller, kennt, aber vielleicht weiß, ahnt, daß die Gesellschaft, wie Barthes sagt, dem Gedanken eines Schriftstellers mit viel größerer Reserve begegnet als der Erklärung »dessen, der schreibt« (*écrivant*): »Das Wort des Schriftstellers [...] ist das einzige Objekt einer Institution, die nur für das Wort selbst gemacht ist, der Literatur. Das Wort des *écrivant* kann im Gegensatz dazu nur im Schatten der Institutionen produziert und konsumiert werden, die ihrem Wesen nach eine ganz andere Funktion haben, als den Wert der Sprache hervorzuheben: die Universität und, zeitweise, die Forschung, die Politik, usw.« Deshalb also vertraut der Leser (wenn er sich noch Leser nennen kann, weil es hier eher um den Lektürekonsumenten des *écrivant* geht, im Unterschied zum Leser, der der »Schatten des Schriftstellers« ist), deshalb, sage ich, vertraut der Lektürekonsument im Prinzip eher dem Instrument der Universität Jeremić und dem Instrument der Presse Pigeon, was auch immer das für eine Universität, für eine Presse ist, die sie vertreten oder zu vertreten vorgeben, und was für Transmissionsriemen und Instrumente der Institutionen im moralischen Sinne sie auch immer sind. Das Wort des *écrivant*, fährt Barthes fort, steht unter dem Schutz und im Schatten der Institutionen, denn ihr Wort ist, oder man glaubt es wenigstens, nur eine einfache Transmission dieser höheren Instanzen, an ihrer »Sinnigkeit« wird im Prinzip nicht gezweifelt – daher ihre unheilvolle Macht, wenn sie gebraucht werden, wenn sie usurpiert werden, wenn sie mißbraucht werden und wenn sich hinter ihrer scheinbaren Objektivität, als ihrem institutionalisierten Denken, patentierte Ehrgeizlinge und Personen von zweifelhafter Moral verstecken. Daher also diese »objektive« Sicht auf die Dinge, der Schein der Wissenschaftlichkeit, die Fotokopien, die Berufung auf höhere Prinzipien, auf den Nationalcharakter, auf die Ehre, auf die Gefühle, all die Dinge, deren sich die Jeremićs und Pigeons bedienen, sie für ihre Machenschaften ausnutzend, die angeblich von den Institutionen, der Universität, der Politik, der Presse, an deren Objektivität man *a priori* glaubt, gedeckt sind. Der Schriftsteller dagegen hat, wie wir gesehen haben, nur die *a priori* verdächtige Institution der Literatur hinter sich, der Schriftsteller »spricht nicht objektiv«, der Schriftsteller ist im Unterschied zu »dem, der schreibt«, parteiisch, Individualist, »amoralisch«, Schwarzkünstler, ein potentieller Zerstörer, der seine zerstörerischen Triebe für einen Moment durch den Akt des Schreibens und mit dem Akt des Schreibens gemeistert hat, aber er ist im Kern das, was er ist: eine Summe von Negativitäten, im moralischen, bürgerlichen Sinne des Wortes. Aber es gibt ja – zum Glück – die institutionalisierten »Gedanken« und »Denker«, die Vertreter der Universität und der Presse (die Jeremićs und Pigeons), um mit ihrer »objektiven«, »kaltblütigen«, und »gesellschaftlich nützlichen« Aktion auf die Exzesse eines Schriftstellers, auf seine gefährlichen Machenschaften hinzuweisen, um ganz »objektiv« – anhand von Fotokopien, wenn auch gefälschten – und in der gängigen politischen Terminologie, diesem Instrument des »objektiven Denkens«, den Schriftsteller daran zu hindern, ein noch größeres Unheil anzurichten, als er ohnehin schon angerichtet hat. Der Schriftsteller ist eigentlich ein Sträfling auf Urlaub, und diejenigen, die die Instrumente der Institutionen usurpieren (die Jeremićs und Pigeons), sind da lediglich die Wachhunde, die die Öffentlichkeit vor den Unliebsamkeiten und potentiellen Missetaten des Schriftstellers schützen. Sie (die Jeremićs und Pigeons) sind also das »reine Denken«, das »objektive Denken«, und die Schriftsteller sind Taugenichtse, die sich mit der unsinnigen, aber gefährlichen Form befassen (während das »objektive Denken« nichts kostet und den Anschein der Autorität hat, um nochmals Barthes zu paraphrasieren).

Es ist, denke ich, klar, daß auch unabhängig von diesem Kontext das ganze Mißverständnis um das Buch *Ein Grabmal für B. D.* eigentlich auf rein literarischer Ebene daher rührt, daß für den Schriftsteller die gesamte Produktion des Forschers und *écrivants*, dieses »objektive Denken« und dieses »objektive Weltbild«, nur ein Teil der Welt und des Logos, ein gleichberechtigter Teil ist. Für den Schriftsteller – und nur für ihn – ist der *écrivant* lediglich eine Maschine, die Ideen mahlt und verpackt, ein Müllhaufen der Gemeinplätze (freilich aus rein literarischem Blickwinkel betrachtet), eine Deponie der Anthropologie, eine Rumpelkammer des universalen Denkens, das »Magazin« Šejkas[24], wo der Schriftsteller die Ideen- und Faktensplitter aufliest, zu denen er sich, da sie nun als Scherben betrachtet werden, verhält wie zu dem Material für das Schloß des Postboten Cheval (also nicht *mehr* wie zu den Ideen, nicht *nur* wie zu den Ideen); dementsprechend ist auch das »objektive Denken« der Institutionen für den Schriftsteller nur das Material, aus dem er ohne Ehrfurcht – weil es für ihn *objektives Denken* nicht gibt – sein eigenes subjektives Weltbild schöpft, wo alles umgeschichtet, wo alles umgestellt ist und – umgeschichtet in eine neue Struktur – mit den Scherben der eigenen Gedanken und Bilder vermischt ist, als *Verspottung* der Welt, als *Botschaft.* Alleinige Botschaft.

Die Literatur, die Belletristik, ist Mündung und Zusammenfluß des gesamten Logos – selbst wenn er nicht transponiert, um-gearbeitet, um-gebaut, um-gestellt, um-geschrieben ist –, und in diesen *Logos* geht notwendig die gesamte Erfahrung der Welt ein, wo die Überreste der geschriebenen Denkmäler ihre klare kulturologische und anthropologische Bedeutung *bereits durch die Tatsache ihrer Auswahl* bekommen und in diesem neuen Kontext (des literarischen Werkes) und in ihrer neuen, bis dahin unbekannten Bedeutung, als *neuer Logos*, in einer neuen Beleuchtung, in einer neuen Welt erscheinen. In einem neuen Licht: dem des Werks.

»Aus *Nichts* schafft Gott, wir schaffen aus *Ruinen.*«

---

24 Leonid Šejka (1932-1970), Maler und Kunsttheoretiker. Dt.: *Alchemie.* Aus dem Serbischen übersetzt und herausgegeben von Peter Urban, Hamburg 1997: Material-Verlag. »Magazin« wird hier mit »Abladeplatz« wiedergegeben. *(A. d. Ü.)*

☞ *Die Analyse der Personen und Episoden in* Wesire und Konsuln *hat uns gezeigt, daß das Material, das I. Andrić nutzte, um »die Zeit der Konsuln« aufzuerwecken, verschiedenen Quellen entspringt. Manch kurze Episode wurde, wie wir gesehen haben, aus Fakten zusammengestellt, die gleichzeitig französischen, österreichischen und jugoslawischen Dokumenten entnommen sind. Am Ende dieser vielleicht allzu minuziösen Forschungen sind wir in der Lage, eine Liste der Quellen aufzustellen, deren sich der Autor bediente, und in groben Zügen den sehr ungleichen Anteil des Materials zu bestimmen, das die einzelnen Quellen dem Autor lieferten. Diese Quellen lassen sich in zwei Kategorien einteilen: in unveröffentlichte und gedruckte.*

Unveröffentlichte Quellen

1. Die Korrespondenz Pierre Davids, *des französischen Konsuls in Bosnien von 1807 bis 1814.*
   I. Andrić nahm die Berichte Davids, wie wir gesehen haben, zunächst über den Sammelband Mihajl Gavrilovićs und danach besonders im Archiv des Außenministeriums in Paris zur Kenntnis [...]. I. Andrić schöpfte aus diesen Dokumenten den größten und besten Teil seiner Informationen und Angaben: die Korrespondenz des Konsuls David stellt also die Hauptquelle von Wesire und Konsuln *dar.*

2. Die Korrespondenz Paul von Mittessers und Jacob von Paulichs, *der österreichischen Konsuln in Bosnien von 1808 bis 1817. I. Andrić hat daraus eine ziemlich große Anzahl von Informationen entlehnt, besonders von solchen, die das Leben der österreichischen Konsuln betreffen. Diese Korrespondenz ist also eine wichtige Quelle des Romans.*

Gedruckte Quellen

1. Dr. Mihajlo Gavrilović: Abschriften aus Pariser Archiven. *In diesem Werk fand I. Andrić eine Reihe von Berichten des französischen Konsuls, die in den drei Bänden der* Konsulats- und Handelskorrespondenz *Davids nicht enthalten sind. Wahrscheinlich hat die Lektüre von Gavrilovićs Sammelband den Romancier der Mühe enthoben, die* politische Korre- spondenz *des Konsuls durchzusehen.*

2. *Vasilj Popović:* Handel und Warenverkehr in Bosnien zur Zeit Napoleons [*Serbisch*] *I. Andrić schöpfte aus diesem Aufsatz, wie wir festgestellt haben, einige Einzelheiten über den Transithandel durch Bosnien (Angaben über Wege, Ent- fernungen, Preise).*

3. Auszug aus dem Tagebuch (den Memoiren) Pierre Da- vids, *Generalkonsul in Travnik (1807-1808). I. Andrić ent- lehnte diesem Fragment viele Daten, vornehmlich für die er- sten vier, fünf Kapitel seines Romans. Daraus entnahm er insbesondere eine große Zahl von Informationen, die die Ankunft des französischen Konsuls in Travnik und die Ereig- nisse betreffen, die sich zur Regierungszeit des ersten bosni- schen Wesirs Mechmed-Pascha abspielten.*

4. *Alfred Dumaine:* Abriß zu Pierre David (Notice sur Pierre David). *Der Autor von* Wesire und Konsuln *verschaffte sich durch diesen Abriß Kenntnisse über die Karriere und das dichterische Werk seines Helden. Wir haben einige Entleh- nungen entdeckt.*

5. *Jules David:* Biographischer und literarischer Abriß zu

Pierre David (La Notice biographique et littéraire sur Pierre David). *Auch dieser Abriß war in gewisser Weise hilfreich und nützlich für I. Andrić, der daraus besonders die Daten schöpfte, die nicht im Abriß von A. Dumaine enthalten waren, zur Karriere und zum dichterischen Werk des französischen Konsuls.*

6. *Chaumette des Fossés:* Bosnienreise in den Jahren 1807 bis 1808. *Dieses Werk las I. Andrić mit besonderer Aufmerksamkeit, und es lieferte ihm zahlreiche Informationen nicht nur über den Autor, sondern auch über das Leben in Bosnien zu dieser Zeit. Neben den Berichten des französischen und des österreichischen Konsuls war dieses für den Romancier ein Dokument ersten Ranges, und wir haben auf viele seiner Spuren in* Wesire und Konsuln *hingewiesen.*

7. *Andere Quellen von* Wesire und Konsuln. *Von den anderen Quellen (die im allgemeinen von viel geringerer Wichtigkeit sind: der Romancier hat ihnen manchmal nur eine Einzelheit entnommen) seien die folgenden angeführt:* Annalen des Franziskanerklosters in Kreševo; Annalen des Fra Nikola Ljevšanin, *einige Wörterbücher. Der Autor hat zweifellos auch einige allgemeine Werke, die sich auf die Zeit Napoleons beziehen, gelesen.*

[...] Aufgrund der entdeckten Quellen und ihres Vergleichs mit Andrićs Text kann man deutlich sehen, daß der Autor von Wesire und Konsuln *eine Vielzahl authentischer Tatsachen und Daten benutzte, um die Epoche, die den Gegenstand seines Romans bildet, aufzuerwecken. In der Tat, welche Datenfülle diente ihm als Ausgangspunkt! Welcher Reichtum an Reminiszenzen, die in seinem Gedächtnis beim Schreiben seines Werkes auftauchten! Und, was von Bedeutung ist, dieser Reichtum authentischer Tatsachen und Reminiszenzen jeder Art rührt nicht nur von der umfangreichen und soliden Kultur eines Schriftstellers her, der viel gelesen, viel gesehen und viel behalten hat, der sich schreibend, bewußt und unbewußt, der Dinge erinnert, die er gesehen oder gelesen hat: es ist dies die Dokumentation eines Menschen, der ernsthaft und gewis-*

senhaft an das Quellenstudium herangegangen ist, der wie ein Gelehrter jahrelang ernsthaft und gewissenhaft in Archiven und Bibliotheken geforscht hat, um für seinen Roman Material, historische und authentische Daten zu sammeln, die sich auf den Gegenstand und die Epoche beziehen, von der das Werk handelt. I. Andrić bestätigte später in gewisser Weise selbst den Umfang und die Tiefe seiner Dokumentation: »Es gab viele Quellen [schrieb er an eine Studentin der Universität Sarajewo, die ihn nach Angaben gefragt hatte[25]]. Dieser Roman ist wie jedes Werk dieser Art die Frucht meiner umfassenden und langjährigen Lektüre über die Epoche, die mich interessierte, aber vor allem auch die Frucht von Beobachtung und Reflexion.«

[...] In den meisten Fällen gestaltet Andrićs Talent das entlehnte Material um. Er macht das auf verschiedene Weise. Manchmal kontaminiert er das Material, vereinfacht und kondensiert es; ein andermal verschiebt, entwickelt, kompliziert er es; bald verfeinert und stilisiert er eine Geschichte, die er in den Quellen gefunden hat, bald erfindet er selbst eine Geschichte, die er mit entlehnten Elementen ausschmückt; oft regen verschiedene Fakten, die er in den Quellen gefunden hat, sein Denken zur Imagination, seine Phantasie zum Malerischen, sein Empfinden zu Zärtlichkeit oder Grauen an.

Welchen Sinn haben all diese Verarbeitungen im allgemeinen? Am häufigsten ist ihr Ziel, das gefundene Material zu konkretisieren, zu beleben, zu dramatisieren. Statt auf den Geist zu wirken, zu erzählen, will der Autor auf die Augen wirken, malen. Das rohe und trockene, leb- und farblose Material will er leichter, lebhafter, lebendiger und malerischer machen. Die gleichgültigen Berichte bemüht er sich durch dramatische Episoden zu ersetzen; und die, die von sich aus dramatisch sind, will er noch dramatischer und aufregender machen (die Hinrichtung des Kapidžibaša, der Tod des Sultans Selim).

25 Brief an Vlasta Grüner-Pilat, 30. Juli 1959. (A. d. A.)

[…] Die Geschichte hat, wie wir gesehen haben, in Wesire und Konsuln *einen großen Stellenwert. Sie dient als Hintergrund, Rahmen, Saum oder Unterlage der Romanfiktion, sie ist sozusagen in jede Seite eingewebt (bis zu einem Ausmaß manchmal, daß man auf den Seiten unten Quellennachweise anbringen könnte), was dem Text eine gewisse Authentizität und Lebendigkeit verleiht. Und dank dieser lebendigen Erinnerung des Autors an die Vergangenheit Bosniens, dank seines entwickelten Sinns für die Geschichte im allgemeinen, ist es Andrić gelungen, ein getreues Bild der Epoche zu zeichnen, die er zum Leben erwecken wollte (obwohl es, versteht sich, nicht seine Absicht war, ein vollständiges und absolut genaues Bild dieser Epoche zu liefern): manche Episoden, manche Passagen, manche Sätze, die der Leser geneigt sein könnte, als reine Frucht der Phantasie zu betrachten, beruhen auf historischen Texten, reflektieren ein wahres Ereignis oder eine Tatsache, einen wirklich ausgesprochenen Satz oder Ausdruck.*

(Prof. Dr. Midhat Šamić: *Istorijski izvori Travničke hronike Ive Andrića, Sarajevo 1962 [Die historischen Quellen von Ivo Andrićs* Wesire und Konsuln, *Sarajewo 1962]*)

Wenn man sich an die Argumentation von Jeremić hält, sehen die Dinge – *per analogiam* – so aus:

1. Andrić hat »Seiten, Absätze, Zeilen in seinem Buch *Wesire und Konsuln* benutzt ohne ihre Quellen anzugeben, obwohl sie nicht sein Werk sind«.

2. Andrić Buch »hat ein Handikap, weil es darin Stellen gibt, die man auch bei anderen Schriftstellern finden kann«, ebenso wie einige »nichtdeklarierte« Texte von Pierre David (den Andrić, »damit die Walachen nicht draufkommen«, Daville, Jean Daville, nennt), Jules David, Chaumette des Fossés und Alfred Dumaine, »und zwar nicht nur eine halbe Seite, sondern mehrere Seiten«. Und von »noch ein paar anderen«.

3. »Es handelt sich keineswegs um den Text irgendeines anonymen Baedeker-Beiträgers«, sondern um die bekannten Bücher von Pierre David *Auszüge aus dem Tagebuch (den Memoiren) Pierre Davids, Generalkonsul in Travnik (1807 bis 1808)*, Paris, Plon-Nourrit et Cie, 1924, also um das Werk des französischen Konsuls, Literaten, Reiseschriftstellers, Dichters der *Alexandriaden*, Poem in 25 Gesängen, des Verfassers der Tragödie in fünf Akten *Selim III* usw., um Chaumette des Fossés' *Bosnienreise in den Jahren 1807-1808*, Paris 1822, ebenso wie um Jules Davids *Biographischen und literarischen Abriß zu Pierre David*, A. Hardel, 1861[26], usw.

---

26 Die Angaben zu Andrić Buch basieren natürlich auf den Forschungen Dr. Šamić. *(A. d. A.)*

4. Alles, was sich in Andrićs Roman *Wesire und Konsuln* findet, findet sich »mit Ausnahme des unwesentlichen Bindegewebes« in den erwähnten Büchern.

»*Ich bedaure*, daß man mich *nötigt*, darüber zu sprechen, und deshalb spreche ich nur über dieses Beispiel« usw. usw.

Und – *per analogiam* – als Schlußfolgerung, als Krönung dieser jeremićo-pigeonischen »objektiven« Betrachtung der Dinge und dieser jeremićmäßigen Tricks: »In letzter Zeit war oft die Meinung zu hören, unsere Kritik sei schwach, weil sie alles lobt und bejubelt, aber sobald sich ein Kritiker untersteht, die ganze Wahrheit über einzelne Bücher zu sagen, werden gleich Stimmen laut, die sich nicht scheuen, ihm mit allen Mitteln den Mund zu verbieten und ihn daran zu hindern, über das zu sprechen, was ihnen nicht ins Konzept paßt.«

Da die ungelernte und analphabetische jeremićmäßige Kritik bei uns das Wissensniveau auf den absoluten Nullpunkt gesenkt hat, da sich die jeremićmäßige Kritik – in Moral, Stil, Verfahren – mit der pigeonischen gemein gemacht hat und da es also bei uns nicht reicht, sich auf eine Bibliographie zu berufen und die Literaturszene auf wissenschaftliche Untersuchungen und Ergebnisse hinzuweisen (die Literaturszene verständigt sich über wissenschaftliche und literarische Dinge meist über Telefon, das arabische Telefon, Bulatofon und Pigonofon), ist man gezwungen, sich solcher Paradigmen zu bedienen, solch einen gymnasialen Unterricht (wie es diese kleine in meine Texte gewebte Chrestomathie ist) zu erteilen, in der Hoffnung, daß der Leser, der das Buch heute in den Händen hält, dieses Buch verstehen und dieses mein Verfahren entschuldigen wird, und was denjenigen angeht, der das Buch vielleicht in besseren Zeiten in den Händen hält, diesen künftigen Leser bitte ich um Nachsicht für unsere Sünden, für unser Unwissen, für unser Verhalten, möge er also diese *demonstratio* ebenfalls als Dokument einer Epoche und eines literarischen Klimas begreifen. Und möge er mir verzeihen.

»Vor allen Dingen trifft I. Andrić eine Auswahl unter den Fakten und den in den Dokumenten enthaltenen Einzelheiten:

er eliminiert alles, was ihm bedeutungs- und farblos erscheint, und behält, was ihm entspricht. Diesmal interessiert ihn besonders alles, was Grauen, Angst und Zittern hervorruft, alle Züge des Werkes, die die Grausamkeit des neuen Wesirs verdeutlichen: Geld-, Gefängnis-, Prügelstrafen, Hinrichtungen, Morde. Um den Eindruck der Grausamkeit zu verstärken, hat der Autor keinerlei Bedenken, gewisse Fakten zu verändern: sie zu übertreiben ...« (Prof. Dr. M. Šamić, S. 168).

Ein Verfahren also, das, Sie erlauben, dem in *Ein Grabmal für B. D.* angewandten analog ist, und zwar in erster Linie in bezug auf Boris Dawidowitsch selbst und seine geistige und körperliche Exekution, auf alles, was im Zusammenhang mit ihm »Grauen hervorruft«.

»Andrić nimmt (wie auch in vielen anderen Szenen) Zuflucht zur Kontamination verschiedener Quellen und verschiedenen Materials. Aus der einen Quelle schöpft er eine Tatsache oder eine Idee, aus einer anderen ein charakteristisches Wort, einen Satz, eine Geschichte, und schmückt mit all diesen Entlehnungen seinen Text aus. Wichtig ist dabei, daß ein mehr oder weniger genauer Ausdruck oder Satz nicht nur der ganzen Geschichte oder der Gestalt, die diesen Ausdruck oder Satz ausspricht, mehr Authentizität verleiht, sondern sie können oft auch die betreffende Gestalt (Beispiel: der Wesir Ibrahim-Pascha) besser charakterisieren« (Prof. Dr. M. Šamić, S. 124).

Was also macht Andrić in seinem Meisterwerk?

Aus der einen Quelle schöpft er eine Tatsache oder eine Idee, aus einer anderen ein charakteristisches Wort, einen Satz, eine Geschichte, und schmückt mit all diesen Entlehnungen seinen Text aus.

Welche Konsequenzen hat das nach Jeremić-Pigeon?

Andrićs Buch hat also (ganz *per analogiam*) »ein Handikap, weil es darin Stellen gibt, die man auch bei anderen Schriftstellern finden kann«.

Welchen Preis hat Andrić, in erster Linie für dieses Buch, bekommen?

Den Nobelpreis!

Was kann man daraus schließen?

Daß Andrić den Nobelpreis nur dank der Tatsache bekam, daß Jeremić nicht »die ganze Wahrheit über einzelne Bücher« gesagt hat.

☞ ANDRIĆ (37)

*Dies war in der Frage des Protokolls das große Zugeständnis,
das Daville während der drei Wartetage in Verhandlungen
über d'Avenat durchgesetzt hatte [...].* Die Türken hatten
nämlich verlang*t, daß der Wesir, auf den Kissen sitzend, den
Konsul empfangen sollte [...]. Schließlich einigten sich beide
darauf, daß der Konsul und der Wesir den Empfangsraum
gleichzeitig betreten und sich dann in der Mitte des Saales
treffen sollten; von hier sollte der Wesir den Konsul zu dem er-
höhten Platz neben dem Fenster führen,* wo die Sitzkissen be-
reitlagen und wo beide gleichzeitig Platz zu nehmen hatten.

DAVID (150)

Vorher hatte ich mich mit seinem Arzt, Herrn d'Avenat, *ge-
troffen, der gerne bereit war, mir als erster Dolmetscher zu
dienen, und ich habe über seine Vermittlung gewisse Bedingungen des Protokolls durchgesetzt: die Hauptbedingung
war, den Wesir nicht sitzend antreffen zu müssen. Wir einigten uns, den Empfangsraum gleichzeitig durch zwei verschiedene Türen zu betreten und uns gemeinsam auf das Sofa zu
setzen.*

174

ANDRIĆ (32)

Plötzlich ging die Häuserreihe zu Ende, und *die Čaršija mit
ihren niedrigen Läden schloß sich an.* Vor den Läden hockten
türkische Kaufleute oder deren Kunden, *schmauchend* oder
miteinander feilschend *[...] auf beiden Seiten der Straße stei-
nern unbewegliche Gesichter [...].* Niemand ließ sich in seiner
Beschäftigung stören, legte die Pfeife aus der Hand oder
*schaute auf, um die keineswegs alltägliche Erscheinung des
Konsuls und sein Ehrengeleit eines Blickes zu würdigen [...].*

DAVID (152)

*Ein Ehrengeleit führte mich durch die Hauptstraße, und da
begann ich zu erkennen, unter welch ein Volk ich geraten war,*
und in welchem Grade man bereit war, mich anzunehmen.
*Die Türken geruhten, vor ihren Läden hockend, lässig
schmauchend, kaum umherzublicken, nicht einmal aufzu-
schauen, um den Neuankömmling zu sehen, trotz seiner keineswegs alltäglichen europäischen Kleidung [...].*

ANDRIĆ (38 und 41)

Erst kamen die *angezündeten Tschibuks, dann Kaffee, dann
Scherbett: Nun brachte ein Bursche, auf den Knien rutschend,
ein flaches Gefäß, dem ein starker Duft entströmte; er hielt
es dem Wesir unter den Bart und dem Konsul unter den
Schnurrbart, als wollte er sie beweihräuchern. Und wieder
Kaffee, und wieder neue Tschibuks [...].*
Beim Abschied gab es noch mehr Lärm und Hinundherge-
laufe als zur Begrüßung. *Man brachte kostbare Pelzumhänge
aus Edelmarder für den Konsul, aus Tuch und Fuchsfell für die
Begleiter. Eine laute Stimme sprach Gebete und rief den Segen
Gottes auf den Gast des Sultans herab, indes die übrigen An-
wesenden im Chor antworteten [...].*

DAVID (153)

Nach unserem kurzen Gespräch, begleitet von Kaffee, Scher-
bett, Pfeifen und Düften, was man uns auf den Knien reichte,
dem Wesir unter den Bart und mir unter den Schnurrbart,
verabschiedete ich mich von Husref, und kaum daß ich ein
paar Schritte gegangen war, *warf mir ein Beamter einen schö-*
nen Marderpelz über die Schultern. Herr Pouqueville bekam
einen Hermelin, und unsere Begleiter wurden in rote Dol-
mane gekleidet. Während der Zeremonie sprach ein anderer
Beamter ein Gebet zu unserem Heil, und der ganze Hof des
Paschas antwortete mit einem lauten Ruf auf jeden Vers dieses
Gebets.

ANDRIĆ (54-55)

Der Kapidžibaša versicherte dem Konsul, er sei gleich Mechmed-Pascha *ein aufrichtiger Verehrer Napoleons.*

   Der Kapidžibaša schilderte mit noch glühendem Haß *seine*
früheren Gefechte mit den Russen und rühmte sich irgend-
einer Heldentat bei Otschakow, wo er verwundet worden
war. Unvermittelt und mit einer heftigen Bewegung streifte er
den engen Ärmel seines Rockes hoch und zeigte auf eine große
Säbelnarbe unterhalb des Ellbogens. Sein dünner, sehniger
Negerarm zitterte sichtbar.

DAVID (313-315)

[…] er stellte mir den Kapidžibaša als Verehrer Napoleons, als
berühmten Militär vor, der zur Zeit Katharinas gegen die
Russen gekämpft hatte: »*Ja, sagte er mir, ich war bei der Bela-*
gerung von Otschakow dabei, und jetzt werde ich Ihnen die
Narbe der Wunde zeigen, die ich erhalten habe. Er zog zur
gleichen Zeit seinen breiten Ärmel hoch und ließ mich eine
große Narbe am linken Oberarm sehen. Aber er zitterte, als
hätte er Fieber gehabt […].

ANDRIĆ (53 f.)

Mitte des Sommers traf als Sonderbeauftragter des Sultans *der Kapidžibaša mit seinem Gefolge ein.* Mechmed-Pascha bereitete ihm einen außergewöhnlich feierlichen Empfang. *Die gesamte Mameluckenabteilung des Wesirs, alle Würdenträger und Höflinge zogen ihm entgegen. Von der Festung donnerten Salutschüsse. Mechmed-Pascha erwartete den Kapidžibaša vor dem Tore des Konaks [...]. Der Kapidžibaša brachte den Ferman des Sultans mit,* in dem Mechmed-Pascha auf seinem Posten in Travnik bestätigt wurde, *und überreichte dem Wesir feierlich einen kostbaren Säbel* als Geschenk des neuen Herrschers *sowie den Befehl, im Frühjahr mit einem starken Heer gegen Serbien zu ziehen.*

DAVID (313-315)

Am 24. Juli (1807) traf ein Kapidžibaša in Begleitung von etwa zwanzig Bostandžibaša ein. Er hatte, sagte man, einen Ehrensäbel für Husref-Mechmed-Pascha und einen Ferman, der die Aushebung von 25000 Männern gegen die Serben anordnete, mitgebracht [...]. Nachdem die Beamten und die Mamelucken des Paschas ihm salutiert hatten, setzte sich der Kapidžibaša in Bewegung; er hörte beim Betreten der Stadt die Kanone von der Festung und wurde vom Wesir oben auf der Außentreppe seines Konaks empfangen.

ANDRIĆ (361)

Auf einem festgestampften, höher gelegenen Freiplatz *zwischen dem Han und dem österreichischen Generalkonsulat wurde eine neue Richtstätte aufgebaut.* Hier *köpfte* Ekrem, der Henker des Wesirs, höchstpersönlich die Opfer, und *ihre Köpfe spießte man auf Pfähle.*

Der bleiche, bucklige Dolmetscher Rotta [...] erging sich in [...] Beschwörungen, man solle mit den Exekutionen *vor dem Konsulat* aufhören.

P. DAVID (M. Gavrilović, 377)

Der österreichische Konsul ist sehr erschrocken, sich mit seiner Familie inmitten eines so wilden Volkes zu befinden. *Sie
haben ihn in einem grauenvollen Haus bei der Richtstätte un-
tergebracht, so daß er jeden Tag ein paar abgeschnittene Köpfe
vor seinen Fenstern hatte [...].*

(Prof. Dr. Midhat Šamić, *ibid.*)

Usw. usw. usw.

Weiter sagt Jeremić, wie wir gesehen haben, daß sich dieses Geschehnis mit Pigeon »ereignet« hat, als handelte es sich um eine unbekannte Naturerscheinung, um Elemente, die sich »in der Zwischenzeit« einfach so ereignen, das heißt, während Jeremić mit seinem Stab diesen skandalösen Versuch ausarbeitet, ein Buch und einen Schriftsteller zu liquidieren; die Sache hat sich also »in der Zwischenzeit« »ereignet«, als wäre Pigeon nicht Šćepanovićs Mitarbeiter und »Szenarist« in dem von Jeremićs Intimus und »Schriftstellerfreund« (Šćepanović) geführten Haus und als wäre Pigeon kein bekannter *scandal-maker*.[27]

Jeremić besitzt indes eine gewisse Dosis an Gerissenheit, eine Art ausgefuchster Logik, wenn er schon nicht logisch schreiben und denken kann, gelingt es ihm mit seiner »Intel-

27 »Das unglückliche Mädchen hörte, wie ihr der Anwalt der Verteidigung vorhielt, daß sie es dem Gewalttäter bei Ausübung der Notzucht ›nicht abgebissen‹ habe, und nachdem sie auf die Frage des Richters selbst, warum sie das nicht getan habe, antwortete, ›es entspreche nicht ihrer Natur, jemanden zu verletzen‹, kommentierte er das folgendermaßen: ›Warum hat sie ihn dann denn nicht gekost?‹«
»Und sie hörte auch die mündliche Urteilsverkündung, daß keine widernatürliche unzüchtige Handlung vorliege, denn, ›die unzüchtige Handlung ist nur in den After‹.«
(»Eine ›Kleine‹ klagt an«, *Duga*, 19. 2. 1977)
Hier zeigt sich, worüber und wie diese Autorität Pigeon schreibt, auf die sich ein »Philosoph und Kritiker« beruft. *(A. d. A.)*

ligenz des Dummkopfs« (wie er selbst Schläue[28] definiert)
doch, seinen Text mit kaum sichtbaren Winkelzügen zu
durchsetzen, die sich durch eine linguistische und literarische
Analyse allerdings leicht aufdecken lassen. Wir haben gesehen: Jeremić bezeichnet die Kritiken über mein Buch als
»Schrieb« (und einen Teil der Ehrung, die ihnen Jeremić an-
gedeihen ließ, gebe ich an die Kritiker weiter, die diese
»Schriebe« über mein Buch verfaßt haben), doch für Pigeons
Text findet er ein Wort, das – im Verhältnis zum Wort
»Schrieb« – wie eine klare und abgesicherte Gattungsbestim-
mung klingt: »Artikel«. Auf der einen Seite sind die Kritiken
über mein Buch, also *Kritiken*, nur »Schriebe«, und auf der
anderen Seite ist ein Text à la »unzüchtige Handlung« ein
»Artikel«.

Jeremić wäre natürlich kein Pate, wenn er es nicht verstünde,
seine Erklärungen mit der gleichen vorsichtigen Zweideutigkeit zu temperieren, mit der er auch zwischen den Wörtern
»Schrieb« und »Artikel« nuanciert, weil Jeremić auch hier
nicht *seine* Behauptung wiedergibt, sondern, ich muß doch
bitten, nur vermeldet, was sich »in der Zwischenzeit ereignet« hat, also nur anführt, welche Schlüsse sein Privatdozent
in dieser ganzen Sache gezogen hat; Jeremić vermeldet also
nur, was sich »ereignet« hat, weil er sich selbst ja nicht mit Li-
teraturforschung und Literaturkritik abgibt. Denn wenn dieser Satz nicht so unverschämt zweideutig wäre und wenn neben den Namen stünde, daß Medvedev *Historiker* und Réau
Kunsthistoriker ist, könnten im Kopf des Lesers ja Zweifel an
dieser Erklärung von Jeremić aufkommen (daß »es darin Stellen gibt, die man auch bei anderen Schriftstellern finden
kann«; »die nichtdeklarierten Texte von Roy Medvedev und
Louis Réau«) – *denn der Leser könnte sich darüber Gedanken machen, wie man eine Erzählung aus der Geschichte oder*

28 »Die Schläue ist die Intelligenz des Dummkopfs, mit der er die Oberhand
über einen wirklich intelligenten Menschen gewinnen kann« (*Maxime
Nr. 184*). (*A. d. A.*)

Kunstgeschichte abschreiben kann: Jeremić also läßt, von seiner Schläue geleitet, diese Namen ohne das notwendige Adjektiv und Attribut stehen, ebenso wie er den Namen seines Assistenten Pigeon ohne das notwendige Attribut stehenließ, so daß man den Eindruck gewinnt, hinter diesem Winkeladvokaten für unzüchtige Handlungen verberge sich eigentlich eine Autorität in Sachen Literatur.

So hat sich also nach Jeremić »ereignet«, was sich ereignet hat, Jeremić wiederholt nach Papageienart bloß die Insinuationen Pigeons, sich in Gänze und ohne Vorbehalte auf dessen »Untersuchungen« stützend.

Diese Erklärung Jeremićs, in der er erklärt, was Pigeon erklärt hat, datiert vom Monat Dezember. Drei Monate später, im März 1977, sollte Jeremić diese seine Pigeon-Behauptung teilweise bestreiten. Im Ton eines Patriarchen, im Ton eines richtigen Paten, der sich süßlicher und sentimentaler Wendungen bedient, um sich der Bevölkerung als guter alter Pate zu präsentieren, dessen Worte und Taten vom gestrengen kategorischen Imperativ der *Cosa-Nostra*-Ethik bestimmt sind – allem und jedem zum Trotz –, erklärt er, daß er »bedauert«, daß man ihn »nötigt«, darüber zu sprechen (weil er angeblich über all das bisher nicht geredet hat und er angeblich dieser ganzen Wühlarbeit im Zusammenhang mit meinem Buch nicht Pate gestanden hat, sondern das Wort erst jetzt ergreift), und er »bedauert« also, daß er die Wahrheit und nur die Wahrheit sagen muß:

Da ist es kein Wunder, daß er [Davićo] ganz selbstgewiß behauptet, Kiš habe einen Text aus irgendeinem Baedeker aufgenommen, weil es sich nicht um den Text irgendeines anonymen Baedeker-Beiträgers handelt, sondern um einen Text aus dem ersten Band der berühmten *Russischen Kunst* von Louis Réau, Professor an der Sorbonne und Mitglied der Akademie der Schönen Künste, und zwar nicht nur eine halbe Seite, sondern mehrere Seiten. Alles, was sich in den zwei Kapiteln von Kiss Erzählung »Die mechanischen Löwen« – »Die Vergangenheit« und »Zirkus im Gotteshaus« – findet, findet sich mit Ausnahme des hauptsächlich unwesentlichen Bindegewebes in Louis Réaus Buch (in der Ausgabe von 1968, S. 115-128).

181

Pigeon hat sein »sowjetisches Akademiemitglied«, Jeremić sein französisches. Und ungeachtet der Tatsache, daß Medevedev kein »sowjetisches Akademiemitglied« ist und niemals war und daß Réau kein französisches Akademiemitglied ist und niemals war, ist es ebenfalls unerheblich, daß Jeremić das Syntagma *Académie des Beaux-Arts* mit Akademie übersetzt, um durch die Autorität dieser Institution das Problem verschärfen und mich der Schändung der ehrwürdigen Akademie bezichtigen zu können, oder es ist nur die Folge seines Unwissens: *Académie des Beaux-Arts* heißt Kunstakademie[29], und somit ist Réau Professor der Kunstakademie, ebenso wie Jeremić Professor der Philologischen Fakultät ist und es noch nicht geschafft hat, in die Akademie aufgenommen zu werden, und somit noch kein Akademiemitglied ist. Aber dieses Bestehen auf den akademischen Titeln erhärtet nur die These, daß Pigeon und Jeremić, wenn nicht dieselbe Person, so doch dieselbe »Hand«, dasselbe Bewußtsein, das Produkt desselben moralischen und intellektuellen *Milieus* sind, eines, das sich über die charismatische Wirkung, die das »objektive Denken« der Institutionen Akademie, Politik, Presse auf das Bewußtsein des Kleinbürgers ausübt, im klaren ist.

Die angeführte Erklärung Jeremićs unterscheidet sich, wir sagten es, von seiner ersten Erklärung, die er drei Monate zuvor ebenfalls unter Eid abgegeben hatte, allein dadurch, daß jetzt *Medvedev nicht mehr darin vorkommt.* Jeremić ist sich bewußt, daß Pigeons Verleumdung ihren Zweck, das Buch und seinen Autor vorübergehend zu diskreditieren, erfüllt hat, und Jeremić braucht jetzt nichts anderes zu tun, als dieses verglimmende Feuer des Skandals und der Verleumdung anzuschüren. Denn »in der Zwischenzeit«, das heißt während

---

29 Professor Božidar Kovačević sowie ein anonymer Leser aus Paris machten mich darauf aufmerksam, daß es die *Académie des Beaux-Arts* in der von Jeremić gebrauchten Bedeutung wirklich gibt, ebenso wie in der von mir gebrauchten. Es hätte schon sehr verwundert, wenn Jeremić nicht alles über Akademien wüßte. Ausländische und jugoslawische. *Mea culpa.* (A. d. A., vierte Auflage)

dieser drei Monate, hat es allzu viele Stimmen und Argumente[30] gegeben, die die Pigeon-Jeremić-These widerlegten,
ebenso wie »in der Zwischenzeit« Jeremićs Positur des Paten
und seine »goethesche« Selbstgewißheit erheblich ins Wan-
ken geraten sind.

Jeremić variiert das alte Thema ganz jeremićmäßig, will sagen, pigeonmäßig: »Alles, was sich in den zwei Kapiteln von
Kišs Erzählung [...] findet, findet sich mit Ausnahme des
hauptsächlich unwesentlichen Bindegewebes in Louis Réaus
Buch.« Dazu führt er etwa *vierzehn* Seiten aus Réau (von 115
bis 128) an. Schauen wir uns diesen kleinen, von der Schläue
ausgebrüteten Trick doch einmal näher an! Die zwei Kapitel
der Erzählung, die er anführt – »Die Vergangenheit« und
»Zirkus im Gotteshaus« –, nehmen in meinem Buch insge-
samt vier Seiten (von 41 bis 45) ein, auf die man natürlich auch
noch »das hauptsächlich unwesentliche Bindegewebe« an-
rechnen muß, das als verbindendes (wenn auch nach Jeremić
unwesentliches) also einen integrierenden Bestandteil dieser
Seiten bildet. Mit einer einfachen Rechenoperation, Addition, dann Division, will sagen, mit einfachster Logik kommen wir zu dem Ergebnis, daß hier etwas nicht stimmt: *denn
wie können vierzehn Seiten auf vier Seiten stehen* (»Alles, was
sich in den zwei Kapiteln von Kišs Erzählung [...] findet, findet sich mit Ausnahme des hauptsächlich unwesentlichen Bindegewebes in Louis Réaus Buch [...], S. 115-128«), wenn
diese vier Seiten auch noch dieses verflixte »unwesentliche
Bindegewebe« enthalten!? Aber Jeremićs Zweideutigkeit
(selbst in einem so gefügten Satz), seine Zweideutigkeit und
Schläue, die mit einer überhasteten Lektüre und überhasteten
Schlüssen rechnet, enthüllt auch gleichzeitig den Mechanismus seiner Anspielungen und Manöver, ebenso wie diese
ganze Machenschaft – unwillkürlich! – auch die Bedeutung

30 P. Matvejević, T. Kulenović, N. Milošević, V. Roksandić, S. Babić, T. Ker-
mauner, D. Rupel, deren Namen (wenn die Umstände andere wären) am Anfang dieses Buches, in einer Widmung, stehen müßten.

des in den beiden Kapiteln angewandten literarischen Verfahrens enthüllen kann: 1) der *Kontamination* (Verdichtung) und 2) der Erweiterung mit Hilfe des »unwesentlichen Bindegewebes« und 3) der *Deformation*. Und dabei ist ganz unwesentlich, ob es sich um einen Baedeker oder um Baedeker, Karl (1801-1859), Louis Réau oder Igor Grabar (nach dem Réaus Buch geschrieben ist)[31] handelt, weil *ich mich hier eines legitimen literarischen Verfahrens bediene, das auch dann legitim wäre, wenn ich all diese Zitate von Réau wortwörtlich übernommen (was hier nicht der Fall ist) und wenn ich nicht auf ihre paraliterarische Provenienz hingewiesen hätte (was ich tue).*

31 Bourniquel oder Jean Paris (nachträgliche Anmerkung). *(A. d. A.)*

☞ *Daß Studienrat Zeitblom an dem Tage zu schreiben beginnt, an dem ich selbst, in der Tat, die ersten Zeilen zu Papier brachte, ist kennzeichnend für das ganze Buch: für das eigentümlich Wirkliche, das ihm anhaftet, und das, von einer Seite gesehen, ein Kunstgriff, das spielende Bemühen um die genaue und bis zum Vexatorischen gehende Realisierung von etwas Fiktivem, der Biographie und dem Hervorbringen Leverkühns, ist, von einer anderen aber eine nie gekannte, in ihrer phantastischen Mechanik mich dauernd bestürzenden Rücksichtslosigkeit im Aufmontieren von faktischen, historischen, persönlichen, literarischen Gegebenheiten, so daß, kaum anders als in den »Panoramen«, die man in meiner Kindheit zeigte, das handgreiflich Reale ins perspektivisch Gemalte und Illusionäre schwer unterscheidbar übergeht. Diese mich selbst fortwährend befremdende, ja bedenklich anmutende Montage-Technik gehört geradezu zur Konzeption, zur »Idee« des Buches, sie hat zu tun mit einer seltsamen und lizenziösen seelischen Lockerung, aus der es hervorgegangen, seiner übertragenen und auch wieder baren Direktheit, seinem Charakter als Geheimwerk und Lebensbeichte, der die Vorstellung seines öffentlichen Daseins überhaupt von mir fernhielt, solange ich daran schrieb.*

Die Einschwärzung lebender, schlechthin bei Namen genannter Personen unter die Figuren des Romans, von denen sie sich nun an Realität oder Irrealität nicht mehr unterscheiden, ist nur ein geringeres Beispiel für das Montageprinzip, von dem ich spreche. Da ist die Verflechtung der Tragödie Leverkühns mit derjenigen Nietzsches, dessen Name wohlweislich in dem ganzen Buch nicht erscheint, eben weil der euphorische Musiker an seine Stelle gesetzt ist, so daß es ihn nun nicht mehr geben darf; die wörtliche Übernahme von Nietzsches Kölner Bordell-Erlebnis und seiner Krankheitssymptomatik, die Ecce-Homo-Zitate des Teufels, das – kaum einem Leser bemerkliche – Zitat von Diät-Menus nach Briefen Nietzsches aus Nizza, oder das ebenfalls unauffällige Zitat von Deussens letztem Besuch mit dem Blumenstrauß bei dem in geistige Nacht Versunkenen. Das Zitat als solches hat etwas spezifisch Musikalisches, ungeachtet des Mechanischen, das ihm eignet, außerdem aber ist es Wirklichkeit, die sich in Fiktion verwandelt, Fiktion, die das Wirkliche absorbiert, eine eigentümlich träumerische und reizvolle Vermischung der Sphären. Zitat, ich brauche es nicht zu sagen, ist die Übernahme von Tschaikowskys unsichtbarer Freundin, Frau von Meck, als Madame de Tolna. Zitat die Werbegeschichte, die unvorsichtige, hier aber ins keineswegs »Unvorsichtige« umgefärbte Sendung des Freundes zur Geliebten als Antragsüberbringer. Da so viel »Nietzsche« in dem Roman ist, so viel, daß man ihn geradezu einen Nietzsche-Roman genannt hat, liegt es nahe, in dem Dreieck Adrian – Marie Godeau – Rudi Schwerdtfeger ein Zitat von Nietzsches indirekten Heiratsanträgen, bei der Lou Andreas durch Rée, bei dem Fräulein Trampedach durch Hugo von Senger (der schon halbwegs mit ihr verlobt war) zu vermuten. Es ist aber vielmehr, und zwar von Leverkühn selbst her gesehen, eine Shakespeare-Reminiszenz, – Zitat der Sonette, die Adrian immer bei sich hat, und deren »Handlung«, das Verhältnis Dichter–Geliebte–Freund, das Motiv der verräterischen Werbung also, sich auch in mehreren Dramen wiederfindet. Diese sind bei Namen genannt, als von Büchern die Rede ist, die auf des Musikers Tische liegen: es sind Was ihr wollt, Viel Lärm um nichts und Die beiden Veroneser, und Adrian macht sich ein finsteres Vergnügen daraus, gegen Zeitblom, der ebensowenig etwas merkt wie der Leser, direkt Zitate aus diesen Stücken in seine Äußerungen einfließen zu lassen. Schon seine sonderbar steife Redewendung »Du könntest mich dir jetzt sehr verpflichten« ist eine Anführung und zwar aus Viel Lärm um nichts, dort, wo Claudio dem Prinzen seine Liebe zu Hero gesteht. Später spricht er das bittere »Denn so sind Freunde jetzt« aus den Beiden Veronesern und bringt so gut wie wörtlich die Verse an:

»Wem ist zu traun, wenn unsre rechte Hand
Sich gegen unsre Brust empört?«

Er begründet auch, in der Überredungsszene zwischen ihm und Rudi in Pfeiffering, die mir eine der liebsten des Buches ist, seine fatale Bitte mit Worten aus Was ihr wollt:

»Sie wird geneigter deiner Jugend horchen,
Als einem Boten ernsten Angesichts.«

Und nachher, scheinbar seine Toten beklagend, gebraucht er, wieder aus Viel Lärm um nichts, gegen Zeitblom das Bild von dem albernen Schulknaben; »der voller Freuden über ein gefundenes Vogelnest es seinem Kameraden zeigt, und der stiehlt's ihm weg.« Worauf Serenus auch noch, unbewußt mitzitierend antwortet: »Du wirst aus Zutrauen keine Sünde und Schande machen. Die sind doch wohl beim Diebe.« Er hat noch Glück, daß er nicht wörtlich sagt: »Die Sünde ist beim Stehler.«

Es ist Frank Harris, der in seinem geistreichen Buch über Shakespeare wohl zuerst darauf hingewiesen hat, daß das Werbemotiv der Sonette dreimal in den Dramen wiederkehrt. Dem Faustus ist es aufmontiert.

✻

Soll ich die von mancher Seite beanstandete Übertragung der Schönberg'schen Konzeption des Zwölf Ton- oder Reihen-Musikstils auf Adrian Leverkühn als einen solchen Montage-Akt und Raub an der Wirklichkeit anführen? Ich muß es wohl, und das Buch soll in Zukunft auf Schönbergs Wunsch, einen Nach-Vermerk führen, der für Unkundige das geistige Eigentumsrecht klarstellt. Es geschieht ein wenig gegen meine

Überzeugung. Nicht so sehr, weil solche Aufklärung eine kleine Bresche in die sphärische Geschlossenheit meiner Romanwelt schlägt, als weil die Idee der Zwölf Ton-Technik in der Sphäre des Buches, dieser Welt des Teufelspaktes und der schwarzen Magie, eine Färbung, einen Charakter annimmt, die sie – nicht wahr? – in ihrer Eigentlichkeit nicht besitzt, und die sie wirklich gewissermaßen zu meinem Eigentum, das heißt: zu dem des Buches machen. Schönbergs Gedanke und meine ad hoc-Version davon treten so weit auseinander, daß es, von der Stillosigkeit abgesehen, in meinen Augen fast etwas von Kränkung gehabt hätte, im Text seinen Namen zu nennen.

✻

Ich könnte einen kleinen Katalog von Büchern aufstellen, englischen und deutschen, gewiß zwei Dutzend, über Musik und Musiker, die ich »mit dem Bleistift« studierte, so angelegentlich und wachsam, wie man nur zu produktivem Zweck, um eines Werkes willen, liest.

✻

Ich entdeckte in mir, oder fand in mir wieder als etwas längst Vertrautes eine unbedenkliche Bereitschaft zur Aneignung dessen, was ich als mein eigen empfinde, was zu mir, das heißt zur »Sache« gehört. Die Darstellung der Reihen-Musik und ihre in Dialog aufgelöste Kritik, wie das XXII. Faustus-Kapitel sie bietet, gründet sich ganz und gar auf Adorno'sche Analysen, und das tun auch gewisse Bemerkungen über die Tonsprache des späten Beethoven, wie sie schon früh im Buch, in Kretzschmars Expektorationen vorkommen, über das geisterhafte Verhältnis also, welches der Tod stiftet zwischen Genie und Konvenienz. Auch diese Gedanken waren mir in Adornos Manuskript als »eigentümlich« vertraut entgegengetreten, und zu der – welches Wort wähle ich? – Gemütsruhe, mit der ich sie meinem Stotterer variierend in den Mund legte, habe ich nur folgendes zu sagen: Nach einem langen geistigen

*Wirken geschieht es sehr häufig, daß Dinge, die man voreinst
in den Wind gesät, von neuerer Hand umgeprägt und in andere Zusammenhänge gestellt, zu einem zurückkehren und
einen an sich selbst und das Eigene erinnern. [...]*

*

*Ein Gedanke als solcher wird nie viel Eigen- und Besitzwert
haben in den Augen des Künstlers. Worauf es ihm ankommt,
ist seine Funktionsfähigkeit im geistigen Getriebe des Werkes.*

*

*Gegen Ende des Jahres dann schrieb ich ihm, anstelle der
Morgenarbeit, einen kommentierenden Brief von zehn Seiten, worin ich vor allem meine »bedenklich-unbedenklichen«
Griffe in seine Musik-Philosophie so gut es ging entschuldigte: sie seien, schrieb ich, in dem Vertrauen geschehen, daß
das Ergriffene, Abgelernte sehr wohl innerhalb der Komposition eine selbständige Funktion, ein symbolisches Eigenleben
gewinnen könne und dabei an seinem ursprünglichen kritischen Ort unberührt bestehen bleibe.*

*

*Es stimmte auf eine gewisse Art mit meiner eigenen und, wie
ich herausbekommen hatte, gar nicht nur individuellen, wach-
senden Neigung überein, alles Leben als Kulturprodukt und
in Gestalt mythischer Klischees zu sehen und das Zitat der
»selbständigen« Erfindung vorzuziehen. Der* Faustus *zeigt
davon so manche Spur.*
  (Thomas Mann: *Die Entstehung des Doktor Faustus,*
Frankfurt am Main 1947)

§ 5

Jeremić behauptet, ich hätte »*in letzter Zeit Anlaß zu ernsthaften Zweifeln an der Kraft*« *meiner Inspiration und an der
Authentizität meines Schaffens gehabt* und hätte »*deshalb die
Preise, von denen die Rede ist, bitter nötig*«, hätte »*die Preise
haben wollen*«, um mir vor denen, an deren Meinung mir gelegen sei, »*Genugtuung zu verschaffen*«. »*Welche Selbstsi-
cherheit eines Schriftstellers, der mit aller Gewalt einen Preis
haben will*«, ruft der Moralprediger Jeremić aus.

Fragt sich logischerweise, woher Jeremić eine solche Behauptung nimmt, denn in meinen Texten (Interviews, Erklärungen, Polemiken) hat er sie nicht finden können, da ich über
Preise schlicht nicht gesprochen habe: ich überlasse diese Art
intellektuellen Zeitvertreibs und geistiger Gymnastik, ich
sagte es bereits, Jeremić und Co. Also konnte Jeremić zu einer
solchen Behauptung nur über einen unzulässigen Vergleich
seiner und meiner psychischen Konstitution und seiner und
meiner moralischen Konstanten kommen – eine an sich schon
unmoralische Sache. Denn ein Kritiker, selbst wenn er Jeremić
heißt, müßte sich, wenn es um einen Schriftsteller und um ein
Buch geht, literarischer Argumente bedienen, und eine solche
Behauptung – wie die oben angeführte – müßte er durch
einen verdammten Text, durch ein literarisches, textuelles
Fakt belegen. Das dürfte doch klar sein! Und wenn ich behaupte, was ich behaupte, daß nämlich Jeremić auf Ruhm und
Ehre aus ist, kann ich meine Behauptung an einem Text illu-
strieren und brauche nicht aus dem Kaffeesatz zu lesen, denn

Jeremić hat sich in dieser Frage der Ehrungen und literarischen Orden völlig verstrickt, verstrickt wie ein Tier im Netz, und kann sich nicht davon losmachen, und diese Frage der literarischen Ehrungen (und seien sie für ihn noch so verhängnisvoll) interessiert ihn mehr als alles, mehr als jede literarische, theoretische, ästhetische oder ethische Frage, mehr als alle Existenzfragen. Lassen wir außer acht, daß Jeremić in fast allen Jurys sitzt, wo er, wenn es ihm von der Hand geht, nach dem Motto »Eine Hand wäscht die andere« päpstlich Anerkennungen verteilt, und wo Dragan M. Jeremić überall, allein im Literatur- und Schuljahr 1976/77, gepredigt und gewühlt hat (nach Untersuchungen und der von *Književna reč* veröffentlichten Liste der Ehrungen): in den Jurys für den Isidora-Sekulić-Preis, den Andrić-Preis, den Rakić-Preis, den Preis der Vereinigten Verleger. Und das allein in diesem Schul- und Literaturjahr! Und das sind Fakten. Ebenso wie es ein Fakt ist, das sich am Text belegen läßt, daß in Jeremićs Texten allein in den letzten fünf, sechs Monaten, also irgendwann zwischen Dezember 1976 und April 1977 veröffentlicht, das Wort *Preis* und alle direkten Ableitungen von diesem ihm heiligen Wort, daß also dieses Wort sowie seine Ableitungen in Jeremićs Texten am frequentesten ist und auf diese Weise zum Kode und Schlüssel für das philosophische und kritische Denken Jeremićs geworden ist. Und da ich nicht die Absicht habe, mich nach Jeremić-Art der Suggestionen und Zweideutigkeiten zu bedienen, werde ich meine Behauptung mit einem literarischen Verfahren anhand von Jeremićs Texten belegen. Denn wenn er behauptet, seine *Persönlichkeit* werde »wegen seiner ehrenvollen Stellung und seines Ansehens« beneidet, bedeutet das, auch wenn er sich noch so auf Goethe beruft, daß dieser Gentleman (Jeremić) überaus auf Ehre und Ansehen hält, denn allein dieser Vergleich mit Goethe, dieser unstatthafte und krankhafte Vergleich eines über alle Maßen dünkelhaften Beamten, der sich eine goethesche Positur und goethesche Ehren einbildet, zu denen er durch seine bürokratische, leutselige – *pro forma* – Einstellung, sei-

nen *dolce stile provinciale,* eigentlich das Fehlen jeder Einstellung, jeder individuellen Geste und jedes freien und
selbständigen Denkens, gekommen ist, zeugt davon, daß er
diese seine »Ehren« als das eigentliche Ziel und den eigent-
lichen Sinn der Existenz, der Philosophie und des Schaffens
betrachtet.

Hier, wie diese Jeremiade im Text aussieht, hier, wie Jeremićs Text von diesem Schlüsselwort übersät ist, übersät wie
die Landschaft Šćepanovićs von schwarzen Raben (und die
Frequenz eines Wortes ist ein klarer Indikator dafür, was im
Kopf dessen vorgeht, der diese Wörter in obsessiver Wiederholung ausstreut und verstreut):

So hat einer unserer bekannten Kulturarbeiter, wahrscheinlich in
seiner Freizeit, zusammengezählt, daß in Jugoslawien allein für das
geschriebene Wort im Laufe eines Jahres mehr als dreihundert
Preise verliehen werden. Es ist klar, daß dieser Werktätige alles und
jedes zu den literarischen *Preisen* gezählt hat, auch jene *Preise* auf-
listend, die von einzelnen Gemeinden zum Tag der Befreiung an
Amateurschriftsteller oder aber von Schulen für die besten schriftlichen Aufsätze aus Anlaß des Achten März oder eines anderen Fei-
ertags verliehen werden. Es ist klar, daß solche *preisgekrönten* Arbeiten nicht zur Literatur gehören, ebensowenig wie ihre Träger
Literaten und diese *Preise – Preise* sind! Ich kann zum Beispiel nicht
die *Preise* für Schüler- oder Studentenarbeiten zu einem bestimmten Thema, die *Preise* für Rezitation der Stadt Velika Plana, die zahlreichen auf einzelnen Poesiefestivals verliehenen *Preise,* die *Preise*
für die schönsten Liebesgeschichten oder den schönsten Liebesro-
man zu den literarischen *Preisen* rechnen und sie mit dem Isidora-
Sekulić-, dem NIN-, dem Njegoš -, dem *Branko-Miljković-Preis*
usw. vergleichen.
Man könnte genauso sagen, daß einzelne *Preise,* zumindest im literarischen Bereich, an die falschen Kandidaten gegangen sind, wodurch lediglich der *Preis* an Ansehen einbüßt.
(*Column* in Kursivschrift und nicht unterzeichnet, die sich anhand
ihres Stils, ihres Niveaus und vor allem ihres Themas ohne weiteres
als geistiges Produkt des Verantw. und Chefred. der *Književne novine* Dr. Dragan Jeremić identifizieren läßt. »Polemik über Preise
und ihren Sinn«, *Knj. novine,* 1. April 1977.)

Oder:

Wenn ich aber gedacht hätte, daß Kiš diesen *Preis* bekommen würde, und ich das mit allen Mitteln hätte verhindern wollen, wäre dann wohl eine der lobendsten Besprechungen seines Buches (aus der Feder von Čedomir Mirković) ausgerechnet in den *Književne novine*, deren – wie es in dem erwähnten Artikel heißt – »Chef« ich bin, veröffentlicht worden? Hätte ich als »Chef« etwa nicht die Möglichkeit gehabt, die Besprechung wenn nicht zu verhindern, so doch dafür zu sorgen, daß sie erst nach der Verleihung dieses *Preises* veröffentlicht wird? Übrigens, wäre es etwa nicht logischer gewesen, ich hätte mich im Gegenteil angestrengt, Kiš aus der Konkurrenz um den *Oktoberpreis* auszuschalten, indem ich mich dafür eingesetzt hätte, daß er den *Andrić-Preis* erhält, weil es unwahrscheinlich ist, daß eine Jury beschließt, einem Buch innerhalb so kurzer Frist zwei bedeutende *Preise* zu verleihen? Und wie ließe es sich, wenn man dieser Insinuation glaubte, erklären, daß ich keine Anstrengungen unternommen habe, auf die eine oder andere Art auch einen anderen Kandidaten für den *Oktoberpreis* – Borislav Pekić – auszuschalten? (»Tiefschläge von fremder Hand«, *Knj. novine*, 1. Dezember 1976)

Oder:

Mit seiner Einstellung, er habe auch ohne Buch das Recht auf literarische *Preise*, möchte Davičo jedenfalls rechtfertigen, daß man ihm so viele *Preise* für Werke verliehen hat, von denen wenige von bleibendem Wert sind und die in unserer Öffentlichkeit auch jetzt schon kaum präsent sind. Aber die Frage bleibt offen: Wie ist er dennoch zu seinen *Preisen* gekommen, und wie erkennt er sie als Jurymitglied zu? Er weiß das am besten, es wissen auch andere ziemlich gut, darunter eben auch ich. Ich will nur zwei neuere Beispiele anführen. Es hat sich zum Beispiel ereignet, daß ich nicht in die Jury für den »*Aleksa-Šantić-Preis*« kam, obwohl man mich vorher gefragt hatte, ob ich einverstanden sei, mitzuarbeiten, und diesen *Preis* bekam danach – D.[32] Ein Dichter teilt, einen Monat bevor der *Preis* des Eisen-

---

32 Man vergleiche: »Es hat sich also ereignet, daß ich zufällig in einer Jury saß, die den *Preis* nicht an Kiš verlieh, und daß ich von einer anderen Jury einen *Preis* bekam, auf den er es abgesehen hatte« (*Knj. novine*, 1. Dezember 1976). *(A. d. A.)*

hüttenwerks von Sisak zuerkannt wird, all seinen Bekannten mit, daß diesen *Preis* mit Sicherheit er bekommen werde, und der Juryvorsitzende, der diesen *Preis* ein wenig später tatsächlich diesem Dichter verlieh, ist – wieder einmal – D. (»Zur Wahrheit und darüber hinaus«, *Oko*, 24. März – 7. April 1977)

Oder:

[...] daß angeblich durch meine Schuld weder der *Andrić-Preis* (der an Dragoslav Mihajlović ging) noch der *Oktoberpreis* (den ich selbst bekommen habe) ordnungsgemäß zuerkannt worden seien. Das Direktorium der Andrić-Stiftung kam zu dem Ergebnis, daß die Jury für den *Andrić-Preis* korrekt gearbeitet hatte, und die zuständigen Organe des Belgrader Stadtrats stellten fest, daß es bei der Jury für den *Oktoberpreis* keine Unregelmäßigkeiten gegeben hatte. (»Über einen Nichtschriftsteller und einen Nichttheoretiker«, *Književna reč*, 25. März 1977)

(*Rückblende:* 1. Dezember 1976 a. d. Es spricht Jeremić:)

»Im übrigen werde ich in dieser Sache nicht mehr das Wort ergreifen, weil *ich meine, daß wir Schriftsteller* [sic!] *unsere Fähigkeiten auf bessere und gesellschaftlich nützlichere Weise nutzen müssen und nicht für Streitereien darüber, wer einen Preis nicht bekommen, wer ihn bekommen hat und wer ihn bekommen wird«* (*Književne novine* – Herv. D. K.).

Wofür also nutzt Dragan M. Jeremić »seine Fähigkeiten«?
»Für Streitereien darüber, wer einen Preis nicht bekommen, wer ihn bekommen hat und wer ihn bekommen wird«!
Das Wort »Preis« erscheint allein in vier Texten Jeremićs in folgender Frequenz:
– »Tiefschläge von fremder Hand«: 37mal (ausgeschrieben: *siebenunddreißigmal*)!
– »Zur Wahrheit und darüber hinaus«: 26mal (ausgeschrieben: *sechsundzwanzigmal*)!
– »Über einen Nichtschriftsteller und einen Nichttheoretiker«: 7mal (ausgeschrieben: *siebenmal*)!

– »Polemik über Preise und ihren Sinn«: 51mal (ausgeschrieben: *einundfünfzigmal*)!

Macht alles in allem, nur in diesen vier *Schrieben*, 121mal
(ausgeschrieben: *hunderteinundzwanzigmal*), was bedeutet,
daß Jeremić sein »Siebzehnundvier« mit sichtlich gezinkten
Karten spielt und meine oben aufgestellte Behauptung, daß
Jeremićs philosophische und literarische Hauptbeschäftigung
just die Frage der literarischen Ehrungen ist, hiermit klar bewiesen ist.

(Q. e. d.)

§ 6

Erschüttert bis auf den Grund, hat er angefangen, sich wie verrückt zu verteidigen, und sogar immer mehr auch anzugreifen, ohne auch nur irgend jemanden zu schonen, den er als seinen Feind verdächtigen könnte, und auch ohne seiner Verpflichtung nachzukommen, sich seinem Ansehen entsprechend zu betragen. Damit wird sich Kiš indes keinen Gefallen tun. Im Gegenteil. Aus seiner jetzigen Krise kann er nur herauskommen, wenn er in seinen künftigen Büchern denen, die im Zusammenhang mit seinen Büchern Borges, Schulz, Pinget und Medvedev erwähnen, ein echtes schöpferisches Potential beweist. Das läßt sich jedoch keineswegs durch Beleidigungen und Konflikte mit Leuten erlangen, die davon nicht (ganz) überzeugt sind.

Ich bin also »erschüttert bis auf den Grund«! *Va bene!* Aber was soll das, bitte schön, heißen, daß ich »erschüttert bis auf den Grund« bin? Durch welche Tatsache wird das bewiesen? Durch welchen Text? Durch welches Buch? Ich wiederhole: Ich bin nicht Jeremićs »Schriftstellerfreund«, und wenn also Jeremić, Dragan M., so etwas behauptet, dann müßte er das, als »Kritiker und Philosoph«, literarisch begründen, denn zu sagen, jemand sei in eine »psychische Krise geraten«, ist kein literarisches Gesprächsthema und auch kein literarisches Argument! (Es sei denn, Dr. Jeremić bildet sich ein, er sei ein Doktor der Medizin, ein Arzt für Psychiatrie in unserem Narrenhaus der Literaten, wo nur er normal und kerngesund ist.)

Schriftsteller haben schöpferische Krisen, und jeder Schriftsteller weiß, was das ist, schöpferische Krisen, und wenn Dr. Jeremić das wenigstens so gesagt hätte, wären wir noch im Bereich des Möglichen, zumindest aber in dem der Literatur geblieben. Nur literarische Kentauren haben keine schöpferischen Krisen, weil ihr Schaffen auf ihrem *Sitzfleisch*[33] beruht, da hat es seine Mündung und Quelle, und daher gibt es für sie keine Krisen!

Aber nehmen wir einmal an, ich sei in eine schöpferische Krise geraten. Diese Krise müßte sich zwangsläufig auf literarischer Ebene äußern, und sie wäre durch die Symptome einer langen Pause, eines unbestimmten Schweigens oder durch eine für mich vernichtende und niederschmetternde Reaktion der Leser und der Kritik auf das, was ich publiziert habe, einfach zu diagnostizieren. Das sind die typischen und wohl einzigen Symptome dieser schöpferischen, ich würde sagen, berufsbedingten Krankheit, die man auf den Namen »schöpferische Krise« getauft hat und an denen jede zivilisierte Kritik den Grad und das Ausmaß dieses pathologischen Zustands ermessen kann. Ein Abstand von zwei bis vier Jahren ist in meinem Fall eine Art Schaffenszyklus, eine Art Barometer meiner »Jahreszeiten« und ihres Wechsels (eine aus der Bibliographie meiner Bücher klar ersichtliche Frequenz). Und das ist so. Ob das ein verlangsamter Rhythmus ist, ob diese Frequenz unter oder über der Norm liegt und ob es da eine Norm gibt – außer einer individuellen, nicht auf eine allgemeine Regel reduzierbaren –, soll uns hier nicht interessieren. Was hier relevant ist (denn es bleibt Ihnen nichts anderes übrig, als die Behauptungen Jeremićs mit Logik und Argumenten zu entkräften), was also hier relevant ist, ist die Feststellung, daß dieser Rhythmus nicht durchbrochen wurde und *Ein Grabmal für Boris Dawidowitsch* in Übereinstimmung mit diesem persönlichen, individuellen Reifungszyklus mit geradezu metronomischer Genauigkeit erschienen ist. Und daß wir also in diesem Punkt Symptome

33 Deutsch im Original. *(A. d. Ü.)*

einer schöpferischen Krise nicht feststellen können, sofern wir uns empirischer Kriterien bedienen.

Was den zweiten Punkt angeht, das zweite mögliche Symptom einer schöpferischen Krise, den Anteil des Lesepublikums und der Kritik – eventuelle negative Urteile über das Buch eines Autors im Vergleich mit seinen vorigen –, auch da können wir nichts feststellen, was zu einer »psychischen Krise« hätte führen können.

(Über einen Schriftsteller zu sagen, er sei in eine »psychische Krise« geraten, und zwar in einem Moment, wo die Kritik über sein Buch schreibt, was sie schreibt – daß es »ein Durchbruch zu etwas Neuem«, daß es »eine bedeutende moralische Geste«, daß es »ein nicht alltäglicher Augenblick in unserer Prosa« sei, daß es »neue thematische und ästhetische Horizonte in der serbischen Literatur« eröffne, usw. usw. –, bedeutet, die Grundregeln des literarischen und kritischen Ethos zu mißachten, bedeutet, ein schriftstellerischer Verdreher zu sein.)

Quod erat demonstrandum.

Ich müßte mich also von heute an bemühen, den Pigeon-Jeremić mein schöpferisches Potential zu beweisen, und diese stehen schon bereit, um darüber zu urteilen! Ebenso wie sie bereitstehen, um darüber zu urteilen, wer ein Schriftsteller und wer keiner ist, wer ein »Akademiemitglied« und wer keins ist, ein sowjetisches oder französisches, was macht's! Und wie erlangt man nach Pigeon-Jeremić dieses verdammte »schöpferische Potential«? »Das läßt sich jedoch keineswegs durch Beleidigungen und Konflikte mit Leuten erlangen, die davon nicht (ganz) überzeugt sind«, sagt der Moralprediger Dr. Jeremić. Schöpferisches Potential erlangt man also folgendermaßen: ohne Konflikte, ohne sich den Leuten, deren miserable Moral Sie verachten, deren Meinung Sie nicht teilen, zu widersetzen, ohne allergische Reaktionen auf literarische Intrigen, ohne der schriftstellerischen *Cosa Nostra* Widerstand zu leisten, also ohne Konflikte, aber – *naobo-*

rot[34] – mit dieser jeremićmäßigen Nachsicht, dieser Rück-
gratlosigkeit, diesem elementaren Selbsterhaltungstrieb! Und
dieses jeremićmäßige »schöpferische Potential« erlangt man
also durch solch eine senile, spießbürgerliche Haltung, durch
solche seelsorgerischen Gesunder-Menschenverstand-Rat-
schläge, wie den folgenden Satz: »*Das läßt sich jedoch keineswegs durch Beleidigungen und Konflikte mit Leuten erlangen, die davon nicht (ganz) überzeugt sind*«, in dem sich ein
signifikanter Vorbehalt, eine hundsgemeine *Klammer* verbirgt – »*die davon nicht (ganz) überzeugt sind*« –, weil dieses
Klämmerchen in diesem jämmerlichen Satz als eine Art Not-
ausgang gebraucht wird, falls Feuer ausbricht, als eine Art
garde-fou, falls eine der literarischen (oder politischen) Auto-
ritäten in diesem Streit für mich Partei ergreift, dann hat Dr.
Jeremić da ja noch dieses sein Klämmerchen, dieses kleine
Mauseloch, durch das er sich herauswinden kann, falls er wit-
tert, daß ihm diese Wühlarbeit und diese Zusammenarbeit
mit Pigeon und denen, die hinter Pigeon stehen, keinerlei
Nutzen bringt, ihm aber sehr wohl den Fuchsschwanz ein-
klemmen könnte!

Und wenn Dr. Jeremić anläßlich meiner Bücher Borges,
Schulz, Pinget, Medvedev »*erwähnt*«, stützt er in gewisser
Weise, unbewußt oder halbbewußt (denn alles, was Dr. Jeremić in der Literatur unternimmt, ist vom dichten Nebel des
Halbbewußten oder des Halbschlafs umhüllt), bloß meine
Feststellung, daß ich den Traditionsbegriff *weiter, eurozentrisch, und nicht nur eurozentrisch* fasse. So unsinnig seine
Invektive in der von ihm beigemessenen Bedeutung auch ist
(besonders wenn er auch Medvedev zu den Schriftstellern
zählt), akzeptiere ich diese Liste auf die einzig mögliche Art:
als Wahlverwandtschaft. Als Bindeglied zur europäischen Tradition, zum jüdisch-christlichen Mythos, der Wurzel dieser
Tradition. Und wenn er in die Liste der »erwähnten« Schriftsteller auch einen zeitgenössischen *Historiker* (Medvedev)

---

34 Russ.: im Gegenteil. *(A. d. Ü.)*

aufnimmt, akzeptiere ich auch das, kann ich auch das als Metapher und mögliches Kennzeichen meines literarischen Verfahrens, das Anspruch auf *Historizität* erhebt, akzeptieren. Aber was bedeutet, frage ich Sie, was bedeutet hier dieses jämmerlich-zweideutige Wort »erwähnen«, was bedeutet in der Literatur, zusammen mit dem Namen eines Schriftstellers auch die Namen anderer Schriftsteller zu »erwähnen«, außer vielleicht geistige Beziehungen und Einflüsse herzustellen, aber das ist kein »Erwähnen« mehr, das erfordert ein Studium dieser Einflüsse, das bedeutet Verantwortung, während das Wort »erwähnen« in unserer Sprache meist im Syntagma *»die Mutter (den Vater) erwähnen«* steht, und das bedeutet fluchen, *materit'sja* (auf russisch), und das bedeutet, daß es sich nicht auszahlt, auf die jeremićmäßige Schläue zurückzugreifen, weil man so nichts Zusammenhängendes und Intelligentes, sondern nur Schlaues sagen kann, und diese großen Schlauköpfe verlieren die Sprache und das Kommunikationsvermögen, denken das eine, und das andere sagen (schreiben) sie, schreiben das eine, und das andere denken sie, so daß man in ihrem instinktiven Sprechen kaum den schlau versteckten »Sinn« oder die »Anspielung« ausmachen kann, weil das ja auch kein menschliches Sprechen mehr ist! Diese »intelligenten Dummköpfe« möchten in erster Linie ihre spießbürgerliche Höflichkeit vorführen, weil das die *conditio sine qua non* für dieses altjüngferliche Prestige der Provinzphilosophen ist, doch es widerfährt ihnen, daß sie fluchen, wenn sie philosophieren, und wenn sie philosophieren, daß sie fluchen; kurzum, schlau sein (»Die Schläue ist die Intelligenz des Dummkopfs«) zahlt sich weder im großen noch im kleinen aus, weil das menschliche Wesen so auf eine einzige rudimentäre zoologische Eigenschaft reduziert wird, und wenn ihm auch sichtbar kein Fuchsschwanz wächst, verwandelt es sich langsam doch in einen enthaarten Fuchs, für den der Segen der menschlichen (intelligenten) Sprache auf immer verloren ist. Und wehe ihm!

Und daß Jeremić da aufhört, bei diesen drei Schriftstellern, einem Lateinamerikaner, einem polnischen Juden und einem Franzosen, das ist ohne Zweifel eine Folge seiner Unwissenheit und seiner Unkenntnis der Materie, mit der er sich befaßt, wie auch der billigen pigeonischen Tendenz: zu zeigen, wie wenig ich mit unserem Boden und unserer Tradition verbunden bin, und den Mechanismus literarischer Einflüsse auf ein gefährliches Greifen nach fremdem geistigem Eigentum und fremden geistigen Werten zu reduzieren.

Wenn Jeremić indes imstande wäre, sich mit meinem »Opus« zu beschäftigen, müßte diese Liste notwendigerweise verlängert werden, und der anthropologische Schnitt durch die Schichten der Sensibilität und der geheimnisvollen Bänder (diese *Prosa der Welt*, die aus der Tiefe der Literatur und der Geschichte wie eine unsichtbare, aber gegenwärtige magnetische Kraft hervorstrahlt), dieser geo-logische Schnitt ließe sich fixieren durch eine weitere notwendige Aufzählung all dieser Irrlichter, *feux follets*, die in meiner Welt, in meiner Sensibilität, in einer jener Nächte aufblitzten, wo diese Irrlichter plötzlich angehen und entschwinden, für einen Augenblick jedoch Ihre Einsamkeit beleuchten und Sie für Augenblicke überzeugen, daß nicht alles vergeblich ist, daß das Schreiben, diese größte Vergeblichkeit, manche Spur hinterläßt und daß die Stimmen der Lebenden und Toten einander zurufen, daß in den Augenblicken der Illumination die eitlen Sensibilitäten der Einsamen sich einander finden und verständigen wie diese Irrlichter auf dem Friedhof aller Illusionen.

Daher müßte diese Liste notwendigerweise verlängert werden, und diese »Wahlverwandtschaft« würde sich wesentlich vergrößern, und neben denen, die er aufgezählt hat (außer denen, die *keine Schriftsteller* sind, und außer Pinget vielleicht, weil gewisse technische Neuerungen bei mir aus dem Hut von Joyce stammen, wo sie auch Pinget gefunden hat), müßten auf diese Liste in diesem konkreten Fall die folgenden Isomeren und Isogonen kommen, Namen, die nicht umgangen werden dürfen: Ady, Andrić, Apollinaire, Babel, Barthes, Bellow, die *Bibel,* Borges, Broch, Cervantes,

Crnjanski, Faulkner, Foucault, Gogol, Hamsun, Joyce, Kafka, Kazantzakis, Koestler, Kosztolányi, Krleža, Lautréamont, Lermontow, Malaparte, Mandelstam, Mann, Maupassant, Petőfi, Pilnjak, Proust, Puschkin, Queneau, Rabelais, W. Reymont, Robbe-Grillet, Sartre, Schklowski, Isidora Sekulić, Tolstoi, Tschechow, Turgenjew, T. Wolfe, Virginia Woolf, Zwetajewa ... drei Pünktchen. Kein unvollendeter Gedanke, sondern ein unvollendeter Prozeß, ein Prozeß in seiner dialektischen Dauer, wo einige dieser Namen schon klingen wie die Namen »von Geliebten, die die Welt verstieß«, wo einige dieser Namen und ihr magischer Glanz schon lange verschwunden sind, ihr Einfluß seine Anziehungskraft bereits eingebüßt hat, eher infolge einer mystischen, astrologischen Ordnung als einer exakten astronomischen Ordnung der Sterne und Planeten (denn hier gibt es keine Exaktheit und kein »wissenschaftliches« Phänomen), und wo bei jeder neuen Verschiebung der Planeten, bei jeder Umordnung der Elemente und Sphären der Einflüsse, der Anziehungen und Abstoßungen eine im Kern neue Beziehung, eine neue Einflußsphäre, geschaffen wird und anstelle der alten Gräber neue Namen, neue Umlaufbahnen und ein neuer Zyklus, ein neues geistiges Abenteuer auftauchen. Und da jede Umordnung der Erscheinungen, sagten wir, ein neues intellektuelles Abenteuer ist, wie auch diese alphabetische Ordnung »willkürlich, aber wirksam« ist (und sich nicht sehr von der von Foucault angeführten unterscheidet: daß die alphabetische Ordnung eine Art ideales Alphabet ist, basierend auf »der Nachbarschaft, der Verwandtschaft, der Analogie und der Subordination [...], die die Welt selbst vorschreibt«), diese alphabetische und einzig mögliche Präsentation der Namen ist hier, und nicht nur hier, der Triumph des geschriebenen Wortes, des Logos, über die Finsternis des Zufalls und des Schicksals. In dieser Sphäre des Magnetismus und des »astrologischen« Einflusses gibt es keine Sonne als Zentrum und als Tyrann, vielmehr sind alle Einflußsphären gleichwertig und prädominant, jede ist der *Planet-Da-*

sein[35] und jedes Element-Logos eine gleiche Masse und Größe, nur die Beziehungen ändern sich, der Triumph eines Einflusses ist nur ein vorübergehendes Abenteuer, das überraschend und unerwartet von einem anderen abgelöst wird, wobei schwer zu bestimmen ist, was hier die prädominante Masse der Einflüsse bewirkt hat und in welchem Ausmaß. Denn da, in diesem *System*, sind, wir sagten es, alle Elemente von gleicher Wichtigkeit, und da interagieren alle Partikel miteinander, »so daß, wie im Schachspiel, die Versetzung eines Bauern nicht nur die Position dieses Bauern verändert, sondern auch auf die Bedeutung des ganzen Systems zurückwirkt« (Alain Benoist).

Und nur die Angst vor schwindelerregenden Digressionen hindert mich daran, mich über den Abgrund dieser »astrologischen« Beziehungen zu hängen, die hier durch die alphabetische Ordnung[36], dieses »neutrale Element« der Sprache, geschaffen wurden, wo sich nicht nur in der Einflußsphäre einzelner Buchstaben, sondern auch in der größeren Einflußsphäre benachbarter und entfernter Buchstaben geheimnisvolle Beziehungen ergeben (Ady–Apollinaire! Bellow–Bibel–Borges! Rabelais–Robbe–Grillet! Sartre–Isidora Sekulić! Cervantes–Schklowski–Tolstoi! Turgenjew–Thomas Wolfe–Virginia Woolf), Beziehungen, die sämtliche Grenzen der Staaten, der Jahrhunderte, der Traditionen, der Schulen, der Völkerschaften, der Epochen, der literarischen Verbindungen, der individuellen Talente, des *Zeitgeistes*[37] niederreißen, Konstellationen schaffend, die sich am Schnittpunkt zentrifugaler und zentripetaler Kräfte halten, die nur durch die Logik des Logos und des einzigartigen Geistes des geschriebenen Wortes, nicht nur nach der Ordnung einer Welt existieren, die »durch die Verkettung der Wörter und durch ihre Anordnung im Raum« erschaffen wurde (wie es nach Foucault der enzyklopädische Geist des siebzehnten Jahrhunderts

---

35 Deutsch im Original. *(A. d. Ü.)*
36 Im kyrillischen Alphabet erhielte man eine neue »Verteilung der Karten«, neue »geheimnisvolle Bänder«! *(A. d. A.)*
37 Deutsch im Original. *(A. d. Ü.)*

träumte: »die geschriebenen Texte nach den Figuren der Nachbarschaft, der Verwandtschaft, der Analogie und der Subordination [...], die die Welt selbst vorschreibt«, anzuordnen), sondern auch, und vor allem, dank des Geistes dessen, der sie hier in diese neue und unwiederholbare Ordnung mit dem einzigen klaren geistigen Zentrum – dem meinen! – stellte.

Die Feststellung der literarischen Elternschaft, diese *notwendige* und mühselige Arbeit der komparatistischen und nicht nur der komparatistischen Methode, diese Suche nach der Blutgruppe der Eltern und der Stammeszugehörigkeit zur Feststellung der Vaterschaft und noch mehr zur Feststellung besonderer formaler Kennzeichen (Nationalität, Vermächtnis, Erbberechtigung usw.) dieses neuen Wesens, dieses Findelkindes vor den Toren des Lazaretts, diese ganze genetische Methode ist auch nur ein Palliativ, eine der Formen des mythischen Bewußtseins und des Reduktionismus (die die Genetik mit der Phänomenologie gleichsetzt): jetzt kennen wir die Eltern, es gibt keinerlei Wunder mehr, das unbekannte Findelkind vor den Toren des Weltlazaretts ist über die *genetische* Methode klar identifiziert, es hat seine *carte d'identité*, seine Ausweispapiere bekommen, sein mittlerer Buchstabe, sein *Patronymikon*, ist eingetragen, und seine Mutter war eine Hure, eine der großen Huren der Welt, die man schon noch ausfindig machen wird, die man über ein zurückgelassenes Mal, über ein geheimnisvolles, noch unsichtbares Zeichen schon noch identifizieren wird. Denn nach diesem genetischen Reduktionismus gibt und kann es keine schöpferischen Wunder geben, gibt es keine Parthenogenese, gibt es keine unbefleckte Empfängnis, gibt es keine verborgenen Bedeutungen, der Schriftsteller muß Eltern haben, der Schriftsteller darf nicht sein, was er ist: »all seine Vorfahren und etwas mehr (was eben aus einer neuen ›Verteilung der Karten‹ im Kreise seiner genetischen Vorräte hervorgeht)«[38], also ein

---

38 Alain de Benoist, Randbemerkung zu Koestlers Reflexionen über den genetischen (im wahren Sinne des Wortes) Reduktionismus. *(A. d. A.)*

Schöpfer, ein Demiurg, ein Dichter, einzigartig, unreduzier-
bar, unwiederholbar; das Werk darf nicht sein, was es ist – ein
Wunder!

»[...] ich verdanke Alfred Döblin viel[39]*, mehr noch, ich
könnte mir meine Prosa ohne die futuristische Komponente
seiner Arbeit vom* Wang-Lun *über den* Wallenstein *und*
Berge, Meere und Giganten *bis zum* Alexanderplatz *nicht
vorstellen; mit anderen Worten: Da Schriftsteller nie selbst-
herrlich sind, sondern ihr Herkommen haben, sei gesagt: Ich
komme von jenem Döblin her, der, bevor er von Kierkegaard
herkam, von Charles de Coster hergekommen war und, als er
den* Wallenstein *schrieb, sich zu dieser Herkunft bekannte«*
(Günter Grass). Was jedoch Charles de Coster angeht, so
schöpft er seine *Légende d' Ulenspiegel* (1867) aus germanischen Quellen und flämischen Legenden über Eulenspiegel,
deren neuere Version auf hochdeutsch 1515 und 1519 unter
dem Titel *Von Ulenspiegel* in Straßburg erschien (und ohne
stichhaltige Beweise T. Murner zugeschrieben wird) und die
lediglich eine Variante der populären germanischen Sage ist,
irgendwann um 1483 auf niederdeutsch aufgezeichnet...
   Schon haben wir eine phantastische *time machine*, eine
Zeitmaschine wie die von Wells, in Gang gesetzt, alles eins,
daß wir uns diesmal zurückbewegen, in vergangene Zeiten,
durch die anthropologischen Schichten der Vergangenheit,
wo wir auf deutlich sichtbare Spuren stoßen, die uns davon
überzeugen, daß wir dennoch nicht auf dem Wellsschen Gebiet der reinen Phantastik gelandet sind, sondern auf den
Spuren der Linguistik und Literaturwissenschaft.
   »In Panurg, einer von Rabelais erfundenen originalen Figur (einer Figur, die Cingar oder Margutte in keiner Weise
ähnelt), ist ganz offensichtlich eine Synthese vieler Figuren

39 Dieser Text erschien als Klappentext der französischen Ausgabe von
Döblins Roman *Berlin Alexanderplatz* (Gallimard 1970), als Werbetext!
Eine paradoxe und interessante Situation: Lest den Meister (Döblin), denn er
hat mich, den Schüler (Grass), beeinflußt! *(A. d. A.)*

enthalten: der einfache Mann (Typ des Renart), Eulenspiegel oder der Schelm, der Landstreicher, der Geistreiche, der Erudit, der Myste, *l'uomo universale*, aber er ist auch der Vorfahr vieler Figuren: von Gil Blas, Figaro, Rameaus Neffe, Gavroche ... Ein ›spezialisierter‹ Rabelaisist hat nicht die geringste Chance, etwas Neues in Panurg zu entdecken. Heutzutage lassen sich nur im Bereich der komparativen Mythologie neue Horizonte entdecken. So zeichnete uns Karl Kerényi (in Paul Radins Buch *The Trickster*, New York 1956) den in den Mythologien (der indischen, griechischen usw.) bekannten Archetyp des göttlichen Schelms, dieses Geistes der Ausschweifungen, Feindes der Einschränkungen, der, im Rahmen eines festgefügten Systems, möglich macht, was die Ordnung nicht zuläßt, und so zu einer umfassenderen Sicht auf die Welt beiträgt. Dieser göttliche Schelm (Hermes bei den Griechen) ist der Vorfahr aller Schelmenfiguren: und Kerényi zählt die spanischen Schelmenromane, Goethes *Reineke Fuchs* (warum nicht auch seine mittelalterlichen Vorläufer), Manns *Felix Krull* und Rabelais auf: ich vermute, daß er hierbei an Panurg denkt, der mit den Menschen und dem Leben spielt wie Hermes, der Gott der Willkürlichkeit.«

Dieser Text Spitzers wurde 1960 (in *Studi francesi*, IV) veröffentlicht, genau in dem Jahr, als *Die Blechtrommel* von Günter Grass erschien, als der Zwerg Oskar Matzerath also noch nicht aus der Anonymität herausgetreten war, dieses umgestülpte Bild von Hermes-Panurg-Eulenspiegel-Fuchs-Krull als Kehrseite des Mythos, wo dieser Zwergwuchs eine Art Verfremdung des Hermes-Panurg-Mythos ist, wo dieser Zwerg nur der Versuch eines neuen Zugangs zu dem alten Thema des mythischen Riesen-Schelms und Wohltäters ist, ein Ausgangspunkt, der nicht nur die visuelle und mythische Gewohnheit beeinträchtigt. Mit dem Umdrehen des Fernrohrs, mit der Verkleinerung verändern sich auch alle Verhältnisse, gleichfalls hin zum Grotesken, zum Ironischen und Parodistischen in bezug auf alle Vorfahren-Riesen, wie auch in bezug auf den Sinn und die Tendenz eines solchen (natio-

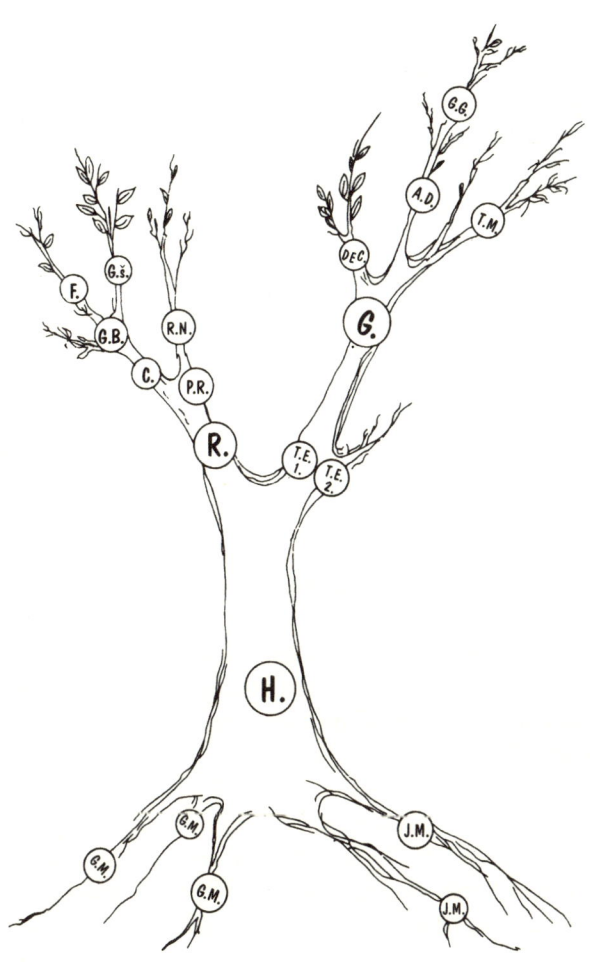

		T. M.	– Thomas Mann
H.	– Hermes	G. G.	– Günter Grass
I. M.	– Indische Mythen	R.	– Rabelais
G. M.	– Griechische Mythen	P. R.	– Pikarischer Roman
T. E. 1	– Till Eulenspiegel	C.	– Cervantes
T. E. 2	– Till Eulenspiegel	R. N.	– Rameaus Neffe
G.	– Goethe	G. B.	– Gil Blas
De C.	– De Coster	F.	– Figaro
A. D.	– Alfred Döblin	G. š.	– Gavroche

nalen und danach nationalsozialistischen) Mythos: das Fernrohr umdrehen und es in die ferne Vergangenheit richten, dieser Moment einer zweifachen *Verfremdung (ostranenie)*, der Entfernung und der Deformierung, dieser literarische Kunstgriff war ohne Zweifel der Schlüsselmoment und das Movens: mit der Änderung der Perspektive und Entfernung ändert sich logischerweise auch das literarische Verfahren (*priem*), und die psychologischen Profile entwickeln sich konsequent nach diesen neuen Gesetzen der Perspektive, hin zum Grotesken und Polemischen in bezug auf die Tradition und in bezug auf die Welt. Ohne die Gegenwart der Tradition und ungeachtet dessen, daß das Verhältnis zu ihr hier parodistisch ist (was ebenfalls nur ein Verweis auf die Gegenwart der Tradition ist), wäre diese ganze Konstruktion, diese ganze literarische Welt (von Grass), unvorstellbar: sie lebt gleichzeitig von der Tradition und von ihrer Negation.

Es ist eine Tatsache, sage ich, daß der Schriftsteller seinen mythischen Stammbaum hat wie die alten Adelsgeschlechter, und das Wappen seiner Abstammung hebt er mit Stolz in seiner Handschrift, in seinem *Palimpsest* hervor: es ist wie das Wasserzeichen im Papier, auf dem er schreibt; das sichtbare Zeichen seiner Herkunft. Aber wenn der Schriftsteller *tabula rasa* ist und sein Papier (symbolisch gesprochen) kein Wasserzeichen hat, dann bleibt ihm nichts anderes übrig, als sich auf die *historische* Tradition zu berufen, als seinen falschen Familienstammbaum nicht auf dem literarischen Erbe, nicht auf dem (europäischen) Kulturerbe, sondern auf dem der Geschichte und des lokalen Mythos zu erschaffen. Das sind dann diese falschen Fürsten und Bojaren mit den falschen Kronen, den falschen Lilien, dem falschen Lothringer Kreuz und allerhand Symbolen, die sie sich auf ihr Papier haben prägen lassen, um sich ein Mandat zu erteilen, und die sich zu Hütern der Herrschersiegel und der Volksüberlieferung, der Reinheit der Sprache und der Reinheit der Folklore ausrufen und ihre nationale Zugehörigkeit als ihre *geistige* Mitgift betrachten, als könnte ein Schriftsteller mit

Stammbaum geboren werden, als könnte die Kulturtradition mit der Muttermilch eingesogen werden, als erlangte man geistigen Adel nicht einzig und allein durch den *Geist*, der, mit Baudelaire gesprochen, *la noblesse unique*, der einzige Adel, ist. Und Eliot hat völlig recht: »Die Tradition kann nicht vererbt werden; und wer ihrer teilhaft werden möchte, muß sie sich (meine Herren) mit großer Mühe selbst erarbeiten.«

»Jetzt will ich von einem Werk sprechen, das mit Recht berühmt ist und auf das die Nationalisten sich zu berufen pflegen. Ich meine den *Don Segundo Sombra* von Guiraldes. Die Nationalisten nennen den *Don Segundo Sombra* das Muster eines nationalen Buches; doch fallen uns bei einem Vergleich des *Don Segundo Sombra* mit den Werken der gauchesken Überlieferung als erstes lauter Unterschiede ins Auge. *Don Segundo Sombra* ist voll von Metaphern eines Schlags, der mit der Sprache auf dem Land nichts, dagegen mit den Metaphern zeitgenössischer literarischer Zirkel am Montmartre sehr viel zu tun hat. Was die Fabel, die eigentliche Geschichte angeht, so läßt sich in ihr unschwer der Einfluß des Romans *Kim* von Kipling nachweisen, der in Indien spielt, und der seinerseits vom *Huckleberry Finn* Mark Twains, dem Epos des Mississippi, angeregt war. Indem ich dies feststelle, will ich nicht den Wert des *Don Segundo Sombra* schmälern; im Gegenteil, ich will deutlich machen, daß wir dieses Werk nicht besäßen, hätte sich nicht Guiraldes die Darstellungstechnik der französischen Literatenzirkel seiner Zeit zunutze gemacht und auf die Erinnerung an Kipling, den er viele Jahre früher gelesen hatte, zurückgegriffen. Das heißt: Kipling, Mark Twain und die Metaphorik der französischen Dichter war nötig, um dieses argentinische Buch hervorzubringen, das – ich wiederhole es – um nichts weniger argentinisch ist, indem es diese Einflüsse in sich aufgenommen hat [...].

Ich möchte auf einen weiteren Widerspruch hinweisen: die Nationalisten tun so, als verehrten sie die argentinischen Gei-

stesfähigkeiten; sie möchten jedoch die dichterische Ausübung dieser Geisteskraft auf ein paar armselige lokale Stoffe
einschränken, gerade so als könnten die Argentinier nur von
den Hügeln und Estancias, dagegen nicht vom Universum
sprechen [...].

Wie steht es mit der argentinischen Tradition? ich glaube,
die Antwort darauf ist leicht, und die Frage birgt kein Problem. Ich glaube, daß unsere Tradition die gesamte abend-
ländische Kultur ist, und ich glaube auch, daß wir auf diese
Tradition ein Recht haben, ein größeres Recht, als es die Angehörigen dieser oder jener abendländischen Nation haben
können [...]. Alles, was uns argentinischen Schriftstellern zu
schaffen gelingt, gehört der argentinischen Tradition an, genau so wie die Behandlung italienischer Stoffe durch die Lei-
stung Chaucers und Shakespeares der englischen Tradition
angehört« (Borges: »Der argentinische Schriftsteller und die
Tradition«).

Was bedeutet also, im Zusammenhang mit einem Schriftsteller und seinem Werk den Namen eines anderen Schriftstellers, aller anderen Schriftsteller zu »erwähnen«, was bedeutet
das in der Welt der Kultur – was müßte es bedeuten –, wenn
nicht den stets unbefriedigenden und stets vergeblichen Versuch, diesen komplizierten Mechanismus der geistigen Beziehungen und Anstöße zu untersuchen, den Versuch, diesen
»astrologischen« Kalender für jedes Zeichen zu erschaffen,
wo man mit dem Geburtsort, dem Aszendenten und der
Konstellation der beeinflussenden Planeten ein klares geistiges Profil des Schriftstellers, den Anteil der Elemente und
Mineralien bestimmen könnte, die alle zusammen diese Sensibilität ausmachen, den Versuch, über diesen Mechanismus,
diesen mechanischen Prozeß – der Einflüsse – das Mysterium
der Abstürze und vor allem das Mysterium der Aufschwünge
zu erhellen, also *auf der Basis der Elemente* die genaue Formel der neuen »Materie« einzutragen und die genaue geistige
Zusammensetzung eines einzigartigen, unwiederholbaren und

unreduzierbaren *Daseins*[40] festzustellen? »Der Geist hat die natürliche Tendenz, das Komplexe durch das Einfache zu erklären«, sagt Jean Piaget, »und ohne weiteres das als einfach zu betrachten, was erst durch eine direkte Dissoziation des Komplexen so erscheint; und (was auf dasselbe hinausläuft) die elementarste Operation des Geistes ist die Operation der Addition, die glauben macht, jedes komplexe System sei das Produkt einer rein additiven Vereinigung einfacher Elemente. Ein nicht elaborierter Empirismus läuft also immer Gefahr, die mentale Realität zu deformieren, indem er sie auf künstliche ›Atome‹ reduziert, anstatt die Strukturen des Ganzen zu erfassen.« So also, durch diesen Prozeß der Reduzierung des Komplexen auf das Einfache – durch dieses Instrument der Provinzprofessoren und Armen an Geist –, kommt man zum Reduktionismus in allen Sphären des Geistes, und die Literatur ist ein auserwählter Ort für diese Art von mechanischer Operation: Mann ist Goethe plus die *Bibel*, Krleža ist Matoš und die Nordeuropäer (oder Karl Kraus und die Nordeuropäer), Borges ist Poe und Chesterton, jetzt ist es leicht, jetzt haben wir sie wie ein Uhrwerk in einfache Teile zerlegt, und daß die Uhr nicht mehr gehen will, selbst wenn man sie noch so gegen das Ohr schüttelt, muß wohl an der Uhr liegen, die unaufhörlich die tiefe Mitternacht der Provinz anzeigt. »Der Reduktionismus ist eine Geisteshaltung, die in der Überzeugung besteht, komplexe Phänomene könnten durch ihre Zerlegung in einfachere Elemente verstanden und erklärt werden, in der naiven Meinung, das Einfache sei Teil des Komplexen. Der Reduktionist glaubt also, alles durch das Verständnis der bloßen elementaren Bestandteile erklären zu können« (Quentin Debray). Und wenn Jeremić im Zusammenhang mit meinem Buch die Schriftsteller »erwähnt«, die er erwähnt, könnte man sein Verfahren ebenfalls auf ein Beispiel eines elementaren Reduktionismus zurückführen, wenn in seinem Fall all das nicht nur die Folge seines Unwissens

---

40 Deutsch im Original. *(A. d. Ü.)*

wäre. Im Kern wird vom selben Reduktionismus, trotz seines Wissens und Könnens, auch jener Kritiker geleitet, der anläßlich von *Ein Grabmal für Boris Dawidowitsch* Borges »erwähnt« und dieses Buch durch eine einfache geistige Operation *auf Borges* reduziert, als wäre dieses Buch *in* Borges sozusagen ohne Rest enthalten (oder wenn er Kovačs Buch – *Verhöhnung der Seele* – auf Faulkner reduziert). Lassen wir die Tatsache außer acht, daß alle Werke, alle bedeutenden Werke einer Epoche, unter demselben Zeichen geschaffen wurden, unter demselben Stern geboren sind, daß sie nicht nur vom selben *Zeitgeist*[41], sondern auch von derselben technischen, thematischen, stilistischen Einheit (was ermöglicht, eine Geschichte der literarischen Bewegungen und Schulen zu verfassen), mit demselben Wasserzeichen im Papier unter der dichten Schicht der *Handschrift* geprägt sind; alle literarischen Epochen haben ihr einheitliches Wappen (alle realistische Literatur des neunzehnten Jahrhunderts ist *realistisch*, ungeachtet der Sprache und der Nationalität des Schriftstellers, aller Naturalismus ist von *Zola* geprägt, jedes Werk des Expressionismus ist *expressionistisch*), und diese Spannweite der gegenseitigen Beziehungen und Einflüsse, dieser geheimnisvolle Wind beschreibt ein und dieselben Isomeren von Japan bis Amerika. Und wenn der Begriff *Weltliteratur*[42] etwas bedeutet (in dem Sinne zum Beispiel, den ihm Borges und Étiemble verleihen), dann bedeutet das genau das. Diese Einheit. Und wenn also der erwähnte Kritiker über Borges spricht, und zwar aus Anlaß von *Ein Grabmal für B. D.*, bedient eigentlich auch er sich des Reduktionismus: durch Feststellen eines gemeinsamen Elements reduziert er zwei verschiedene Materien auf ein gemeinsames Zeichen.

Die Präsenz eines (gemeinsamen) Elements festzustellen hat ebensowenig mit der Kenntnis vom Wesen der Materie zu tun und ist ebenso unzuverlässig wie das *Reduzieren* der Ma-

---

41 Deutsch im Original. *(A. d. Ü.)*
42 Deutsch im Original. *(A. d. Ü.)*

terie auf Elemente; ein notwendiger Teil der Operation vielleicht, aber nicht ausreichend für die krönende Schlußfolgerung. Die *Süße* des Zuckers, dieses primäre Qualitätsmerkmal, sagt der bereits erwähnte Benoist, werden wir nicht
durch Aufspaltung des Zuckers in Elemente feststellen, denn
diese Süße findet sich weder im Kohlenstoff noch im Wasser-
stoff, noch im Sauerstoff, obwohl der Zucker aus diesen Elementen ($C_{12}H_{22}O_{11}$) zusammengesetzt ist, ebensowenig wie
Borges (zum Beispiel) nach der möglichen (allerdings willkürlichen) Formel:

$$S_{30}P_{20}W_{20}C_{20}J_{10}$$

zusammengesetzt ist, wo *S* Schopenhauer, *P* Poe, *W* Whitman,
C Chesterton, *J* Henry James ist und der Index die willkürliche und annähernde Wertigkeit der Einflüsse in Prozenten
angibt; selbst wenn diese Formel so kompliziert wie die Formel der Nukleinsäure wäre und selbst wenn hier *alle* (fast alle)
notwendigen und möglichen Elemente und Verbindungen der
Einfluß-Elemente auftauchten; also nicht nur Schopenhauer,
Poe, Whitman, Chesterton, James, sondern auch noch Oscar
Wilde, Marcel Schwob, Shaw, De Quincey, Cervantes, Que-
vedo, Sir Thomas Browne, Melville, Kafka, Berkeley, Hume,
Valéry, Pascal, Keats, Coleridge, Carriego, Wells, Kipling, Spinoza, José Hernández, Mark Twain, Dante, *Tausendundeine
Nacht*, Joyce, Gustav Meyrink, Heraklit, Calderón, Goethe,
John Stuart Mill, Zenon, Ambrose Bierce, Stevenson, Carlyle,
Nietzsche, Flaubert, Parmenides, Vergil, Tennyson, Origenes,
die *Heilige Schrift*, Mallarmé, die *Kabbala*, Swift ... (Und hier
findet ein anderes System der Aufzählung Anwendung, ein
nichtalphabetisches, das *Onomastikon*, eine Anordnung, die
vielleicht noch adäquater die chaotische Kreuzung der *Prosa
der Welt* widerspiegelt, dieses Magma, das die Buchstabenme-
chanik nur scheinbar organisiert, denn auch dieses Magma
fließt in die intelligiblen Formen einzig und allein durch seine
gesamte und simultane Wirkung im Sein desjenigen ein, der
sich mit ihm vermischt hat, gleichzeitig Teil und Ganzes geworden ist; da gibt es kein Alphabet, da gibt es keine auf Ele-

mente reduzierbaren Buchstaben mehr, auch keine auf Formeln reduzierbaren Elemente.) »Tatsache ist«, sagt Borges anläßlich Kafka, und anläßlich Borges natürlich, »daß jeder
Schriftsteller seine Vorläufer *erschafft*. Seine Arbeit modifiziert unsere Auffassung von der Vergangenheit genauso, wie
sie die Zukunft modifiziert.«

☞ *Man liest die* Versuchung *gern als das Protokoll eines freigesetzten Traums. Sie sei für die Literatur, was Bosch, Breughel oder der Goya der Caprichos für die Malerei gewesen sind [...]. Was aber nun diese Träume und Delirien angeht, so weiß man heute, daß die* Versuchung *ein Monument gründlichsten Wissens ist. Für die Szene der Häresiarchen schlachtet Flaubert die* Mémoires ecclésiastiques *von Tillemont aus, liest die vierbändige* Histoire du gnosticisme *von Matter, die* Histoire de Manichée *von Beausaubre, die* Théologie chrétienne *von Reuss; dazu kommt natürlich noch Augustinus und die Patrologie von Migne (Athanasius, Hieronymus, Epiphanius). Die Götter hat sich Flaubert bei Burnouf geholt, bei Anquetil, Duperron, bei Herbelot und Hottinger, in den Bänden des* Univers Pittoresque, *in den Arbeiten des Engländers Layard und vor allem in der Übersetzung der* Religionen des Altertums *von Creutzer. Die* Traditions tératologiques *von Xivrey, der von Martin und Cahier neu herausgegebene* Physiologus, *die* Histoires prodigieuses *von Boaïstrau, das Werk von Duret über die Pflanzen und ihre wunderbare Geschichte gaben Auskunft über die Monstren. Spinoza hat die Meditation über die ausgedehnte Substanz inspiriert. Aber das ist nicht alles. Der Text beschwört Bilder herauf, die völlig traumhaft zu sein scheinen, die große Diana von Ephesus z. B., mit Löwen auf den Schultern, vom Hals herabhängenden Früchten, Blumen und Sternketten, Trauben und Brüsten und einem Rock, aus dem*

Greifen und Stiere hervorquellen. Aber diese »Phantasie« findet sich Wort für Wort, Zeile für Zeile im letzten Band von Creutzer, Tafel 88: man braucht bloß mit dem Finger den Einzelheiten des Stiches zu folgen, und es stellen sich getreulich dieselben Wörter ein wie bei Flaubert. Kybele und Attys (diesen in »sehnsüchtiger Haltung an einen Ast gelehnt«, seine Flöte, sein rautenförmig durchbrochenes Kostüm) sieht man in höchst eigener Gestalt auf Tafel 58 desselben Werkes; ebenso findet sich das Porträt von Ormuz im Layard, und mühelos sind die Medaillons von Oraios, Sabaoth, Adonai und Knuphis bei Matter zu entdecken. Es mag verwundern, daß soviel gelehrte Gründlichkeit einen so starken Eindruck von Phantasmagorie hinterläßt, und mehr noch, daß Flaubert selbst als Sprudeln delirierender Einbildungskraft empfunden hat, was doch so offenkundig der Geduld des Wissens angehört.

Es sei denn, Flaubert hätte hier die Erfahrung einer merkwürdig modernen Phantastik gemacht, die vor ihm wenig bekannt war. Das 19. Jahrhundert hat eine Region der Einbildungskraft entdeckt, deren Kraft frühere Zeitalter sicher nicht einmal geahnt haben. Diese Phantasmen haben ihren Sitz nicht mehr in der Nacht, dem Schlaf der Vernunft, der ungewissen Leere, die sich vor der Sehnsucht auftut, sondern im Wachzustand, in der unermüdlichen Aufmerksamkeit, im gelehrten Fleiß, im wachsamen Ausspähen. Das Chimärische entsteht jetzt auf der schwarzen und weißen Oberfläche der gedruckten Schriftzeichen, aus dem geschlossenen staubigen Band, der, geöffnet, einen Schwarm vergessener Wörter entläßt; es entfaltet sich säuberlich in der lautlosen Bibliothek mit ihren Buchkolonnen, aufgereihten Titeln und Regalen, die es nach außen ringsum abschließt, sich nach innen aber den unmöglichsten Welten öffnet. Das Imaginäre haust zwischen dem Buch und der Lampe. Man trägt das Phantastische nicht mehr im Herzen, man erwartet es auch nicht mehr von den Ungereimtheiten der Natur; man schöpft es aus der Genauigkeit des Wissens; im Dokument harrt sein Reichtum. Man

216

braucht, um zu träumen, nicht mehr die Augen zu schließen, man muß lesen. Das wahre Bild ist Kenntnis. Es sind die bereits gesagten Worte, die überprüften Texte, die Massen an winzigen Informationen, Parzellen von Monumenten, Reproduktionen von Reproduktionen, die der modernen Erfahrung die Mächte des Unmöglichen zutragen. Nur noch das ständige Raunen der Wiederholung kann uns überliefern, was nur ein einziges Mal stattgefunden hat. Das Imaginäre konstituiert sich nicht mehr im Gegensatz zum Realen, um es abzuleugnen oder zu kompensieren; es dehnt sich von Buch zu Buch zwischen den Schriftzeichen aus, im Spielraum des Noch-einmal-Gesagten und der Kommentare; es entsteht und bildet sich heraus im Zwischenraum der Texte. Es ist ein Bibliotheksphänomen.

Auch Michelet und Quinet hatten in der Sorcière und im Ahasvérus diese Formen des gelehrten Onirismus erprobt. Aber die Versuchung ist nicht zuerst ein Wissen, das sich nach und nach zur Größe eines Werks erhebt. Sie ist ein Werk, das sich von Anfang an im Raum des Wissens konstituiert: sie existiert nur in einer bestimmten fundamentalen Beziehung zu Büchern. Sie ist deshalb vermutlich mehr als eine Episode in der Geschichte der abendländischen Einbildungskraft: sie erschließt den Raum für eine Literatur, die nur in und durch das Verbindungsnetz des schon Geschriebenen existiert; sie ist das Buch, in dem es um die Fiktion der Bücher geht. Man wird einwenden, daß schon Don Quijote, das ganze Werk de Sades... Aber Don Quijote ist mit den Ritterromanen und die Nouvelle Justine mit den Tugendromanen des 18. Jahrhunderts im Modus der Ironie verknüpft. Und es sind eben doch nur Bücher!... Die Versuchung hingegen bezieht sich ernsthaft auf das unermeßliche Gebiet des Gedruckten; sie siedelt sich in der anerkannten Institution des Schrifttums an. Sie ist nicht so sehr ein neues Buch – ein Buch neben Büchern – als ein Werk, das sich über den ganzen Raum der vorhandenen Bücher erstreckt. Es umspannt sie, verbirgt sie, bekundet sie: in einer einzigen Bewegung läßt es sie aufleuchten und verschwinden. Sie ist nicht nur ein Buch, von dem Flaubert lange Zeit geträumt hat, er werde es schreiben – sie ist der Traum der anderen Bücher, aller anderen, der träumenden und der geträumten Bücher: wieder hervorgeholter, zerstückelter, umgestellter, neu kombinierter, fortgeschobener, durch den Traum in die Ferne gerückter, aber durch ihn auch wieder bis zur funkelnden imaginären Befriedigung des Begehrens nahegerückter Bücher. Flaubert hat mit der Versuchung zweifellos das erste literarische Werk geschrieben, das seinen Ort einzig und allein im Umkreis der Bücher hat: nach ihm wird Mallarmés Buch möglich, Joyce, Roussel, Kafka, Pound, Borges. Die Bibliothek steht in Flammen.

[...] In diesem Werk, das sich auf den ersten Blick wie eine etwas zusammenhanglose Folge von Phantasmen ausnimmt, ist die einzige erfundene, aber mit gründlichster Sorgfalt erfundene Dimension – die Ordnung. Was nach Phantasmen aussieht, sind nichts anderes als umgeschriebene Dokumente: Abbildungen oder Bücher, Gestalten oder Texte. Aber die Reihenfolge, die sie verbindet, ist vorgezeichnet durch eine vielschichtige Komposition, die jedem Element zwar einen bestimmten Platz zuweist, es dann aber in mehreren Reihen gleichzeitig auftreten läßt.

[...] Man versteht, wie die Versuchung das Buch der Bücher sein kann: sie setzt in einem bestimmten Raum eine Reihe von Sprachelementen zusammen, die aus schon geschriebenen Büchern hergestellt und durch ihren streng dokumentarischen Charakter das Nach-Sagen des schon Gesagten sind. Die Bibliothek ist eröffnet, inventarisiert, gegliedert, wiederholt, und neu kombiniert.

(Michel Foucault: Nachwort zu Gustave Flauberts Die Versuchung des heiligen Antonius, Frankfurt am Main 1996)

§ 7

Ein wirklich gutes Motiv, mit mir abzurechnen, haben sie [*Kiš und Matvejević*] erst dann, wenn ich eine detaillierte kritische Analyse von Kišs Opus *sine ira et studio* geschrieben habe.

So also tut Jeremić kund, daß er mich skalpieren wird, aber nachdem er ein Ritter ohne Furcht und Tadel ist, wird er gleich zwei auf einmal skalpieren, Matvejević und mich! Na schön. Daß Jeremić in der Lage ist, eine *detaillierte* Analyse über mein »Opus« zu schreiben, liegt noch im Bereich des Möglichen, weil, wir sagten es bereits, Jeremićs einziges Talent das *Sitzfleisch*[43] ist und dieses *Sitzfleisch* vielleicht noch irgendwie garantiert, daß die Analyse detailliert werden könnte, will sagen, in seinem Fall: anachronistisch, berechnend, dumpf, ephemer, farblos, geistlos, horizontal, ignorant, jämmerlich, kompilatorisch, langweilig, müßig, nichtssagend, oberflächlich, pedantisch, steril, talentlos, vergeblich wie all seine Kritiken, mitsamt seinen Apophthegmen! Denn Jeremić kann nicht kritisch denken und schreiben, denn um kritisch schreiben zu können, muß man kritisch vor allem gegen sich selbst sein, wie Krleža sagen würde, und um kritisch schreiben zu können, muß man alphabetisiert sein und nicht bloß ein *dottore*. Denn wie will Jeremić »kritisch« über mein Opus schreiben, wenn er dieses mein Opus doch schon in diesem einen Satz, in dem er droht, daß er mich skalpieren

43 Deutsch im Original. (*A. d. Ü.*)

wird, beurteilt hat! Wie also will er sich selbst ins Wort fallen, wo er doch schon in diesem seinem Tomahawk-Satz dieses mein Opus außer Reichweite des Bösen angesiedelt hat, indem er darüber (über dieses mein Opus) gesagt hat, es sei *sine ira et studio*. Denn falls er das nicht gesagt hat, daß er eine Analyse »von Kišs Opus *sine ira et studio*« vorlegen will, was in einem derart formulierten Satz bedeutet, daß mein Opus ohne Haß und Parteilichkeit geschrieben ist (was auch ich in aller Bescheidenheit glaube), dann hat der *dottore* womöglich etwas anderes sagen wollen, aber ich möchte mich nicht mit seinen linkischen und zweideutigen Formulierungen herumschlagen, und ich möchte also nicht herumraten, ob er nun genau *das* sagen wollte oder nicht, jedenfalls steht hier, in seinem Gnomen-Satz, auch das: daß mein Opus *sine ira et studio* ist, also ein Werk ohne Haß und gerecht, und ich danke Jeremić für dieses Kompliment, und diese meine Dankbarkeit tue ich hiermit, *urbi et orbi,* kund!

Post Scriptum

(1)

Getreu seiner philosophischen Devise und seiner altjüngfer-
lichen »tiefen Überzeugung«, »*daß nicht diejenigen im Recht
sind, die das* letzte, *sondern diejenigen, die das* wahre *Wort
sagen*«, trat Dragan M. Jeremić erneut in Erscheinung[44], ganz
wie ein Phantom, an die zehn Monate nach seinem ersten
»Polemos« (und zu einem Zeitpunkt, als das Manuskript dieses Buches bereits abgeschlossen war), und ich habe jetzt
wirklich den Eindruck, gegen ein Gespenst zu polemisieren!
Über den allgemeinen Teil dieses jeremićmäßigen phantomhaften *Schriebs* (der als Replik auf einen Text von Nikola Milošević erscheint) habe ich ich bereits vorweg, in dem Text, zu
dem dieses *Postskriptum* gehört, nach der Logik der Deduktion vieles gesagt. Ich habe in etwa gesagt, daß eine »kritische
Analyse meines Werkes« aus der Feder von Dragan Jeremić
nur apathisch, heuchlerisch, jeremićmäßig, klischeehaft, niederträchtig, öde, philisterhaft, rudimentär, schleimig, trostlos
und vertrocknet sein kann, wie eben alles, was Jeremić
schreibt, trostlos vertrocknet ist. Was ich vorausgesehen habe,
ist eingetroffen, und unter diesem Aspekt bin ich ganz zufrieden, und diesen allgemeinen, »kritisch-philosophischen« Teil
dieser Jeremiade habe ich zu analysieren hier nicht die Absicht. Aber ich komme nicht umhin, in diesem Zusammenhang eine vom moralischen und psychologischen Standpunkt
interessante Tatsache anzumerken, daß nämlich Jeremić ganz

---

44 In *Književna reč*, 13. Juli (1) und 25. September (2) 1977. *(A. d. A.)*

jämmerlich beschwört, daß er »*nichts über die Kampagne in Sachen Kiš weiß*«, denn selbst wenn es sich um eine akute Amnesie handelt, ist es doch unbegreiflich, dieses jeremić-mäßige Nichtwissen und Schweben in den Wolken, nicht nur weil diese »Kampagne in Sachen Kiš« mit voller Intensität an die sechs, sieben Monate gedauert hatte, sondern auch weil derselbe Dragan M. Jeremić, wie er leibt und lebt, an dieser Kampagne, nicht nur hinter den Kulissen, sondern auch öffentlich, mit seinen »Polemossen«, und zwar sehr rege, beteiligt war!

Jeremić hat also seinem Porträt hier nicht einen neuen Zug hinzugefügt und ist sich selbst treu geblieben: »Langer Bart, kurzer Verstand«, wie das Sprichwort sagt. Und da gibt es also weder etwas »hinzuzufügen noch wegzunehmen«, wie auch dem Vorwort Jeremićs zu Andrićs Buch (dazu später) weder etwas hinzuzufügen noch wegzunehmen ist.

Aber schauen wir uns doch einmal, Punkt für Punkt, den Teil seines »Polemos« an, der das Buch *Ein Grabmal für B. D.* betrifft.

Was behauptet der phantomhafte Jeremić?

Wenn wir also einräumen, daß man in der Belletristik ungeniert Texte aus der Nichtbelletristik benutzen kann, wie steht es dann mit den Texten, die zur Belletristik gehören?

(All das wird langsam lästig. Und ich zitiere hier lieber trotz der schlechten Erfahrung den ganz unschuldigen Satz, den der unglückliche Sterija[45] vor etwa hundertdreißig Jahren niederschrieb, um sich – in einem sehr ähnlichen Kontext – gegen irgendeinen streitsüchtigen Doktor der Wissenschaften, den Jeremić von damals, zu verteidigen: »*Diese literarische Fliege setzt sich nun schon seit Jahren auf mich, deshalb sehe ich mich gezwungen, ein für allemal zum Schlag auszuholen,*

---

45 Jovan Sterija Popović (1806-1856), serbischer Dichter und Dramaturg. *(A. d. Ü.)*

und was immer ihm zustößt, hat er sich selbst zuzuschrei-
ben.«)

Es geht nicht mehr um Louis Réau und Roy Medvedev, sondern um
einen Literaturkritiker und Essayisten und einen Text von ihm, den
Kiš in seinem Buch ebenfalls benutzt hat. Schauen wir uns den Beginn von Kišs Erzählung *Die Sau, die ihre Jungen verschlingt* an.
Darin wird das ungewöhnliche und schreckliche Schicksal von
Gould Verschoyle erzählt, und die Erzählung beginnt mit der Beschreibung seines Vaterlandes Irland, die als der Text »eines Doppelgängers von Dedalus« in Anführungszeichen steht.

Nun denn, wie Jeremić sagt, »schauen wir uns den Beginn
von Kišs Erzählung« an.

»Der erste Akt des Dramas also beginnt in Irland, *›dem letz-*
ten Thule, einem Land jenseits des Wissens‹, wie ein Doppelgänger von Dedalus es bezeichnet hat,
    (Komma)
    in Irland, *›dem Land der Trauer, des Hungers, der Verzweif-*
lung und der Gewalt‹, wie ein anderer FORSCHER, der
weniger zum Mythos denn zur rauhen Erdenprosa neigt, es
nannte. Indes scheint auch bei diesem ein gewisser artifiziel-
ler Lyrismus der herben Landschaft zu widersprechen: *›Höch-*
ste Stufe des Sonnenuntergangs, sieht Irland als letztes Land,
wie der Tag verlischt [...]‹.« Usw.

Wird also die Beschreibung Irlands »als der Text eines Doppelgängers von Dedalus« angeführt, wie Jeremić behauptet?
    Nein!
    Sondern?
    Der Text steht in Anführungszeichen und in Kursivschrift
als der Text *eines Forschers,* und dieser Forscher kommt zweimal vor (»wie ein anderer FORSCHER [...] es nannte« –
»auch bei diesem« [Forscher], und dann, nach einem Doppelpunkt, folgt ein Zitat dieses FORSCHERS, mit dem ich auf
die Existenz von Quellen, also auf Quellen hinweise, denn

das ist keine Monographie über Irland, sondern eine Erzählung! *Ponjatno!?*[46]

Und noch einmal: Wird die Beschreibung Irlands »als der
Text eines Doppelgängers von Dedalus« dargeboten, wie Jeremić behauptet?

Nein!

Wie nennt man dieses Verfahren von Dragan M. Jeremić?

Falsifizierung von Zitaten!

Quod erat demonstrandum.

Was behauptet der Fälscher Jeremić noch?

Die Meinung, die Kiš Dietmar von Merseburg zuschreibt, stammt in
Wirklichkeit von Adam von Bremen.
[…] während Réau sagt, daß nach der Legende alle Mauern der Kirche beim Bau eingestürzt seien, sagt Kiš, das sei bei ihrer Zerstörung
gewesen!

Dragan Jeremić sagt also immerhin auch etwas Richtiges.
Und zwar – billigen wir es zu –, daß Réaus Text »durch den
Schwung des Satzes, die Plastizität der Beschreibung und so-
gar die Genauigkeit der Daten literarisch überlegen ist«!

(Eine unglaubliche Entdeckung! Die Daten in einer Geschichte der Malerei sind *genauer* als die Daten in einer Erzählung!)

Aber dieser Text, der von Réau, ist, außer daß er kunsthi-
storisch genauer ist, meiner Erzählung auch noch – behauptet
Jeremić – »literarisch überlegen«!

Aber warum ist Réaus Text im Vergleich zu meinem Er-
zähltext literarisch überlegen und genauer (wenn es denn so
sein soll)?

Weil er anders ist!

Q. e. d.

46 Russ.: Verstanden!? (*A. d. Ü.*)

Alles in allem beharrt auch Jeremić nicht unbedingt darauf (er hat noch ein paar Trümpfe im Ärmel) und gesteht also großmütig – und wenn er in die Enge getrieben ist – zu, daß Réau – doch – der Teufel soll ihn holen – kein Schriftsteller, sondern nur ein Kunsthistoriker ist, aber mit Jean Paris, tja, da ist das schon etwas anderes, weil es sich um den »Text eines Literaturkritikers und Essayisten« handelt.

Hier nun dazu, was der Falsifizierer von Zitaten Jeremić behauptet:

Das erste Kapitel seiner Erzählung mit dem angeführten Text von Paris [also dem, der in Kursivschrift und in Anführungszeichen als Text eines *Forschers* und nicht »eines Doppelgängers von Dedalus« dargeboten wird!] beendend, beginnt er das zweite Kapitel unter dem Titel »Die Exzentriker« mit dem folgenden Text ohne Anführungszeichen: »Dublin ist diejenige Stadt, welche die bedeutendste Menagerie von Exzentrikern in der westlichen Welt kultiviert...« usw. (*Ein Grabmal für B. D.*, S. 23)
Bei Paris fehlen nur die »fanatischen Revolutionäre, krankhaften Nationalisten und rasenden Anarchisten« (was ohne Zweifel notwendig war, um Paris' schöne Beschreibung von Dublin mit dem politischen Schicksal Verschoyles in Verbindung zu bringen).

Ganz genau! Und – für die Verhältnisse von Jeremić – ein Geistesblitz!

Dank dieser Interpolation, diesen famosen persönlichen Variationen, hat der angeführte Text aufgehört, ein Zitat zu sein und ist eine Paraphrase geworden: dieses Irland ist dadurch integraler Bestandteil des Schicksals der literarischen Figur »Gould Verschoyle« geworden.

Aber Jeremić wäre kein Falsifizierer von Zitaten (wie auch sein Kumpan und persönlicher Assistent Pigeon), hätte er nicht so getan, als hätte er die Fortsetzung dieses von ihm zitierten Paragraphen übersehen – eine sehr signifikante Fortsetzung, *weil sie auf Quellen verweist*:

»Bourniquels Bild von Dublin läßt uns, mangels zuverlässi-
gerer Quellen, mindestens ahnen, welche Erfahrungen Gould
Verschoyle von seiner Insel mitbringen wird, Erfahrungen,
die die Seele imprägnieren wie der entsetzliche Gestank des
Fischmehls aus der Konservenfabrik in der Nähe des Hafens
an schwülen Sommernachmittagen die Lunge.« *(Ein Grabmal für B. D., S. 23)*

Der angeführte Abschnitt, in dem die Dubliner Atmosphäre
zu Beginn des Jahrhunderts dargeboten wird, verweist also
darauf, daß sich der Autor der Erzählung *»mangels zuverläs-
sigerer Quellen«* zu Verschoyle des Dublinbildes eines gewissen Bourniquel bedient; eine übrigens ganz überflüssige Sache, weil dies keine Monographie, sondern eine Erzählung
ist, und dies kein Zitat, sondern eine Paraphrase von Bourniquels Dublinbild ist, um so mehr, als sich weiter unten in der
Erzählung ein Satz findet, in dem ganz klar eine derartige Beziehung zu Dokumenten und zu Quellen angesprochen wird:

»Nun werden die Dokumente, die in der Tat Palimpsesten
gleichen, für eine Weile ungenau.«

(Und das Wort *Palimpsest* verweist auf die Ursprünglichkeit
der Quellen, weil sich ja auch Jean Paris selbst in seiner Beschreibung von Dublin auf Bourniquel beruft.)
  Und zum Schluß hier noch den Supertrumpf, Jeremićs As
in seinem Spiel mit gezinkten Karten:

[...] die Erzählung *Die Sau, die ihre Jungen verschlingt* ist nur die
geschickt und malerisch erweiterte Paraphrase eines kurzen, aber
starken und einprägsamen Details aus Karlo Štajners wohlbekann-
tem Buch *7000 Tage in Sibirien.* Hier Štajners Text: »Interessant ist
die Geschichte von Gould-Werskojls. Das war ein junger Ire, der zu
Beginn des spanischen Bürgerkriegs als Freiwilliger in die republika-
nische Armee eingetreten war. Gould-Werskojls arbeitete als Radio-
fachmann beim Sender Barcelona. Als er merkte, daß das NKWD in
der republikanischen Armee mehr und mehr Einfluß gewann, mel-

dete er sich bei seinem Kommandeur und erklärte, er sei Republika-
ner, aber kein Kommunist, und da er sehe, daß nun nicht für ein re-
publikanisches, sondern für ein kommunistisches Spanien gekämpft
werde, bitte er um seine Entlassung. Der Kommandeur hörte ihn an
und sagte, er möge sich einige Tage gedulden, bis man einen Ersatz
gefunden hätte.

Ein paar Tage darauf kam ein Soldat zu ihm und sagte, im Hafen
liege ein Schiff, dessen Funkgerät nicht funktioniere, er möge kommen und es reparieren.

Gould-Werskojls nahm seine Werkzeugtasche und ging aufs Schiff;
es war ein sowjetischer Dampfer. Kaum hatte er die Kabine betreten,
wo angeblich das Funkgerät stand, schloß sich hinter ihm die Tür,
und er sah sich in Gesellschaft zweier russischer Komsomolzen. Das
Schiff fuhr los und machte erst im Hafen von Sewastopol halt.

Kaum hatte das Schiff angelegt, wurden der Ire und die beiden
Komsomolzen vom NKWD verhaftet und ins Gefängnis gebracht.
Später schaffte man sie nach Moskau, wo sie als ›englische Spione‹
zu acht Jahren Gefängnis verurteilt wurden« (Zagreb, »Globus«,
1971, S. 29, dt. Wien, »Europaverlag«, 1975, S. 74 f.). All das ist in
Kišs Erzählung fast genauso, außer das das Schiff statt in Sewastopol in Leningrad anlegte; sogar das Urteil ist bei ihm gleichgeblieben: acht Jahre Gefängnis! Dieses wurde, um die Wahrheit zu sagen, durch zwei kleine Epiloge ergänzt: darüber, daß die Begleiter
von Verschoyle 1942 halb erblindet und von Skorbut ausgezehrt in
der Lagerambulanz gelegen hätten und daß Verschoyle im November 1945 gestorben sei, sein Name im Erinnerungsbuch *Ireland to
Spain* jedoch irrtümlich unter den in der berühmten Schlacht bei
Brunete gefallenen irischen Republikanern aufgeführt sei. Aber
trotz dieser kleinen Ergänzung scheint mir in dieser Geschichte
überhaupt wenig Originales zu sein, sowohl methodisch als auch
im thematisch-motivisch-fabulativen und im textologischen Sinne
des Wortes.

Eine Tatsache also nicht von einer Interpretation, eine Anekdote nicht von einer Erzählung, im gattungsmäßigen Sinn, unterscheiden zu können, das *procédé* einer Novelle, Erzählung
nicht von dem einer Monographie, die Fabel (das Material der
Memoiren) nicht von der Verarbeitung dieser Fabel unterscheiden zu können, den grundsätzlichen Unterschied zwischen Fabel und Sujet nicht zu kennen und an der Fakultät

Vorlesungen über *Ästhetik* zu halten, das ist wohl nur bei uns möglich!

Aber schauen wir uns einmal trotz allem, trotz des wissenschaftlichen Skandals und trotz der Tatsache, daß wir die Sachen hier global, grundsätzlich, literaturtheoretisch geklärt haben, diesen jeremićmäßigen Supertrumpf, dieses jeremićmäßige As an:

Sogar das Urteil ist bei ihm gleichgeblieben: acht Jahre Gefängnis!

Im Fall Réau, wir haben es gesehen, ist Jeremić unzufrieden, weil sich die Daten nicht mit den historischen decken! Hier stört es ihn nun, daß sie sich decken! Nach meinen bescheidenen Untersuchungen scheint man indes für diese Art Delikt und in dem betreffenden Jahr – mit ein bißchen Glück! –, gemäß der Stalinschen Verfassung und dem Stalinschen Strafgesetz, genau acht Jahre bekommen zu haben! Und was kann ich da jetzt machen! Zu solchen Mißverständnissen kommt es bloß, weil Dragan M. Jeremić nichts über das Wesen der Literatur weiß und weil er ein literarischer Stümper ist! »Wenn man die Literatur auf dieselbe Ebene wie jedes andere Dokument stellt«, sagt Todorov, »ist offensichtlich, daß man sich weigert, dem Rechnung zu tragen, was Literatur zur Literatur macht.« Und was die Quellen angeht: der Name Gould Verschoyle, den ich in meiner Erzählung unverändert gelassen habe, ist ebenfalls ein Verweisen auf die Quelle, wie auch die Widmung an Karlo Štajner über der Erzählung *Der magische Kreislauf der Karten* ein Verweisen auf die Quelle ist.

Da mir, wie gesagt, die Sache mit Jeremić schon langsam lästig ist und ich nicht die Absicht habe, einem Provinzphilosophen Unterricht zu erteilen, bleibt mir nichts anderes übrig, als den Leser auf die besagte Erzählung zu verweisen, damit er sieht, ob es darin »sowohl methodisch als auch im thematisch-motivisch-fabulativen und im textologischen Sinne«, am zitierten Text aus Karlo Štajners Memoiren gemessen, etwas Originales gibt oder nicht.

Aber bevor ich dieses Kapitel abschließe (und zu lustigeren Dingen übergehe), kann ich nicht widerstehen, einen Abschnitt aus der Erzählung *Die Sau, die ihre Jungen verschlingt* anzuführen, damit sich die Leser, und sei es amateurhaft, mit Textologie befassen können. (Warum denn nicht! Auch Jeremić befaßt sich mit Literatur und Kritik als Amateur, will sagen, Dilettant.) Und obwohl unser Textologe-Dilettant behauptet, in meiner Erzählung gebe es wenig Originales »im textologischen Sinne« und ich hätte Štajners Text »nur zwei kleine Epiloge« hinzugefügt, führe ich hier zum Vergleich das fünfte Kapitel der Erzählung an, obwohl dieses (allein schon dadurch, daß es sich in der Mitte der Erzählung befindet) keineswegs ein »kleiner Epilog« ist:

Vorsichtige Rekonstruktion

Ich sehe Verschoyle, wie er sich zu Fuß aus Málaga entfernt, eingehüllt in einen Ledermantel, den er einem toten Falangisten abgenommen hatte (unter dem Mantel war da nur ein nackter, hagerer Körper und ein Silberkreuz an einer Lederschnur); ich sehe, wie er mit dem Bajonett voranstürmt, von seinen eigenen Schreien getragen wie von den Flügeln eines Racheengels; ich sehe, wie er mit den Anarchisten wetteifert, die an den kahlen Hängen um Guadalajara ihre schwarze Fahne hißten, bereit, einen erhabenen und sinnlosen Tod zu sterben; ich sehe, wie er unter dem gleißenden Himmel bei einem Friedhof in der Nähe von Bilbao Vorträgen lauscht, in denen – wie bei der Erschaffung der Welt – Tod und Leben, Erde und Himmel, Freiheit und Tyrannei auseinanderdividiert werden; ich sehe, wie er ohnmächtig ein ganzes Magazin auf Flugzeuge feuert, um gleich darauf zu Boden zu fallen, von Feuer, Erde und Schrapnellen bedeckt; ich sehe, wie er den leblosen Körper des Studenten Armand Geoffroy schüttelt, der in der Nähe von Santander in seinen Armen starb; ich sehe, wie er mit einem schmutzigen Kopfverband in einem improvisierten Lazarett unweit von Gijón liegt und den Fieberphantasien der Verwundeten lauscht, von denen einer auf irisch betet; ich sehe ihn mit einer jungen Krankenschwester sprechen, die ihn mit fremdklingenden Liedern wie ein Kind in den Schlaf wiegt, worauf er sie, halb schlummernd und von Morphium betäubt, in das Bett eines beinamputierten Polen schlüpfen sieht und, wie in einem

Alptraum, ihr Liebesgestöhn vernimmt; ich sehe ihn, irgendwo in Katalonien, in einem improvisierten Bataillonsstab am Morsegerät sitzen und verzweifelte Hilferufe senden, während aus dem Radio auf dem Friedhof nebenan die fröhlichen und selbstmörderischen Lieder der Anarchisten tönen; ich sehe, wie er an Konjunktivitis und Diarrhöe leidet; und ich sehe, wie er sich mit nacktem Oberkörper an einem Brunnen rasiert, dessen Wasser verseucht ist. (*Ein Grabmal für B. D.*, S. 25 f.)

Mit dem zitierten Text aus Karlo Štajners Memoiren vergleichen!

(2)

Jeremić:

Das frappierendste Beispiel für Kišs Übernahme fremder Texte stellt die Erzählung *Hunde und Bücher* dar, die fast komplett einem Gerichtsdokument aus dem XIV. Jahrhundert entnommen ist. Es handelt sich um ein Inquisitionsprotokoll, in dem das Verhör des Juden Baruch, genannt der Deutsche von Toulouse, vor dem Tribunal des Bischofs von Pamiers Jacques Fournier aufgezeichnet ist, das Jean-Marie Vidal 1898 und Jean Duvernoy 1965 veröffentlichte, der erste im Rahmen einer seiner Studien (*L'Emeute des pastoureaux en 1320*, Rom) und der zweite im Rahmen eines Gerichtsprozesses vor der Inquisition zur selben Zeit (*Le registre d'Inquisition de Jacques Fournier, éveque de Pamiers* [1318-1325], Band I, Toulouse).

All das klingt ganz schön, und all das kann auf den ersten Blick nach wissenschaftlicher Akribie aussehen, ein Grund mehr, sich zu fragen: Woher und wie kommt der Beamte Jeremić zu diesen gelehrten Daten?

Schauen wir uns jetzt einmal die *Anmerkung* am Ende der Erzählung *Hunde und Bücher* an (*Ein Grabmal für B. D.*, S. 145-147)

Die Geschichte von Baruch David Neumann ist eigentlich die Übersetzung des dritten Kapitels des Inquisitionsregisters (*Confessio
Baruc olim iudei modo baptizati et postmodum reversi ad iudais-
mum*), in welchem Jacques Fournier, der nachmalige Papst Benedikt
XII., sämtliche Geständnisse und Zeugnisse, die vor seinem Tribunal abgelegt worden waren, detailliert und gewissenhaft wiedergibt.
Die Handschrift wird im Lateinischen Fonds der Vatikanischen Bibliothek unter der Registrationsnummer 4030 aufbewahrt. Ich habe
am Text lediglich unbedeutende Kürzungen vorgenommen, und
zwar an den Stellen, wo über die Heilige Dreifaltigkeit, über Christus, den Messias, über die Erfüllung der Worte des Gesetzes und
über die Widerlegung gewisser Wahrheiten des Alten Testaments
disputiert wird. Die Übersetzung erfolgte aufgrund der französischen Version von Monseigneur Jean-Marie Vidal, ehemals Vikar der
Kirche des heiligen Louis in Rom, sowie jener des katholischen
Exegeten Hochwürden Ignaz von Döllinger, die 1890 in München
erschienen ist. Diese Texte wurden, mit gelehrten und nützlichen
Kommentaren versehen, seither mehrmals nachgedruckt, das letzte
Mal, meines Wissens, im Jahre 1965. (*Ein Grabmal für B. D.*,
S. 145 f.)
Das Protokoll des Verhörs hat sich nicht erhalten, indes spricht Du-
vernoy die klare Vermutung aus [...]. (*Ebd.*, S. 145)
»Ein moderner Kommentator (Duvernoy) liefert zu diesem Satz fol-
gende Erklärung [...].« (S. 137)

Fassen wir zusammen:

Jeremić:

　　1. Es handelt sich um ein Inquisitionsprotokoll [...] des Bischofs
von Pamiers JACQUES FOURNIER [...];
　　2. das JEAN-MARIE VIDAL 1898 veröffentlichte;
　　3. und JEAN DUVERNOY 1965.

Hunde und Bücher (Anmerkung):

　　1. »Die Geschichte von Baruch David Neumann ist eigentlich die
Übersetzung des dritten Kapitels des Inquisitionsregisters [...], in
welchem JACQUES FOURNIER [...] sämtliche Geständnisse und
Zeugnisse, die vor seinem Tribunal abgelegt worden waren, detailliert und gewissenhaft wiedergibt«;

2. »Die Übersetzung erfolgte aufgrund der französischen Version von Monseigneur JEAN-MARIE-VIDAL [...] sowie jener des katholischen Exegeten Hochwürden Ignaz von Döllinger, die 1890 in München erschienen ist«;

3. »Ein moderner Kommentator (DUVERNOY) liefert zu diesem Satz folgende Erklärung [...]« – »Das Protokoll des Verhörs hat sich nicht erhalten, indes spricht DUVERNOY die klare Vermutung aus [...]«, usw.

Oder, für die Halbalphabetisierten, in Form eines Schemas:

Jeremić	*Hunde und Bücher*
Jacques Fournier	Jacques Fournier
Jean-Marie Vidal	Jean-Marie Vidal
Jacques Duvernoy	Duvernoy
	(Döllinger)

Jeremić:

Der Unterschied zwischen Kišs Erzählung und dem Inhalt des Inquisitionsregisters ist so gering, daß man *Kiš lediglich als Herausgeber eines historischen Dokuments betrachten kann [...]*.

Hunde und Bücher (Anmerkung):

Die Geschichte von Baruch David Neumann ist eigentlich die Übersetzung des dritten Kapitels des Inquisitionsregisters (Confessio ...) [...]. Die *Übersetzung* erfolgte aufgrund der französischen Version [...] usw.

Jeremić:

Die Unterschiede zwischen diesen zwei Texten sind sehr gering: Kiš [...] *kürzte den theologischen Disput zwischen dem Inquisitionsrichter und Baruch [...]*.

Hunde und Bücher:

Ich habe am Text lediglich unbedeutende Kürzungen vorgenommen, und zwar an den Stellen, wo über die Heilige Dreifaltigkeit, über Christus, den Messias, über die Erfüllung der Worte des Gesetzes und über die Widerlegung gewisser Wahrheiten des Alten Testaments disputiert wird.

Unter seinem vollen Namen (Vor- und Zunamen und der Initiale des Patronymikons) zu schreiben, daß eine Erzählung »das frappierendste Beispiel für die Übernahme fremder Texte« sei, und dazu noch – als eigene Entdeckung und als *corpus delicti* – genau die Quellen anzuführen, die der Autor selbst anführt, und den Autorenkommentar und die Erklärungen des Autors zu mißbrauchen, indem er sie als seine eigene Akribie darstellt, und zwar mit dem Wunsch, den Autor zu diskreditieren, ist ein Vorgehen, das ohne Zweifel eines der schamlosesten moralischen Delikte Jeremićs darstellt! Da Jeremić diese seine Wühlarbeit öffentlich hat abdrucken lassen, also in einem öffentlichen Organ, als absoluten Bluff, beweist das doch nur, mit welcher Selbstgefälligkeit er auf die literarische Öffentlichkeit pfeift, überzeugt, daß er sie als Pate der *Cosa Nostra* bereits zum Schweigen gebracht oder bestochen hat und es ihm erlaubt ist, an jedem Ehrenkodex vorbei zu operieren!

Und was diese Anmerkung am Ende der Erzählung *Hunde und Bücher*, diese meine Bibliographie und dieses »Geständnis« angeht, sind sie gerade nicht dazu gedacht, daß sich Jeremić schamlos in die Brust wirft, er habe Amerika entdeckt, sondern für den erfahrenen Leser und den gelehrten Forscher, die dieses doppelte Spiel durchschauen werden: die Version des »Translators« ist allzu frei ausgefallen, hat sich allzusehr vom Original entfernt, hat vom Sinn her eine andere Richtung eingeschlagen, nicht nur wegen des Kontextes, des *Weglassens und Hinzufügens*, sondern auch wegen des künstlerischen Spiels, zu dessen Regeln die Jeremićs keinen Zugang haben und die für sie ein ewiges Geheimnis bleiben werden!

Jeremić:

Ich weiß nicht, wie man »erklären« kann, daß sich ein Text, der nicht literarisch ist und der fast wortwörtlich übernommen ist, in einen literarischen verwandeln kann, es sei denn, man macht sich die my- stische Transsubstantiation im Bereich des geschriebenen Wortes zu eigen. Wie anders ließe sich die These verteidigen, nach der das, was bei Vidal und Duvernoy ein Dokument über eine Episode im Kampf der Inquisition gegen die Häretiker und die Gottlosen in Südfrank- reich im XIV. Jahrhundert ist, bei Kiš ein literarisches Werk wird, obwohl er dieses Dokument hier und da nur leicht verändert hat.

Armer Jeremić!

Nachdem er alles in allem wohl an die fünfzig Seiten seiner »Polemosse« aufgewandt hat, um zu beweisen, daß ich Frag- mente benutze, »die zur Belletristik gehören«, jetzt plötzlich dieses unbewußte Geständnis, diese *sancta simplicitas* (»*das Protokoll des Inquisitionsgerichts, so wie es der Schreiber die- ses Gerichts formuliert hat, gibt er als seine Erzählung aus*«).

Was also behauptet der Fälscher Jeremić?

Daß er nicht erklären kann, wie

– ein Text, der *nicht literarisch* ist (»ein Dokument über eine Episode im Kampf der Inquisition«)

– sich in einen *literarischen* verwandelt (»bei Kiš ein litera- risches Werk wird«)!

Ich bin sie schon ziemlich leid, wiederhole ich, die Leute von der Eselsbank, und wenn ich hier noch einmal ein paar allbe- kannte literaturtheoretische Standpunkte anführe, dann nicht aus der Überzeugung, man könne diesen Obskuranten etwas beibringen (für sie ist es schon zu spät), sondern nun schon, um auf die Schwere ihres militanten Unwissens und auf die von ihrem Handeln im Literaturbetrieb ausgehende Gefahr hinzuweisen, und schließlich als Einführung in die Prüfung, der sie in Kürze unterzogen werden:

*

Die künstlerischen Fakten bezeugen, daß sich ihr spezifischer Charakter nicht in den Elementen, die ins Werk eingehen, ausdrückt, sondern in ihrer spezifischen Verwendung. (Ejchenbaum)

*

Das literische Werk ist ein Ganzes. Es enthält kein Material außerhalb der Organisation [...]. Die Literatur entwickelt sich an der Peripherie, indem sie außerästhetisches Material in sich aufnimmt. Dieses Material und die Veränderungen, die es in der Berührung mit ästhetisch bereits verarbeitetem Material durchmacht, müssen berücksichtigt werden [...]. Das Material hört auf, seinen Besitzer zu erkennen. Es ist nach dem Gesetz der Kunst verarbeitet und kann bereits unabhängig von seinem Ursprung wahrgenommen werden. (Schklowski)

*

Sogar die unmittelbar »graue« Wirklichkeit – das in künstlerische Prosa oder eine Filmhandlung montierte Dokument – ändert, obgleich sie materiell unverändert bleibt, ihren Charakter radikal: während sie den anderen Teilen des Textes das von ihr hervorgerufene Gefühl der Authentizität mitteilt, empfängt sie vom Kontext das Merkmal des »Gemachten« und wird zu einer Reproduktion ihrer selbst.
(»Dieser priem wird von den Schriftstellern des 20. Jahrhunderts extensiv angewendet, doch war er auch früher bekannt: Puškin hat ihn in »Dubrovskij« verwendet, indem er in den Text des Romans authentische Gerichtsdokumente aufnahm.«) (Lotman)

Usw. usw.[47]

Und daß es Jeremić so vorkommt, man könne all das nur erklären, wenn man *»sich die mystische Transsubstantiation im Bereich des geschriebenen Wortes zu eigen«* macht, und daß er als halb Kritiker – halb Philosoph keine vernünftigere und kohärentere Erklärung für ein an sich schon ordinäres

---

47 S. in diesem Zusammenhang auch W. Schklowski: *Material i stil v romane L'va Tolstogo »Vojna i mir«*, M., 1928 (Material und Stil in Lew Tolstois Roman *Krieg und Frieden*); A. Meyer: *Das Zitat in der Erzählkunst*, Stuttgart 1961. *(A. d. A.)*

literarisches *procédé* hat, das zeugt lediglich von seiner Unkenntnis literarischer Verfahren, von seiner ambitiösen Ignoranz! Die Verwandlung eines nichtliterarischen Textes in
einen literarischen kann man – außerhalb literaturtheoreti-
scher Determinanten – vielleicht auch so erklären! Die Kunst
ist ja auch eine Art »mystischer Transsubstantiation«, bei der
sich die Fakten des Logos in künstlerische verwandeln.

Soviel dazu.

Alle übrigen Probleme in diesem Zusammenhang sind indes
in diesem Buch, das der Leser in den Händen hält, wie auch in
den Begleittexten (*textes à l'appui*) prinzipiell gelöst, und damit ist für mich das Problem der Nutzung dokumentarischen
und paraliterarischen Materials sowie der Montagetechnik,
der Originalität und Nichtoriginalität usw. erledigt.

IV

Coup de grâce
für Dragan Jeremić

I

Dragan M. Jeremić ist ein nützlicher Schriftsteller: mit seiner Energie, seinem Arbeitseifer (mit dem er seinen eklatanten Mangel an literarischem Talent auszugleichen versucht) hat er ein ehrgeiziges Projekt umgesetzt. Was dem fanatischen, pedantischen und kränkelnden Flaubert nicht gelungen war, zu Ende zu bringen, hat der energische und kerngesunde Jeremić realisiert. Jetzt haben endlich auch wir unser *Wörterbuch der Gemeinplätze*, diese Deponie der Banalität und des kleinbürgerlichen Denkens (was immer auch der andere Jeremić[1] darüber denkt, der behauptet, sein großer Vorgänger Professor Doktor Jeremić sei ein authentischer Marxist)! Denn mit Jeremić wurde der Geist von Bouvard und Pécuchet belebt, Jeremić selbst ist Bouvard und Pécuchet in einer Person, diese glückliche Verkörperung der banalen und kleinbürgerlichen Denk- und Lebensweise! Dragan M. Jeremić hat sich bemüht, dem künftigen Sittenforscher einen Teil der Arbeit abzunehmen, und hat ihm sage und schreibe fünfhundert (und in Ziffern: 500!) Einheiten seiner Federfuchsergedanken über die Kunst, über das Leben im allgemeinen und über die Liebe im besonderen[2] zusammengestellt, was eine Arbeitser-

[1] Ljubiša Jeremić (geb. 1938), Kritiker und Verfasser von Erzählungen. *(A. d. Ü.)*
[2] Dragan M. Jeremić: *Lice i naličje (misli i maksime)*, Radnički univerzitet »Radivoj Ćirpanov«, Novi Sad 1972. *Vorderseite und Kehrseite (Gedanken und Maximen)*. P. Matvejević hat auf dieses Meisterwerk der Banalität bereits hingewiesen. *(A. d. A.)*

leichterung für den künftigen Forscher darstellen wird, der nicht Jeremićs Werk (weil Jeremićs Werk seinen Schöpfer nicht einen Tag überleben wird), sondern dieses kleinbürgerliche, primitive Denken untersuchen wird, das Jeremić so herrlich repräsentiert und das er in seinen »neun Büchern«[3] ausgesät hat. In diesem eigenartigen Wörterbuch der Gemeinplätze wird der künftige Forscher also entdecken, daß es Jeremić gar nicht gegeben hat, sondern daß unter diesem Namen in unseren Regionen eine Reinkarnation der Romanfiguren, die sich Flaubert ausgedacht hat[4] und die Bouvard und Pécuchet hießen, gelebt hat und daß dieser phantomhafte Dr. Jeremić nur ein Gespenst, eine Reinkarnation, eine »Transsubstantiation«, eine Art verspäteter Verkörperung der Flaubertschen Fiktion war. Dieser Jeremić hat eigentlich nur die Idee Flauberts weitergeführt und, ohne es zu wissen, eine »Enzyklopädie der menschlichen Dummheit« verfaßt.

Denn eigentlich ist Jeremić auch als Erscheinung unserer Nachkriegsliteratur nur ein Gemeinplatz, die Summe aller Banalitäten! Dr. Jeremić ist ein großes Mißverständnis, weil er bei einer Zeitschrift, die Jugendliche mit ihren Ratschlägen beglückt (*Briefe von Herz zu Herz*), besser aufgehoben wäre, da sein Optimismus rührend, seine Weltanschauung altjüngferlich (wenn nicht janitscharisch) ist:

3 Denn Jeremić denkt von sich, er sei mit *Sicherheit kein unbekannter Schriftsteller*! »Ich bin doch mit Sicherheit kein unbekannter Schriftsteller, und das ausgezeichnete Buch ist nicht mein erstes, sondern schon mein neuntes Werk.« *(A. d. A.)*

4 Eigentlich, in der Terminologie Jeremićs, »abgeschrieben«: die Geschichte mit dieser Fabel, unter dem Titel »Les deux greffiers«, war zuerst in *Gazette des Tribunaux* vom 14. April 1841 erschienen und danach zweimal abgedruckt worden: in *Le Journal des Journaux* vom Mai desselben Jahres sowie in *L'Audience* vom Februar 1858. (Siehe dazu Flaubert: *Œuvres*, t. II, Gallimard, 1948, sowie René Descharmes: *Autour de Bouvard et Pécuchet*, Librairie de France, 1926, und R. Descharmes und R. Dumesnil: *Autour de Flaubert*, Mercure de France, 1912, wo die Geschichte »Les deux greffiers« von B. Maurice abgedruckt ist.) Schade, daß nicht Jean Descat sich dieser Arbeit angenommen hat. Wer weiß, wie das für den armen Flaubert ausgegangen wäre. *(A. d. A.)*

Nichts besitzt mehr Verwandlungspotential als das Wort: es kann grausam wie ein Mörder, heiß wie die Liebe, kalt wie der Haß und zärtlich wie eine Mutter sein. (*Gedanken Nr. 393*)

Klar: der Mörder ist grausam, die Liebe ist heiß, der Haß ist kalt, die Mutter ist zärtlich: »Der Kitsch könnte geradezu einen Wertmaßstab an der Banalität der Assoziationen haben« (A. Moles).

Der Mann ist seinen Ideen, Plänen, Idealen treu, und die Frau ist dem Manne treu. Gegenstand seiner Treue sind nicht immer dieselben Ideen, Pläne, Ideale; deshalb ist ihre Treue strenger und schwerer. (*Gedanken Nr. 393*)

Der Mann strebt nach Ruhm und die Frau nach Glück... (*Gedanken Nr. 307*)

Dieser, wenn es nach dem anderen Jeremić geht, authentische marxistische Denker sät also in seinen Gedanken und Maximen diese altjüngferliche, franzjosephinistische, türkisch-janitscharische »Lebensphilosophie« aus und drischt sie wie leeres Stroh, und sein »Schriftstellerfreund« verkauft dann in seinen erzählerischen Werken (wie wir sehen werden) denselben Bofel, diese altbackene, ungesunde, banale, reaktionäre Weisheit über das Leben, das Glück, das Schaffen, die Eltern, die Kinder, die Liebe, und all das wird dann als Meisterwerk und authentische Weisheit deklariert und, um dickere Profite herauszuholen, schamlos als authentischer Marxismus ausgegeben!

Die Frau liebt den Luxus und den Glanz, aber selbst wenn ihre Grundbedürfnisse nicht befriedigt werden, erträgt sie das mit weniger Murren und Klagen als der Mann. (*Gedanken Nr. 308*)

Vergleichen:

»Jeder weiß, daß die *Frau* von der Natur selbst eine sehr lebendige Neigung zu allem, was glänzt, zu allem, was ihre Schönheit zieren und erhöhen kann, empfangen hat.« (Herr Pierre Larousse, 1865)

In der Beziehung von Mann und Frau gibt es, ihrer unterschiedlichen Natur wegen, eine Reihe von Mißklängen, die verhindern, daß diese Beziehung immer glücklich ist. Der wesentliche Mißklang liegt darin, daß die Frau, solange sie Liebende sind, an ein Kind und der Mann an Liebe denkt, und wenn sie ein Ehepaar sind, die Frau an die Liebe und der Mann an eine Familie denkt. (*Gedanken Nr. 311*)

Vergleichen:

»Im Verhältnis zum Gebrauch der Geschlechtsorgane beim Verkehr gesehen, kann die Frau, durch ihre Konstitution selbst, mehr Anstürme ertragen, als ihr der Mann bieten kann, obwohl manchmal Beispiele bemerkenswerter Männlichkeit angeführt werden.« (Herr Pierre Larousse, 1865)

In der Liebesumarmung kann das Paar den Eindruck haben, sich mit dem Universum vereinigt, seine Fülle erlangt zu haben und unsterblich geworden zu sein, aber die Illusion ist von kurzer Dauer. Danach können sie glücklich sein, weil sie wenigstens vorübergehend daran geglaubt haben. (*Gedanken Nr. 314*)

No comment!

Glücklich sind diejenigen, die nach dem Liebesrausch keinen Katzenjammer beziehungsweise Reue oder gar Ekel bekommen angesichts dessen, was sie früher gefühlt haben. (*Gedanken Nr. 321*)

... oder getan haben!

Leute, die sich leicht erregen, sind gewöhnlich Leute von geringer Empfindsamkeit: viel leichter gerät ein Glas Wasser in Bewegung als ein Meer. (*Gedanken Nr. 322*)

Stimmt, zumindest was den Satzteil nach dem Doppelpunkt betrifft!

In der Ehe als Institution, die Liebe gewährleisten soll, wird die Liebe manchmal im Meer der Pflichten und Schuldigkeiten vergessen. (*Gedanken Nr. 328*)

Die Ehe ist ein Sammelbegriff für eine Reihe verschiedener kontinuierlicher Beziehungen zwischen Mann und Frau: in der Jugend die Liebe, im Alter gegenseitige Hilfe und im mittleren Alter das Gebären, Aufziehen und Erziehen von Kindern. (*Gedanken Nr. 329*)

Der Haß ist von geringer Tragweite, die Liebe jedoch ist erhaben und unendlich. Der Haß hat nur ein klar bestimmtes Ziel: die Vernichtung dessen, den man haßt, aber die Liebe hat viele, manchmal auch sehr unbestimmte Ziele: daß man die Geliebte an der Hand nimmt, bis dahin, daß man unvergängliche geistige Werte schafft. (*Gedanken Nr. 333*)

(In Gesellschaft vorlesen!)

Wie es in jeder Gemeinschaft solche gibt, die führen, und solche, die folgen, so führt auch in der Freundschaft und Liebe gewöhnlich einer der Freunde oder Liebhaber, und der andere folgt. Es führt der, der weniger liebt. Aber ist das eine ausreichende Kompensation für das, was er verliert, weil er weniger liebt? (*Gedanken Nr. 336*)

Das Maskulinum beachten! (Ohne Hintergedanken!)

Die Liebe hält gewöhnlich nicht ewig, aber sie kann durch Transformation gerettet werden, wie eine Blüte, aus der die duftende Essenz gepreßt wird: sie kann sich in Freundschaft, Zusammenarbeit, gegenseitige Hilfe verwandeln. (*Gedanken Nr. 338*)

Deductio ad absurdum

a. Die Liebe hält *gewöhnlich* nicht ewig.
     Heißt:
b. Die Liebe kann auch *ewig* halten.
     Heißt:
c. Wenn die Liebe *ewig hält*, kann sie durch Transformation gerettet werden.
     Heißt:
d. Man muß sie – durch Transformation – in eine vorübergehende (vergängliche, sterbliche) verwandeln.

Deductio ad absurdum (Fortsetzung)

A. Die Liebe hält *ewig* (b).

　　Also:

B. Kann sie durch Transformation gerettet werden (c).
　　Wie?

C. Wie eine Blüte, aus der die duftende Essenz
　　gepreßt wird. Was passiert mit der Blüte, aus der
　　man die (duftende) Essenz gepreßt hat?

D. Die Blüte, aus der man die Essenz gepreßt hat, ist
　　gerettet (wird ewig)!
　　Wie sieht eine Blüte aus, aus der man die Essenz
　　gepreßt hat?

E. Tot. (Verwelkt.)

Conclusio

Wann kann man die Liebe in Ewigkeit verwandeln?

Wenn man sie *tötet!*

Wie?

Wie eine Blüte, aus der man die duftende Essenz preßt!

Wir hätten ein viel schwereres Leben, gäbe es da nicht ein Wesen, das uns immer verstehen, rechtfertigen und ermutigen wird – unsere Mutter. (*Gedanken Nr. 341*)

Man vergleiche: »Man muß seine Mutter schlagen, solange sie jung ist« (surrealistisches Sprichwort).

Die Liebe der Eltern zu ihren Kindern ist immer größer als die Liebe der Kinder zu ihren Eltern. Dieses Mißverhältnis, das die Kinder in der Liebe zu ihren Eltern zeigen, und das Unrecht, das sie damit tun, bekommen sie von ihren eigenen Kindern zurück. (*Gedanken Nr. 342*)

Man vergleiche (von neuem): »Man muß seine Mutter schlagen, solange sie jung ist« (surrealistisches Sprichwort).

Deshalb verwandelt sich die Liebe, in der Mann und Frau einander und nicht einem Ziel außerhalb zugewandt sind, nach ihrer Heirat und der Geburt ihrer Kinder natürlicherweise in eine Freundschaft, die auf einem gemeinsamen Ziel beruht: der Sorge um die Familie und das Aufziehen und Erziehen der Kinder. (*Gedanken Nr. 355*)

Man vergleiche:

»Die Erhaltung des Menschengeschlechts ist, im Gegenteil, von kapitaler Wichtigkeit, alle anderen Funktionen sind ihr absolut untergeordnet. Die natürliche Grenze des Lebens ist gleichermaßen die Grenze der Reproduktionsfähigkeit [...].« (Herr Pierre Larousse, 1865)

Die Leute setzen Kinder in die Welt, ohne darüber nachzudenken, ob sie schön sein werden, denn sie verspüren das unwiderstehliche Bedürfnis, sie in die Welt zu setzen. So ist es auch mit den geistigen Kindern, mit den künstlerischen Werken, mit allem, was die Menschen erschaffen. (*Gedanken Nr. 416*)

Der Künstler verhält sich zu seinem Werk wie eine Mutter, die ihr Kind gleich nach der Entbindung verläßt – was es später erleben wird, hängt nicht mehr von dem ab, der es geboren hat, sondern von anderen Menschen: sie können es sofort ersticken, aber sie können es auch unsterblich machen. (*Gedanken Nr. 417*)

Erinnern: »Man muß seine Mutter schlagen, solange sie jung ist« (surrealistisches Sprichwort).

Ein vernünftiger Mensch irrt oft, wenn er voreilige Schlüsse zieht, der dumme zieht auch dann falsche Schlüsse, wenn er langsam und ruhig denkt, doch ein talentierter Mensch leistet auch in großer Geschwindigkeit gute Arbeit. Deshalb ist Talent wichtiger für das Leben als für das künstlerische Schaffen, das keine schnellen Lösungen verlangt. (*Gedanken Nr. 49*)

Für viele Menschen sind sogar Essen und Trinken ein Ziel, während das für andere das erste und niedrigste Mittel ist, um fähig zur Arbeit und zum Schaffen zu sein [...]. (*Gedanken Nr. 112*)

Das Ziel eines Abenteurers ist es, verschiedene aufregende Ereignisse zu erleben, und Hemingway und Malraux brauchten sie, um daraus das Material für ihre Werke zu gewinnen [...]. (*Ibid.*)

Da man mit der Sorge um seinen Körper die Sorge um das Wesen unseres Seins am herrlichsten hervorhebt, sollte die Hygiene das erste Kapitel der Ethik sein. (*Gedanken Nr. 145*)

Man vergleiche:
»Nach dem Entleeren, vor dem Essen
Händewaschen nicht vergessen.«

Da uns die Früchte unserer Arbeit die größten Freuden bereiten, ist nichts so sehr Ursache unseres Leidens und Unglücks wie die Faulheit. (*Gedanken Nr. 470*)

Man vergleiche:
»Elefanten sind ansteckend« (surrealistisches Sprichwort).

Die Wahrheit ist so kostbar, daß sie rar sein muß. Alle jedoch behaupten, die Wahrheit zu besitzen, ebenso wie alle behaupten, die Liebhaber einer Schönheit zu sein. Aber die Wahrheit kann niemandes Konkubine sein, nur die Geliebte, für die der Mann sein Leben zu geben bereit ist. (*Gedanken Nr. 490*)

Ein literarisches Werk von kleinem Format mit humanistischer Idee gleicht einem kleinen sonnendurchfluteten Zimmer, das wir einer geräumigen, unterirdischen, kalten und feuchten Grotte immer vorziehen werden. Wir können die Urgewalt bewundern, die diese Grotte ausgehöhlt hat, aber wir werden sicher nicht lange darin bleiben und verweilen wollen wie in diesem kleinen, warmen und hellen Gemach. (*Gedanken Nr. 430*)

Ich, sage ich, spreche Dr. Jeremić die Originalität nicht ab; Dr. Jeremić ist original wie alle dilettantischen Graphomanen[5], sie gleichen niemand anderem als nur sich selbst und ihres-

5 »Von einem durchaus verrückten und fehlerhaften Künstler ließe sich allenfalls sagen, er habe alles von sich selber, allein von einem trefflichen nicht« (Goethe). *(A. d. A.)*

gleichen, ihren Federfuchserbrüdern, denn der Mechanismus der literarischen Einflüsse übt auf sie keine stärkere Wirkung aus als der Erdmagnetismus auf den Flug von Fliegen; die Bewegung des Weltgeists hat keinerlei Rückwirkung auf sie, die Kultur geht sie nichts an, der Geist geht sie nichts an – weil sie keinen Geist haben –, neue Ideen und Verfahren tangieren sie nicht, weil sie kein Gehör dafür haben, und daher wirken sie ganz selbständig, ganz außerzeitlich, außerhalb sämtlicher positiver Einflüsse und Erkenntnisse, anachronistisch und am Rande jeder literarischen und künstlerischen Bewegung, jeder Entdeckung im geistigen Bereich, selbständig, niemandem ähnlich außer sich selbst: Dr. Jeremić Dr. Nedeljković, Dr. Nedeljković Dr. Pigeon, lauter Dilettanten, alle einander ähnlich wie die Blüten des Eisenhuts (*Aconitum napellus*, Blauer Eisenhut, Dragoljub, Sturmhut, Teufelswurz, aus der Familie der Hahnenfußgewächse).

Ein Schriftsteller ohne die möglichen kulturologischen, literarischen und philosophischen Referenzen (und Einflüsse) wäre dasselbe wie Dr. Jeremić – ein Dilettant. Und Dilettant ist nur eine andere Bezeichnung für einen Schriftsteller oder Kritiker ohne Talent: sein Grundirrtum ist, zu glauben, man könne mit Arbeit, mit Maloche, dieses natürliche Handikap, dieses angeborene Manko, diesen Mangel an Gehör, was man Fehlen von Begabung nennt, ausgleichen, und diese Dilettanten berufen sich ganz gern auf Schaffende wie Balzac und Dostojewski, weil unsere Dilettanten glauben, mit diesem imitativen Prinzip etwas ausgleichen zu können, was nicht auszugleichen ist. Beim Schreiben seines »literarischen Werkes von kleinem Format mit humanistischer Idee«, das »wie ein kleines, warmes und helles Gemach« ist, Ebenbild kleinbürgerlicher Gemütlichkeit, beim Schreiben also seiner Maximen, Apophthegmen usw. tröstet sich Jeremić daher:

Bei der Arbeit gewinnt man das, was man arbeitet, lieb, und deshalb klagt derjenige, der arbeitet, nicht über die Mühen. (*Gedanken Nr.* 370)

Weil natürlich, wie in jedem Groschenroman, die Arbeit belohnt wird, so wie der Baum (in Onkel Jovas[6] kleinem Kindergedicht) Früchte in Hülle und Fülle abgibt: mit dem Oktoberpreis oder irgendeinem anderen Preis, und das ist das wahre Glück für einen Schaffenden. Und aufgrund dieses Standpunkts –

[...] Aufgrund dieses Standpunkts würde sich erweisen, daß viele Wissenschaftler und Künstler in Anbetracht ihrer geringeren Fähigkeiten viel größere Leistungen vollbracht haben als diejenigen, die, über größere Fähigkeiten verfügend, mit weniger Mühe und Einsatz bedeutende Erfolge erzielt haben. Deshalb könnten diese kleineren Schaffenden denen, die sich entschieden haben, im Kulturbereich zu arbeiten, eher als Vorbild dienen als diejenigen, die objektiv größeren Erfolg haben und deren Leben und Arbeit viel häufiger beschrieben und viel häufiger gelobt werden. (*Gedanken Nr. 68*)

Daraus geht logisch hervor:

Das wahre Glück kann nicht das ausmachen, was relativ schnell vergeht: die Jugend, die Gesundheit, die Schönheit, sondern das, was uns überlebt: die von einem gelungenen Werk gekrönte Arbeit. (*Gedanken Nr. 371*)

– Was also kann nicht das wahre Glück ausmachen?
– Das, was relativ schnell vergeht.
– Was vergeht relativ schnell?
– *Die Jugend.*
Vergleichen:
»*Ach, wie schön ist doch die Jugend* – Zitieren Sie immer die folgenden italienischen Verse, auch wenn Sie sie nicht verstehen: ›*O Primavera! Gioventù dell'anno/O Gioventù! Primavera della vita!*« (Flaubert: *Wörterbuch der Gemeinplätze*)
– Was vergeht außerdem relativ schnell?
– *Die Gesundheit.*

6 Jovan Jovanović Zmaj (1833-1904), auch Čika Jova (Onkel Jova) genannt, der populärste romantische serbische Dichter. *(A. d. Ü.)*

– Und als drittes?

– *Die Schönheit.*

Vergleichen:

»*Bellezza è come un fiore, che nasce e presto more*« (Die Schönheit ist wie eine Blüte im Mai, kaum erblüht, ist's mit der Pracht schon vorbei). – Italienisches Sprichwort.

Erinnern Sie sich:

»Der Kitsch könnte geradezu einen Wertmaßstab an der Banalität der Assoziationen haben« (A. Moles).

– Was also ist schließlich das *wahre Glück*?

– Das wahre Glück ist das, was uns überlebt.

Somit ist, nach Dr. Jeremić, das Glück nicht in uns, sondern außerhalb, das Glück kommt, nach Dr. Jeremić, *post mortem*, was bedeutet, daß Glück ist, wenn sich der Mensch ein Leben lang abrackert, dann den Oktoberpreis[7] bekommt usw. Tja, das ist das Glück.

– Und was überlebt uns?

– *Die von einem gelungenen Werk gekrönte Arbeit.*

– Welches ist das gelungene Werk, das Dr. Jeremić überlebt?

– Seine Gedanken und Maximen.

– Warum?

– Weil »einen der größten Werte gewisser großer Literaturen gerade die Schriftsteller dieser literarischen Gattung bilden« (aus dem *Nachwort*).

Und weiter geht aus alldem hervor, daß Dr. Jeremić glücklich ist, obwohl er rein physisch noch gar nicht tot ist, weil er schon neun gelungene Werke vorgelegt hat und Dr. Jeremić, nur um erfolgreich zu sein, auch vor den größten Schwierigkeiten nicht zurückschreckt, zumal Jeremić ja Bücher schreibt, *um glücklich und erfolgreich zu sein.* Solche Überlegungen stellt Jeremić im Nachwort seines Buches der Aphorismen,

---

7 Ehrungen sollten das Leben verschönern und wenigstens ein bißchen für das entschädigen, was einem entgangen ist, aber sie kommen oft so spät, daß sie nur ein wenig den Tod erleichtern. (*Gedanken Nr. 148*)

Gedanken und Weisheiten an, einem Nachwort, das er in aller Bescheidenheit zu seiner eigenen Ehre »Lob an das weise Wort« genannt hat (und damit keine Mißverständnisse aufkommen, hat er noch als Untertitel »Oder aus Anlaß dieses Buches und ein wenig über es selbst« hinzugefügt), ganz im Stil seiner »Gedanken, Reflexionen, Apophthegmen, Meditationen, Sentenzen, Gnomen und wie auch immer man diese kurzen Texte, beruhend auf der Beobachtung verschiedener Erscheinungen beim Menschen und in der Welt, nennen kann«:

Dieses Buch gehört zu einer Ausdrucksform, die bei uns ziemlich selten ist, aber es ist bekanntlich immer schwerer, in einem Bereich erfolgreich zu sein, für den bereits ein großes Interesse besteht. [...] für denjenigen, der leichten Erfolg und Verständnis wünscht, ist es nicht empfehlenswert, auf etwas zu bestehen, was in einem Milieu, in dem noch immer mehr Sprichwörter aus dem Volk als weise Aussprüche einzelner Schriftsteller (ausgenommen vielleicht Njegoš) zitiert werden, noch nicht verwurzelt ist.

Jeremić möchte also erfolgreich sein, aber er wünscht sich keinen »leichten Erfolg«, sondern wünscht, »in einem Bereich, für den man das Interesse erst schaffen muß, erfolgreich zu sein«, er schreckt also nicht vor Mühen zurück, er möchte dort erfolgreich sein, wo es schwerer ist: er möchte schlicht und einfach, daß man seine »weisen Aussprüche« zitiert, wie man bei uns »noch immer« Sprichwörter aus dem Volk (und vielleicht Njegoš) zitiert.

Und ich wünsche ihm dabei viel Erfolg! (Ich bin ja schon dabei, ihn zu zitieren.)

Wie also müssen diese »Apophthegmen« aussehen, damit sie ins Volk eingehen?

Ohne Preziosität, Langatmigkeit und unnötige Details sind ihre Texte [der großen Moralisten] in der Regel ein Beispiel für guten Stil, und da verwundert es nicht, daß das bei der Analyse ihrer Werke stets hervorgehoben wird.

Und als »Beispiel für guten Stil« hebe ich am konkreten Beispiel von D. M. Jeremić noch folgendes hervor:

Allgemeine Lösungen sind für die Lösung komplizierter Einzel-
fragen ebensowenig nützlich wie geographische Karten, auf denen
breite Wege eingezeichnet sind, für die Entdeckung verborgener
Pfade im Wald. (*Gedanken Nr. 59*)

Oder:

Die Leute, *die* es nicht lieben, nach Plan zu leben, haben mehr Prädi-
lektion für die Gefühle, *die* überraschend kommen und den Menschen tief ergreifen, als für die Gedanken, *die* allmählich entstehen
und bedeutend schwächer auf den Menschen wirken. In den Ge-
fühlen finden sie eine Rechtfertigung für ihr Zögern, ihre Unruhe
und ihre Unausgeglichenheit. (*Gedanken Nr. 336*)

Oder:

Den größten Wert haben die Wörter, *mit denen* man die Gedanken
enthüllt, *die* kein anderer hat enthüllen *können*, oder die Wörter,
mit denen man *die* Gedanken ausdrückt, die kein anderer auszudrücken *gewagt hat*. (*Gedanken Nr. 401*; außer *können* und *gewagt
hat*, Herv. D. K.)

Völlig logisch und konsequent! Wenn Dragan Jeremić auf seinen Wandbehang den Küchenspruch seiner Poetik, seiner
eingebildeten Überzeugung stickt, daß derartige Gedanken
nur er hat sagen KÖNNEN und nur er zu sagen GEWAGT
HAT (und ich stelle fest: derartige Gedanken hat *einzig und
allein* er auszudrücken vermocht), schreibt er diese seine Poetik, dieses sein »Denkmal, dauerhafter als Bronze«, analphabetisch nieder wie ein Dilettant, dem der Ruhm das Hirn ver-
brannt hat wie ein Sonnenstich. Er schreibt diesen seinen
»weisen Ausspruch« nieder, um ihn an die Wand seiner literarischen Küche (Francuska-Straße 7) zu hängen, ohne auch nur
einen Gedanken daran zu verschwenden, daß die Motten ihm
diese *Apophthegmen* noch zu Lebzeiten zerfressen könnten!

2

Warum hat es Jeremić nicht gewagt, als »Kritiker und Philosoph« über Andrić die »reine Wahrheit« zu sagen, daß nämlich Andrić »einige Seiten, Absätze oder Zeilen benutzt hat, ohne ihre Quelle anzugeben« usw. Ich versichere: Jeremić hat das nicht deshalb nicht getan, weil er nicht dazu imstande gewesen wäre, das zu tun, sondern ganz einfach, weil er diese Sache mit Andrić unter dem Aspekt des sofortigen literarischen Profits nicht für ersprießlich gehalten hat. Sofern der Hauptgrund, der ihn davon abgehalten hat, Andrić auf die Anklagebank zu bringen, nicht der ist, daß Andrić – nach Jeremić – ein großer Verehrer von Jeremićs »Persönlichkeit« war und es sich für Jeremić selbstredend nicht ausgezahlt hat, den Wert eines angesehenen Schriftstellers zu mindern, der ihn – Jeremić! – als »Kritiker und Philosoph« oder »Philosoph und Kritiker«, egal, überaus geschätzt hat! Denn Andrić hat sich – nach Jeremić – vor ihm – Jeremić – wie ein Schüler gefühlt und ihm – Jeremić – sogar erlaubt, seine Texte zu korrigieren, da er wohl begriffen hatte, daß für eine solche Sache Jeremić die geeignetste »Persönlichkeit« war! Wie dem auch sei, die Tatsache bleibt bestehen, schwarz auf weiß, von der Hand dieses Literaturfunktionärs notiert, daß er – Jeremić! – die Texte von Andrić korrigiert hat, und diese skandalöse und tragische Tatsache wird in unserer Literaturgeschichte vermerkt bleiben, und das werden Provinzpauker an den Schulen der Provinz und Provinzprofessoren an den Fakultäten den künftigen Generationen beibringing: daß die Texte von Ivo Andrić ein – Jeremić korrigiert hat.

Jeremić war, was Andrićs Standpunkt und Haltung angeht, alles in allem ganz zufrieden, wie er auch mit Andrićs Einschätzung von Jeremić als »Philosoph und Kritiker« ganz zufrieden war, zumal Andrić weder an seiner (Jeremićs) Arbeit etwas zu beanstanden hatte (im Gegenteil) noch seinen Interventionen etwas hinzuzufügen oder wegzunehmen hatte:

Dann ging er [Andrić] zur Einschätzung meines Vorworts und zu meiner Frage über, was man daran verändern sollte, er sagte mir, er habe weder etwas hinzuzufügen noch etwas wegzunehmen, hinzufügend, daß es gut sei, daß ich als Philosoph und Kritiker aus den Worten die Gedanken läse, denn Schriftsteller schrieben keine Worte, sondern Gedanken, und das werde, obwohl wie offensichtlich auch immer, oft vergessen.[8]

Andrić hatte also, wir haben es gesehen, von Jeremićs Vorwort weder etwas wegzunehmen noch etwas hinzuzufügen.

Und das ist in Ordnung.

Aber warum hatte Andrić Jeremićs Vorwort weder etwas hinzuzufügen noch etwas wegzunehmen?

Weil Jeremić als Philosoph und Kritiker aus den Worten die Gedanken liest!

Mit Jeremićs Worten:

»[...] ich als Philosoph und Kritiker aus den Worten die Gedanken läse«!

Im Unterschied zu uns gewöhnlichen Sterblichen und Nichtphilosophen, die wir aus den Worten keine Gedanken lesen (sofern es sie gibt, versteht sich), sondern wie Kinder, die die ersten Buchstaben und die ersten Wörter stammeln, *bloß die Worte* lesen, obwohl – ich gestehe – im konkreten Fall von

---

8 Radovan Popović: *Berichte über Andrić*, Belgrad 1976, Sammelband, S. 47 bis 59. *(A. d. A.)*

Jeremićs Gedanken ich seine Gedanken nicht lesen kann, ohne dabei auch die Wörter zu lesen und die unbeholfene und holprige Konstruktion zur Kenntnis zu nehmen:

»er habe weder etwas hinzuzufügen noch etwas wegzunehmen, *hinzufügend*, daß« usw.

Oder:

»obwohl wie offensichtlich auch immer« usw.

Aber auch das ist jetzt egal. Wichtig ist, daß Andrić mit Jeremićs Vorwort zufrieden war und erklärte (gut möglich: man sagt, Andrić habe sehr boshaft, sehr zynisch sein können), daß Jeremić *aus den Worten die Gedanken läse.*

Aber was mir in diesem sehr zweifelhaften Zeugnis Jeremićs sehr zweifelhaft erscheint, ist die Behauptung, Andrić habe gesagt, Andrić habe sagen können: »Denn Schriftsteller schreiben keine Worte, sondern Gedanken«, denn wenn es der »Gedanke« eines Schriftstellers ist, dann, besonders dann, *ist er vor allem Wort.* Und das wußte bereits Aristoteles: *»Nicht wenig sowohl zur Klarheit der Sprachform wie auch zum Ungewöhnlichen tragen bei die Dehnungen, Verkürzungen und Veränderungen der Nomina. Denn dadurch, daß sie anders werden als das Bezeichnende und vom Üblichen abweichen, wird das Ungewöhnliche erzeugt, dadurch aber, daß sie trotzdem am Üblichen teilhaben, bleibt die Klarheit bewahrt [...]. Denn sowohl wenn man bei den Glossen wie auch bei den Metaphern und den anderen Formen die bezeichnenden Worte einfügt, so wird man sehen, daß wir die Wahrheit sagen«* (Poetik, XXII[9]).

Ich frage mich, welchen Gedanken Jeremić wohl in diesem Andrić-Gedicht zum Beispiel, in diesem Gedicht-Paradigma lesen würde, das offensichtlich ausdrückt, was das Wort bedeutet, was es für einen Schriftsteller alles bedeuten kann, das Wort *an sich*, ganz unabhängig von seinem Bezeichneten

---

9 In diesem Abschnitt von Aristoteles finden sich bereits alle wesentlichen Elemente der formalistischen Poetik: *Verfremdung, erschwerte Form, Verfahren ...(A. d. A.)*

(*signatum, signifié*), das Wort mit seiner gesamten *transratio-nalen* Ladung, mit seinen Assoziationsfeldern, mit all dem Reichtum seiner Lautregister, mit seiner reichen chromati-schen Skala usw:

LILI LALAUNA

Lala lula luna lina
Ala luna lani lana
Ana lili ula ina
Nali ilun liliana

Lila ani ul ulana
Lani linu ul nanula
Anali ni nina nana
Ila ala una nula

Aluana lul il lala
Ali lana, lan, lu, li, la.
Nalu nilu nun ninala
Nala una an anila
(1950)[10]

(Schade, daß wir uns mit Jeremić befassen müssen und nicht mit Poesie!)
    Und damit alles klar ist und damit die Leser nicht im unge-wissen gelassen werden, woher diese angebliche Erklärung Andrićs, daß »die Schriftsteller keine Worte, sondern Gedan-ken schreiben«, kommt und woher diese Bewunderung Andrićs für den »Philosophen und Kritiker« Jeremić kommt, beeilt sich dieser, es uns zu erklären:

10 Dieses Gedicht wurde in den *Gesammelten Werken*, Bd. XI, Belgrad 1976, veröffentlicht, mit der folgenden Anmerkung Andrićs: »Lili Lalauna, so hieß eine Griechin. Aus den Silben ihres Namens ist dieses ›Gedicht‹ gemacht.« *(A. d. A.)*

Vor seinem [Andrićs] achtzigsten Geburtstag traf ich ihn auf der Straße, und er sagte mir, er habe gelesen, daß ich ein Buch der Gedanken und Maximen veröffentlicht hätte. Ich sagte, daß ich ihm, wenn er es wünsche, das Buch schicken könnte. »Sie wissen, daß ich solche Bücher liebe. Übrigens haben Sie in Ihrem Essay über mich richtig beobachtet, daß ich einmal Joubert gelesen habe und er in meinem Werk Spuren hinterlassen hat. Bitte, schicken Sie mir das Buch.« [...] »Das macht nichts, antwortete er, vergessen Sie nicht, mir das Buch zu schicken.« Ein paar Tage nachdem ich ihm das Buch geschickt hatte, kam er in den Serbischen Schriftstellerverband. Sogleich sah ich, daß er den Wunsch hatte, mir etwas persönlich zu sagen.

Andrić bekam also zum Geburtstag die Gedanken und Maximen geschenkt (und wir, die Leser, freilich auch) und eilte sogleich in den Schriftstellerverband (Francuska-Straße 7), brennend vor Ungeduld, ihm (Jeremić) »etwas persönlich zu sagen«. Das ist soweit ganz klar.

Er entschuldigte sich, zuallererst den Druck loben zu müssen: die Lettern seien so groß, daß es ihm nicht schwergefallen sei, das Buch zu lesen, und in letzter Zeit habe seine Sehkraft derart abgenommen, daß er nur wenige Bücher lesen könne.

Andrić eilte also in den Schriftstellerverband, um Jeremić mitzuteilen, die Lettern in seinem (Jeremićs) Buch seien groß![11]

Ein anderer Professor hatte (zur allgemeinen Freude der Belgrader Leserschaft) irgendwann in den zwanziger Jahren in der *Politika*, wenn ich mich nicht irre, kundgetan, daß ihm auf die Frage »Welchen Vers der französischen Dichtung lieben Sie am meisten?« der zu dieser Zeit berühmte Anatole France mit folgendem Vers von Molière geantwortet habe:
   »*Partez Monsieur, sans dire adieu!*«
   (Gehen Sie, mein Herr, ohne adieu zu sagen!),
falls das nicht jener andere, nicht weniger berühmte Vers von

11 Eine gewöhnliche Garamond, nebenbei gesagt. (*A. d. A.*)

Racine war, mit dem man Nervensägen auf vornehme Art hinauskomplimentieren kann:

»Je n'écoute plus rien; et pour jamais adieu!«
(Ich höre nicht mehr zu, und auf immer adieu!)

Und jetzt haben wir nach über fünfzig Jahren eine Variante dieser Anekdote: Ein aufdringlicher Denker fragte Andrić, was er über seine Gedanken und Maximen denke, und Andrić antwortete ihm – die Lettern seien groß!

Und daher ist diese letzte Erklärung Jeremićs über seine Begegnungen mit Andrić (genauer: Andrićs Begegnungen mit Jeremić) die einzig überzeugende; denn das Lob an Satz und Druck sieht Andrić im gegebenen Kontext ganz ähnlich.

Aber Jeremić wäre kein Falschspieler, hätte er dem nicht auch noch folgendes hinzugefügt:

Und dann sagte er mir, daß es ihn besonders freue, daß meine Gedanken und Maximen so sehr von Humanismus durchdrungen seien. Viele Dinge sprächen dafür, daß sich die Verhältnisse zwischen den Menschen verbesserten, aber die Zeit sei noch weit, wo es nicht mehr notwendig sei, daß Philosophen und Schriftsteller die Menschen daran gemahnten, daß es unumgänglich sei, gut und edel zu sein.

Daraus ist also zu ersehen:

1. daß Andrić verrückt nach den Gedanken und Maximen von Dragan M. Jeremić war;

2. daß Jeremićs Gedanken und Maximen »so sehr von Humanismus durchdrungen« sind, daß es

3. bald nicht mehr notwendig sein wird, daß Schriftsteller und Philosophen wie Jeremić die Menschen daran gemahnen, gut und edel zu sein, weil wir von der Jeremićschen Sorte Güte und Edelmut und von Jeremićs Moralpredigten zum Thema Güte und Edelmut bereits die Nase voll haben!

Diese intellektuelle Beziehung, dieses schriftstellerische Gespann sozusagen aus Andrić und Jeremić (und zwar nach Jeremićs Bericht), erschöpft sich nicht nur in Andrićs Ergüssen der Bewunderung und Verehrung für Dragan M. Jeremić und seine so sehr von Humanismus durchdrungenen Gedanken und Maximen. Jeremić ist es nicht nur gelungen, Andrić (als Geburtstagsgeschenk) seine Gedanken und Maximen zur Besserung von Güte und Edelmut in die Hand zu drücken, sondern er hat es sogar erreicht, seine Texte zu korrigieren, weil Andrić die Schreibgewandtheit Jeremićs gefehlt hat, und so hat ihm Jeremić beim Redigieren seiner Manuskripte geholfen!

Hören wir mal, wie das gelaufen ist:

Als die redigierten Texte [zwei Bücher in *Die serbische Literatur in hundert Büchern*] an die Reihe kamen, war er etwas erstaunt über die Zahl der Einwände und den Fleiß, mit dem ich das gemacht hatte. Aufmerksam hörte er sich jeden meiner Einwände an. Ein paar vorgeschlagene Einwände akzeptierte er sofort. Manchmal sagte er einfach: »Lassen wir das so stehen, denn so spricht das Volk.«

Manchmal also sagte Andrić »einfach«: »Lassen wir das so stehen, denn so spricht das Volk«, aber eigentlich nicht einfach, nicht ordinär, sondern vornehm hat er einen dieser beiden Verse gesagt:

»*Partez, Monsieur, sans dire adieu!*« (Molière)

Oder:

»*Je n' écoute plus rien; et pour jamais adieu!*« (Racine)

Andrić war, wir haben es gesehen, etwas »erstaunt über die Zahl der Einwände«, die Dragan M. Jeremić erhoben hatte. Daran zweifle ich nicht! Und er war erstaunt über Jeremićs »Fleiß«. Auch daran zweifle ich in keiner Weise! Und angesichts dieses gewaltigen Fleißes von Jeremić mußte er ja geradezu sagen: »Soll es so bleiben, wie es dasteht, als Dokument, wie ich, als ich es geschrieben habe, gedacht und gefühlt habe.«

»*Je n' écoute plus rien; et pour jamais adieu!*«

Dieses Kapitel der *Begegnungen Andrićs mit ihm* beendet Jeremić mit dem ganz jeremićmäßigen Schluß:

Meine redaktionellen Korrekturen befinden sich, hoffe ich, auch heute noch im Archiv des Matica-Srpska-Verlags.

Jeremić bereitet also sein Archiv und sein Museum (Mausoleum?) vor. So wird man eines Tages wissen, daß doch er (Jeremić) recht gehabt hatte, und eines Tages, wenn das Archiv der Matica Srpska geöffnet wird, werden Andrićs Werke nach der (sprachlichen und philosophischen) Redaktion des Philosophen, Kritikers und Verfassers der humanistischen Gedanken und Maximen, Jeremić, Dragan M., gedruckt, den Andrić so sehr geschätzt und verehrt hat!

Jeremić spricht bereits heute aus *dem Dunkel* der Archive.

3

Damit mir die Jeremićoiden nicht vorwerfen, ich hätte Jeremić da verrissen, wo er am fadenscheinigsten ist, das heißt, ich hätte seine literarische Hauptbetätigung, die *Kritik,* nicht gestreift (obwohl ich ihn, um die Wahrheit zu sagen, als Erzähler, Bühnenautor und Dichter nach Lust und Laune habe bafeln, schwafeln und schwatzen lassen, ihn aus voller Kehle habe singen lassen), damit sie mir also nicht vorwerfen, ich hätte seine glänzende Kritikertätigkeit nach dem System des blinden Flecks übersehen, will ich mich hier auch mit einem kritischen *Schrieb* Jeremićs befassen. Mit einer von hundert seiner Galimathiasgrützen, die er in unseren glorreichen Käseblättern und besonders in seinen *Književne novine* ausgesät hat, diesen Makulaturen, die sich wie *Guano* auf den Galapagosinseln unserer Literatur abgesetzt haben.

Auf den ersten Blick eine Besprechung wie jede andere: über ein Buch, über einen (angesehenen) Autor. Indes ...

Dieser *Schrieb* von Jeremić behandelt ein unveröffentlichtes und (zu der Zeit) unvollendetes Buch, und ich habe hier nicht die Absicht, die Ursachen und Gründe für Jeremićs Wahl und Eile zu untersuchen und voreilig und ohne Beweise zu behaupten, Jeremić habe sich für dieses (unvollendete und unveröffentlichte) Buch nur deshalb entschieden, um mit dieser Geste die Pforte der Akademie einen Spaltbreit zu öffnen und so, wenn auch von der Seite, durch die Pforte der Unsterblichkeit zu schlüpfen und sich dadurch, zu all seinen übrigen Ehren, noch zu Lebzeiten die Unsterblichkeit zu sichern! Ich behaupte also nicht, daß diese Buchbesprechung aus niedrigen Beweggründen und Berechnung geschrieben worden sei; dafür habe ich keine Beweise. Vielmehr will ich die Erklärung für bare Münze nehmen, die sich hier aufdrängt: daß Dragan M. Jeremić nämlich an das unvollendete Buch des Sekretärs der Akademie gekommen ist und in einem Sturm der Begeisterung diese Besprechung verfaßt und in seinem Literaturblatt veröffentlicht hat. Jeremić hat – billigen wir es zu – diese Besprechung reinen Gewissens und ohne Hintergedanken geschrieben, mit dem Wunsch also, den Autor zu ermutigen und das Publikum auf das besagte Buch aufmerksam zu machen. In Ordnung. Doch schauen wir uns einmal an, wie der »Philosoph und Kritiker« Dragan M. Jeremić diese einfache Aufgabe bewältigt hat. Wie er seine kritisch-philosophische Begeisterung in der Rubrik *Interpretationen* ausgedrückt, wie er uns also die Sache interpretiert hat.[12]

Aber als typischer Erzähler geht er auf eine besondere, neue Art an den Roman heran, indem er ihn durch die konsequent durchgezogene Erzählung einer reliefartig gemeißelten Gestalt erschafft: eines Kämpfers, der aus einem Dorf am Ibar in die Revolution zog und, sich auf sein eigenes Gefühl für Würde und Gerechtigkeit stützend, die Skylla der Generallinie und die Charybdis ihrer verschiedenen taktischen Veränderungen durchschritt, aus dem Krieg zurückkehrte, ein leeres und abgebranntes Haus vorfand, ohne jede Nachricht über das Schicksal seines Vaters Nikola, seiner Mutter Kosara, seiner Frau Pava und seiner Söhne Damjan und Nikola, dann nach Belgrad umzog, wie Ivo Andrićs Zeko die Save liebgewann und an ihren Ufern seine Tage und Nächte verbringt, indem er fischt und seine Erinnerungen einem gewissen Čeperko erzählt, der vielleicht nur als seine Erfindung existiert, geboren aus seinem Bedürfnis, sich jemandem anzuvertrauen und jemandem sein Leid zu klagen.

So schrieb man in der serbischen Literatur vor etwa hundertdreißig Jahren, gegen Ende der ersten Regierung von Fürst

---

12 Dragan M. Jeremić: »Über den siegreichen und besiegten Krieger«, *Književne novine*, 1. Mai 1975, Nr. 486. *(A. d. A.)*

Miloš, zu der Zeit, als Vuk für die Sprache und Rechtschreibung kämpfte, zu der Zeit, als das erste Lyzeum gegründet
wurde, als Serbien noch Krieg führte und dabei war, sich zu
alphabetisieren:

Die anderen Charaktere, Mišić, der kaltblütige Verliebte und Bräuti-
gam, Allerweltsklugmeister, der nur an sich denkt und macht, was
ihm einfällt, Juca, die den Alten nur um seines Reichtums und ihrer
Eitelkeit willen geheiratet hat und sich auch demnach beträgt, Ka-
tica, die gute Tochter und einfältige Seele, der taube Peter, viele Jahre
Diener, der niemals Lohn gesehen hat, werden ganz übereinstim-
mend gezeigt, und alle, wie auch Janja mit den ersten Zügen des
Geizkragens, sind wahrhaft getreue und geglückte Kopien des Lebens, und jede einzelne Szene birgt wahrhaft für sich einen großen
Reichtum verständiger Mittel und Einzelheiten, welche mehr zeigen
als das Ganze in seinem Zusammenwirken. (Pavle Ars. Popović,
Serbskij narodnij list, 1839)

Jeremić:

[...] er zeigte mit großer dramatischer Kraft die Inbrandsetzung des
Hauses eines Četnik-Kommandanten ebenso wie auch das Zögern
der Hauptfigur, ob sie das Haus, in dem die nächsten Verwandten
des Kommandanten wohnen, in Brand setzen soll oder nicht
– So ist es auch in den anderen Erzählungen für Čeperko – in der
vierten: als die Hauptfigur zögert, den deutschen Soldaten Harry
Kleist umzubringen; in der sechsten Erzählung, als der Held sich
bemüht, das eisige Schweigen der Dorfbewohner zu brechen, die allein in der Lage sind, ihm zu entdecken, was sich in den Kriegswir-
ren mit seinem Vater, seiner Mutter, seiner Frau und seinen Kindern
ereignet hat.

Diese wie in der Grundschule betriebene Technik der Nacherzählung, mit der nach der Methode Jeremić monströse Digests mit mißgebildeten Fabeln geschaffen werden, diese
Technik, mit der die Handlung nach Pflanzenfresserart wiedergekäut und nacherlebt wird, macht jeden literarischen
Wert zunichte, tötet jeden Sinn der Geschichte, und eine der-

artige Kritik ist die vollkommenste Art, dem potentiellen Leser schon im vorhinein jede Lektüre zu verleiden. Und wenn eine derartige Kritik, derartige Interpretationen noch zu etwas gut sind, dann in ihrer humoristischen Funktion!

Isaković ist ein Meister der Beschreibung der Liebeslust, der fleischlichen Liebe, des Sexes.

Dieser fürchterliche Ausdruck! »Ein Meister der Beschreibung der Liebeslust«, als hätten wir eine schlechte Übersetzung vor uns! Und als hätte die serbische Literatur niemals Kritiker und Essayisten vom Format eines Ljubomir Nedić, eines Skerlić, eines Popović, einer Isidora Sekulić gehabt!

Und erst dieses abscheuliche Wort *Sex*, das hier und in diesem Kontext nicht nur scheußlich, sondern auch noch falsch ist. Sex ist »Liebeslust«, na schön! Liebeslust also, fleischliche Liebe in einer Atempause des Kampfes, heimlich, im Schatten des Todes, eine kurzatmige Liebeszuckung und Liebesumarmung (wie es Isaković andeutet), das ist für ihn »Sex«.

Aber das ist doch kein »Sex«, das kann doch kein »Sex« sein! »Sex« ist keine Zuckung, keine Hast in einer Atempause zwischen zwei Schlachten, in einer Atempause des Krieges; »Sex« ist eine friedvolle, zivile, überlegte, vereinbarte und verabredete Begegnung und Vereinigung, eine Frucht der Muße, Neurose oder Spiel, Libertinage, aber nie und nimmer Leidenschaft und leidenschaftliche Hast; »Sex« ist etwas der Leidenschaft entgegengesetztes; »Sex« ist also in diesem Satz von Jeremić und im Kontext der Geschichte, um die es geht, falsch gebraucht und kann weder Synonym noch Determinante der davorstehenden Syntagmen sein; »Sex« ist, wie Denis de Rougemont sagen würde, dem »Infrarot« im Liebesspektrum näher und mit der Muße verbunden.

Aber hier, was von der Liebeszuckung und von der angekündigten Meisterschaft des Erzählers übrigbleibt, wenn Jeremić die Fabel an sich reißt, wenn er sie sexualisiert, wenn sie von Jeremićs (dichterischer!) Pflanzenfresserzunge zusammengeballt und von Jeremićs Wiederkäuerpansen ausgespien wird.

Es gibt in den *Erzählungen für Čeperko* Szenen [...], in denen die Liebeslust des Kriegers beschrieben wird, aber am schönsten und stärksten wirkt die Szene in der sechsten Erzählung, wo ein Partisan, der zur Verteidigung muslimischer Frauen auf Četniks gefeuert hatte und deshalb verwundet wurde, von den *Hanume* gepflegt wird und allerhand Darreichungen und Leckereien angeboten bekommt, mit ihren Kleidern raschelnd, die seit langem von niemandem mehr zerknittert oder ausgezogen wurden, ihre auf Manneskraft begierigen Körper bewegend und ihn mit den Düften betörend, die von ihnen ausgehen.

Das ist also »Sex«! *Odora di femina,* die »von ihnen« (den Kleidern? den Frauen?) ausgehen.
 Und jetzt lesen Sie bitte dieses Buch, das Ihnen Dragan M. Jeremić so »sexuell« besprochen hat! Und all das in einem ernsthaft und nicht ohne Prätentionen verfaßten *Schrieb,* als handelte es sich um eine Antrittsvorlesung an der Akademie!
 Bitte schön:

Die Atmosphäre ist voll von Sex wie die Luft von Elektrizität vor dem Sturm, aber damit hat alles auch sein Bewenden.

Klar, nicht wahr: »Die Atmosphäre ist voll von Sex wie die Luft von Elektrizität vor dem Sturm, aber damit hat alles auch sein Bewenden.« Und das nennt sich »Sex«! »Sex« liegt also in der Atmosphäre, in der Luft und – »damit hat alles auch sein Bewenden«!

Dennoch, diese Szene ist eine hervorragende Hymne an den Sinnengenuß, um so mehr, als in ihr der Wunsch beherrscht wird und unerfüllt bleibt.

Und das ist also »Sex«!, und zwar »um so mehr, als [...] der Wunsch beherrscht wird und unerfüllt bleibt«!

264

Und da »der Wunsch beherrscht wird und unerfüllt bleibt«, ist das dann »Sinnengenuß«, und wenn Sie über diese *Beherrschung* schreiben, dann ist das eine »hervorragende Hymne an den Sinnengenuß«:

- Was ist also *Sinnengenuß*?
- Ein beherrschter und unerfüllter Wunsch!
- In welchem Verhältnis stehen Sinnengenuß und unerfüllter Wunsch?
- Der Sinnengenuß ist um so größer, je beherrschter der Wunsch ist!

Diese unbeholfene, altbackene und analphabetische Nacherzählung des Inhalts, dieser stammelnde Satz, wie ihn Schüler auf der Eselsbank schreiben (um Zeit und Papier zu füllen und sich keine Kopfnuß vom Lehrer einzuhandeln), diese unbeholfene und unorganisierte Bewegung ohne Sinn und Ziel, bald in Richtung einer elementaren (falschen) Gattungstheorie, auf den Knien der Gemeinplätze rutschend (»Erzählung einer reliefartig gemeißelten Gestalt« usw.), bald hin zu einer pennälerhaften Nacherzählung, wo die Namen der Helden obligatorisch aufgeführt werden, um den Lehrer davon zu überzeugen, daß der Schüler die aufgegebene Lektüre wirklich gelesen hat (»seines Vaters Nikola, seiner Mutter Kosara, seiner Frau Pava und seiner Söhne Damjan und Nikola«), dann wieder ein paar literaturgeschichtliche Fetzen (nach Möglichkeit von einem Nobelpreisträger: »wie Ivo Andrićs Zeko die Save liebgewann«), dann wieder verbringt unser Held »an ihren Ufern seine Tage und Nächte, indem er fischt und seine Erinnerungen einem gewissen Čeperko erzählt«, und so wuchert, nach dem besten altbackenen Schülerrezept von der Eselsbank, diese Nacherzählung wie Unkraut, bis eine Seite großen Formats, vier Spalten der *Književne novine* bedeckt sind, und da gibt es kein Azimut, da gibt es keinen Leitgedanken, nirgendwo eine logische Pause, nirgendwo eine These, nirgendwo eine Vermutung, einen Beweis, kein theoretisches System, keinen klar definierten kritischen Ansatz.

Da Jeremić die Theorie nicht kennt, bedient er sich »dichterischer« Bilder, dekorativer Blümchen, wie man sie in Poesiealben malt und in bunte Kränze flicht. Und da Jeremić dem gewöhnlichsten literarischen Phänomen wie einer thematischen Sammlung (die in der Literaturtheorie *Rahmennovelle, Rahmenerzählung* genannt wird: »Der Vorläufer des Romans war die Novellensammlung« – Schklowski), wie einem nie gesehenen Wunder gegenübersteht und, wir sagten es, die Theorie nicht kennt, windet er sich den Akademiekranz (wie die Kleine, die sich mit ihrem Brautschleier, den sie zu Lebzeiten nicht gebraucht hatte, ins Grab gelegt hat), bindet er ihn ganz »dichterisch« und ganz selbstgewiß:

Und wie eine Reihe kleiner Röhrenblüten, zu Kreisen gewunden und miteinander verbunden, einen Kranz bilden, so schließt auch jede Erzählung für Čeperko einen Kreis für sich und verbindet sich mit den anderen Erzählungen, so daß alles zusammen ein Ganzes bildet, das gleichzeitig eine Reihe miteinander verbundener Erzählungen wie auch einen mosaikartigen Roman darstellt.
Obwohl er ihn als sein leibhaftiges Gegenteil betrachtet, definiert sich der Held ununterbrochen über Dositej, oft Entscheidungen treffend, danach, was er annimmt, was er gesagt oder getan hätte, und erweist ihm schließlich entgegen aller Erwartung für sein strenges, diszipliniertes, aber dennoch menschliches Verhalten in verschiedenen Situationen Ehre.

– Wie definiert sich die Hauptfigur über ihren Doppelgänger?
– Oft Entscheidungen treffend.
– Welche? Worüber?
– Danach, was er annimmt, was er gesagt oder getan hätte...
So ein Schmarren!

Obwohl die *Erzählungen für Čeperko* eine Reihe mehr oder weniger langer Monologe bilden, entschließt sich Isaković a priori nicht für einen Sprecher, der bekennt, sondern bestimmt, über ihm stehend, den objektiven Wert eines jeden an der Handlung Beteiligten, von der die Rede ist.

Ganz klar, nicht wahr?

»Eine Reihe mehr oder weniger langer Monologe bilden« dieses Buch, und das soll wohl heißen, daß das Buch aus kürzeren und längeren Monologen gebildet wird. In Ordnung. Aber was soll dieses jeremićmäßige Paradox bedeuten: daß sich der Autor »a priori nicht für einen Sprecher, der bekennt« entschließt? Was soll das bedeuten? Wenn der Autor den Helden in Monologen, längeren oder kürzeren (egal), reden läßt, dann handelt es sich um einen dramatisierten oder nichtdramatisierten Erzähler, aber wenn der Autor so sichtbar »über ihm steht«, daß es sogar Dragan M. Jeremić auffällt, und obendrein so »über ihm stehend, den objektiven Wert eines jeden an der Handlung Beteiligten, von der die Rede ist« bestimmt, dann ist mit diesen (»mehr oder weniger langen«) Monologen etwas nicht in Ordnung, denn man hat aufgrund von Jeremićs *Interpretation* den Eindruck, der Schriftsteller ziehe die Fäden, ganz über dem Helden der Geschichte stehend. Und wie der Schriftsteller »den objektiven Wert eines jeden an der Handlung Beteiligten, von der die Rede ist«, bestimmt, bleibt völlig im unklaren, insofern als es sich um einen Monolog und um die Stimme eines *zuverlässigen* oder *unzuverlässigen* Erzählers handelt, wo dem Schriftsteller die Rolle und Aufgabe zufällt, unsichtbar und unbemerkt zu bleiben!

Da es Jeremić, scheint es, so vorkommt, als öffneten sich vor ihm bereits die Tore zur Unsterblichkeit und als hätte er seinen Fuß bereits gewandt in die Tür der Akademie geklemmt, kommt es ihm wohl so vor, als könnte er aus dieser Perspektive der Unsterblichkeit ganz unsterblich-unsinniges, theoretisch ganz ungenaues Gestammel von sich geben:

Der Monolog [...] ein wenig und ungern verwendetes Mittel des Prosaausdrucks, zumindest in der klassischen Form dieses Ausdrucks. – (!!)

Oder:

Auch wenn sie in der ersten Person geschrieben sind, sind die Romane nur scheinbar ein Monolog, denn daneben, oder genauer, darin finden wir immer die Beschreibung wie auch den Dialog. – (!!)

Kein Kommentar.

Jeremić glaubt von sich, er sei Kritiker und Philosoph, und wenn er, nachdem er seine Röhrenblütchen wiedergekäut hat, anfängt, eine Kritik zusammenzustammeln, ruft er den Philosophen Jeremić zu Hilfe, um ganz jeremićmäßig loszuphilosophieren und eine »philosophische Dimension« zu suchen.

Im Rahmen der zahlreichen Möglichkeiten der kritischen Interpretation der neuesten Prosa Isakovićs (sprachlich, stilistisch-morphologisch, soziologisch, ethisch) muß unbedingt auch etwas über ihre philosophische Dimension gesagt werden.

Unbedingt!

Aber um etwas über »ihre philosophische Dimension« sagen zu können, muß man vor allen Dingen etwas Vernünftiges über das Buch selbst sagen, und zwar »im Rahmen der zahlreichen Möglichkeiten der kritischen Interpretation«, und nicht auf altbackene und analphabetische Weise die Fabel der Geschichte wiederkäuen! Und man muß auch etwas Vernünftiges über diese Möglichkeiten der »kritischen Interpretation« sagen, denn die »sprachliche« und »stilistisch-morphologische« Interpretation sind ein und dasselbe, da die Morphologie ein Zweig der Sprachwissenschaft ist und sich mit der Entstehung und den Formen des Wortes sowie mit seinen Funktionen im Satz befaßt; die »sprachliche« Interpretation kann also nicht außerhalb der morphologischen, die morphologische nicht außerhalb der syntaktischen und die syntaktische nicht außerhalb der »stilistischen« Interpretation stehen! Ebenso wie die »soziologische« und »ethische« Interpretation nichts anderes als »philosophische« Interpretationen sind, weil die »Soziologie« und insbesondere die »Ethik« Teil der philosophischen *summa* sind. Und wenn sich schon jemand auf diese pennälerhafte Aufzählung »der

zahlreichen Möglichkeiten der kritischen Interpretation«
einläßt (ohne auch nur eine davon anzuwenden, sondern bloß
seine eigene durchkauend-wiederkäuende), dann muß man
auch etwas Vernünftiges über diese Möglichkeiten sagen!
Denn diese Möglichkeiten sind tatsächlich zahlreich[13], und
Jeremić sollte zumindest von ihrer Existenz wissen und ihre
Grundlagen kennen, selbst wenn er sich auch weiterhin seiner einzigartigen, jeremićmäßigen Methode bedient:

Nachdem es ihm auf diese Weise gelungen ist, die Gründe, derent-
wegen man gewöhnlich die Monologe, und besonders die langen
Monologe vermeidet, zu beseitigen, baute er sein Romanmosaik der
Erzählungen just auf einem so gekonnt und dramatisch geschriebe-
nen Monolog auf, daß er zu den besten Monologen der serbischen
Literatur gehört.

Das war der axiologische Schluß, und zwar auf der Grundlage
der bisherigen (jeremićmäßigen) literaturtheoretischen Demonstration »mehr oder weniger langer Monologe«.
    Und jetzt etwas über die »philosophische Dimension«,
denn es

[...] muß unbedingt auch etwas über ihre philosophische Dimension
gesagt werden. Es ist kein Zufall, daß der Haupttitel dieser Sammlung von Romanerzählungen *Augenblick* lautet.

Und wenn ein Schriftsteller »Augenblick« sagt oder das Wort
»Augenblick« in den Titel einer Erzählung setzt, dann ist das
eine »philosophische Dimension«!

Viele Dinge, und zwar wesentliche, ereignen sich nach Isaković in
einem Augenblick, und der Mensch muß, um das Gute zu tun, um
vernünftig zu handeln, um den anderen und sich zu nützen, in diesem Augenblick zurechtkommen, schnell entscheiden und schnell
handeln.

13 Siehe zum Beispiel in diesem Zusammenhang: *Les chemins actuels de la
critique*, Paris 1968, in der Reihe 10/18. (*A. d. A.*)

Und das ist also die »philosophische Dimension«! Da die Dinge »in einem Augenblick« passieren, muß der Mensch, um das Gute zu tun, den anderen und sich, »zurechtkommen«!

Das ist also die »Philosophie« (noch dazu, wenn es nach dem anderen Jeremić geht, die marxistische)! Und wenn Jeremić behauptet, »zurechtkommen« bedeute »philosophieren«, konsequent »philosophisch« handeln, dann legt er hier ohne Zweifel lediglich seine Philosophie der Gewandtheit, der Schläue und einen Teil seiner Weltanschauung à la Gedanken und Maximen dar. So wie er gleich anschließend, derart bafelnd und philosophierend, seine obsessive Idee von der menschlichen Existenz als Streben nach Erfolg darlegen wird, eine, wir haben es gesehen, bereits in seinen Apophthegmen präsente Idee:

Den richtigen Augenblick zu erkennen, ihn zu erfassen und sich nicht in Ereignisse zu stürzen, wenn es nicht der richtige Moment ist, den Augenblick nutzen zu können, das ist eine große Weisheit, das ist es, was uns den Erfolg ermöglicht oder uns zum Mißerfolg verurteilt.

So legt dieser geschworene Philosoph philosophisch *seine* abgeschmackte kleinbürgerliche Philosophie des Pragmatismus und des Moralismus dar, diese Philosophie der Profitgier, des Karrierismus, der Speichelleckerei, des Erfolgs! Und siehe, wie aus diesem Wortmorast ganz logisch die deutliche und deutlich sichtbare Persönlichkeit dessen an die Oberfläche gekommen ist, der ausgegangen war, seine Weltanschauung darzulegen, Doktor Jeremić. (»Das Werk *enthält* nicht das Porträt seines Autors; es *ist er*«, sagt Ireland.)

Aber Jeremić wäre kein »Kritiker und Philosoph«, würde er diesen seinen verflixten »Augenblick« nicht auch rein philosophisch fundieren:

In diesem Begriff ist, scheint es, verknüpft, was die Existentialisten mit den Termini der *Situation* und der *Freiheit* (der Entscheidung) bezeichnen. In Isakovićs Prosa hat der Begriff »Augenblick« keinen fatalistischen Sinn, aber der Schriftsteller verweist zu Recht auf die objektive Seite der Dinge, darauf, daß vom besonderen Verlauf des Zusammenwirkens der Umstände (Situationen) der Verlauf unseres Lebens und der Erfolg unserer Existenz abhängt, wobei natürlich der Begriff des Erfolgs eher in seinem ethischen denn in seinem pragmatischen Sinne zu verstehen ist.

Also, alles wieder in bester Ordnung: der Begriff des Erfolgs ist nicht in seinem pragmatischen, sondern in seinem ethischen Sinne zu verstehen, und so wird aus dem Erfolg eine ethische Kategorie, eine Art Jeremićscher kategorischer Imperativ.

Indes, enthüllt uns Jeremić, hat der »Augenblick« auch seine »subjektive Seite«, so daß wir neben dem Erfolg als ethischer Kategorie auch noch den »Augenblick« als subjektive Kategorie erhalten haben, und diese seine philosophischen Erfahrungen macht er anhand eines Prosatextes und legt sie dann dar, als handelte es sich um die philosophischen Schlußfolgerungen des unschuldigen Autors und nicht um seine eigenen:

Und diese Umstände dauern gewöhnlich sehr kurze Zeit, nur einen Augenblick. Aber nach dem Verständnis von Isaković hat der »Augenblick« auch eine subjektive Seite: der Augenblick ist die Gelegenheit, die Möglichkeit, die Chance, deren Realisierung und Resultat von unserem Verhalten in diesem Augenblick abhängen (die Entscheidung).[14]

Usw.

So ist das also. Da Jeremić nun schon seine Bereitschaft erklärt hat, uns auch etwas über die »philosophische Dimension« des Buches zu sagen, und da er bereits so schön philosophisch seine philosophischen Dimensionen erläutert hat, bleibt ihm jetzt nichts anderes übrig, als auf das Paradigma zurückzugreifen, als seine theoretisch verworrene und kom-

14 »Von anderen hängen nur die günstigen Umstände ab, doch das Glück hängt ab von uns selbst« (*Gedanken Nr. 171*). (A. d. A.)

pliziert (eigentlich aber hohle) Theorie und Philosophie durch ein Beispiel zu bekräftigen, das heißt, von neuem seine Wiederkäuermaschinerie in Bewegung zu setzen:

Später erntet man bittere und süße Früchte von einer solchen Entscheidung, wie sie die Hauptfigur in *Erzählungen für Čeperko* von der Entscheidung erntet, Liebe zu machen mit einer jungen Frau an einem Zufluchtsort auf der nackten Erde, über der der Himmel einbrach, den Befehl doch zu befolgen und das Haus des Četnik-Kommandanten Jova Dukanac anzuzünden, das – wie sich herausstellt – nicht nur ihm gehört, sondern auch seinem Bruder, dem Partisanenkommandanten Djoka Dukanac, oder den Befehl nicht zu befolgen und den deutschen Soldaten Harry Kleist nicht zu erschießen.

Die Früchte werden »*von* der Entscheidung« ganz philosophisch und ganz jeremićmäßig analphabetisch geerntet, mit einer jungen Frau – an einem Zufluchtsort – auf der nackten Erde – über der (der jungen Frau, der Erde?) der Himmel einbrach – und während unser Held (in Jeremićs philosophisch-moralischer Interpretation) so mit einer jungen Frau, über der der Himmel einbrach, Liebe macht, gelingt es ihm doch noch, das Haus anzuzünden, und jetzt wissen wir nicht mehr, ob er Liebe macht mit einer jungen Frau, über der der Himmel einbrach, oder das Haus anzündet, das nicht nur ihm gehört und über dem der Himmel nicht einbrach!

In diesem Galimathias von Jeremić ist, wir haben es gesehen, alles vermischt, alles zernagt und in eine zerkaute, triefende Sabbermakulatur transformiert.

Und all das wird so zu Papier gebracht, Wort für Wort, Satz für Satz, Seite für Seite, von Tag zu Tag, von Jahr zu Jahr, Schicht für Schicht, wie *Guano*, in unseren Blättern und unseren Zeitschriften, und dann wird es zu einem Buch gebunden, wird es ein *Werk*, *œuvre*, *opus*, und dann gibt es für solche Bücher Anerkennungen und Preise, man schreibt ebensolche koprophagen Arschwische über sie, und immer so im Kreis herum, und auch diese Bücher werden in die Regale der Buchhandlungen gestellt, unnütz und vergessen im Dunkel der feuchten Läger (aber dafür tauchen sie in Jeremić́s Bibliographie auf, stufenartig aneinandergereiht, wie die Treppe, die zur Akademie und zur Unsterblichkeit führt), ohne daß jemals in unserer Öffentlichkeit auch nur einer laut und deutlich gefragt hätte: Warum werden solche Bücher geschrieben, und wozu dient diese jeremićmäßige analphabetische Schädlingsarbeit?

V

Das doppelte Gulasch des Branimir Šćepanović

Redliche Geringschätzung für die Mittelmäßigkeit, die von Meisterschaft nicht weiß und also ein leichtes, dummes Leben führt, gestehe ich ein.

Thomas Mann

Die Erzählung Branimir Šćepanovićs *Der Tod des Herrn Goluža*[1] – dieses typische Produkt jeremićesker Ästhetik –
wurde landauf, landab bisher unzählige Male gedruckt, in
ihrer ersten, kürzeren Version als Prosabeitrag unseres
Schriftstellers des Absurden in Blättern und Zeitschriften
sowie in den (montenegrinischen) Lehrbüchern der Nationalliteratur, damit die Schüler und künftigen Schriftsteller
mit diesem »Meisterwerk«, das in »zweiundzwanzig Sprachen der Welt« übersetzt ist und »in elf Anthologien im In-
und Ausland und auch in eine Weltanthologie (unter fünfundzwanzig Geschichten aus der ganzen Welt) aufgenommen
wurde« usw., bekannt gemacht werden, damit also unsere
jungen Talente noch als Grünschnäbel mit diesem »Welt«-
Meisterwerk und mit dieser anthologiewürdigsten Erzählung aller Zeiten bekannt gemacht werden und damit sie eines
Tages, wenn sie erwachsen sind und es ihnen gesagt wird,
auch selbst in der Lage sind, ein solches Meisterwerk zu
schreiben, das anschließend in »die Weltanthologien der
ganzen Welt« aufgenommen wird, und damit einen bescheidenen Beitrag unserer Literatur zum Weltabsurden zu leisten. Gedruckt wurde diese Geschichte also während der
letzten zehn Jahre in allen möglichen Organen, mit immer
denselben oder variierten Empfehlungen der »Weltantholo-

1 *Der Tod des Herrn Goluža.* In: *Moderne jugoslawische Prosa.* Mit einem
Nachwort von Barbara Antkowiak, Berlin 1969: Volk und Welt (es handelt
sich hier um die kürzere Version). *(A. d. Ü.)*

gien«, und unsere Kritiker, mit Jeremić an der Spitze, waren hin und weg von dieser »Welterzählung« wie von einem Wunder des Talents, wie von einem Wunder der schöpferischen Entdeckung, wunderten sich, als hätten sie in ihrem ganzen Leben nicht eine anständige Geschichte gelesen, um durch einen solchen Vergleich sehen zu können, daß es sich hier um den übelsten literarischen Bofel handelt. Und diese »kürzere Version« der Erzählung wurde also, soweit mir bekannt ist, zuletzt im Sammelband des Lehrstuhls für Komparatistik mit Beiträgen von Studenten und Lehrenden anläßlich des hundertjährigen Bestehens dieses Lehrstuhls abgedruckt, obwohl unser Erzähler seinen Fuß niemals in dieses und auch kaum je in ein anderes Seminar gesetzt hat, aber einfach kraft eines unvermeidlichen höheren Gesetzes, weil der Herausgeber auf dieses Meisterwerk, das, tja, in den »Weltanthologien der ganzen Welt« veröffentlicht ist, nicht verzichten konnte, und da konnte also auch er, Dr. Dragan Nedeljković, als Redakteur, sich das Vergnügen nicht entgehen lassen, seinen Sammelband mit diesem Meisterwerk zu schmücken, weil er selbst, was ihn angeht, von diesen Dingen, das heißt vom Wert und der Qualität eines literarischen Werks, nicht viel versteht, aber wenn etwas eine »Welterzählung« ist, dann ist es eine Welterzählung, das braucht man doch nicht zu überprüfen, die Leute in der Welt werden doch wohl wissen, was taugt und was nicht. Tja, so haben wir zum Nutzen und Frommen unserer Sammelbände, unserer Lesebücher und unserer gesamten Literatur eine »kürzere Version«, eine Art Urfaust, eine erste Ausgabe der Erzählung *Der Tod des Herrn Goluža* erhalten und vervielfältigt und gedruckt und nachgedruckt, so sind wir mit dieser Geschichte in der Welt herumscharwenzelt und haben der Welt unser Talent unter Beweis gestellt, bis du dann, wie's der Teufel will, in den Belgrader *NIN*[2] die »neue und endgültige Version« derselben Geschichte vorgesetzt bekommst, zur dreifachen

2 Vom 16., 21. und 28. November. *(A. d. A.)*

Größe erweitert, gestreckt, gedehnt, verbreitert, damit sie wenigstens länger wird, wenn sie schon nicht besser werden kann, und die Belgrader *NIN* haben sie uns also in drei Fortsetzungen mit Begleittext vorgesetzt, damit wir auch wissen, welche Ehre es für uns ist, daß *NIN* »als erste diese Erzählung in ihrer endgültigen Form veröffentlichen«, dreimal in Folge, als Musterbeispiel, und zwar in der Rubrik »Ausgewählte Seiten«, mit dem Porträt und einem in die Ewigkeit gerichteten Blick des Autors, dreimal in Folge, wie in einem Witz, wo man auf die Pointe wartet, wo diese Pointe aber – zumindest, was die Geschichte selbst angeht – ausbleibt. Denn während wir in der früheren Version, der aus den Lehrbüchern und Sammelbänden, eine kurz erzählte Anekdote über einen Mann hatten, der in ein »kleines Kaff« gekommen ist, um »sich umzubringen«, es sich anders überlegt hat, dann zwar nicht auf einer Bananenschale, dafür aber auf dem Glatteis ausgerutscht ist und sich (also) doch noch umgebracht hat, während, sage ich, in dieser kürzeren Version die Dummheit kürzer war und die Qualen des Lesers entsprechend geringer, weil von kürzerer Dauer, hat sich jetzt, in der neuen und endgültigen Version, die Dummheit vervielfacht, und wir haben so aus einer kleinen Dummheit eine große Dummheit »in ihrer endgültigen Form« erhalten!

Man braucht kein großer Psychologe zu sein, um festzustellen, daß diese Art »Vollendung« eines literarischen Gebildes im konkreten Fall nicht aus einem Perfektionismus resultierte (denn dann hätte die Geschichte wenn nicht besser, so doch in formaler Hinsicht ausgereifter sein müssen), sondern schlicht und einfach aus der Sterilität eines Schriftstellers, der weder ein Thema noch eine Idee, noch die Kraft hat, eine andere Geschichte zu schreiben als die, die er ungefähr fünfzehn Jahre zuvor (in der »ersten Version«) geschrieben hat und die »1962 beim Wettbewerb der *Književne novine* mit dem ersten Preis ausgezeichnet worden war«, das heißt von Dragan M. Jeremić; und da ist ihm seine mit einem ersten Preis bedachte »Welterzählung« wieder eingefallen, und jetzt hat er sie erweitert und gedehnt und verbreitert, und es ist ihm mit ihr ergangen, wie es dem Frosch aus der Fabel von Lafontaine ergangen ist – der Wunsch nach Größe hat die Geschichte zum Platzen gebracht.

Diese Geschichte, mit dem donnernden Kommentar in drei Folgen, gelangte dann in den öffentlichen Wettbewerb der Vereinigten Verleger, den Wettbewerb, auf den hin sie anscheinend, ja auch, in ihrer »endgültigen Version« geschrieben wurde, denn wie könnte B. Šćepanović einen Wettbewerb auslassen, wo an die neun Millionen verliehen werden, wenn der Juryvorsitzende, der den Preis zuerkennt, Dragan M. Jeremić höchstpersönlich ist, derselbe, der diese Geschichte schon vor etwa fünfzehn Jahren mit dem ersten Preis im Wettbewerb der *Književne novine* ausgezeichnet hat, und ein weiteres Jurymitglied Lektor in genau dem Verlag ist, der seinerseits ebendiesen Šćepanović in einer Luxusausgabe herausgebracht hat, zur Eröffnung einer Reihe der Weltliteratur, mit Klassikern wie Thomas Mann, Faulkner, Kafka, Hemingway, Tschechow, Camus, und wo es für die inländischen (jugoslawischen) Schriftsteller nur einen einzigen Platz gibt, den ersten, für Šćepanović …!

Da es sich also um eine »Welterzählung« handelt, die vor etwa fünfzehn Jahren aus den Händen Dragan M. Jeremićs einen ersten Preis verliehen bekam, und da diese Geschichte »in der Zwischenzeit in mehr als zwanzig Sprachen übersetzt ist« (*sic!*) und »in elf Anthologien im In- und Ausland aufgenommen wurde« (*sic!*), »und auch in eine Weltanthologie« (*sic!*) »unter fünfundzwanzig Geschichten aus der ganzen Welt« (*sic!*) usw. usw., wird uns nichts anderes übrigbleiben, als sie unvoreingenommen zu lesen (*close reading*), nun, da sie Vollkommenheit erlangt hat (in *NIN*), da sie also (endlich!) »in ihrer endgültigen Form« veröffentlicht ist. Denn diese Erzählung wird, so wie sie ist, gestützt von der Kritik Dragan M. Jeremićs, bald nicht nur zum Vorbild für junge Prosaautoren, sondern zum Kanon, zur Erzählung *par excellence* werden, an der man den Wert von allem, was bei uns und in der ganzen Welt geschrieben wird, messen wird und im Vergleich zu der alles andere blaß und sinnlos aussehen wird, während *Der Tod des Herrn Goluža* in seiner endgültigen Version und in seiner »endgültigen Form« zum Vorbild ganzer Generationen, zum Maß aller Dinge, zur metrischen Einheit, zum Kanon wird, unter dessen Niveau kein Schriftsteller mehr abfallen darf und zu dem sich keiner jemals wird emporschwingen können, zumindest nicht, solange sein geistiger Vater Šćepanović und sein Pate Jeremić am Leben sind. Wer eins von beidem versucht, wird grausam bestraft: auf seinem Kissen wird ihm unversehens der Kopf seines Lieblingspferds erscheinen, blutig und brutal abgehackt, wie in den Gangsterfilmen.

Ein paar schwüle und ungewisse Tage waren vergangen, doch über Herrn Goluža war außer seinem unüblichen Nachnamen, den er mit einer schrägen Schrift in das staubige Gästebuch des Hotels eingetragen hatte, nichts in Erfahrung zu bringen. Vergebens hatten die untätigen Stadtbewohner jeden seiner Schritte beobachtet und insgeheim darauf gewartet, daß er durch eine unvorsichtige Geste seine Absichten verraten und enthüllen werde. Dieser verlängerte Unbekannte im schwarzen Anzug und mit schwarzem Hut – tief in die Stirn gezogen, um sich vor der unbarmherzigen Sonne zu schützen oder vielleicht um seine Augen zu verbergen – hatte sich, wie zum Trotz, weder nach jemandem erkundigt noch jemandem geschrieben oder mit jemandem telefoniert.

Was haben wir in diesem ersten, einführenden Passus erfahren?

Daß in einem »Städtchen« ein Mann (offensichtlich der Held unserer Geschichte) eingetroffen ist.

Wie sieht dieser Mann aus?

Er hat einen »unüblichen Nachnamen«.

Aber warum sollte das ein unüblicher Nachname sein, wenn er nun schon in ein »Städtchen«, unter »Stadtbewohner« geraten ist, wenn wir danach während der ganzen Geschichte keinem anderen Namen begegnen werden, um ihn vergleichen zu können und zu begreifen, daß dieser Nachname »unüblich« ist? Und was bedeutet für einen Schriftsteller, der »sogar in eine Weltanthologie« gelangt ist, daß jemand einen »unüblichen Nachnamen« hat, insoweit diese Geschichte auch in ihrer endgültigen Form in die Welt gelangen wird, wo nichts unüblich ist, am wenigsten ein Nachname, weil sich diese Geschichte im Niemandsland, *no man's land*, abspielt und daher solche Referenzen, daß jemand einen »unüblichen Nachnamen« hat, nichts anderes zu bedeuten haben, als daß ihr Autor über seinen Helden außer Dummheiten und *Klischees* nichts zu sagen weiß.

– Was für eine Schrift hat unser Held?
– Eine schräge!
– Wie sind die Gästebücher des Hotels?
– Staubig.
– Wie sind die Stadtbewohner?
– Untätig.

Untätig, will sagen, müßig, wie unser Held mitsamt unserem Autor und seiner Geschichte, und wie ein müßiger Pope tauft er hier keine Böcklein, sondern seinen Helden auf einen »unüblichen Namen«, um ihn, nachdem er ihn getauft hat, in ein »Städtchen« zu führen, unter »untätige Stadtbewohner«, und ihn mit Klischees und Banalitäten wie mit dem oben erwähnten »unüblichen Nachnamen«, »staubigen Gästebüchern« und einer »schrägen Schrift« auszustaffieren.

Nun, da wir schon die reizende Bekanntschaft unseres Helden gemacht haben, muß er natürlich auch angekleidet werden, damit er als Goluža nicht nur in Galoschen dasteht, und jetzt plötzlich sehen wir, daß unser Unbekannter auch noch »verlängert« ist, so daß wir einen »verlängerten Unbekannten« »im schwarzen Anzug und mit schwarzem Hut« bekommen, und jetzt scheint uns, daß der Autor womöglich recht gehabt hat, als er sagte, sein (des Helden) Nachname sei »unüblich«, denn wir befinden uns im Wilden Westen, in der Welt eines Westerns (wo der Nachname Goluža ebenso »unüblich« ist wie Šćepanović oder Jeremić), und unser »verlängerter Unbekannter« ist in Wirklichkeit Gary Cooper, während das Dekor ebenfalls ein Dekor ganz im *Westernstil* ist, die Gestalten nur in Massenszenen auftauchen, wie in den *Spaghetti*-Western, denen diese Erzählung am meisten gleichsieht, ebenso wie ihre Helden. (Das nennt sich dann, in der Interpretation der Jeremićs: der Einfluß der Filmtechnik auf die Literatur!)

Und wenn das keine »Welterzählung« wäre, von *NIN* in ihrer »endgültigen Form« präsentiert, würden wir zu Recht denken, es handle sich um ein Szenario für einen *Spaghetti*-Western, wahrhaft hundertmal gesehen und daher banal, denn kaum ist unser »verlängerter« Fremder, das heißt »verlängerter Unbekannter«, im schwarzen Anzug und mit schwarzem Hut, aufgetaucht, beginnen sich die Dinge auch schon ganz wie im *Spaghetti*-Western zu entwickeln:

[...] Vergebens hatten die untätigen Stadtbewohner jeden seiner Schritte beobachtet und insgeheim darauf gewartet, daß er durch eine unvorsichtige Geste seine Absichten verraten und enthüllen werde.

Hier fehlen bloß die Colts, die der Autor, allem Anschein nach, zu erwähnen vergaß. Denn dieser »verlängerte Unbekannte«, schieres Ebenbild von Gary Cooper, schleicht in der Stadt herum, im schwarzen Anzug und mit schwarzem Hut, »tief in die Stirn gezogen, um sich vor der unbarmherzigen Sonne zu schützen« – wie im Film *Zwölf Uhr mittags* – »oder vielleicht um seine Augen zu verbergen«. Vielleicht.

Was machte unser Held im schwarzen Anzug und mit tief in die Stirn gezogenem schwarzem Hut dann weiter?

Er bewegte sich wie ein einsamer Schatten – unhörbar und unvorhersehbar.

Da es sich um einen Schriftsteller handelt, dessen Dialoge (wieder einmal nach D. Jeremić) eine seiner größten Stärken sind, »um den jugoslawischen Hemingway«, kommt jetzt obligatorisch ein Dialog, kommt die andere Seite ins Bild, dramatische Spannung, Massen, Massenszenen, der einzelne konfrontiert mit der Masse, und zwar nach dem psychologischen Verständnis eines Šćepanović, wo die Armen über Geld reden, wie richtige Arme, die Alten aus Erfahrung sprechen, wie richtige Alte:

– Er hat Geld, sagten die Ärmsten, wahrscheinlich ist er ein Spieler.

(Auch das noch immer nach Westernart.)

– Leider nein, seufzten die versierten Alten, sonst hätten wir ihn schon längst bis aufs Hemd ausgezogen.

So immerhin »die versierten Alten«. Aber was es zu bedeuten hat, daß die Alten »versiert« sind, ist hier eine der Fragen, die uns, außer dem Autor selbst, vielleicht nur der versierte Jeremić beantworten könnte, weil »versiert« nicht dasselbe wie *erfahren* ist, und falls »versiert« hier, sagen wir, »versierte Spieler« meint, dann bedeutet das doch – hier –, daß alle Alten »versierte« Spieler sind, was noch einen Sinn ergeben könnte, während dieses »die versierten Alten« nichts anderes bedeutet als eine weitere Willkürlichkeit in dieser Erzählung, und diese »versierten Alten« sind hier nichts anderes als ein Beweis für die Stümperei des Autors. Und wie und warum, ich will sagen, nach was für einem psychologischen Verständnis, hätten diese »versierten Alten« unseren Cooper-Goluža bis aufs Hemd ausziehen sollen, das ist wieder nur eins der Geheimnisse, das uns der patentierte Kritiker von Šćepanović erklären könnte, denn logischerweise würde sich ein Gary Cooper, wie unser Goluža einer ist, von den Alten nicht so ohne weiteres »bis aufs Hemd« ausziehen lassen, und diese psychologische Feinheit, diese »versierten Alten«, die den Zufallsreisenden »bis aufs Hemd« ausziehen würden, das heißt, die ihn einfach so ausnehmen würden, ohne jeden

Grund und ohne jede psychologische, *literarische* Motivation, diese Art Psychologie und Motivation ist vielleicht Jeremić und dem Autor selbst bekannt, aber als literarische Motivation kann man das dann nicht mehr bezeichnen.

Also, Goluža-Cooper, der »verlängerte Unbekannte« im schwarzen Anzug und mit schwarzem, tief über die Augen gezogenem Hut, will sich keinem anvertrauen, die Alten können ihn nicht bis aufs Hemd ausziehen, und von selbst zieht er es einfach nicht aus, sondern bleibt geheimnisvoll, tritt als »Herr« auf und ist demnach, nach dem literarisch-psychologischen Verständnis à la Šćepanović – ein »Schurke«.

– Was haben wir ihm getan, diesem Schurken, daß er uns so quält – klagten die Neugierigsten.

Also, die Armen sind arm, und sie würden Cooper-Goluža das »Geld« abnehmen, »die versierten Alten« würden ihn »bis aufs Hemd« ausziehen, und die Neugierigen sind neugierig – was sollten sie auch sonst sein? –, dermaßen, daß sie »klagen« und unseren Helden einen »Schurken« heißen. Das nennt sich dann »psychologischer Ansatz«, »subtile psychologische Analyse« usw. usw. Und wie es diese willkürliche, verlogene, stümperhafte und dilettantische literarische »Psychologie« verlangt, müssen in dieser ganzen Chose auch »Frauen« auftauchen, die Frauen *an sich*[3], weil ja unser Autor auch da (laut Jeremić natürlich) ein großer Fachmann und »Psychologe«, ein Meister seines Metiers ist.

Aber seht ihr denn nicht, daß ihm das Unglück im Gesicht geschrieben steht – schrie eine Frau auf.

In gewisser Weise ist das eine psychologische Pointe, wenn eine Frau ihre Liebe, nicht zum heiligen Sava, sondern zu Cooper-Goluža oder vielmehr anläßlich Cooper-Goluža, her-

3 Deutsch im Original. *(A. d. Ü.)*

ausschreit, und das wird in der Massenszene, die gleich danach kommt (Einfluß des *Spaghetti*-Westerns auf die serbische Erzählung!), folgenden psychologischen Effekt hervorrufen:

Die ungeduldigsten Stadtbewohner liefen auf die Brücke [...].

Also: eine Frau »schrie auf«, »die ungeduldigsten Stadtbewohner« liefen auf die Brücke (ein Schwenk auf die laufende Masse), und ihr Lauf – beliebtes Motiv bei Šćepanović – wird nicht dadurch gerechtfertigt, daß die Frau wie eine Krähe »aufschrie« (denn daß dem »verlängerten Unbekannten« das Unglück im Gesicht geschrieben steht, ist keinerlei Motiv für das Loslaufen von Massen Neugieriger), sondern durch die subtile Psychologie motiviert, nach der die Armen arm sind und »Geld« wollen (»Her mit dem Zaster, *boy*!«), die Alten alt, also »versiert«, das heißt erfahren, sind, die Frauen ein weiches Herz haben (am Anfang) und dem Mann das »Unglück« am Gesicht ansehen, sich aber eigentlich nur verstellen (wir werden es später sehen), um ihn leichter um den Finger wickeln zu können, weil »die Frauen ein Lumpenpack« sind, während die Neugierigen neugierig sind und somit aus reiner Neugier auf die Brücke rennen.

Die ungeduldigsten Stadtbewohner liefen auf die Brücke: hier stand Herr Goluža, einem schwarzseherischen Raben ähnlich, jeden Nachmittag über die steinerne Brüstung gebeugt da und starrte lange, als legte er sich einen unheilvollen Plan zurecht, in den violetten Fluß, welcher – bemüht, sich selbst zu überholen – nach Norden drängte. Dort, indes, war er jetzt gar nicht, und viele glaubten, er sei auf geheimnisvolle Weise verschwunden und demnach werde sein unverhofftes Eintreffen unaufgeklärt bleiben.
– Das geschieht uns ganz recht, wenn wir so zaudern, sagte ein Stadtbewohner, der ständig zauderte.

– Was machten die »ungeduldigsten Stadtbewohner«?
– Sie liefen auf die Brücke!
– Warum liefen sie?

286

– Weil sie die Ungeduldigsten sind und die ungeduldigsten Stadtbewohner nach der Šćepanovićschen Marathonpsychologie[4] vor lauter Ungeduld laufen (ebenso wie sie des »Absurden« wegen laufen).

Die ungeduldigsten Stadtbürger laufen, und da (auf der Brücke) treffen sie unseren Helden an, wie er sich über den Fluß beugt.

– Wem sieht Herr Goluža ähnlich?

– »Einem schwarzseherischen Raben«!

– Warum sieht er einem schwarzseherischen Raben ähnlich?

– Weil er, ganz in Schwarz, über die steinerne Brüstung gelehnt, dastand und weil er in den Fluß starrte, »als legte er sich einen unheilvollen Plan zurecht«.

– Wie floß der »violette Fluß«?

– »Bemüht, sich selbst zu überholen«, also ganz nach dem psychologischen Verständnis eines Šćepanović.

– Wo ist unser Held, der jeden Nachmittag auf der Brücke stand und »sich einen unheilvollen Plan« zurechtlegte, jetzt?«

– Dort, »indes«, war er jetzt gar nicht!

(Weil der Autor dieser »Welterzählung« hier mit Jeremić und seinen Lesern Blindekuh spielt: würde sich Herr Goluža jetzt in den Fluß stürzen, wäre noch alles in Ordnung, aber die Geschichte wäre zu kurz, die Qualen des Lesers auch, und es wäre weder eine Geschichte für den Wettbewerb der Vereinigten Verleger noch eine für die Weltanthologien.)

– Wo ist also unser geheimnisvoller Unbekannter, Goluža?

Viele glaubten, er sei auf geheimnisvolle Weise verschwunden [...].

Aber niemand glaubte, er hätte sich ertränkt, wo er sich doch jeden Tag über den »violetten Fluß« gebeugt hatte, vielmehr glaubten viele, er sei »auf geheimnisvolle Weise verschwun-

4 Anspielung auf Šćepanovićs Erzählung *Der Mund voll Erde*. Aus dem Serbokroatischen von Milija Pajević, Wien 1983: Age d'homme, Karolinger. *(A. d. Ü.)*

den«! Denn bei Šćepanović, der bei Jeremić (privat) Ästhetik studiert hat, ist alles möglich, weil Jeremić Ästhetik und nicht Logik lehrt und weil Jeremić, wie sein »Schriftstellerfreund«, glaubt, Ästhetik ohne Logik sei möglich, es sei möglich, Geschichten und Essays ohne Logik zu schreiben, will sagen, ohne Sinn und Verstand!

– Was glaubten »demnach« die Stadtbewohner (nicht aber die Leser, die noch einen Funken Logik besitzen)?

– Sie glaubten, »demnach werde sein unverhofftes Eintreffen unaufgeklärt bleiben«!?

(Falls uns natürlich über dieses unverhoffte Verschwinden, diese Verflüchtigung eines Mannes auf einer Brücke, nicht Dragan M. Jeremić aufklärt, der deklarativ verkündet, daß seine Freundschaft mit dem Autor dieser Erzählung – die er, in ihrer kürzeren Version, vor etwa fünfzehn Jahren mit einem Preis bedacht hatte! – »auf einer gewissen ästhetischen Übereinstimmung basiert«!)

Aber gerade da kreuzte Herr Goluža irgendwoher auf unerklärliche Weise auf und betrat das größte Lokal der Stadt.

Das ist wirklich schon eine ganze Menge für eine »Welterzählung«, dieser *deus ex machina*, das heißt, diese literarische Machination, dieses dilettantische Jetzt-siehst-du-ihn, Jetzt-siehst-du-ihn-nicht, denn kaum ist ein Mann auf geheimnisvolle Weise verschwunden, ganz unbegreiflich und unerklärlich, in einem Städtchen, wo ihn alle beobachten und beaufsichtigen und beschatten und hinter ihm her sind, da kreuzt er »irgendwoher« auf eine ebenso »unerklärliche Weise« wieder auf!

– Wann kreuzte Herr Goluža »irgendwoher auf unerklärliche Weise auf«?

– »Gerade da«!

– Gerade wann?

– Gerade da, als er »auf geheimnisvolle Weise verschwunden« war!

Suspense. Der große »verlängerte Unbekannte« (Gary Cooper: *Zwölf Uhr mittags*) betritt das größte Lokal der Stadt, einen richtigen *Saloon.*

Während er mit seinem geschmeidigen Gang zwischen den sogleich beschwichtigten Gästen durchging, mit abwesendem Blick einen freien Tisch suchend, bemerkten alle, daß er einen wirklich unruhigen Gesichtsausdruck hatte.

Mit diesem geschmeidigen Gang gelangt unser verlängerter Unbekannter zur Theke, bestellt aber keinen Whisky, sondern – ein doppeltes Gulasch! Gary Cooper, der ein doppeltes Gulasch und keinen doppelten Whisky bestellt, und zwar im Stehen, wie man eben (im Western) Whisky bestellt! Darin liegt das *suspense*: er bestellt sein doppeltes Gulasch genau in dem Moment, wo »viele glaubten, er werde sich zu ihnen gesellen«!

Er indes beugt sich bloß zu dem kleinen Kellner hinab und bestellt flüsternd ein doppeltes Gulasch.

– Wie sieht Herr Goluža aus?

– Verlängert.

– Wie sieht der Kellner aus?

– Er ist klein.

– Wie nennt sich dieses Verfahren in der jeremićmäßigen Ästhetik?

– »Nuancierte Personenbeschreibung«: der Held ist verlängert, weil er die Hauptfigur und ein ganzer Kerl ist, und der Kellner ist *klein*, weil er ein Kellner und dementsprechend eine Nebenfigur ist und als Nebenfigur also auch klein sein muß. Der Kellner (als Nebenfigur) wird ja wohl nicht genauso verlängert oder gar verlängerter sein als Herr Goluža, der verlängert ist.

– Warum ist das Gulasch doppelt?

– Weil der Held (wie Gary Cooper) auch die Hauptfigur sein muß und deshalb, wenn er in einen *Saloon* kommt, einen *double scotch* bestellen muß, doch wenn er sich statt im Saloon im größten Lokal eines Städtchens befindet, muß er (in Analogie zum Western) eben *double goulasch* oder ein doppeltes Gulasch bestellen! Vollkommen klar!

Dann steuerte er die dunkelste Ecke an und setzte sich, allen den Rücken zukehrend, alleine hin, ohne seinen schwarzen Hut abzunehmen, als ob er nur eingekehrt wäre, um sich eine Atempause zu gönnen.

Goluža-Cooper bestellt fürs erste eben mal *en passant* – und flüsternd! – ein doppeltes Gulasch, dann zieht er sich in den dunkelsten Winkel zurück und kehrt allen den Rücken zu, behält weiterhin seinen schwarzen Hut auf (ohne Zweifel mit breiter Krempe) und stellt sich doof. Psychologisch ganz überzeugend und gerechtfertigt für einen Mann, der zuerst verschwunden, dann aufgekreuzt oder auferstanden ist wie Lazarus und jetzt so tut, als ob nichts wäre, das heißt – nachdem er sich flüsternd ein Gulasch bestellt hat – jetzt so tut, als ob er für einen Augenblick eingekehrt wäre, um sich eine Atempause zu gönnen!

Ein subtiles psychologisches Spiel!

Die Stadtbewohner werden darauf mit Verbitterung reagieren, weil sie schon die Schnauze voll davon haben (wie auch wir, die Leser), diesen Mann zu beobachten, der ein doppeltes Gulasch ißt, ohne seinen schwarzen Hut abzunehmen, und einer der Stadtbewohner wird diese allgemeine Verdrossenheit, im Namen aller, folgendermaßen ausdrücken:

– Was zuviel ist, ist zuviel: der unbekannte Herr nimmt uns nicht einmal zur Kenntnis – brach bei einem der empfindsameren Stadtbewohner die ganze angestaute Bitternis hervor.

(Und dieser empfindsamere Stadtbewohner sollte hier also eine Art antiker Chorführer sein, wie in den Dramen des Euripides.)

Als wäre es auch dem Autor bewußt, daß seine Gestalten

ganz und gar nicht überzeugend wirken und daß sie alles tun, was sie tun, ohne zu wissen, warum, stößt er in einer Art (unbewußtem) Autorenbekenntnis auch selbst einen Aufschrei aus:

Das war, scheint es, die letzte Chance, etwas Vernünftiges zu unternehmen und mit den verschiedenartigen Vermutungen aufzuhören.

Doch der Autor hat die letzte Chance, etwas Vernünftiges zu unternehmen, wie etwa seine Geschichte zurückzuziehen, verpaßt, und so lesen wir in der *NIN*-Rubrik »Ausgewählte Seiten« nun auch weiterhin die Peripetien des Herrn Goluža, dem sich niemand »zu nähern wagte« und dem alle nur »auf den schmalen und gekrümmten Rücken stierten«.

Unter ihren Blicken, die er wie abgestumpfte Pfeile förmlich im Genick spürte, krümmte er sich noch mehr und begann schneller zu essen.

– Wie sind die Blicke der Stadtbewohner?
– Wie Pfeile.
– Wie sind die Pfeile?
– Abgestumpft!

Herr Goluža möchte »in Wirklichkeit« einige der Stadtbewohner kennenlernen, befürchtet dabei jedoch, sie könnten »ihren Spott mit ihm treiben«.
– Warum befürchtet Herr Goluža, daß sie ihren Spott mit ihm treiben könnten?
– Weil »*die Leute sich oft über ihn lustig machten, sogar wenn er ihnen voll Ergebenheit seine Freundschaft bewiesen hatte*«.
– Wie zeigten sich die Frauen bei diesen Gelegenheiten?

Natürlich, die Frauen waren dabei noch ruchloser [...].

– Auf welche Weise zeigten sie ihre »Ruchlosigkeit«?

Wenn sie ihn abwiesen, gaben sie ihm rückhaltlos zu verstehen, wie sehr sie ihn in Wirklichkeit bemitleideten.

(Man vergleiche: »Liebe gibt man oder erobert man, aber erbitten kann man sie nicht. Diejenigen, die Liebe erbitten, können nur Mitleid erwecken und keine Liebe.« D. M. Jeremić, *Gedanken Nr. 331.*)

Aber Goluža – wir werden es sehen – verliert trotzdem nicht die Hoffnung, denn obwohl er sich »mit der Zeit an sein Los gewöhnt hatte«, hoffte er »insgeheim« doch auf ein besseres Leben.

Sie haben es erraten.

Er hoffte, es werde sich a) »ein bezauberndes Mädchen«, b) »eine reiche Witwe« in ihn verlieben und er werde c) »das Große Los in der Lotterie gewinnen«.

(Man erinnere sich: »Der Kitsch könnte geradezu einen Wertmaßstab an der Banalität der Assoziationen haben« – A. Moles).

Rund hundert Jahre nach Tschechow eine Geschichte über den »kleinen Mann« zu schreiben, nach einer ganzen auf diesem psychologischen Ansatz Tschechows basierenden Erzähltradition zu schreiben, ist bereits ein Anachronismus an sich, insoweit natürlich, als der Autor keine *Abweichung*, keine Parodie des Genres vornimmt, dessen anachronistischen Charakter er spürt. »Ein automatisiertes Verfahren kann noch einmal dienen«, sagt Schklowski, »aber dann als Karikatur dieses Verfahrens«, doch das ist hier nicht der Fall. Also, in der »tschechowschen« Manier über tschechowsche Themen ohne eine betont ironische oder polemische Distanz gegenüber dem Genre zu schreiben, ohne klar zu signalisieren, daß es um ein bewußtes Konzept geht und es sich um eine zweifache Wendung handelt, bedeutet, anachronistisch, unmodern, veraltet und literarisch ungebildet zu sein! Besonders wenn dieses ehemalige Thema und dieses ehemalige (tschechowsche) Verfahren, in dem die humanistische und lyrische Botschaft durch Ironie und Sarkasmus maskiert ist, wenn also dieses im Kern humanistische und ethische Moment übersehen wird und das Gewebe der Erzählung völlig entleert ist und alles Blut, alle Menschlichkeit, die gesamte ethische Fracht, alles, was die tschechowsche Geschichte (neben der Meisterschaft freilich) wertvoll und relevant und zu einer literarischen Schöpfung *par excellence* macht, herausgepreßt ist, wenn also alles aus dieser tschechowschen Tradition verworfen oder nicht verstanden wird und die Meisterschaft des tschechowschen Genres nicht nur unerreicht bleibt (wo diese Meisterschaft gerade ein immanenter Träger der künstlerischen *und* ethischen Botschaften war), sondern all das nicht einmal verstanden wird, wenn man sich einem Thema ausschließlich aus literarischer Eitelkeit und aus dem Wunsch nach Prestige nähert, obendrein ohne Wissen, ohne moralischen Imperativ, ohne Menschlichkeit, ohne *Virtuosität* und ohne der »unsagbar schweren Kunst der guten Prosa« (Pound) auch nur annähernd gewachsen zu sein, dann kommt eben heraus, was hier herauskommt – ein anachronistisches Geschwätz über den »kleinen Mann«, wo dieser kleine Mann lediglich ein inferiores und armes Tierchen in den ambitiösen Händen eines Schriftstellers ist, der mit dem Absurden ebenso willkürlich und unsinnig herumspielt, wie er mit diesem seinem »kleinen Mann« herumspielt.

Und während Herr Goluža weiterhin an seinem doppelten Gulasch ißt, hört man aus dem Chor eine mitfühlende Stimme heraus:

– Aber warum, mein Herr, hocken Sie ständig so auf der Brücke herum – wandte sich eine mitfühlende Stimme an ihn.

Und da Šćepanović in einer Kollektion Schulter an Schulter mit Thomas Mann gedruckt wird, kann Šćepanović kein bißchen hinter diesem zurückstehen, und so bedient auch er sich der Ironie und der ironischen Pointe. Diese »mannsche« ironische Pointe hat indes bei Šćepanović ein paar barbarogenische Emphasen, was Jeremić ohne Zweifel als ein Musterbeispiel für unsere deftige, balkanische Ironie hinstellen wird.

– Ich kann nicht schwimmen und zum Trotz, spucke ich in den Fluß
– antwortete er, ohne sich umzudrehen.

Eine richtige *double goulasch western*-Antwort (von der fehlerhaften Interpunktion einmal abgesehen).

– Uns zum Trotz?

Nein, diese Frage stellt nicht der Leser, sondern wieder die Stadtbewohner, und das ist die zweite Pointe, nachdem der Leser die erste bereits überstanden hat. Doppeltes Gulasch und doppelte Pointe!

Es folgt danach ein langer Dialog à la Hemingway:

– Übrigens, was wollen Sie eigentlich in unserem Städtchen?
– Sie haben hier sicher etwas Wichtiges zu erledigen?
– Oder vielleicht sind Sie vor jemandem auf der Flucht?
[...]
– Aber ich mußte doch hierbleiben, weil ich überraschend krank wurde.
– Wenn Sie krank sind, warum verschlingen Sie dann – statt Arznei und Tee – so ein fettes Essen! Was wollen Sie mit dieser Unmenge Kalorien mitten im Sommer?
– Das Essen ist bei Ihnen so billig, daß ein vernünftiger Mensch geradezu Appetit bekommen muß.

Also, wenn das Essen billig ist, so billig wie in dieser billigen Prosa von Šćepanović, dann muß »ein vernünftiger Mensch geradezu Appetit« bekommen, und der vernünftige Mensch muß also ein *doppeltes* Gulasch bestellen und Blödsinn reden, wie auch diese Stadtbewohner es tun, die, wenn auch kein doppeltes Gulasch, so doch Tollkraut gegessen haben:

– Allerhand! Ihre Gründe sind doch ganz andere: sie sammeln in Wirklichkeit Kräfte. Sie bereiten etwas vor.

Bloß Idioten können so miteinander reden und solche Fragen stellen, die dann hinterher, in der jeremićmäßigen philosophisch-kritischen Interpretation, *absurd* genannt werden, weil in dieser Art Kritik wie auch in dieser Geschichte ein Gleichheitszeichen zwischen Unsinnigem und Absurdem (als philosophischem und literarischem Begriff) gesetzt wird. Nach dieser »Philosophie des Absurden« betrachtet man es, wenn ein Zufallsreisender im größten Lokal der Stadt ein doppeltes Gulasch bestellt, als eine Art Vorbereitung auf ein Verbrechen, als das Zeichen einer Recht und Ordnung bedrohenden Gefahr.

– Genau, schrie er auf, ich bereite eine Reise ans Meer vor!

Und in seiner Stimme, in seinem Aufschrei, könnten wir vielleicht schon das Kreischen der Möwen hören, doch dann fällt uns ein, daß Herr Goluža von Kopf bis Fuß in Schwarz gekleidet ist und einem »schwarzseherischen Raben« gleicht und daß das Meer weit ist (obwohl in dieser Geschichte alle kreischen, wenn sie nicht gerade flüstern).

– Aber was wollen Sie denn am Meer, wenn Sie nicht einmal schwimmen können? Oder soll vielleicht ein anderer für Sie schwimmen?

Ein Beispiel für Witz und »mannsche« Ironie!
(...)

– Wir bitten Sie zum letztenmal: Sagen Sie uns, warum Sie ausgerechnet unser Städtchen ausgesucht und liebgewonnen haben!
– Und wenn ich mich weigere, es Ihnen zu gestehen?
– Dann werden wir daraus schließen, daß Sie eine Niedertracht vorbereiten. Haben Sie vielleicht die Absicht, jemanden umzubringen?

Klar: wenn Sie ein doppeltes Gulasch in einem Städtchen auf dem Weg zum Meer essen und wenn man Sie fragt, warum Sie ausgerechnet ein doppeltes Gulasch gegessen haben und ausgerechnet in diesem Städtchen, in dem Sie sich aufgehalten haben, und Sie den neugierigen Stadtbewohnern nicht sagen, warum Sie das getan haben, außer weil das Essen billig ist, werden diese daraus schließen, daß Sie einen Mord vorhaben.

– Dummes Zeug! Ein richtiger Mann wird doch wohl imstande sein, auch mit sich selbst abzurechnen.
– Sie haben doch nicht etwa beschlossen, sich umzubringen? – flüsterte ein kleines Männlein und wurde noch kleiner.

(Psycho-physiologische Reaktion: das kleine Männlein flüstert etwas und wird noch kleiner!)

– Der Tod ist eine große Sache, flüsterte Herr Goluža abwesend.

(Aber wird dabei nicht kleiner.)

– Tun Sie's bloß nicht der Frauen wegen! Die Frauen sind ein Lumpenpack.

Dieses Thema – daß die Frauen ein »Lumpenpack« sind – zieht sich wie ein Leitmotiv durch das (von Umfang und Bedeutung) bescheidene »Opus« des B. Šćepanović, und zwar in einem Ausmaß, daß sich der Leser fragen könnte, was das für eine janitscharisch-jeremićmäßige Psychologie und was das für ein primitives Bewußtsein ist, aus dem derartige literarische Gestalten hervorgehen. Denn wenn ein Schriftsteller nicht in der Lage ist, seinen papierenen Figuren psychologische Glaubwürdigkeit einzuhauchen, ihre Schicksale sich kreuzen, sie einander gegenüberzustellen und aneinandergeraten zu lassen, dann natürlich das Problem der Geschlechter, das Problem der Leidenschaft und des Fleisches, die ewige Zerrissenheit des Männlichen und Weiblichen, all das, was

296

dieses Thema ewig macht, im Sinne Dantes oder Millers, einerlei, wenn also ein Schriftsteller einer wie auch immer gearteten psychologischen (literarischen) Aufgabe nicht gewachsen ist, dann verwandelt sich alles in Klischee und Kitsch, Schwarzweißmalerei, Geschwätz, wo die Männer ganze Kerls sind und als solche ein doppeltes Gulasch verdrücken und sich nach Frauen sehnen, die wiederum ein »Lumpenpack« sind, über den Tod und über die Liebe philosophieren, sich umbringen oder androhen, sich umzubringen, und die Frauen, »Lumpenpack«, das sie nun einmal sind, nur darauf aus sind, diese Šćepanovićschen Superhelden um den Finger zu wickeln, um sich von ihnen schwängern zu lassen.

– Die Leute bringen sich immer wegen der Frauen oder wegen des Spiels um, sagte einer der Ältesten.
– Das Leben ist ein Glücksspiel, lächelte er. Aber Sie können das nicht verstehen, weil es sich um eine gewisse Quintessenz handelt …
[…]
– Wir wollen ihn nicht weiter belästigen, tut sich einer der einsichtigsten Stadtbewohner kund. Der Mann scheint zu wissen, was er will.

Wir haben bereits eine ganze »Typengalerie« von Stadtbewohnern gesehen: da gibt's die Kleinen, die Untätigen, die Armen, die Versierten, die Neugierigsten, die Ungeduldigsten, welche, die ständig zaudern, die Empfindsamen, welche mit einem Blick wie abgestumpfte Pfeile, die Mitfühlenden (das heißt mit mitfühlender Stimme), welche, die kreischen, und welche, die flüstern, welche, die kleiner werden, und sieh an, schließlich auch einen, der »einsichtig« ist. Und dieser einsichtige Stadtbewohner weiß also angeblich, was Herr Goluža will, bloß wir wissen es noch nicht, ja ahnen es nicht einmal:

– Ich hab's schon immer gewußt, sagte Herr Goluža und holte mit einer lustlosen Bewegung der linken Hand seinen Geldbeutel hervor, um sein Kleingeld auf den Tisch zu schütten.

Jetzt wissen auch wir es: Herr Goluža will sein doppeltes Gu-
lasch bezahlen. Und um beim Kellner sein doppeltes Gulasch
zu bezahlen, muß er seinen Geldbeutel hervorholen.
  – Wie?
  – Mit der linken Hand.
  – Warum die linke?
  – Entweder weil Herr Goluža Linkshänder ist oder weil
er die rechte Hand höchstwahrscheinlich an den Colt hält.

– Nicht doch mein Herr – schrie der kleine Kellner, sich in der Taille
windend, auf, Sie treiben wohl Ihre Scherze mit mir?

Der kleine Kellner schreit also wie eine Krähe auf, windet sich
in der Taille (und vor lauter Schreien vergißt der Autor, den
Vokativ durch Komma abzutrennen), und so weiterschrei-
end, erklärt er, daß Herr Goluža seine Scherze mit ihm treibe.

– Wie das, erbleichte er sichtlich. Haben Sie etwa die Preise erhöht?
– Im Gegenteil, mein Herr: Sie haben nichts zu bezahlen, weil Sie
mir und dem ganzen Lokal eine große Ehre erwiesen haben.

Das war er, der »Scherz«.

Der Hoteldirektor ließ ihn sogleich wissen, daß er in Wirklichkeit
mit seinem Aufenthalt dem ganzen Hause eine unermeßliche Ehre
erweise und deshalb all seine Kosten, wie hoch sie auch seien, übernommen würden.

Das also hatte sich *sogleich* zugetragen. Und schon am nächsten Tag...

Und schon am nächsten Tag boten ihm ihre Dienste an: die Friseure,
die Schneider, die Schuster, die Uhrmacher und die Fiaker. Die rei-
cheren und angeseheneren Mitbürger teilten ihm mit [...], er könne
– bei Bedarf – sogar über ihr Geld verfügen.

So also: nachdem Herr Šćepanović mit seiner Erzählerstimme aus den Stadtbewohnern (im ersten Teil der Geschichte) wahre Verdächtigungs*maniacs* gemacht hat, verwandelt er sie jetzt auf einmal in gastfreundliche und spendable *maniacs*, die einem vermeintlichen Selbstmörder ihre Friseure und Fiaker, »sogar« ihr Geld zur Verfügung stellen! Das nennt sich dann – Knalleffekt!

Er hütete sich indes in den ersten Tagen davor, ihrer Freigebigkeit aufzusitzen, denn er war sicher, daß sie sich vorgenommen hatten, ihm einen großen Streich zu spielen. Deshalb wies er alle Angebote und Geschenke zurück […].

Usw.

Diese Art eines durch nichts motivierten »Knalleffekts«, dieses dilettantische Spiel mit der »Psychologie« verpflichtet den Autor schlicht zu keiner Logik. Da ist alles erlaubt.

Was machte also Herr Goluža?

Er beschloß deshalb, noch einige Zeit in diesem total verrückten Städtchen zu bleiben, doch mit der größtmöglichen Vorsicht gegenüber allem, was sie ihm – das spürte er wohl – hinterhältig vorschlugen, um ihn aufs Glatteis zu führen.

Sich wohl auch selbst bewußt, daß all das überhaupt keinen Sinn hat, versucht der Autor das Handeln seiner Helden und seiner »Stadtbewohner« auf die einzig mögliche Art zu erklären: das Städtchen ist also »total verrückt«, will sagen, die Stadtbewohner sind – »total verrückt geworden«. Von nun an können wir also dank dieser Motivation die Geschichte reinen Herzens lesen.

Es folgt ein langes Gespräch unter Verrückten, aus dem der Leser erfährt, daß die »ängstlichen« Stadtbewohner über Herrn Golužas Entschluß, sich in ihrem »kleinen Kaff« das Leben zu nehmen, und zwar öffentlich, erstaunt sind, daher konnten sie »*mit Fug und Recht das Fernsehen rufen, um das ganze Ereignis zu filmen*« (denn wenn sich ein armer Schlucker wie Herr Goluža umbringen will, dann springt gleich das Fernsehen, um das an Ort und Stelle aufzunehmen!), doch das wird Herrn Goluža »*ermöglichen, mit uns allen sein Spiel zu treiben*«!

Da endlich betritt das »Lumpenpack«, das heißt die Frauen, die Szene, mit all seinem Schmuck und all dem psychologischen Nuancenreichtum à la Šćepanović. Für dieses Fest der Sinne und der Schönheit hatte man den Monat September ausgesucht (»als das Licht auf die grauen Dächer und die schon gelb gewordenen Kronen der Linden plätscherte«).

In sein Zimmer trat eine der schönsten Frauen der Stadt.

(Die Adjektivpaare stehen in der Kitschliteratur immer in einem Gegensatz, sagt der bereits erwähnte A. Moles, und tendieren zu einer extremen Dichotomie – zu einer Erweiterung der Werteskala mit Hilfe der Stereotypie. Daher der *große* Goluža–der kleine Kellner, daher eine der *schönsten* Frauen, der *älteste* Stadtbewohner–die Kinder usw.)

Wie trat eine der schönsten Frauen der Stadt in das Zimmer des Herrn Goluža?

Mit Tränen in den Augen.

Was für Augen?

Mit Tränen in den blauen Augen.

(»Das schönste Gefühl, das der Mensch erleben kann, ist das Gefühl der Liebe, und der schönste Moment der Liebe ist ihr Erwachen: dann fühlt man den gewaltigen Unterschied zwischen der bisherigen banalen Gleichgültigkeit und dem fast überirdischen Erhobensein, das uns die Entstehung dieses Gefühls bringt, am stärksten.« – Jeremić, *Gedanken Nr. 335*.)

– Was sagte eine der schönsten Frauen usw.?

Sie gestand ihm, daß sie letzte Nacht von ihm geträumt hatte.

– Wie hat ihn also die blauäugige Schönheit im Traum gesehen?

Wie er mit dem Messer das Herz durchbohrt ... und sie erst da, hellwach und verzweifelt, im Antlitz des Sterbenden, den Mann erkannte, auf den sie schon immer gewartet hatte, damit er ihr seine Liebe entdecke.

So ein Blödsinn wird, ob er sich nun im Traum oder im Wachen abspielt, in der zivilisierten Welt nicht einmal mehr in den übelsten Regenbogenblättern für Friseusen abgedruckt, und die Kritiker können also gar nicht darüber reden (weil man nicht über etwas reden kann, was es nicht gibt), aber selbst wenn sich einer finden ließe, der Šćepanović darin gleichkäme, hätte man noch keinen gefunden, der Jeremić gleichkäme, das heißt keinen Kritiker, der sich mit derartigen Texten als einer literarischen, seinen Affinitäten voll und ganz entsprechenden Entdeckung befassen würde.

Die blauäugige Schönheit wartet, mit Tränen in den blauen Augen, daß sich Herr Šćepanović, das heißt Herr Goluža, über ein paar wichtige Dinge äußert:

Herr Goluža taumelte beinahe, weil er auf einmal begriff – mit einem Grauen, das man angesichts einer nie gesehenen Schönheit empfindet –, daß sein Traum in diesem Moment Wirklichkeit werden sollte, und ganz von diesem Gedanken berückt – begann er zu schluchzen.[5]

(»Und ebenso wie die Sonne im Spätherbst, wenn wir uns bewußt sind, daß sie bald verschwinden wird, am schönsten und am wärmsten ist, ist die Liebe in den reiferen Jahren am stärksten; in ihr ist etwas von der Verzweiflung dessen, der dem Le-

---

5 »Die Kitschdimension, das Äußerste, was an Sentimentalität überhaupt möglich ist, enthüllt sich vermittels der Inadäquatheit« – A. Moles. *(A. d. A.)*

ben die letzten Schönheiten abringt, bewußt, daß sie bald für immer verschwinden werden.« – Jeremić, *Gedanken Nr. 339*.)

Hier eine Szene ganz nach der raffiniertesten jeremićo-šćepanovićmäßigen Psychologie, hier eine der rührendsten ausgewählten Seiten unserer modernen Prosa: eine Lumpen-packschönheit, die blauen Augen voller Tränen, und Herr Goluža, verlängerter Unbekannter, balkanischer Gary Cooper, »Mensch des Absurden«, der ein doppeltes Gulasch verputzt hat und jetzt wie ein verrücktes Kind schluchzt, weil er das »Grauen angesichts einer nie gesehenen Schönheit« empfand und begriff, daß »sein Traum Wirklichkeit werden sollte«, und der Arme ist jetzt ganz berückt, um nicht zu sagen, verrückt. Diese larmoyante Szene wird die jeremićmäßige Kritik ohne Zweifel auf die gleiche Ebene mit dem berühmten Traum des Vuk Mandušić[6] heben, weil in der jeremićmäßigen Kritik alles erlaubt ist, sie ist ja aus dem gleichen Stoff wie diese Geschichte: aus Unsinn.

Herr Goluža bricht also in Schluchzen aus, und jetzt erfolgt eine neue »Wendung«, ein neuer Kniff, damit die Geschichte weiterkullern kann, weil ihr ohnehin nichts im Weg steht, kein Sinn, keine klar durchdachte Fabel, keine Sujetfügung, keine Figuren, keine Logik, und man in einer derartigen Geschichte alles sagen und tun kann und Dr. Jeremić schon bereitsteht, um uns das zu erklären und uns zu tadeln, falls wir auf den Gedanken kommen sollten, daß all das keinen Sinn und Zweck hat.

Für Sie, gnädige Frau, bin ich sogar bereit – zu leben!

Nun gut, jetzt ist endlich alles in Ordnung. Herr Goluža wollte sich umbringen, weil er »unglücklich« war, und träumte, daß »ein bezauberndes Mädchen oder eine reiche Witwe« ihn lieb-gewinnen oder er »das Große Los in einer Lotterie« gewinnen werde. Jetzt ist endlich alles da: ein bezauberndes

---

6 Gestalt aus dem Versepos *Bergkranz* von Petar Petrović Njegoš. *(A. d. Ü.)*

Mädchen (das womöglich auch noch reich ist), statt des Lotteriegewinns bekam er alles kostenlos, den Friseur und den Schneider und den Fiaker »und sogar ihr Geld«, verputzte ein doppeltes Gulasch gratis, eine Schönheit kam direkt in sein Zimmer (ohne Zweifel halbnackt), und was fehlt da noch, damit für H. Goluža, B. Šćepanović und uns, die unschuldigen Leser, alles bestens ausgeht? Uns fehlt – das Absurde. Weil die jeremićmäßige Kritik Šćepanović davon überzeugt hat, er sei ein Schriftsteller des Absurden (unser Camus), und daher auch in der Geschichte alles absurd wirken muß, will sagen, mit einem »philosophischen« Beiklang (einer »philosophischen Dimension« der Erzählung, wie Jeremić das nennt).

Aber das kommt gar nicht in Frage, weinte sie auf und warf sich ihm in die Arme. Das wäre ein nutzloses Opfer, denn Sie erregen mich, im Unterschied zu meinem nichtswürdigen Mann, gerade weil ich weiß, daß Sie bald, aus freiem Willen, sterben werden und ich Sie also für immer verlieren werde.

(»Die Frau vermischt Moralität oft mit Liebe. Aus Liebe zu einem Mann oder einem Kind ist sie nicht nur bereit, die erhabensten Dinge zu tun, sondern auch die schlimmsten Schändlichkeiten zu begehen. Die Moral ist für sie ein gewöhnliches Opfer, und dieses entspringt der Liebe.« D. Jeremić, *Gedanken Nr. 312*.)

Mit dieser šćepanovićmäßigen auf dem Absurden basierenden Pointe, mit dieser Basispointe also auf absurder Basis, endet die erste Episode der Geschichte (FORTSETZUNG IN DER NÄCHSTEN NUMMER), und hier steht nach einem psychologisch-absurden Verständnis schon alles auf dem Kopf, Herr Goluža schluchzt, die Schönheit schluchzt, derart schluchzend werfen sie sich einander in die Arme, und jetzt, damit nicht jemand auf die Idee kommt, Šćepanović sei ein Dilettant in Sachen Literatur und schreibe für Friseusen in Blättern der Regenbogenpresse, gibt er eine Prise »Absurdes« bei, da wird dann Rotz und Wasser geheult, über Liebe und Tod geredet, aber nicht wie bei den Groschenromanautoren, von denen sich Šćepanović nur dadurch unterscheidet, daß er um keinen Preis so einer sein will (das läßt Jeremić nicht zu), und deshalb dreht er die Dinge um, absurdisiert sie, bis sie absurd sind. Wenn Herr Goluža jetzt »aus Liebe« am Leben bleiben würde, wäre das ein »nutzloses Opfer«! Aber warum sollte das, bitte schön, ein nutzloses Opfer sein?! – Weil er, das heißt Herr Goluža, die Frauen einzig dadurch erregt, daß er ein Selbstmordkandidat ist und deshalb, im Unterschied zu einem »nichtswürdigen Mann«, ein ganzer Kerl ist, weil er ja dem Tode ins Auge sehen wird! In Ordnung. Also, der Ehemann ist nichtswürdig, und Herr Goluža ist ein richtiger Gary Cooper, und die Schönheit wird ihren »nichtswürdigen Mann« verlassen und Goluža-Cooper ihr Jawort geben. Nein. Das wäre viel zu einfach, und daran wäre nichts Absurdes. Absurd ist, wenn eine Frau einen Mann liebt, weil er sich umbringen will und sie ihn dann, also, wenn er sich umgebracht hat – verlieren wird! Das erregt das »Lumpenpack«, deshalb sind die Frauen ja auch »Lumpenpack«. Das Lumpenpack und das Absurde zugleich. Und so bekommen wir in ein und derselben Geschichte eine neue literaturphilosophische Kategorie – das Lumpenpackabsurde.

So begann das wahre Leben des Herrn Goluža: […] er spannte aus und gab sich allen Vergnügungen hin, die ihm das gastfreundliche Städtchen in Hülle und Fülle bot. Er lehnte nichts mehr ab. Er verlangte sogar – um desto tiefer in die Quintessenz dringen zu können –, daß man ihm möglichst angenehme Bedingungen zum Nachdenken schaffe. […] Und die bezauberndsten Frauen – im Vertrauen, daß er sich einer unglücklichen Liebe wegen doch in den Tod verschaut hat – bemühten sich in den Vormittagsstunden, während ihre Männer in den Büros waren, ihn auf gewisse Weise zu trösten.

(Hier erscheint, ganz verschämt, das Reimpaar »Frauen – Vertrauen«, rein zufällig natürlich. Und ein Reim in der Prosa ist, wenn nicht beabsichtigt, ein Zeichen für schriftstellerische Ungeschicklichkeit und fehlendes Gehör.)

– Warum also bemühten sich die bezauberndsten Frauen in den Vormittagsstunden...?

– Weil sie darauf vertrauten, daß er sich »in den Tod verschaut hat«!

– Was also wollen sie von Herrn Goluža, der sich »in den Tod verschaut hat«?

– Daß er sie »auf gewisse Weise« tröstet!

– Zu welchem Zweck?

– Um ihm gegenüber »so das verlorene Ansehen der Frauen wiederherzustellen«!

Später verbreiteten sie, um ihn besuchen zu können, das Gerücht, Herr Goluža sei in Wirklichkeit ein Hellseher und ihre regelmäßigen Besuche machten sie nur, damit er ihnen aus der Hand und aus dem Kaffeesatz lese.

So haben wir – in Wirklichkeit – einen hellseherischen Herrn Goluža bekommen, weil die Frauen – in Wirklichkeit – das Gerücht verbreiteten, Herr Goluža sei – in Wirklichkeit – »ein Hellseher«, obwohl ein Hellseher keine Kaffeetassen braucht, um das Schicksal vorauszusagen, und am wenigsten braucht das Goluža, nachdem er, mit einem doppelten Gulasch im Bauch, ein richtiger Macho geworden ist und sich so von dem schüchternen Mann vom Anfang der Geschichte – mit einemmal und ohne jede Motivation – zum Hengst und Hexer gleichzeitig gemausert hat.

Und hier, wie er diese Sachen macht:

Und er tat das nach einhelliger Meinung tatsächlich sehr fachmännisch und gewissenhaft: mit jeder dieser Verführerinnen blieb er lange im Zimmer eingeschlossen.

Wahrlich, wahrlich, ich sage Ihnen: *das* hat er sehr fachmännisch und gewissenhaft getan.

Und – wahrlich – so ist aus dem schüchternen und mißtrauischen Herrn Goluža, nachdem er *gratis* ein doppeltes

Gulasch verdrückt hat, ein waschechter Hengst geworden, und zwar ein lyrischer, der gleichzeitig wie ein balkanischer Camus und ein Gulasch-Petrarca spricht (»Für Sie, gnädige Frau, bin ich sogar bereit – zu leben!«) und vormittags »mit jeder dieser Verführerinnen […] lange im Zimmer einge-schlossen« bleibt, um sie – in Wirklichkeit – »auf gewisse Weise zu trösten«.

– Was bedeutet »mit jeder dieser Verführerinnen«?
– Plural.
– Ihrer wie viele waren die »Verführerinnen«?
– Ihrer mehrere (»mit jeder dieser Verführerinnen«).
– Über welchen Zeitraum blieb Herr Goluža »mit jeder dieser Verführerinnen« im Zimmer eingeschlossen?
– Er blieb *lange* eingeschlossen.
– Was ist also aus dem schüchternen und unglücklichen Goluža geworden (der – in Wirklichkeit – nach der Jeremić-Ästhetik ein Vertreter des sogenannten kleinen Mannes ist)?
– Ein Hengst.
– Was haben wir also unter der Schirmherrschaft der ser-bischen (und gewiß auch der »Welt«-)Literatur bekommen?
– Nach dem marathonischsten aller Marathonläufer (mit oder ohne Krebs)[7] haben wir – in Wirklichkeit – den heng-stischsten aller Hengste in der gesamten, nicht nur der serbi-schen Literatur bekommen (demgegenüber die Helden von Miller richtiggehende Kastraten sind!).

Die Männer besuchten ihn natürlich aus ganz anderen Gründen: um sich mit ihm zu beraten, um sich übereinander zu beklagen, um ihm so manches Geheimnis anzuvertrauen.

Das geschah – natürlich – in den Nachmittagsstunden, denn vormittags war Herr Goluža »mit jeder dieser Verführerin-nen« usw. zusammen, sie »auf gewisse Weise« tröstend, wäh-

7 Anspielung auf die Hauptfigur von Šćepanovićs Buch *Der Mund voll Erde*. (A. d. Ü.)

rend er am Nachmittag – statt Siesta – Ratschläge an die ge-
hörnten Ehemänner verteilte, die ihm »so manches Geheimnis« anvertrauten! Na klar! Warum denn nicht! So geht's
auch! In dieser Prosa geht schlechtweg alles!

So gestand Herrn Goluža an einem verregneten und nebligen Tag
ein Stadtbewohner mit naivem Gesicht, er habe – teils absichtlich,
teils ungewollt – viele Menschen und Tiere getötet, aber er, tja, wisse
noch immer nicht so recht, ob er dadurch Sünde auf sich geladen
oder sich nur allerhand eingebildet habe!

Daß ein Stadtbewohner, und sei es »an einem verregneten
und nebligen Tag«, irgendeinem Herrn Goluža da gestanden
haben könnte, er habe – tja – viele Menschen und Tiere getötet, »teils absichtlich, teils ungewollt« – das ist wirklich allerhand; wie auch – tja – diese »Philosophie des Absurden« nach
dem absurden Rezept des Doktor Jeremić allerhand ist, und
allerhand – tja – ist auch dieses Philosophieren à la »jugoslawischer Camus«, der aus dem *acte gratuit* eines Mersault
oder Lafkadio – tja – ein šćepanowitzig jerematschiges doppeltes existentialistisches Gulasch braut, und das noch – tja –
»teils absichtlich, teils ungewollt«. Und wenn er das – tja –
»mit naivem Gesicht« macht, dann nur deshalb, damit die
Leser und Kritiker auf diesen absurden Schmarren und das
Gulasch reinfallen, weil Šćepanović dieses sein doppeltes absurdes Gulasch mit dem Etikett und in der Rubrik »Ausgewählte Seiten« serviert, in *NIN*, und es auf den Wettbewerb
der Vereinigten Verleger schickt, wo leibhaftig Doktor Dragan Jeremić sitzt, der solche in der Küche Branimir Šćepanovićs gebrauten doppelten Gulasche wie ein Vielfraß verschlingt und dafür, wenn nötig, auch noch neun Millionen
löhnt, weil er ja – in Wirklichkeit – tja – mit Šćepanović gewisse ästhetische Positionen teilt und mit ihm sein doppeltes
Gulasch schaufelt – tja – mit ganz »naivem Gesicht«, ohne zu
wissen, »ob er dadurch Sünde auf sich geladen oder sich nur
allerhand eingebildet habe«.

Es ist eine Sünde, Tiere zu töten – sagte Herr Goluža –, aber was die Menschen angeht – da sieht die Sache schon anders aus: die haben Sie, versteht sich, von den Mühseligkeiten des Lebens befreit.
– Wie man's nimmt – grinste der Mann mit dem naiven Gesicht.

Wie man's nimmt! Der Mann mit dem naiven Gesicht, der viele Menschen und viele Tiere getötet hat, also eine Art Kopfjäger ist, grinst jetzt. Somit haben wir in dieser Geschichte Personen, die kleiner werden, die flüstern, die kreischen, die sich kundtun, und jetzt schließlich auch einen Mörder mit naivem Kindergesicht, der grinst. Eine ganze »Typengalerie«, wie man das in der jeremićmäßigen Kritik nennen würde...

Herr Goluža bleibt da, in diesem Städtchen, bis in den »Spätherbst« hinein. Und im »Spätherbst« (wie die Begleitmusik zu dieser Sequenz im künftigen Film: »Welkes Laub«) –

Aber im Spätherbst erschien ein wundersames Leuchten auf seinem Gesicht, so daß viele glaubten, in seinen Augen zeichnete sich der nahe Tod ab [...].

Nachdem Goluža »auf geheimnisvolle Weise verschwunden« war, dann »unerklärlich aufkreuzte«, erscheint jetzt, tja, auf seinem Gesicht »ein wundersames Leuchten«, wie bei dem maskierten Färber Hakim von Merv (oder aus Khorasan), über den aufgrund arabischer Quellen Thomas Moore und Napoleon und Borges geschrieben haben, aber dieser maskierte Prophet verbirgt bei ihnen allen unter der goldenen Maske das vom Aussatz gezeichnete Gesicht des falschen Propheten. Hier indes, bei Šćepanović ist alles viel stärker nuanciert, psychologisch und absurdistisch: viele Stadtbewohner glaubten, daß sich Herr Goluža »unversehens verliebt« habe, und deshalb fangen sie von neuem an zu kreischen und zu krächzen wie Raben, Krähen oder Möwen:

Er bringt sich dieser Tage um, kreischte jemand auf, und die Männer, vor allem die älteren, begannen sich zu zanken, ob er das öffentlich oder verborgen tun werde; am Tag oder in der Nacht; mit der Pistole oder mit dem Messer.

Jemand hat also: aufgekreischt; und: die Männer, vor allem; die älteren, begannen: sich; zu zanken: ob er das: öffentlich oder verborgen::;; (*sic!*) usw. ... Mit einem Wort, die Männer, vor allem die älteren, will sagen, die »versierteren«, begannen über das Absurde nachzudenken, das heißt völlig absurd und unsinnig, aber darüber wundern wir uns natürlich nicht mehr, weil wir festgestellt haben – nachdem es uns der Autor ins Ohr geflüstert, wenn schon nicht gebrüllt hat –, daß all diese Stadtbewohner, außer daß sie gastfreundlich sind, auch noch leicht und sogar reichlich bescheuert sind. Also, Verwunderung ist hier nicht am Platz. Daß Herr Goluža Tag für Tag »auf der Brücke hockt«, ist für die armen und blöden Stadtbewohner keinerlei Anzeichen, daß er sich ersäufen könnte, und sie gehen all die möglichen und noch mehr die unmöglichen Vermutungen über eine mögliche Art und Weise von Golužas Selbstmord durch, alles wird in Erwägung gezogen, Harakiri wohl auch, ohne daß auch nur einer auf die Idee kommt, daß sich der Arme auch ersäufen könnte. Aber was macht's. Wichtig ist, daß wir uns verstanden haben. (Es geht hier allem Anschein nach um eine Siedlung im Wilden Westen, und vielleicht sind alle besoffen vom Whisky, weil in dieser Stadt ja alles so billig ist, »daß ein vernünftiger Mensch geradezu Appetit bekommen muß«, und da ist natürlich, ganz konsequent, in dieser billigen Geschichte auch der Alkohol so billig wie das Gulasch und das Brot. (Wenn's nicht auch den ganz *gratis* gibt.)

Der berüchtigtste Spieler der Stadt machte vermutlich deshalb ein Wettbüro auf: so rannten alle, die an ihr Glück glaubten, seine Wohnung ein und begannen sich, ohne Rücksicht auf den Preis, um die gelblichen Zettelchen zu reißen, auf denen mit einem – speziell für diese Gelegenheit geschnittenen – Stempel das Tintengesicht des Herrn Goluž`a mit den möglichen Tagen und Stunden seines Todes eingeprägt war. Fast das ganze Städtchen schloß Wetten ab [...].

Usw.
Man wird Schriftsteller, um bestimmte Dinge zu sagen und

um sie, wie Sartre sagt, auf bestimmte Art zu sagen, will sagen, aus der reifen Überzeugung und Erkenntnis, daß das, was man sagt und *wie man es sagt*, auch für andere relevant ist und sich das, was man »auf bestimmte Art« sagt, durch die Herangehensweise, durch das Thema, durch die Sensibilität (am meisten dadurch) von den automatisierten und daher banalen Beobachtungen derer unterscheidet, denen die Gnade der Begabung oder des Talents (nennen Sie es, wie Sie wollen) nicht zuteil geworden ist. Die Banalität der Beobachtungen bringt die Banalität im Ausdruck dieser literarischen Sensibilität hervor, und so bekommt man die Gemeinplätze der Literatur, die Wiederholung abgedroschener »Wahrheiten« über die Liebe, das Leben und den Tod, über den Menschen und sein Schicksal, all das, was ins Wörterbuch der Banalitäten, in die Enzyklopädie der menschlichen Dummheit gehört. Natürlich kann auch eine solche Erkenntnis, daß nämlich der größte Teil der menschlichen Beziehungen und Lebensweisen genau auf solchen Klischees basiert, ein literarisches Motiv werden, und nicht wenige Werke wurden aus dieser tragischen Erkenntnis von der menschlichen Dummheit geschaffen. Der Schriftsteller, wenn er nur ein Fünkchen Talent besitzt, ist eins von den privilegierten Wesen, die sich – vor allem und über alles – der Banalität des menschlichen, kleinbürgerlichen und bürgerlichen Lebens und seiner Beweggründe bewußt sind, und die Begabung des Schriftstellers, wage ich zu sagen, läßt sich an diesem Bewußtsein von der Banalität der gängigen Ideen messen, wie auch an seiner eigenen, literarischen und persönlichen Haltung gegenüber der Banalität. Wenn die russischen Formalisten für die Literatur von unschätzbarem Nutzen waren, dann gerade deshalb, weil sie durch ihre Untersuchungen zu der Erkenntnis gelangt sind, daß man den Wert künstlerischer Werke gerade an diesem Qualitätsmerkmal, das sie als Verfremdung (*ostranenie*) bezeichneten, messen kann, was lediglich eine andere Bezeichnung für einen authentischen, der Banalität entledigten, »literarischen« Blick auf die Dinge und die Erscheinungen ist. Diese Verfremdung der üblichen (bürgerlichen) Optik nennt sich eigentlich literarisches, künstlerisches Sehen. Und nicht nur das. Wenn die Literatur auch keine (exakte) Wissenschaft ist und sich daher künstlerische Werke (wie übrigens auch die Moral der Kunst und des Künstlers) nicht in einer aufsteigenden Linie, sondern nach der Logik einer künstlerischen Evolution entwickeln, ist die Kunst, besonders die Literatur, dennoch bestimmten Entwicklungsgesetzen unterworfen; ich will sagen: der künstlerische, literarische Ausdruck verläuft – dennoch – auf einer Evolutionslinie, es ändern sich nicht nur die Sensibilitäten, sondern auch die Mittel ihres literarischen Ausdrucks, ihre Technik (*priem*), ihre Technologie, wenn Sie so wollen, all das, eigentlich, womit sich die Literaturwissenschaft beschäftigt und dessen sich die Schriftsteller, wenn sie nur ein bißchen verständig und begabt sind, völlig bewußt sind.[8] Man kann also heute eine Geschichte oder einen Roman nicht mit den Mitteln und nicht in der Art des achtzehnten oder neunzehnten Jahrhunderts schreiben und auch kaum in der Manier eines Maupassant oder eines Tschechow oder eines O'Henry: der Anachronismus im Ausdruck ist in der Literatur soviel

---

8 Wie sich auch die Technologie (im wahren Sinne des Wortes) der Malerei ändert: »Veronese hatte kaum mehr als ein Pigment für jede der etwa zwanzig Farben, über die der Maler von heute verfügt. Zum Beispiel ist die Kraft und die Schönheit seiner Blautöne nur davon abhängig, wie er das Ultramarin, das er sehr sparsam einsetzte, da es teuer war, den Azurit und womöglich die Schmalte verwendete. Viele blaue Farben, die den modernen Malern gut bekannt sind, wurden recht spät entdeckt. Preußischblau und seine Derivate wurden erst im Jahre 1704 hergestellt. Kobaltblau, Himmelblau, Französischultramarin und Monastralblau sind eine Entdeckung der modernen Chemie« (Thomas Botkin). – Natürlich will ich damit nur sagen, daß auch die moderne Erzähltechnologie Fortschritte gemacht hat und daß man daher nicht mehr schreiben kann, ohne diese Erkenntnis, diese »technologische« Erfahrung in Ihrer Geschichte oder Ihrem Roman zu spüren. Sofern Sie sich dieser Technologie absichtlich nicht bedienen, muß der Leser spüren, daß das intendiert ist, daß das eine Einstellung ist, ein bewußtes Abweichen oder eine Parodie, vorausgesetzt natürlich, diese Intentionalität und diese Einstellung erzielen denselben Effekt, wie wenn Sie sich aller Erfahrungen der modernen Technologie des Schreibens bedient hätten. *(A. d. A.)*

wie das Fehlen von Talent. Das soll allerdings nicht heißen, es gäbe in der Literatur, in der »Technologie« der Prosa, in ihrer Rhetorik eine einzige, die neueste, die modernste Art zu schreiben, die dem Werk Authentizität und Nichtanachronismus garantierte, aber eins bleibt doch: manche Dinge in dieser Rhetorik der Prosa sind heute bereits mehr oder weniger jedem Schriftsteller klar, der das Schreibhandwerk nicht gerade dilettantisch ausübt: und das literarische Erbe des Schriftstellers besteht, wie Schklowski sagt, »ebenso wie die Tradition der Erfindungen in den technischen Möglichkeiten seiner Epoche«; das Sagen und Darstellen, der innere Monolog, das unpersönliche Erzählen, der zuverlässige und der unzuverlässige Erzähler, die Distanz, die Perspektive, besonders letztere, sind einige der Errungenschaften in der Prosatechnik, denen sich der Schriftsteller nicht verschließen darf. Natürlich ist die Themenwahl eine der elementarsten und verantwortungsvollsten, um nicht zu sagen, schwierigsten Aufgaben, vor denen der moderne Schriftsteller steht, weil von einer glücklichen Wahl bereits sehr viel abhängt. Die Wahl und der Zugang zum Thema sind, nicht weniger als die Wahl der Fabel und ihre Fügung zum Sujet, der erste und grundlegende Prüfstein in bezug auf die Banalität: man muß schon ein Meister sein, um einem banalen (bewußt gewählten banalen) Thema ein neues Aussehen und eine neue Bedeutung zu verleihen. Denn in diesem Sinne ist jedes Thema neu, und sei es noch so banal, die Wahl ist heute vielleicht kein bißchen eingeschränkter als zur Zeit Rabelais' und Laurence Sternes, sagen wir; ich wage sogar zu sagen, daß man mit der heutigen Technik der Roman- und Erzählkunst die *Verfremdung* eines jeden Themas leichter denn je erzielen kann.

Was ich hier sage, das sind auch nichts weiter als Gemeinplätze, Gemeinplätze, wie wenn man sagt, die Grundvoraussetzung für das Schreiben, besonders das Schreiben von Prosa, sei, des Schreibens kundig zu sein, das aber heute, im Rahmen unserer Literatur, erneut zu sagen, ist keineswegs überflüssig.

Wir sprechen über Verstöße gegen die Perspektivtechnik (*point of view*), wobei ein gut Teil unserer Schriftsteller, und eben auch Kritiker, die Grundregeln einer höheren Schriftlichkeit, um nicht zu sagen, einer Schriftlichkeit in der Grundbedeutung dieses Wortes, nicht beherrscht! Heute zu wiederholen, was Krleža vor etwa fünfzig Jahren (in seiner *Abrechnung*) sagte, das heißt, daß »die Kunst des Schreibens in erster Linie die Kunst ist: Sätze zu bilden«, ist keinerlei Laune, keinerlei Berufung auf eine Autorität, sondern schlicht und einfach die Konstatierung einer tragischen Tatsache: daß ein gut Teil unserer Schriftsteller nicht in der Lage ist, den einfachsten komplexen Satz zu bilden, und daß daran in erster Linie unsere jeremićmäßige (analphabetische) Kritik schuld ist. Die Diagnose Krležas von vor bald einem halben Jahrhundert ist also auch in unserer Zeit nach wie vor gültig: *»Die Unordnung in den Sätzen ist die Folge der Unordnung in den Gedanken und die Unordnung in den Gedanken die Folge der Unordnung im Kopf, und die Unordnung im Kopf ist die Folge der Unordnung im Menschen, und die Unordnung im Menschen ist die Folge der Unordnung im Milieu und im Zustand dieses (literarischen) Milieus.«*

Bei einer solchen Faktenlage in unserer Literatur, bei einer solchen Erkenntnis und klaren Überzeugung von literarischer *Wahrheit*, von *Wahrhaftigkeit*, von der »Wahrheit des Genres« als literaturtheoretischem und ästhetischem Phänomen zu sprechen, und das anhand der Geschichte, die ich hier analysiere, kommt einem fast gegenstandslos vor. Denn wenn eine Geschichte unsinnig, dadurch also unwahr ist, wenn in ihr jede Passage unsinnig, also unwahr ist (weil die Wahrheit nicht unsinnig sein kann, auch die literarische Wahrheit nicht, und man zwischen *Phantastik* und *Dummheit* kein Gleichheitszeichen setzen kann), wenn jeder oder fast jeder Satz innerhalb dieser Passagen unsinnig und schlecht geschrieben, will sagen, unwahr ist, wozu dann hier über literarische Maßstäbe der Wahrheit, über Wahrhaftigkeit im literarischen und moralischen Sinne des Wortes reden? Es ist klar, daß es in der

modernen Literatur das gibt, was Booth »ein weites Feld der
Möglichkeiten, in dessen Rahmen die Wahrheit liegen muß«
nennt, und diese (literarische) Wahrheit, diese Suggestion der
Wahrhaftigkeit, erzielt man natürlich mit literarischen wie
auch moralischen Mitteln, will sagen, mit Sensibilität, Erfahrung, Erkenntnis. Der Schriftsteller widmet sich also einem
Thema, das für ihn bedeutend, relevant, aufregend ist, das ihn
mitreißt, das ihm hilft, die Welt zu erkennen, und das in einer
anständigen, wahrhaftigen, bewährten Transposition auch
den Leser die Relevanz des Themas, der Fabel und der Sujetfügung spüren läßt. Und das ist vielleicht nur eine mögliche
Definition von Begabung, dieses Suchen und Aussuchen
eines relevanten, brennenden Themas, brennend im Geiste
und in der Sensibilität des Schriftstellers, und nicht das Suchen und Auffinden eines Themas nach der Logik und den
Kriterien eines möglichen Bestsellers und um den Kritikern
und modischen, also stereotypen, Forderungen des Tages und
des Augenblicks Genüge zu tun. Diese Wahrhaftigkeit, diese
gefühlsmäßige Verbundenheit mit dem Thema, diese Begeisterung, die das Thema diktiert und die aus diesem Thema
hervorgeht, ist lediglich eine andere Bezeichnung für Wahrhaftigkeit, für literarische Redlichkeit. Wenn die Sache also
diesem Teil der Sensibilität, dieser Unvermeidlichkeit, daß
das Thema, daß das Problem aus sich selbst hervorsprudelt,
entspringt, dann werden sich (können sich) sogar gewisse
literarische, technische, rhetorische Probleme und Momente
sozusagen von alleine lösen und organisieren und auf diese
Weise zweitrangig werden: das Kunstwerk wird von seiner
eigenen Flamme, von seinem eigenen Feuer leben, das aus ihm
hervorleuchtet.[9] Das ist es, was man Wahrhaftigkeit nennt.
Wahrhaftigkeit der Eingebung, Wahrhaftigkeit des Details,
Wahrhaftigkeit des Themas und des Zugangs zum Thema.

9 Wer ein Beispiel braucht, wer das nicht versteht, möge *Hadschi Gajka ver-
heiratet sein Mädchen* von Bora Stanković lesen: »Bei Bora gibt es nicht ein
einziges Klischee« (S. Vinaver). *(A. d. A.)*

Aber wenn in einer solchen Lügengeschichte, in einer solchen Konstruktion, wie es *Der Tod des Herrn Goluža* ist, auch noch ein Spieler aufkreuzt und ein Wettbüro aufmacht, das alle einrennen, und alle anfangen, sich »um die gelblichen Zettelchen zu reißen, auf denen mit einem – speziell für diese Gelegenheit geschnittenen – Stempel das Tintengesicht des Herrn Goluža mit den möglichen Tagen und Stunden seines Todes eingeprägt war [...]« usw. usw., da kann man die Frage nach der Wahrhaftigkeit nicht stellen, denn die Wahrhaftigkeit wie auch die Darstellung der Charaktere und die Logik der Ereignisse (und das ist bereits seit Aristoteles bekannt, *Poetik*, IX und XV) beruht auf dem *Wahrscheinlichen*, dem *Notwendigen* und dem *Möglichen*, und diese Frage nach der Wahrhaftigkeit konnte man im Laufe dieser Geschichte nicht ein einziges Mal stellen, denn hier ist alles Lüge und Konvention, eine der schlimmsten Sorte, eine, die mit hochtrabenden Worten und erhabenen Begriffen (wie Liebe, Tod, Glück, Quintessenz, Selbstmord) versucht, die selbstgeschaffene Leere zu überbrücken. Das literarische Handwerk, oder zumindest etwas vom literarischen Handwerk, läßt sich erlernen (was Šćepanović bei weitem nicht geschafft hat), aber das wahre Talent wird an der Wahrhaftigkeit gemessen. Und die Wahrhaftigkeit ist ein Teil der literarischen Moral. »Sie laden große Schuld auf sich«, sagt Zola, »wenn Sie schlecht schreiben. Das ist die einzig mögliche Untat in der Literatur [...]. Ein gut geschriebener Satz ist eine gute Tat.« Und diese gute Tat wie auch diese Untat rühren von der persönlichen Einstellung zur Literatur her. Wenn Sie einen unglücklichen Goluža oder sonstwen in die Situation bringen, daß er sich in einem Zimmer mit einer Schönheit wiederfindet, die sich ihm anbietet, und wenn Sie ihm das Vergnügen gönnen, diese Schönheit auch zu erobern, und wenn Sie das, den literarischen Konventionen entsprechend, versiert genug und nach der »Logik des Werks« und nach der Logik des Genres ausführen, bewegen Sie sich noch immer im Bereich der literarischen Moral, vorausgesetzt natürlich, Ihre Sätze sind richtig,

»gut geschrieben«. Und wenn Sie Ihren Helden in diesem Moment wie in Groschenromanen reden lassen – weil man in einer solchen Geschichte und in einer solchen Situation gar nicht anders reden kann –, ihn also Banalitäten sagen lassen, wie sie bei solchen Gelegenheiten gesagt werden, wie derart skizzierte Gestalten *einzig reden können,* dann bewegen Sie sich noch immer im Bereich der literarischen Moral, haben Sie noch kein Verbrechen begangen. Die »Untat«, das Verbrechen, beginnt in dem Moment, wo Sie Ihren Helden über den Tod reden und Ihre Heldin über ein »nutzloses Opfer« faseln lassen, sie über quasiphilosophische Geschmacklosigkeiten reden lassen, also in dem Moment, wo der Schriftsteller anfängt, sich selbst, seine Leser und seine Kritiker zu belügen, weil er ihnen eine Geschichte vorsetzt, die er selber nicht glaubt, hohles Geschwätz, dessen er sich auch selbst bewußt sein muß. Was *unmöglich, unnötig* und *unecht* ist, läßt sich nicht möglich, notwendig, wahrhaftig machen, weder durch irgendeine literarische Technik noch durch Herumtrickserei, geschweige denn durch ein dilettantisches Herumtändeln mit den übelsten Gemeinplätzen, wie (im konkreten Fall) das Auftischen sogenannter großer Themen: Selbstmord, Tod, Opfer, damit der naive Leser (und der Kritiker) anbeißt und anfängt, über die Vergänglichkeit des Menschen nachzusinnen, und der kleinbürgerliche Halbgebildete und der Beamte über das trügerische Wesen der Frauen: *la donna è mobile ...*

Der Schriftsteller kann alles erfinden, was sich im Rahmen des Möglichen, des Wahrscheinlichen – und freilich auch des Überzeugenden – erfinden läßt, darin liegt gerade die ganze Weisheit der Erfindungskunst, ja sogar ein Hasardspiel (wie es etwa *Die Lotterie in Babylon* von Borges ist), aber daß sich jemand auf solch eine Lotterie stürzt, wie sie sich uns Brana Šćepanović ausgedacht hat, das ist wirklich unwahrscheinlich. Da diese Sache mit der Lotterie für mich völlig unfaßbar ist (ich gestehe) und ich nicht in der Lage bin, sie zu Ende zu spinnen, überlasse ich es dem Leser, sich in seinen Mußestunden, zum Zeitvertreib und als Gesellschaftsspiel, mit dieser »Lotterie« nach dem Rezept B. Šćepanovićs zu amüsieren!

Herr Goluža ist also noch am Leben, was bedeutet, daß er sich (leider) noch nicht umgebracht hat. Er stiert durchs Fenster und beobachtet...

wie jenseits des getrübten Flusses, über den verödeten und durchfeuchteten Stoppelfeldern, Schwärme ausgehungerter Raben schwirren.

Wieso der Fluß getrübt sein soll wie ein getrübter Blick und nicht einfach trüb ist, wird uns nicht klar, ebensowenig, woher B. Šćepanović weiß, daß die Raben »ausgehungert« sind, wo doch Herbst ist und sie über den Stoppelfeldern flattern, aber B. Šćepanović kennt den Unterschied zwischen einem zuverlässigen und einem unzuverlässigen Erzähler nicht, ein paar für die Geschichte wichtige Dinge weiß er nicht, weiß aber, daß die Raben ausgehungert sind, weil er keinen Unterschied zwischen der Perspektive des Autors und der des Helden macht, und so ist alles in Verwirrung, ist alles in Wallung geraten. Und dieses Tohuwabohu hätte noch lange angehalten, wäre da nicht der Hoteldirektor in der Tür aufgetaucht, um Herrn Goluža mit der schon berühmten šćepanowitzigen Ironie zu fragen:

– Denken Sie mal wieder über die Quintessenz nach?
– Ja natürlich, stieß er bissig hervor. Und den Leuten, die gewettet haben, sagen Sie, daß sie verloren haben: mein Tod kann von niemandem geplant oder vorhergesehen werden, denn er wird aus meiner Eingebung hervorgehen.

»Quintessenz«, »Tod«, »Vorhersage« und jetzt auch noch »Eingebung«! Daß der Tod des Herrn Goluža, auf den B. Šćepanović in einer pascalschen Wette gesetzt und den er nach der besten jeremićmäßigen Voraussage (um rechtzeitig zum Wettbewerb der Vereinigten Verleger einzutreffen) geplant hat, daß dieser Tod also von der »Inspiration« des Herrn Goluža, das heißt des Herrn Šćepanović, abhängt, ist vollkommen klar. Aber wenn wir über diese Inspiration aufgrund der bisherigen Handlung dieser Geschichte urteilen sollen, wird Herr Goluža in unserer Literatur noch lange als Selbstmordkandidat und literarische Frühgeburt, als Abort am Leben bleiben, wie auch B. Šćepanović noch lange auf seine »Inspiration« warten wird, um seiner Geschichte in drei Fortsetzungen und in ihrer »endgültigen« und toten Form ein Ende zu machen.

»So grießelten die Tage«, sagt Šćepanović sehr originell, und während so sehr originell »die Tage grießelten«, beugt sich Herr Goluža, einen Schal um den Hals, »der von der zarten Hand einer der vormittäglichen Frauen gestrickt war«, über den Fluß, der sich seinerseits wiederum »gegen das Eis sträubte«.

Die Dinge haben sich also bis jetzt kein Haarbreit verschoben, trotz der Wunder, des Verschwindens und der Auferstehungen, trotz des »wundersamen Leuchtens« auf dem Gesicht des Helden: er beugt sich, tja, nach wie vor über den Fluß, und da sind wir auch schon in den Monat Dezember hineingekommen.

Und – endlich – die Wendung! Der Knalleffekt:

Indes, Ende Dezember bekam er Durchfall [...].

Tja, so ist das, Herr Goluža, der mitten im schwülen Sommer ein doppeltes Gulasch gegessen hatte, hat Durchfall bekommen – »indes, erst Ende Dezember« –, und so haben wir erfahren, daß unser Held, außer einem »Tintengesicht«, auch noch Darmbeschwerden hat – Durchfall, Diarrhö, und nicht zu knapp! Aber das ist natürlich in diesem Fall keine gewöhnliche Diarrhö, nicht das, was man im Volk auch Dünnschiß nennt, sondern das ist ein metaphysischer Dünnschiß, ein »absurder Durchfall«. Wir werden gleich sehen. Herr Goluža verläßt also wegen Durchfall nicht sein Hotelzimmer,

weil er sich schämte zuzugeben, welches Mißgeschick ihm zuge-
stoßen war, und so ließ er durch den Hoteldirektor ausrichten, er
habe sich nunmehr ganz dem Nachdenken ergeben.

— Was ließ Herr Goluža den Stadtbewohnern ausrichten?
— Er habe sich dem Nachdenken ergeben.
— Konnte also der Hoteldirektor wissen, daß er (Goluža)
Dünnschiß hatte?
— Nein. Weil Herr Goluža *»jedem die Möglichkeit, ihn zu
besuchen oder ihn auf eine andere Art zu behelligen«* verwei-
gerte ...
— Welchen Schluß zogen die Stadtbewohner aus dieser
Diskretion des Herrn Goluža?

Daraus schlossen die Stadtbewohner, daß er, in Wirklichkeit, durch
die physische Läuterung seinen Körper darauf vorbereitete, in den
Geist überzugehen ...!

— Was ist »physische Läuterung«?
— Durchfall (Dünnschiß, Diarrhö)!
— Wie nennt man die Vervielfältigung von Unsinnigkeiten?
— Logodiarrhö!
Eine alles in allem ganz jerematschige Logik. (»Auf den
Sätzen des einen sind Talgflecken und auf dem Stil des ande-
ren finden sich ganze Streifen von Sch... [*merde*]« – Flau-
bert, Brief an Louise Colet vom 26. August 1853.)
Dieser plötzliche Durchfall des Herrn Goluža hörte an
Neujahr (man weiß natürlich nicht, an welchem) genauso
plötzlich wieder auf, und Herr Goluža erscheint zu den Neu-
jahrsfeierlichkeiten ohne Durchfall, *»da sein Durchfall zum
Glück vergangen war«*. Und »da sein Durchfall zum Glück
vergangen war«,

aß und trank [Herr Goluža], als genösse er alles, und zweimal
stimmte er sogar ein Lied an, als freute er sich auch selbst des Lebens, das zu lassen er im Begriff war.

Im Januar wies er die Stadtbewohner wegen dieser Nacht zurecht, sich dabei einer den jeremićmäßigen Moralpredigten ganz ähnlichen Sentenz bedienend (*»Ihr freut euch wie Narren… Das ist unwürdig! Als gäbe es nicht auch das – Leiden!«*), und da die Stadtbewohner dieses ganz jeremićo- moralo-existentialo-absurde Apophthegma hörten, »schämten sie sich«, und Herr Goluža begann »die Gesellschaft der Männer zu meiden«.

Den Frauen gefiel das ausgesprochen gut: jede Scheu ablegend, besuchten sie ihn immer häufiger, in der Öffentlichkeit verkündend, Herr Goluža sei in Wirklichkeit der wunderlichste Mann, den sie je kennengelernt hätten.

Šćepanović hat als Schriftsteller – in Wirklichkeit – mit den Frauen und der Psychologie der Frauen ein leichtes Spiel, weil die Frauen – in Wirklichkeit – »Lumpenpack« und die Männer ganze Kerle sind, selbst wenn es sich um den sogenannten kleinen Mann handelt, der wie Herr Goluža nach Jeremić-Rezept gedacht ist. Derselbe Goluža wird jetzt, »da sein Durchfall zum Glück vergangen« ist, zu einem noch größeren Hengst als früher, als er noch keinen Durchfall hatte und ihn nur »die schönsten Brünstigen des Städtchens« besuchten, weil ihn die Frauen jetzt – in Wirklichkeit –, »jede Scheu ablegend«, »immer häufiger« besuchten, und nach diesen Besuchen, bei denen er mit allen »Brünstigen« »lange eingeschlossen« bleibt, verkünden sie (die Frauen) jetzt, »Herr Goluža sei in Wirklichkeit der wunderlichste Mann, den sie je kennengelernt hätten«!
   Etwas (literarisch) mit Äußerungen wie »in Wirklichkeit«, »indes«, »tja«, »auf diese Weise«, »so«, »zu diesem Zeitpunkt«, »gerade da« usw. motivieren zu wollen und zu meinen, das sei genug, heißt nicht schreiben können und die grundlegendsten Dinge über die literarische Arbeit nicht wissen: daß die literarische Motivation auf der Logik basiert und daß man ohne Logik und ohne logische Urteilskraft keine Geschichte

schreiben kann (auch keine Geschichte in der Kneipe erzählen kann). Das gleiche gilt auch für Verallgemeinerungen, wie »die meisten Frauen«, »einer der Stadtbewohner«, »die schönsten Frauen«, »der älteste Stadtbewohner« usw., weil diese Kategorien in der literarischen Transposition nichts bedeuten – besonders hier –, auf keinerlei Echo beim Leser stoßen, keinerlei spontane Reaktion, keinerlei intellektuelles Echo, keinerlei visuelle Vorstellung hervorrufen. Genausowenig wie man, logischerweise, aus solchen Allgemeinheiten irgendwelche psychologisch überzeugenden Gestalten erschaffen kann, weil die Gestalten nicht einmal realisiert sind, so daß es also logischer- und konsequenterweise auch nicht zu Konflikten oder zu sonstigen menschlichen und psychologisch überzeugenden Beziehungen zwischen den dermaßen verallgemeinerten und undurchdachten »Gestalten« kommen kann. Die Literatur erzielt ihre Effekte durch das Besondere, durch das Detail, durch das Individuelle, und ihr allgemeiner Eindruck rührt von diesem *Besonderen* her. Aber all das muß durchdacht, individualisiert, überzeugend, *möglich* und *notwendig* sein.

Genau zu diesem Zeitpunkt begann die Mehrheit der verheirateten Männer – obwohl sie in der Öffentlichkeit schwörten, überhaupt nicht eifersüchtig zu sein – ihm für seine endgültige Abrechnung mit dem Leben freundlichst ihre alten Colts, modernen Brownings und eleganten Damenpistolen anzuempfehlen.

(Man vergleiche: »Rachgier aus Eifersucht ist häufiger und stärker als Rachgier aus Haß.« Doktor Jeremić, *Gedanken Nr. 325.*)
»Die Mehrheit der verheirateten Männer«, »genau zu diesem Zeitpunkt« usw.: da gibt es nicht ein einziges Bild, nicht eine einzige mögliche Assoziation, nicht eine einzige Motivation, auch keine mögliche spontane Reaktion, wie es auch in dieser ganzen Passage (in dieser ganzen Geschichte überhaupt) nicht eine einzige überzeugende Gestalt, nicht die Spur

von Meisterschaft, also nichts gibt, woraus Sie schließen könnten, daß hier ein Schriftsteller am Werk sei, dessen Beobachtungen durch das Siegel der Individualität, der Originalität, des Geistes geprägt sind. Nichts von alledem.

Aber verlangen wir von dieser Geschichte und von diesem Autor nicht das Unmögliche.

Herr Goluža verschiebt seinen Selbstmord und überzeugt, ganz im Stil des jeremićo-šćepanowitzigen »Absurden«, die Stadtbewohner, daß er »*aus Achtung vor seinem eigenen Tod gleichwohl eine originale Art wählen wird, diese unsinnige und unzurechnungsfähige Welt zu verlassen*« (weil in den Fluß springen – sich ersäufen also – nach dem jeremićo-šćepanowitzigen »Absurden« eine sehr originale Art ist, wie Harakiri mindestens).

Wenn der Schriftsteller ahnt, daß die Handlungen seiner Helden unsinnig sind und daß die imaginäre (literarische) Welt, in die er sie gestoßen hat, ebenfalls unsinnig, weil nicht durchdacht ist, bleibt ihm nichts anderes übrig, als seine Geschichte wegzuwerfen oder sie immer und immer wieder neu zu schreiben, bis die Dinge sozusagen von selbst Sinn annehmen. Aber zu verkünden, die Welt sei »unsinnig und unzurechnungsfähig« – bloß weil die Geschichte unsinnig und unzurechnungsfähig ist –, heißt ein Alibi suchen, und sei es unbewußt, um diese ganze Unsinnigkeit und Unzurechnungsfähigkeit bei der Sujetfügung irgendwie zu rechtfertigen.

Daß die Welt von Šćepanovićs Erzählung unsinnig, also auch unzurechnungsfähig ist, das ist jedem klar, der von Literatur auch nur halbwegs Ahnung hat. So wirft uns B. Šćepanović, von seinen hohlen schriftstellerischen Ambitionen gejagt, ganz unsinnig und unzurechnungsfähig aus der pseudoabsurden (literarisch immer noch modischen, aber eigentlich anachronistischen) Welt »à la Camus« in eine altrussische, ukrainische, »Gogolsche« Provinzstadt, wo angeblich realistische Gespräche im Stil der russischen Klassiker des neunzehnten Jahrhunderts geführt werden. Also, »schon am folgenden

Tag« eilte »der beste Barbier der Stadt« (wo dieses »der beste«
so etwas wie eine literarische Charakterisierung der Gestalt
sein soll, wie dieses »der älteste«, »die schönste« usw.) zu
Herrn Goluža. Hier, was für ein Gespräch dieser »beste Barbier der Stadt« und Herr Goluža führen, der sich darauf vorbereitet, »die unsinnige und unzurechnungsfähige Welt« dieser Erzählung zu verlassen. (Darauf werden wir leider noch
ein Weilchen warten müssen.) Der Barbier bietet, ganz wie
ein Barbier, einem angesehenen Kunden seine Barbierdienste
an, was Šćepanović folgendermaßen formuliert: »er bot ihm
seine freundschaftliche Hilfe an« (Vorsicht! Ironie!). Denn
dieser »beste Barbier« wäre nicht der beste Barbier und auch
Šćepanović nicht der beste Erzähler (laut Jeremić), wenn der
Barbier bei ihm nicht »absurd« wäre und seine freundschaftliche (absurde) Hilfe angeboten hätte:

– Aber ich verstehe dich nicht – schnauzte ihn Herr Goluža an.
Komm endlich zur Quintessenz, du Bestie!

Šćepanović wäre kein Schriftsteller des Absurden und kein
Schriftsteller mit »Mannscher« Ironie, wenn er es nicht verstünde, sich aus dieser für den (schwachsinnigen) Leser versiert aufgestellten Falle zu winden :

– Es geht doch gar nicht um die Quintessenz, flüsterte der Barbier
aufgeregt. Ich weiß nicht einmal, was das ist, die Quintessenz! Sondern um die Versiertheit geht es, mein Herr! Um die Versiertheit!

Keiner von uns weiß, was die Quintessenz ist, aber um die
Versiertheit geht es, mein Herr! Um die Versiertheit in der
Erzählkunst, denn die Erzählkunst verlangt Versiertheit, und
die Quintessenz überlassen wir denen, die sich mit ihr beschäftigen, mein Herr! Selbst wenn Jeremić höchstpersönlich
erklärt hat, dieser Schriftsteller (Šćepanović) schreibe He-
mingway-Dialoge, das heißt genauso gute wie Hemingway,
darf der Schriftsteller diesem Kritiker nicht aufs Wort glau-

ben, weil es ihm dann, mein Herr, passieren kann, daß er einen derart (unsinnigen) »Hemingway«-Dialog auf der Basis des »Absurden« verfaßt:

– Sag schon! Worauf wartest du noch?
– Hm, tja, mit Ihrem Segen könnte ich Ihnen mit der Rasierklinge einen Einschnitt am Hals anbringen. Die Rasierklinge ist aus schwedischem Stahl – Sie werden sie nicht einmal spüren.
– Und wenn ich sie doch spüre?
– Ich stehe mit meiner Ehre dafür ein: alles ist augenblicklich vorbei. Außer natürlich, wenn Sie verlangen, daß ich Ihnen, links von der Gurgel, einen Spezialschnitt einschreibe, wie er im Osten sehr oft verwendet wird.

So ist das also. Der Barbier kann wie ein richtiger Barbier »mit der Rasierklinge einen Einschnitt am Hals anbringen«, und das tut dann nicht mal weh, weil die Klinge aus schwedischem Stahl ist, Sie werden – ich bitte Sie – nichts spüren, falls Sie nicht wünschen, daß ich Ihnen »links von der Gurgel«, und nicht rechts (auch der Barbier scheint ein Linkshänder zu sein, wie Herr Goluža), »einen Spezialschnitt einschreibe«, eine Art linkischen Gurgelschnitt, »wie er im Osten sehr oft *verwendet* wird«, also, bitte, bloß keine Sorge, als ginge es hier um Höllenstein, denn der Schnitt wird links von der Gurgel angebracht und nicht rechts, was, natürlich, alles von Grund auf ändern würde.

– Das wäre zwar wunderbar, aber ich weise ein solches Opfer zurück, sagte Herr Goluža edel. Hinterher würdest du von Schlaflosigkeit und Gewissensbissen geplagt, nicht wahr?
– Im Gegenteil, mein Herr, rief der Barbier aus, erst das wird meine Seele entlasten: schon seit meiner Lehrzeit, Sie müssen sich das bitte vorstellen, bin ich von der süßen Versuchung besessen, meine Rasierklinge an einen Herrenhals zu setzen.

(Ein Dialog ganz wie bei Hemingway! Mich erinnert das, ehrlich gesagt, weniger an die Rede eines Wahnsinnigen bei Gogol, weil das ja eine literarische Transposition und als sol-

324

che völlig logisch ist, als vielmehr an das Gerede ganz gewöhnlicher Irrer, außerhalb jeder literarischen Form und Assoziation.)

– Was hat dich bis jetzt abgehalten?
– Im entscheidenden Moment habe ich mich nie getraut: [...] und ich, versteht sich, kann unmöglich erklären, warum mein Händchen zittert. Dieses aber: zittert und zittert. Es ist zum Auswachsen, mein Herr.
– Interessant, flüsterte er und erbleichte sogleich. Aber was, wenn dein Händchen auch bei mir zu zittern beginnt?
– Bei Ihnen ist das doch etwas ganz anderes, gluckste der Barbier. Sie haben den Tod bereits gewählt, zudem sind Sie aus der Großstadt, was mich ganz besonders erregt.
[...]
– Von nun an werde ich mich selbst rasieren.
– Aber ich wollte Ihnen doch nur helfen, stammelte der Barbier. Die ganzen Monate habe ich mich so an Ihren Hals gewöhnt, daß ich ihn sozusagen – liebgewonnen habe.
– Hinaus, du Unhold, kreischte Herr Goluža.

Was soll, frage ich Sie, was soll dieses geistesschwache Gespräch, dieser schwachsinnige Dialog bedeuten, was soll das ganze Schreien, Flüstern, Glucksen, Stammeln und Kreischen bedeuten, und zu welcher literarischen Gattung gehört das? Und wo in der zivilisierten Welt wird noch so geschrieben! Und wo in der zivilisierten Welt kann man so eine Geschichte und so einen Dialog noch in der Rubrik »Ausgewählte Seiten«, und zwar in der angesehensten Wochenschrift, drucken! Und welche Kritik in der zivilisierten Welt kann eine solche Erzählung ohne Vorbehalt als besonderes *Meisterwerk* aufnehmen? Welche, außer der jeremićmäßigen, in deren Wahlverwandtschaft eine derartige Prosa liegt!

Wir sind schon in den Februar hineingekommen, doch Herr Goluža will diese »unsinnige und unzurechnungsfähige Welt«, auf originale oder nichtoriginale Art, schlicht nicht verlassen. Da bekommt er, man könnte sagen, unverhofft, Besuch von »sieben angesehenen Stadtbewohnern«, von sieben šćepanovićmäßigen Marionetten ohne Formen und Konturen, und da hilft auch die Vervielfachung nichts, denn diese *sieben* »angesehenen Stadtbewohner« sind um nichts sichtbarer und überzeugender, als es ein einziger »angesehener Stadtbewohner« wäre, und da hilft auch diese Glückszahl Sieben nichts, und wenn es sich um die sieben Samurais handelte: sieben mal null ist null! Diese sieben angesehenen Stadtbewohner ($7 \times 0 = 0$) verlangen also von Herrn Goluža, dieser Komödie, diesem Hinhalten endlich ein Ende zu machen. Šćepanović will es nicht gelingen, sich von den Stereotypen aus schlechten Filmen frei zu machen:

Aber sie machten sich, ohne Mäntel und Pelze abzulegen, in seinem Zimmer breit: vier setzten sich in Sessel; einer fläzte sich aufs Bett: der größte, mit dem Rücken an die Tür gelehnt, blieb stehen.

Nicht nur wegen der völlig willkürlichen Interpunktion, die nur noch größere Verwirrung stiftet (ob sich *»der größte«* aufs Bett fläzte oder ob er, nach dem Doppelpunkt, stehen blieb), gestehe ich, bin ich außerstande, in diesem Versteckspiel sieben Bürger zu entdecken, und seien sie auch noch so angesehen! Selbst wenn ich annehme, daß der, der sich aufs Bett gefläzt hat, und der, der – gleichzeitig – an die Tür gelehnt dasteht, *zwei* sind (was eine etwas ungewöhnliche Persönlichkeitsspaltung wäre), fehlt mir immer noch ein angesehener Stadtbewohner, weil vier und eins fünf plus eins sechs ist. Das ist logisch und logisch beweisbar durch die einfachste Grundrechenart, die man in der Schule lernt: das Addieren. Vier plus zwei macht nach wie vor sechs.

Eine kleine Aufgabe für Dr. Jeremić: Wieviel macht vier plus zwei, und wo hat sich der siebente angesehene Stadtbewohner versteckt?

Nach einem kleinen auf dem Absurden basierenden Dialog, das heißt einem absurden Gespräch zwischen fünf, sechs (wieviel auch immer) »angesehenen Stadtbewohnern« und Herrn Goluža, begreifen wir, daß Dr. Jeremić mit seiner einfachen Aufgabe nicht klargekommen ist und immer noch auf der Eselsbank sitzt, weil er noch nicht ausgerechnet hat, wieviel vier plus zwei ist, denn Šćepanović insistiert:

Ach! krächzten alle sieben los. Bezahlen Sie etwa so Ihre Rechnungen? *(Usw.)*

Woraus klar zu ersehen ist, daß Šćepanović darauf besteht, daß es ihrer sieben sind, und Schluß, und jetzt soll ihm mal einer kommen und sich zu sagen trauen, daß er da keine sieben Bürger sieht, sondern so an die fünf, sechs, niemals aber sieben! Und jetzt soll ihm mal einer sagen, daß man nicht mit »Ach« loskrächzen kann, selbst wenn siebenhundert der angesehensten Bürger auf einmal ächzen würden. Obwohl, ich gestehe, wenn es in dieser Geschichte auch nur ein bißchen Logik gäbe, hätten die Bürger (fünf, sechs oder sieben, einerlei) allen Grund, beim Vernehmen der Worte, die Herr Šćepanović dem armen Herrn Goluža in den Mund legt, bis zum Umfallen ach und weh zu schreien:

[…] ich verlange, daß man mit mir umgehend die Prozente abrechnet, die mir aus dem Gesamtgewinn, den Sie dank meiner Naivität gemacht haben, zustehen.

denn sie hätten endlich begriffen, daß sie es mit einem Narren zu tun haben. Aber da sie auch selbst Narren sind, fällt keinem etwas auf, und die Geschichte geht weiter, als wäre nichts gewesen, als vermißten wir nicht einen der angesehensten Stadtbewohner.

– Eh, Herr Goluža: Sie sind wirklich ein ganz schöner Mistkerl – flüsterte jemand, und die sechs übrigen, ohnmächtig vor Zorn, nickten nur mit den Köpfen.

»Jemand« hat also geflüstert, und die sechs übrigen haben mit dem Kopf genickt, was wohl heißen soll, daß der eine zurückgekommen ist, aber warum der eine (der siebte?) »jemand« ist, der spricht, während die übrigen sechs (sagen wir mal) wie im japanischen Theater, ohne Unterschied und zur gleichen Zeit, mit dem Kopf nicken, ist nicht gerade klar, es sei denn, das alles sind Marionetten von Šćepanović, ebenso wie der eine, der die Gnade erlangt hat, »jemand« zu werden, selbst wenn dieser »Jemand« Blödsinn redet und dieser Blödsinn von der linkischen Hand eines Autors aufgezeichnet ist, der die Interpunktionsregeln nicht kennt, ebensowenig wie er – was genauso evident ist – beim Schreiben bis sieben zählen kann.

– Was machen Sie sich solche Sorgen, grinste der an der Tür.
[…]
– Aber ich kann doch nicht schwimmen, fuhr er hoch.
– Genau darum schlagen wir Ihnen das ja vor, lachte der älteste Stadtbewohner auf.
– Dummes Zeug, grinste Herr Goluža […]. Die Frauen spüren immer, wer ein richtiger Mann ist, flüsterte er, und mit unverhohlenem Stolz betrachtete er im Spiegel sein Bild, das ihm in letzter Zeit immer besser gefiel.
– Wir werden unseren Frauen sagen, daß Sie ein Feigling sind. Und wenn diese Sie verachten, wird das ganze Städtchen öffentlich auf Sie spucken.
– Aber das Städtchen vergöttert mich doch, schrie er auf.

Der an der Tür »grinste«, Herr Goluža »fuhr« daraufhin »hoch«, der älteste Stadtbewohner »lachte«, wahrscheinlich in Ermangelung von Zähnen, »auf«, dann »grinste« Herr Goluža, gleich darauf »flüstert« er, um kurz danach »aufzuschreien«! Wenn sich Jeremić oder ein anderer Kritiker an eine Deutung dieser psycho-physiologischen Reaktionen von Šćepanovićs Marionetten, die grinsen und die kreischen und die flüstern, machen würde, wenn also jemand mit ein bißchen Logik versuchen würde, die psychologische Adäquatheit dieser Schrei- und Flüsterlaute einzuschätzen, würde er ohne die geringste Mühe, ohne die geringsten Kenntnisse der Psychologie (als Wissenschaft), also mit dem gesunden Menschenverstand begreifen, daß sich so bestenfalls schwer Geistesgestörte verhalten und daß zu dieser Art »Motivation« in der Literatur nicht einmal die übelsten Dilettanten greifen. Geben Sie diesen Text einer Schauspielgruppe, Profis oder Amateuren, oder versuchen Sie selbst, die Rollen zu spielen, die Ihnen dieser Autor zugedacht hat (denn was aus der direkten Rede folgt, sind eigentlich so etwas wie Didaskalien), und versuchen Sie nach den Anweisungen des Autors zu lachen, zu grinsen und zu flüstern, seinen »Didaskalien« zu folgen! In der Rolle eines Schauspielers dieses Vaudevilles Ihrem Partner vorzuschlagen, in den Fluß zu springen, das heißt sich umzubringen, und erwarten Sie dann von ihm, daß er grinst (dabei aber normal ist) und die Worte: »Dummes Zeug« ausspricht!

Während die sieben »angesehenen Bürger« (eigentlich ihrer fünf, sechs) auf Herrn Golužas Entscheidung warten, geht dieser zum Fenster und ...

mit seinen erstarrten Fingern schob er den Spitzenvorhang zurück: draußen hatten sich die winterlichen Nebelschwaden bereits zu einer eisigen Finsternis verdichtet [...].

– Was bedeutet »zurückschieben«?
– Das Verb »zurückschieben« ist zusammengesetzt aus dem Präfix *zurück* und dem Verb »schieben«.
– Was bedeutet das Präfix *zurück* in zusammengesetzten Verben?
– *Zurück* als Präfix bedeutet, eine Handlung (wieder) zum *Ausgangspunkt* hin, zum *Ursprünglichen* auszuführen.
– Was machte Herr Goluža also mit dem Spitzenvorhang?
– Er schob ihn zurück, das heißt, er schob ihn an seinen ursprünglichen Platz zurück, um besser sehen zu können, wie sich draußen »die winterlichen Nebelschwaden bereits zu einer eisigen Finsternis verdichtet« hatten!

Goluža versprach schließlich, sein Vorhaben »am Sonntag« auszuführen, und sobald die Stadtbewohner ihren Besuch ab-

gestattet hatten, packte er seine »*zwei großen gelben Koffer,
zog seinen Wintermantel an und zog seinen schwarzen Hut
fast bis in die Augen*«. Goluža zog also mitten im Februar seinen *Winter*mantel an, weil der Leser ja glauben könnte, er
werde den Sommermantel anziehen, und zog natürlich »seinen schwarzen Hut fast bis in die Augen«. Die Stadtbewohner
indes sind schlau (wie sie auch gastfreundlich, verrückt, freige-
big, großmütig, blutrünstig, eifersüchtig, böse usw. sind) und
gehen ihm wahrhaft nicht von der Pelle. Jetzt sind es ihrer drei
(also nicht mehr fünf, sechs, das heißt »sieben«).

[...]er bemerkte drei seiner kürzlichen Besucher: in Pelzen und Fellmützen bewaffnet mit Stöcken, machten sie im Hof ihre Runde, und
die Köpfe verrenkend, beobachteten sie seine beleuchteten Fenster.

   – Was taten die kürzlichen Besucher?
   – Sie verrenkten die Köpfe.
   – Warum verrenkten sie die Köpfe?
   – Weil sie »Fellmützen bewaffnet mit Stöcken« aufhatten
und ihnen die mit Stöcken bewaffneten Fellmützen mit ihrem
ganzen Gewicht auf den Kopf drückten!
   – Was tat Herr Goluža, der kurz zuvor noch – gegrinst
hatte?

Herr Goluža wich ein paar Schritte zurück und griff krampfhaft
nach dem Telefonhörer. Der Apparat indes ging nicht. »Alles haben
sie unternommen«, dachte er und – weinte los.

Klar, wenn ein Mann durch den geschlossenen Vorhang, den
er hatte öffnen wollen, sieht, wie unter dem Fenster drei
Männer ihre mit Fellmützen bewaffneten Köpfe verrenken,
wenn er begreift, daß der Apparat, indes, kein Radio[10] ist,

---

10 Der serbische Satz »Aparat nije radio« ist zweideutig. Die Verbform »radio« (ging, funktionierte) deckt sich mit dem Substantiv »radio« (Radio).
(A. d. Ü.)

bleibt diesem Mann nichts anderes übrig, als loszuweinen. So haben wir einen weinerlichen Gary Cooper mit einem schwarzen »fast bis in die Augen gezogenen« Hut bekommen, aber das ist jetzt schon gar kein Gary Cooper mehr, sondern ein Gary Koffer, denn das ist jetzt eine Szene aus einem schlechten Krimi (der Einfluß der Filmtechnik auf die serbische Prosa!), der Held will aus einer Stadt flüchten, »im vereisten Mondschein«, hat sich seine zwei gelben Koffer gegriffen, aber drei Verfolger stehen unter seinem Fenster, bewaffnet mit Fellmützen, das heißt mit bewaffneten Fellmützen, unser Held telefoniert vor lauter Panik, das heißt, er versucht zu telefonieren, aber mit einemmal begreifen wir, gemeinsam mit ihm, daß das Telefon kein Radioapparat ist, und dann begreift unser verfolgter Held aus dem Krimi, daß etwas nicht in Ordnung ist, und denkt (und jetzt wird Šćepanović plötzlich zum allwissenden Erzähler und weiß also auch das, was sein Held denkt): »Alles haben sie unternommen«, um dann, wie ein Held bei Tschechow (denn jetzt haben wir ein Stereotyp im Stil der guten russischen Klassiker vor uns), wenn schon nicht umsonst zu sterben, wenigstens umsonst (Gedankenstrich) loszuweinen! Welch reiche Skala psychologischer und moralischer Zustände! Lachen und Tränen! Eine extreme (Kitsch-)Dichotomie: »Erweiterung der Wertmaßstäbe durch stereotypische Wiederholung«: Lachen ↔ Tränen. So ist das Leben! Vieldeutig! Absurd! Und dieses absurde pseudopoetische Kitschkonzept wird, natürlich, von einer sehr funktionalen »Naturbeschreibung« begleitet:

Draußen heulte der Wind so daß er gar nicht erst versuchte zu schreien und um Hilfe zu rufen.

- Wie *heulte der Wind*?
- So daß er gar nicht erst versuchte zu *schreien*!

Im Morgengrauen klopften sie an seine Tür [...]. Goluža blieb versteckt, leise und lautlos liegen. In Wirklichkeit tat es ihm gut zu hören, wie sie herumrätselten, ob er vielleicht durch den Schornstein geflohen sei oder sich am Lüster erhängt habe. Erst als sie begannen, das Schloß aufzubrechen [...].

– Was dachten die Stadtbewohner, nachdem sie ihn die ganze Nacht beaufsichtigt, begleitet, ausspioniert hatten?
– Daß er vielleicht durch den Schornstein geflohen sei oder sich am Lüster erhängt habe.
– Was also unternahmen die Stadtbewohner?
– Sie begannen, das Schloß aufzubrechen!

Da sich Herr Goluža »kundtut«, begreifen die Stadtbewohner – natürlich –, daß er weder durch den Schornstein davon ist, weil er ja kein Geist ist, noch sich am Lüster erhängt hat (weil dann die Geschichte zu Ende wäre), also geben sie es auf, das Schloß aufzubrechen, weil ihnen das alles ziemlich absurd vorkommt. Was Herrn Goluža angeht, so »*dachte er nicht daran zu schlafen*«, aber andererseits »*beeilte er sich auch nicht, nach draußen hinauszugehen*«, weil Herr Goluža weiß, was Šćepanović nicht weiß, daß man nämlich nach draußen nur hinausgehen kann, ebenso wie man nach drinnen nur hineinkommen kann.

Wir wissen bereits, mindestens aber ahnen wir es von Anfang an, daß Herr Goluža großen Wert auf sein Aussehen legt, und wir wissen von Anfang an, daß B. Šćepanović seine Helden mit der gleichen Sorgfalt ankleidet, die der selige Tolstoi (der in der Kollektion der Klassiker fehlt, weil ihn Brana Šćepanović hinausgedrängt hat) darauf verwandte, Anna für den Ball herzurichten. Nachdem Šćepanović also seinen Helden rasiert und darauf geachtet hat, ihn nicht zu schneiden (»er rasierte sich lange und achtete darauf, sich nicht zu schneiden«), beginnt er ihn mit noch größerer Sorgfalt anzuziehen, ohne Zweifel das leuchtende Beispiel Tolstois vor seinem geistigen Auge.

Er kleidete sich mit noch größerer Sorgfalt an, die Farben von Hemd, Krawatte und Strümpfen mit seinem schönsten hellblauen Anzug abstimmend. Dann, angetan von seinem Aussehen, blieb er eine gewisse Zeit vor dem großen Spiegel stehen ... *(Usw.)*

Herr Goluža kommt mitten in den Hundstagen, im Monat August, in die Stadt, in einen schwarzen Anzug gekleidet und mit einem schwarzen Hut auf dem Kopf, schwarz von Kopf bis Fuß, kohlrabenschwarz, und diesen schwarzen Anzug und diese schwarze Kopfbedeckung trägt er an die sechs, sieben Monate lang, und jetzt – mit einemmal, mitten im eisigen Februar – zieht er einen hellblauen Anzug an und stimmt die Farben von Hemd, Krawatte und Strümpfen auf ihn ab, und zwar nach dem besten Geschmack der hintersten Provinz (weil Brana Šćepanović glaubt, das sei die Mode à la Cardin, diese Art der Farbabstimmung!).

(Man vergleiche: »Die Mode ist der Geschmack derer, die keinen Geschmack haben.« Modegedanken des Doktor *honoris causae elegantiae* Jeremić, unter der Nummer 451.)

So vor dem Spiegel stehend und nach wie vor sein nun glattrasiertes »Tintengesicht« sowie seinen hellblauen, auf die Farben von Strümpfen, Hemd und Krawatte abgestimmten Anzug bewundernd, da ist sonnenklar, Herr Goluža – reflektiert. Es fällt ihm – natürlich – tja – indes – übrigens – nicht im Traum ein, sich umzubringen.

Übrigens hatte er keine Angst mehr: er hatte die Wahl zwischen zwei Möglichkeiten, die ihm, beide ganz einfach, sein Leben und sein bereits gewonnenes Ansehen retteten.

Jetzt erwartet der Leser hier natürlich eine klare Perspektive der Rettung, eine klare Alternative. Zwei Möglichkeiten – beide ganz einfach. Natürlich.

»Wenn doch beide schiefgehen, bleiben mir, weiß Gott, immer noch die Beine«, flüsterte er, »dann werden wir ja sehen, wer schneller ist: meine Angst oder ihre Wut.«

Und wieder einmal ist nichts klar, und das einzige, was jeder außer Dr. Jeremić ganz klar sieht, ist, daß Šćepanović nicht fähig ist, einen einzigen anständigen Satz zu schreiben, und daß seine Helden die ordinärsten Marionetten sind, die er seinem Talent und seinem – dilettantischen – literarischen Können entsprechend an- und auszieht, und daß sich sein Herumtändeln mit den psychologischen Möglichkeiten im Dreschen von leerem Stroh erschöpft.

Vor Vergnügen, sich alles so trefflich ausgedacht und ausgerechnet zu haben, begann er sogar zu pfeifen.

Dieses Wechseln der seelischen (krankhaften) Zustände von Šćepanovićs Helden, diese unerwarteten und unmotivierten Übergänge vom Grinsen ins Weinen, vom Weinen ins Pfeifen, vom Pfeifen ins Flüstern, sich oder Jeremić in den Bart, vom Flüstern ins Faseln der lauten Autorenstimme, wird in Zirkusnummern (von den Clowns) mit einer viel größeren psychologischen und künstlerischen Glaubwürdigkeit zum Ausdruck gebracht, als es hier der Fall ist. Denn Šćepanović macht keinen Unterschied zwischen Ursache und Wirkung, er versucht uns die Wirkung unterzuschieben, um uns auf dieser Grundlage die Ursache begreiflich zu machen, was durchaus ein möglicher Weg ist, um literarische und psychologische Glaubwürdigkeit zu erzielen, hier aber ein unzureichender, nicht überzeugender, weil Ursache und Wirkung gleichermaßen »absurd«, das heißt unsinnig und unmotiviert, sind. Wenn er uns mitteilt, daß sein Held weint, müssen wir, um ihm zu glauben, die Ursachen, die Gründe des Weines glauben. Die Ursachen dieses Grinsens. Die Ursachen (Gründe) dieses Pfeifens. Die Handlungen müssen also wenn nicht psychologisch, so doch literarisch motiviert sein. Wenn das Pfeifen Herrn Golužas in diesem Moment motiviert wäre, und sei es durch Angst (denn Angst kann man auch so verjagen), könnten wir ihm noch irgendwie glauben. Aber bei Šćepanović sind all die Nuancen geistiger Zustände, ist all der Reichtum psychologischer Motivationen – wir haben es bereits gesehen – auf ein paar banale Kitschassoziationen und Kitschdichotomien und Kitschdimensionen reduziert. Und da gibt es kein Heilmittel. Und da helfen auch keine, ich würde sagen, unterbewußten Korrekturen und zweifelhaften literarische Alibis, wie »in Wirklichkeit«, »indes«, »übrigens«, ebensowenig wie das Wort »*sogar*« als Motivation für Golužas Pfeifen ausreicht. Wir haben uns verstanden.

In seinen hellblauen Anzug gekleidet, erscheint Herr Goluža an der Tür, nachdem er weder durch den Schornstein geflohen ist noch sich am Lüster erhängt hat und sich, weiß Gott, auch nicht mit der Rasierklinge geschnitten hat (nicht einmal das):

– Sieh an, Sie sind ja schon bereit, riefen freudig seine sieben Besucher vom Vortag aus.

(Obwohl wir wissen, daß sie nur ihrer fünf, sechs waren, niemals sieben, trotz Šćepanovićs Beharren, daß zwei plus vier sieben ist.)

– Ich war schon immer bereit, weil der Tod meine Bestimmung ist, sagte er. Nur, leider, werden wir alles verschieben müssen.

Goluža – wir sehen es – zieht sich erneut aus der Affäre, ewig muß er herummäkeln und die Sache erschweren, dabei schafft er es aber noch, »*nachlässig seinen dünnen und wie ein Blutegel gewundenen Schnauzbart glattzustreichen*«, der ihm, scheint es, in der Zwischenzeit gewachsen ist. Und wahrscheinlich ist es das – dieses Glattstreichen des blutegelgewundenen Schnauzbarts –, diese einfache Möglichkeit, die ihm das Leben retten wird, wenn es nicht das folgende ist:

– Unter diesem Volk werden sich, was auch völlig natürlich ist, auch Vertreter der hiesigen Obrigkeit finden, und jede Obrigkeit – somit auch eure – ist gesetzlich verpflichtet, denjenigen, der, ganz gleich, ob an sich oder einen anderen, Hand legen will, zu hindern!

All das ist also völlig klar und »natürlich«. Aber.
  – Wo werden sich die Vertreter der Obrigkeit finden?
  – Unter diesem Volk. (Ausrufezeichen. Fragezeichen.)
  – Warum?
  – Weil das auch völlig natürlich ist!
  – Welche Pflicht hat jede Obrigkeit?
  – Jede Obrigkeit ist verpflichtet zu hindern!
  – Wen?
  – Denjenigen, der Hand an sich oder einen anderen legen will.
  – Woran zu hindern?
  – Fragezeichen. Ausrufezeichen.
(Das Verb *schützen* anstelle von *hindern* hätte vielleicht ein wenig Salz in diesen Eintopf gebracht.)
Šćepanović hat sich indes ganz offensichtlich mit Wildwestfilmen vollgestopft, und die Wildwestszenen sind ihm ins Blut gegangen, weil ihm wohl die einfachen Schemen dieser Filme mühelos für jede Erzählung adaptierbar scheinen, wie ein *Passepartout* für jede Situation. Schauen wir mal:

  – Da machen Sie sich mal keine Sorgen, Herr Goluža: all unsere Männer des Gesetzes sind heute früh in die Skiferien abgereist.
  – Welche Zufälligkeit, erstickte seine Stimme. *(Usw.)*

Denn abgesehen davon, daß es Herrn Goluža die Stimme erstickte, statt daß er sich »kundgetan« oder geschrien oder gekreischt oder geflüstert hätte, bleibt Tatsache, daß es dieser Szene mit den »Männern des Gesetzes« nicht gelungen ist, ihre Blutsverwandtschaft mit stereotypen Westernszenen zu kaschieren, obwohl hier die »Männer des Gesetzes« (ohne Zweifel auch der Sheriff) in die Skiferien gefahren und nicht etwa aus der Stadt geritten sind, damit die Gerechtigkeit sich »selbst üben« könnte.
Šćepanović weiß indes, daß mit den Gesetzen (im Wilden Westen) nicht zu scherzen ist, daher führen die Bürger unseren Goluža schön aus dem Haus, und Goluža, der auch nicht

auf den Kopf gefallen ist, sondern sich, wir haben es gesehen, zwei Fluchtmöglichkeiten ausgedacht hat, hat nun die Muße, über die Ehre nachzudenken:

»Fliehen – kann ich auch später«, dachte er. »Ich muß auch versuchen, meine Ehre zu retten.«

Da pfeifen Herr Goluža und Herr Šćepanović doch auf die psychologische Glaubwürdigkeit, auf die Motivation. Die Motivation kommt von allein, man braucht nur ein bißchen Naturbeschreibung in die Sache zu fädeln, das zumindest geht leicht.

Er schritt langsam unter den entblätterten Pappeln, auf deren Ästchen vom Reif geschmückte Raben wippten [...].

Das passiert im Februar, und Šćepanović versucht uns die Witterung und das Klima nahezubringen (die wohl, ihrerseits, die »Seelenlagen« des Helden evozieren sollen). Da Februar ist, sind die Pappeln entblättert – und diese »Naturbeschreibung« könnte in einer Grundschule soweit ganz annehmbar benotet werden. Aber wenn Šćepanović auch weiß, daß es im Monat Februar kalt ist, daß, wenn es kalt ist, die Pappeln entblättert sind, weiß er damit noch lange nicht, wie Raben (*Corvida frugilegus*, »großer Vogel aus der Familie der Rabenvögel«) aussehen und wie schwer sie in etwa sind, was bedeutet, daß er ein schlechter Ornithologe und ein schlechter Schriftsteller und ein schlechter Schüler ist, daß er also ein schlechtes Beobachtungsvermögen hat, denn Raben sind keine Spatzen, und es wäre besser gewesen, sie hätten nicht auf den »Ästchen« gewippt, sondern hätten auf den *Ästen* gesessen oder »gehockt« (wie Goluža den lieben langen Tag auf der Brücke hockt); auf den Ästen also, nicht nur weil der Diminutiv »Ästchen« so banal ist wie das Wort »Vögelchen«, sondern auch deshalb, besonders deshalb, weil Raben gar nicht auf Ästchen wippen können, wenn sie krepiert sind, denn um »vom Reif geschmückt« zu sein, müssen die Raben – nach den Gesetzen der Natur – verreckt sein!

Und während so auf den Ästchen der entblätterten Pappeln die verreckten Raben herumwippen, denkt Herr Goluža, gemeinsam mit Šćepanović, weiterhin darüber nach, wie er aus alldem herauskommt, und

wiederholte in seinem Innern die bereits erdachte Rede, all die gewählten und rührenden Worte, mit denen er beabsichtigte, wenigstens einer dieser vormittäglichen Frauen Tränen, Aufschreie oder einen Ohnmachtsanfall zu entlocken, um dann – ohne Gesichtsverlust – öffentlich sein verhängnisvolles Vorhaben aufzugeben, diese Wendung, versteht sich, mit seinen edlen Rücksichten auf die betreffende, verehrungswürdige Dame erklärend, deren empfindsames Herz – angesichts des angekündigten Spektakels seines heiß ersehnten und schon nahen Todes – die Neigung zeigt, vor Verzweiflung zu zerspringen.

Was hat dieser ganze Schmarren zu bedeuten? Was ist das jetzt für ein lyrisches *Intermezzo*? Was ist das jetzt für eine Überlegung? Was für ein Versuch grotesker Motivation? Diese pseudoironisch-spöttische Distanz des Autors, diese chevalereske Szene mit der »betreffenden Dame«, die – sozusagen – in Ohnmacht fallen soll und deren Herz »die Neigung zeigt, vor Verzweiflung zu zerspringen«! Da Šćepanović weder einen klaren Plan noch eine klare Idee hat, bringt er die Gattungen und Stile durcheinander, und da sich seine Erzählung außerhalb dieser Welt ereignet, das heißt, allem Anschein nach irgendwo im Wilden Westen, scheint ihm alles möglich, weil ihm nicht die geringsten sozialen oder psychologischen Bedingtheiten, nicht die geringste gattungsmäßige Einheit im Weg stehen, da taucht Dulcinea in einem Western auf, Gary Cooper wird Sherlock Holmes und gleich darauf eine Art donquichotter Schwärmer und Renaissance-Ritter, und die Stadtbewohner, auch sie außerhalb von Gut und Böse (lies: außerhalb von Raum und Zeit), durch nichts bestimmt, weder psychologisch plausibel, noch sprachlich, sozial oder (wenigstens) geographisch determiniert, verhalten sich ebenfalls völlig willkürlich, wechseln Bewußtsein und Ethos, diese vorgebliche Šćepanovićsche »Psychologie der Masse«, nicht nur außerhalb jeder Logik, sondern auch außerhalb jeder gattungsmäßigen und literarischen Kohärenz.

Šćepanović fürchtet wie die Pest, in einem Detail, in einem Wort ein konkretes soziologisches, anthropologisches, ethnologisches, geographisches oder linguistisches Fakt, einen möglichen Kode zu liefern, der der Willkür der Geschichte eine künstlerische Verpflichtung, eine notwendige, schöpferische Beschränkung auferlegen würde. Willkür bringt Willkür hervor. Das Gewebe dieser Geschichte gleicht daher einem hirnverbrannten Schwirren und dem kopflosen Flug einer Fliege, der eine Kuh mit dem Schwanz eins übergebraten hat: sie (die Fliege) weiß jetzt nicht mehr, wo ihr der Kopf steht, und vermutlich auch nicht mehr, daß ihr »eine Kuh mit dem Schwanz eins übergebraten hat«, und jetzt fliegt sie wie kopflos, ohne Kompaß und Orientierung, durch die Gegend, bis sie, vermutlich auch das zufällig, von den stinkenden Ausdünstungen eines Kuhfladens angezogen wird, auf dem sie sich schließlich niederläßt.

Die sogenannten psychologischen Motivationen, die das Handeln von Šćepanovićs Helden bestimmen, sind in einem solchen Ausmaß willkürlich, in einem solchen Ausmaß *absurd* (im wahren, nicht-jeremić-šćepanović-mäßigen Sinne des Wortes), daß man ihnen schlicht nicht folgen kann, nicht etwa, weil diese psychologischen Reaktionen fein und unfaßbar wären, sondern weil sie einander lediglich abwechseln, abrupt, ohne Sinn und Verstand, und zwar in ihrer elementarsten Form. Wenn sich der Mensch in Not befindet – weint er, wenn er ironisch ist – grinst er, wenn er trotzt – pfeift er, usw.

Und um die geheime Angst vor dem Tode, dessen Geruch er gestern abend empfunden hatte, ganz zu überwinden, begann er zum Trotz zu pfeifen.

Die Motivation, wie elementar auch immer, ist wieder einmal ausgeblieben. Denn, wir haben es gesehen, Herr Goluža pfeift nicht aus Angst vor dem Tod, sondern zum Trotz! Weil er *jetzt* eigentlich gar keine Angst hat, sondern sich nur an seine *gestrige* Angst vor dem Tod *erinnert*, obwohl auch das, genaugenommen, keine Angst war, sondern eher eine Art Ekelgefühl, denn der Tod hatte ihm gestern abend wie ungewaschene Füße oder Mundfäule gerochen. Es sei denn, es handelt sich hier um eine andere Bedeutung des Wortes *Geruch*, nicht im Sinne von Gestank, sondern im Sinne von *Duft*; aber das würde dann heißen, der Tod hätte ihm, das heißt Herrn Goluža, wie eine Rose geduftet, warum dann diese versteckte Angst vor Wohlgerüchen! Hätte Herr Goluža durch irgendeinen Zufall neben einem Toten oder auch, wie Baudelaire, neben einem verwesenden Kadaver gestanden oder gestern abend wenigstens eine Sterbeszene, einen Leichenzug oder einen aus Cattleyen und Rosen geflochtenen Totenkranz gesehen, der ganz auf proustsche Art (im Sinne der Szene) einen schweren Duft verströmt, könnten wir auch noch diesen Geruch des Todes als mögliche organische, sinnliche, sympathische Reaktion akzeptieren. Hier geht es jedoch schlicht darum, daß Šćepanović nicht schreiben und nicht denken kann, aber denkt, er sei ein begnadeter Schriftsteller, und außerstande, die Dinge normal zu sagen, das heißt, daß sein Held gestern abend Angst vor dem Tod, »den Hauch des Todes«, empfunden hatte, spielt er sich als Stilist auf und als Schriftsteller, der seiner Arbeit gewachsen ist. Daher diese ungekonnte Konstruktion, diese unglaubwürdige Motivation, diese Unfähigkeit, mit der Sprache, dem elementaren Werkzeug der literarischen Arbeit, umzugehen. Šćepanović holt indes gewöhnlich genau da am schwungvollsten aus, wo ihm die Dinge am wenigsten von der Hand gehen, wohl deshalb, weil ihm (halb) bewußt ist, daß er etwas nicht herausgeholt, nicht motiviert hat, und daher insistiert er:

Und als er auf die Brücke kam, hörte er, wie die versammelten Leute flüsterten, er habe sich mit seinem fröhlichen Pfeifen in Wirklichkeit vom Leben, an dem ihm nichts liegt, verabschieden wollen.

Auch das ist – in Wirklichkeit – ein Stereotyp aus einem schlechten Film, dieser unerschrockene Held, der pfeift, während man ihn an den Galgen oder zum Erschießen führt, hier haben jedoch – in Wirklichkeit – weder dieses »fröhliche Pfeifen« noch die versammelten Leute, die »flüstern«, ihren Sinn oder ihre Rechtfertigung. Šćepanović hat sich offensichtlich von unserer jeremićmäßigen Kritik davon überzeugen lassen, daß er »etwas Neues in unsere Prosa bringt« und die für die Prosa adaptierte Filmtechnik fast wie Dos Passos handhabt, daher »filmt« er Gesamtansichten, »schwenkt« auf die Masse usw., mit einem Wort, schreibt er gleichzeitig ein Drehbuch für einen künftigen Film (mit Alain Delon in der Hauptrolle) und nimmt ungebeten »Filmbilder« auf. Šćepanović ist indes auch hier, wir werden es gleich sehen, ein Dilettant, ein ebensolcher Dilettant wie in der Literatur:

Den Kopf noch höher reckend, umfaßte er mit einem umnebelten Blick die unüberschaubare Masse, die die Brücke und die Flußufer überschwemmt hatte.

Diese stereotype Kitschszene des Gangs zum Schafott, mit erhobenem Haupt und entblößter Brust, dieser »umnebelte Blick« sind hier an sich schon völlig gegenstandslos, »aus einem anderen Film«, um nicht zu sagen, aus einem anderen Witz, absurd also, und da hilft auch kein »Schwenken«, keine »Gesamtansicht«, keine Kamerabewegung, und wenn Alain Delon persönlich die Hauptrolle spielte. Da kann auch die »Kamera« nicht helfen, um so weniger, als es sich um einen literarischen Text handelt (einen, der das zu sein beansprucht, will ich sagen), und ein literarischer Text wird an seiner Wortgewalt, an seiner Suggestionskraft, an der Gewandtheit seiner Sätze, an seiner Logik letztendlich gemessen. Denn wenn wir bis jetzt gelesen haben, daß sich diese unselige Geschichte mit Herrn Goluža in einem *Städtchen* abspielt, und wenn dieses Städtchen am ehesten einer kleinen Siedlung im Wilden Westen (*Saloon*, Post, Hotel, *Barbershop*) gleichsieht, wo (keine) Züge hinkommen und wo alle »Männer des Gesetzes« urplötzlich zum Skifahren gehen können, was bedeutet, daß es in dieser Stadt außer den »Männern des Gesetzes« (was dem Sheriff und seinen Hilfssheriffs entsprechen dürfte) kein Militär und keine Polizei (Miliz) und keine organisierte Obrigkeit gibt, dann ist mir nicht klar, woher jetzt auf einmal im Blickfeld von Šćepanovićs Filmkamera diese »unüberschaubare Masse, die die Brücke und die Flußufer überschwemmt hatte« herkommen soll! Und jetzt stellen Sie sich diese Szene vor, in der Alain Delon in der Rolle des Selbstmörders mit umnebelten Augen die versammelte Menge betrachtet, eine Menge also, die sich versammelt hat, um ihn auf seinem letzten Gang zu begleiten, und jetzt stellen Sie sich vor, wie er (Delon-Goluža) aus der Höhe seines selbstmörderischen (heroischen) Piedestals diese »unüberschaubare Masse« betrachtet, »die die Brücke und die Flußufer überschwemmt hatte«! Schwenk auf die »unüberschaubare Masse«! Einige hunderttausend Statisten, die flüstern!

Und was macht unser Delon-Goluža, nachdem er mit einem umnebelten Blick diese unüberschaubare Masse angeschaut hat?

Getragen von diesem Anblick, vergaß er seine Angst und – nach allen Seiten mit seinem Hut von der Farbe des Meeres winkend – versuchte er, die Grüße dieser wogenden Menge wenigstens halbwegs zu erwidern [...].

Jetzt haben wir also die Garderobe von Alain Delon, ich meine, von Herrn Goluža, komplettiert. Nicht nur, daß er durch Herrn Šćepanovićs Gnaden seinen hellblauen (Sommer-)Mantel mit den Farben von Krawatte, Strümpfen und Hemd in Einklang gebracht hat, er hat für diesen feierlichen

Augenblick auch noch seinen ewigen schwarzen Cowboyhut mit der breiten Krempe gegen eine andere, ganz auf die Farben von Anzug, Strümpfen, Krawatte und Hemd abgestimmte Kopfbedeckung eingetauscht! Herr Goluža hat also »einen Hut von der Farbe des Meeres« auf dem Kopf! Wenn das hier ein Symbol sein soll, gestehe ich noch einmal, es nicht zu verstehen. Wenn das der letzte Schrei sein soll, verstehe ich es genausowenig. Wenn es das ist, was es vermutlich ist, nämlich eine Willkürlichkeit und Ungeschicklichkeit von seiten des Autors dieser Erzählung, dann verstehe ich durchaus. Soll er auf dem Meer säen!

Von den Modetorheiten des Herrn Goluža, das heißt des Herrn Šćepanović, der Abstimmung der Farben von Anzug, Strümpfen, Hemd und Krawatte abgesehen, von seinem meerfarbenen Hut abgesehen, läßt es sich nicht vermeiden, daß uns an dieser Stelle das greuliche Grau dieser Geschichte, das Fehlen von Gegenständen, das Fehlen von Farben, das Fehlen psychologischer Register, ein gewisser Daltonismus dieser Geschichte, das Fehlen jeglicher Farbe außer Grau und »Meer« (den »violetten Fluß« freilich nicht zu vergessen) auffällt, wobei uns völlig klar ist – sofern wir nicht Jeremić heißen –, daß das keineswegs die Folge eines »psychologischen Effektes«, daß das kein Kafka-Grau oder *Clair-obscur* à la Camus ist, beabsichtigt und gesucht, sondern, ich sagte es, reine Farbenblindheit, Fehlen von Kolorit. Und da Šćepanović seine Helden so gern anzieht und da seine Geschichte schon daltonistisch ist und damit unsere Literatur nicht ganz im Grauen verharrt, führe ich hier für Šćepanović, für die Zukunft, wenn er also seine nächste Geschichte schreibt (also in zehn Jahren, so Gott will!), eine Liste mit Farben an – denn *benennen bedeutet erschaffen* –, eine ganze chromatische Skala, ein ganzes Register, dann soll er sie über seine Geschichte verteilen, soll er mit ihnen seine Geschichte »misten«, soll er die Farben von Strümpfen, Anzug, Hemd und Krawatten (besonders der Krawatten) aufeinander abstimmen, soll er Farben wählen für den Hut und für die Schals

343

und für die Raben, für den Fluß, für alle Jahreszeiten, für die Bäume, für die Baumkronen, für die Pappeln, für die Haare seiner Schönheiten, für verfrorene Hände, für die Landschaft, für den Herbst, für den Winter, für den Sommer, für den Frühling, für das Laub an den Bäumen, für die Metamorphose der Kräuter und Pflanzen, für die Dämmerungen, für die Morgennebel, für das *Clair-obscur* der Straßen, für das Wasser des Flusses, für die erleuchteten Fenster, für die Karosserie der Fiaker, für die Fenster mit vorgezogenen Vorhängen, für das Spiel des Lichts in den Gemächern, in denen die Leidenschaften aufflammen, für das Grau der Schuppen, für das Licht der Morgensonne, die am Horizont aufgeht, für die Kittel der Kellner, für das Bier im Glas usw.: emaillegelb, kaffeebraun, jadegrün, ocker, französischblau, rubinrot, hoffnungsgrün, altrosa, hellgelb, grasgrün, kornblumenblau, pfauenblau, jägergrün, *tete-de-nègre*, prachtgelb, rußbraun, türkis, weiß, marineblau, gelbweiß, normandiegrün, naturweiß, orange, »himbeer«, granatrot, schwarz, schiefergrau, *rose de Nice*, hellgrün, violett, mandelgrün, lavendel, bordeaux, »dunkelruß«, »ruß«, muschelrosa, blaßblau, goldbraun, sandelholz, königsblau, klatschmohnrot, himmelblau, smaragdgrün, »pfirsich«, »rosé«, »sand«, altgold, »geranium«, »moos«. Und damit mir der »Kritiker und Philosoph« Jeremić nicht vorwirft, ich hätte die Farben irgendwo abgeschrieben, ohne die Quelle anzugeben, tue ich das hier mit besonderem Vergnügen, auch auf die Gefahr hin, daß ich kostenlos Werbung für die betreffende Firma mache: READYCUT *twilight super laine Smyrne/Échantillons pour qualité et coloris uniquement* – [Muster nur für Qualität und Farbe], *Made in England – Readycut/France/S. A. Calais*; es handelt sich also um Warenmuster für Wolle, der Situation vollkommen angemessen, weil es hier, im Fall von Šćepanovićs grauer Geschichte, ja gerade um modische und textile Phantasien in Grau geht, und ich hatte den Eindruck, und den Eindruck habe ich noch immer, daß Jeremić seinem »Schriftstellerfreund« eine anständige Palette mit einem Dutzend

Farben kaufen müßte, um ihn dann nach Herzenslust die Farben von Anzug, Hemd, Strümpfen, Krawatte aufeinander abstimmen zu lassen, und sei es auch ganz im Stil von Šće-panovićs spießbürgerlichen Modehits, nach der Devise: »Die Mode ist der Geschmack derer, die keinen Geschmack haben« (Jeremić, 451).

In dieser grauen Fußgängerprosa rücken die Dinge kaum fünf Kilometer pro Stunde voran, denn nicht genug, daß Šće-panović schlecht schreibt und schlecht denkt, er denkt auch noch langsam und kommt einfach nicht dazu, sich zu überlegen, was er mit seinem psychopathischen Helden, der wie ein Hysteriker ständigen Stimmungsschwankungen unterliegt, anstellen soll, und wenn er (unser Held) diese *unüberschau-bare* Masse anschaut, *»blitzt in seinem von Stolz getrübten Bewußtsein der frevelhafte Gedanke auf, daß es sich [...], vielleicht ohne jedes Bedauern, sogar zu sterben lohne«.* Das ist offensichtlich die völlig »absurde« Schlußfolgerung eines »absurden Helden«, der aus maßlosem Ehrgefühl imstande wäre, »sogar zu sterben«, sich also von der Brücke zu stürzen, aus dem einfachen Grund, weil *»aller Blicke nur auf mich ge-richtet«* sind! Aber wenn es schon so ist, das heißt, wenn schon »aller Blicke auf mich gerichtet« sind, ist es am besten – folgert der Autor –, eine Ansprache an die versammelte Masse zu halten, und das, diese Rede, aus der Feder eines etwas ge-wandteren und talentierteren Schriftstellers, hätte eine letzte Chance sein können, als Schriftsteller das, was er bisher mit seinem nebulösen Zeug angerichtet hat, wiedergutzumachen. Eine kurze, geraffte, geistreiche Rede also (ich will sagen: voll Geist und Sinn), die die ganze Sache in eine Farce gewendet hätte. Hier, wie unser Camus das ausführt:

– Danke für euer zahlreiches Erscheinen. Nun ist, wie ihr wißt, der Augenblick des Abschiednehmens gekommen, da uns allen nichts anderes übrigbleibt, als uns ein letztes Mal in uns selbst und in unser eitles Leben zu versenken [...].

Und da Šćepanović nicht weiterweiß, weil er nichts zu sagen hat, erdenkt er eine Intervention »von außen«, und damit ist der Fall erledigt:

– Laß uns bloß in Ruhe und kümmere dich um deine eigenen Angelegenheiten, rief ihm jemand zu. Herr Goluža schwieg unversehens.

Klar, nicht wahr? Sie haben ihn einfach nicht über »die Quintessenz« reden lassen. Die Rede, diese seit langem versprochene, angekündigte, »sorgfältig vorbereitete Rede« ist gewaltsam unterbrochen worden. Sie haben ihm schlicht das Wort abgeschnitten. *Vis maior.*

»Aber« (das ist das berühmte »aber« von Tschechow, falls es nicht das aus dem weniger berühmten Sprichwort von Koš ist, das diesen in einem ganz bestimmten Kontext und auf mich bezogen mit Ruhm bekleckert hat[11]), »aber«, wenn schon nicht »in Wirklichkeit«, »tja«, »indes« usw., dann aber *»plötzlich«,* also sowohl *»aber«* als auch *»plötzlich«* kam es Šćepanović in den Sinn, die Sache ein wenig zu zuckern, wenn er schon nicht imstande ist, sie *cum grano salis* zu salzen, und so serviert er uns von neuem, nun gegen Ende, eine seiner berühmten *Zuckerwasser*situationen (damit wir den Zucker auf dem Boden des Glases auch schmecken), bietet uns also seine kitschige, abgeschmackte Ansichtskarte mit den verweinten Schönheiten an, die mit Tränen in den blauen Augen Cooper-Delon-Goluža auf seinem letzten Weg begleiten.

Aber plötzlich erkannte er in dieser gedrängten und unbeweglichen, in Schweigen versunkenen Masse voll Freude viele der Frauen wieder, auf deren Feinfühligkeit er gezählt hatte: alle waren herausgeputzt und, wie zum Trotz, schöner denn je, weil ihre Wehmut – verborgen unter ihrem kaum sichtbaren Lächeln – die Gesichter mit jener besonderen Vornehmheit bestrahlt hatte, die nur dem beherrschten Leiden eigen ist.

11 Siehe S. 23. *(A. d. Ü.)*

Und zu sagen, daß die verstorbene Mir-Jam[12] Kitsch und Bofel und eine larmoyante und schlechte Porträtmalerin sei, Branimir Šćepanović aber unser Camus und Hemingway und der
Verfasser von Meisterwerken und ein subtiler Stilist sei – so
eine Schnulze konnte nur bei uns gesungen werden, wo souverän unsere ruhmreiche jeremićmäßige Kritik herrscht, die
aus demselben billigen (literarischen und moralischen) Bo-
felmaterial gemacht ist wie diese Geschichte. Sehen wir von
der unglaubwürdigen psychologischen Motivation einmal ab:
ein Mann, der losgeht-nicht-losgeht, um von einer Brücke zu
springen, der also begreift, daß es sich »sogar zu sterben
lohnt«, dann »diesen Gedanken sogleich beiseite schiebt«
und anschließend »seine sorgfältig vorbereitete Rede« hält
und es schafft, zu den »vom Reif geschmückten Raben« und
der »unüberschaubaren Masse« auch noch an die Damen zu
denken, und das ganz chevaleresk, ganz in Anspruch genommen von modischen Details und »voll Freude«, das ist schon
ein starkes Stück! Ein allzu starkes! Besonders, sage ich,
wenn diese Damen alle »herausgeputzt und, wie zum Trotz,
schöner denn je« sind!
    Diese šćepanovićmäßige absurde Limonade, diese šćepano-
vićmäßige Lyrik, die sich offensichtlich an der Quelle jere-
mićmäßiger lyrischer Höhenflüge, in den lyrischen Gärten
nahrt, die Jeremić zu seiner Kritik als seinen persönlichen
Schrebergarten und lyrischen Melonengarten pflegt, diese
Lyrik also, die neben diesem jeremićmäßigen Melonengarten
erblüht ist, hat hier, bei Šćepanović, immer auch ein Fünkchen (unbewußtes) »Absurdes« und etwas, ich würde sagen,
Morbides an sich: wie diese Schönheiten mit den *bestrahlten*
Gesichtern. (Und das ist entweder der Einfluß des franzö-
sisch-jugoslawischen Films *Die Bestrahlten*, oder der Autor
meinte *strahlende Gesichter*. Ich weiß nicht.)

---

12 Mirjana Janković. *(A. d. Ü.)*

Dann bemerkte er auch ein paar hinfällige Alte: eingehüllt in bunte Decken, saßen sie auf Holzschemelchen und warteten, vor Kälte zitternd, darauf, ihn – zu überleben.

So, also »Alte«. Haben mitten im eisigen Februar Holz-»Schemelchen« mitgebracht, sich bunte Decken umgetan und klappern vor Kälte mit den Zähnen, denken fortwährend: Den werden wir überleben!

Philosophie des Absurden! (Schreit Jeremić.) Phi-lo-so-phie des Ab-sur-den!

Und die Kinder? Wie Kinder nun einmal sind, wenn sie einem Meister der Psychologie (von Alten, Selbstmördern, Frauen, Kindern, egal) in die Hände fallen, die Kinder *»strecken ihm die Zunge heraus«!*

Subtil!

Und während ihm die Kinder die Zunge herausstrecken, denkt unser Held natürlich nach.

»Ich muß sie erweichen«, dachte er und begann ihnen zu beteuern, daß er, tja, in ihrem zauberhaften Ort – den er zu spät entdeckt und liebgewonnen habe, um sein Verhältnis zur Quintessenz ändern zu können – unerwartet solche Augenblicke erlebt habe [...].

Usw. usw. Nichts als »Quintessenz«!

Herr Goluža prüft, welchen Eindruck *»diese Worte, in die er all seine Hoffnung gesetzt hatte«,* auf die unüberschaubare Masse (die Alten, die Kinder und die Frauen, besonders die Frauen) ausgeübt haben:

Sogar die Frauen seiner wundervollen Vormittage ließen nicht die geringste Absicht erkennen, ihn an seinem frevelhaften Vorhaben zu hindern: die Köpfe reizvoll geneigt, lächelten sie rätselhaft, als wären sie in diesem Moment in sich selbst versunken.

Fassen wir zusammen, wie es (in literarischer Hinsicht) mit diesen unglücklichen Frauen steht.

– Wie also waren diese Frauen?

– Herausgeputzt, schöner denn je, mit wehmütigen Gesichtern, mit kaum sichtbarem Lächeln, mit »bestrahlten« Gesichtern…

– Fahren Sie fort.

– Besonders vornehm-wehmütig, beherrscht leidend, die Köpfe reizvoll geneigt, rätselhaft lächelnd, in sich selbst versunken und, schließlich, mit einem Wort, es waren die Frauen seiner wundervollen Vormittage, also vormittägliche und nicht mittägliche oder nachmittägliche Frauen.

– Wie nennt sich diese Art der Porträtierung?

– Kitsch!

Vergeblich flehte er sie mit den Augen an, sich gehenzulassen und endlich sein Schicksal zu bejammern: sie erschienen ihm noch abwesender, als wären sie wirklich von etwas verzaubert.

Diese Anmerkungen Šćepanovićs, die die Dramenhandlung und die dramatische Entwicklung seiner Geschichte begleiten, erinnern unwillkürlich an eine amateurhafte, will sagen, eine dilettantische Vorstellung von einem dilettantischen Schriftsteller, mit einem dilettantischen Regisseur und mit dilettantischen Schauspielern, irgendwelchen ehrsamen Schneidergesellen, die in der Provinz herumschauspielern und da eben die Augen verdrehen und mit den Armen rudern, um einen dramatischen Effekt zu erzielen. Aber ich würde zu gern sehen, wie diese armen Schneidergesellen, Laienschauspieler, die Szene spielen, in der die Hauptfigur nach Anweisung des dilettantischen Schriftstellers oder des dilettantischen Regisseurs die vormittäglichen Frauen *mit den Augen anflehen* soll,

– sich gehenzulassen (!?)

– sein Schicksal zu bejammern!

Ich habe bereits gesagt: Šćepanović insistiert und treibt es ausgerechnet da bis zum Äußersten, wo er am wenigsten überzeugt, wo es ihm wohl auch selbst scheint, daß er völlig unglaubwürdig ist, falls ihm nicht scheint, daß ihm gewisse Motive »liegen«, wie ebendieses Motiv der Frau und der Frauenpsychologie, also dasselbe Motiv, das auch Jeremić »liegt«.

Und die Geschichte nimmt und nimmt kein Ende.

Plötzlich begreift Herr Goluža mit Grauen, daß sie alle in Wirklichkeit leidenschaftlich und mit noch mehr Begierde als die versammelte Menge auf seinen Tod warten …

Also, »sie alle«, weil die Frauen in dieser Geschichte ein kollektives Wesen sind und nicht nur weil Šćepanović nichts von Psychologie versteht, sondern schlicht und einfach weil Šćepanović nicht in der Lage ist, zwei Frauengestalten zu erschaffen, und drei, das grenzte bereits an ein Wunder, wie er auch diese ganze schwerfällige und lahme Geschichte über nicht in der Lage ist, zwei (verschiedene) Stadtbewohner zu erschaffen, und sie statt dessen durch blasse und unsinnige Adjektive (»der älteste«, »einer der Stadtbewohner« usw.) »individualisiert« oder sie einfach vervielfältigt (drei, fünf oder sechs oder »sieben«). So steht es auch mit den Frauen, von denen es in dieser Geschichte ganze Legionen gibt, Haufen vormittäglicher Schönheiten, alle gleichermaßen »herausgeputzt«, alle schön wie der junge Tag, alle wehmütig, verheult, verzaubert, betört, versunken in sich selbst in der leidenschaftlichen und lustvollen Erwartung von Golužas Tod, reizvoll, »bestrahlt«, alle wie eine, weil es sich ja auch nur um die eine Frau handelt, la Donna, um ein Kollektivum wie das Laub oder einen neutralen Plural wie ausgehungerte Raben, und als wären sie alle in derselben Serie dieser lebensgroßen Gummipuppen produziert worden, die zwar mit Luft aufgepumpt werden, deren Schoß aber eine warme Flüssigkeit abgibt (was trotz allem so etwas wie eine Pointe ist). Also diese eine und mehrfach vervielfältigte Serienfrau, diese Papier- und Pappmachéfrau, wartet auf seinen, das heißt auf Herrn Golužas, Tod. Sie also warten auf seinen Tod – dieses einzige Pfand, daß alles, was sie mit ihm erlebt hatten, eigentümlich und wundersam und fatal war, was aber – würde er am Leben bleiben – den Sinn und die Schönheit dieses Schicksals, von dem sie gezeichnet sein wollten, verlieren würde.

Noch einmal lesen! Die Frauen gaben sich also Herrn Goluža hin, weil er der »wunderlichste Mann [war], den sie je kennengelernt« hatten, dann geleiteten sie ihn zum Schafott (auf die Brücke) mit Wehmut in den Augen, danach warten sie »mit Begierde« auf seinen Tod, und zwar weil sie an jenen Vormittagen der Reihe nach – wir werden noch sehen – von Herrn Goluža dem Hengst geschwängert wurden, und jetzt, wenn der Vater dieser Kinder, dieser biblischen Familie, am Leben bliebe, dann wären diese Frauen weiß Gott sehr, sehr unglücklich, weil *»alles, was sie mit ihm erlebt hatten, […] den Sinn und die Schönheit dieses Schicksals, von dem sie gezeichnet sein wollten, verlieren würde«*!
  – Pardon, mein Herr, ich möchte vom Sinn und von der Schönheit des Schicksals gezeichnet sein.
  – Wie bitte?
  – Ich wünsche Ihren Tod, dieses einzige Pfand, daß alles, was ich mit Ihnen erlebt habe, eigentümlich und wundersam und fatal war!
  – Pardon, ich verstehe nicht.
  – Wenn Sie am Leben bleiben, wird all das den Sinn und die Schönheit dieses Schicksals verlieren …
  – Ich verstehe wirklich nicht. Pardon.
  – Das ist das Absurde in der serbischen Literatur, mein Gott. Das Absurde auf lyrischer Basis. Die Basis auf dem lyrischen Absurden. Fragen Sie doch Doktor Jeremić.
  – Ich verstehe. (Der Mann nimmt den Hörer ab, denn das Telefon geht, und die Verbindung ist nicht unterbrochen.)
  – Hallo, hallo! Der Notfalldienst?! *(Ende des Sketches.)*

[…] die Frauen lächelten auch weiterhin geheimnisvoll; die Kinder bissen bedachtsam in ihre Äpfel; die Zigeuner spielten statt eines

Trauermarsches, vermutlich aus Versehen, eine fröhliche Melodie; und die weißhaarigen Alten dösten, mit den Köpfen nickend, auf ihren Stühlchen sichtlich befriedigt vor sich hin, weil der Tod auch diesmal zu einem kommt, der jünger ist als sie.

Aufgabe für einen debütierenden Schriftsteller: 1. diese Szene als Vaudeville schreiben; 2. die Szene von vier Schauspielern spielen lassen: Herr Goluža, ein Alter, ein Kind, eine Frau (die Zigeuner sind ohnehin nur da, damit es ein größeres Gedränge gibt); 3. die Szene noch einmal schreiben, so daß die Frauen nicht geheimnisvoll lächeln; die Kinder nicht in Äpfel beißen, weder bedachtsam noch unbedachtsam, weil das ganz unbedacht und undurchdacht ist; die Zigeuner nicht aus Versehen eine fröhliche Melodie spielen und noch weniger einen Trauermarsch; die Alten nicht weißhaarig sind und nicht mit den Köpfen nicken; nicht in dieser Kälte vor sich hin dösen, weil sie sonst der Teufel holt; nicht auf der Brücke auf ihren Stühlchen sitzen, selbst wenn sich die Sache in einer bosnischen Stadt zur Türkenzeit ereignet haben sollte; weder sichtlich noch unsichtlich befriedigt sind, weil Ihnen jeder normale Kritiker für solche Spinnereien eine derartige Lektion erteilen würde, daß Sie noch lange in Ihrem stillen Kämmerlein Arbeiten in Ihre Übungshefte zu schreiben hätten; und schließlich die verschlafenen und verfrorenen Alten nicht derart jeremić-šćepanović-mäßig banal und dumm und absurd darüber herumspintisieren, wie, tja, der Tod ein weiteres Mal »zu einem kommt, der jünger ist als sie«. Ich denke, für einen begabten Schriftstellerkandidaten, einen Schrifstellerdebütanten bedarf es hier keiner weiteren Erklärungen.

»Ich werde fliehen«, dachte er, »das ist jedenfalls ehrenhafter und vermutlich auch – sicherer.«

[...] ihn durchfuhr erneut, wie ein Blitz, der unmenschliche Gedanke, daß es in diesem Augenblick doch am schönsten wäre – zu sterben.

Das ist, wir haben es gesehen, das fünfte oder sechste Mal, daß Herr Goluža, von Šćepanovićs Gnaden, in dieses Dilemma gerät, und dieses Dilemma will und will kein Ende nehmen und dauert und dauert, die Frauen lächeln geheimnisvoll, die Kinder beißen bedachtsam in ihre Äpfel, die Alten dösen vor sich hin und denken und denken, und Šćepanovićs Dilemma dauert und dauert, *to be or not to be*, Herrn Goluža in den Fluß schubsen oder nicht schubsen, aber noch kann er das nicht tun, denn die Geschichte wäre für den Wettbewerb der Vereinigten Verleger allzu kurz, und da ihm nichts Vernünftigeres in den Sinn kommt als das, was ihm in den Sinn gekommen ist, versucht der Autor, eine Gesangsnummer einzubauen:

– Warum singt ihr mir nichts vor: das ist doch der freudigste Augenblick meiner Lebensbahn!

Achten Sie (damit Ihnen das nicht entgeht) auf das Wort »*Lebensbahn*«. Diesem wird man in der jeremićmäßigen Kritik ein ganzes Kapitel mit der Überschrift »Die Sprache in Šćepanovićs Meisterwerk *Der Tod des Herrn Goluža*« widmen. (Übung für den schriftstellernden Anfänger: 1. einen Pastiche der jeremićmäßigen Kritik zum oben gestellten Thema schreiben: 2. einen Pastiche zum Thema: »Heimatmotive in B. Šćepanovićs Erzählung *Der Tod des Herrn Goluža*, unter besonderer Berücksichtigung von Sprache und Stil« schreiben.)
   – Was stimmten die Stadtbewohner an?
   – Die Stadtbewohner stimmten *Requiescat in pace* an …
   Herr Goluža steigt endlich (dem Allmächtigen sei Dank!) auf die Brüstung der Brücke (*garde-fou!*), führt akrobatische Bewegungen aus, vergißt dabei jedoch nicht den Reichtum der Landschaft, die ihn umgibt, zumal das Klischee schon fix und fertig ist, man braucht nur die Kamera in diese Richtung zu drehen.

Er blickte in die gräuliche Ferne, auch jetzt noch übersät von flatternden Raben.

Daß die Ferne ebenso wie die Nähe in dieser gräulichen Geschichte »gräulich« ist, entspricht durchaus der Logik. Aber wenn der Leser diese »gräuliche Ferne, übersät von Raben«, nicht übersatt hat, dann heißt das, daß sich dieser Leser durch die jeremićmäßige Kritik gebildet und kein bißchen Geschmack hat! Besonders wenn ihm dieses von den Raben gebotene Naturschauspiel kein Dorn im Auge ist, Raben, die im August ausgehungert, im Februar »vom Reif geschmückt«, also verreckt sind, wie sie verreckter nicht sein können, weil sie so schön nur der Tod hat schmücken können, und jetzt (an die zehn Seiten weiter) die gräuliche Ferne »übersät« haben und nun ganz reizend diese Geschichte übersäen, da sie ja nicht vermodert sind, als es an der Zeit gewesen wäre und als es die Logik und die Gesetze der Natur und die Logik und die Gesetze der Erzählkunst erfordert hätten.

Währenddessen – die Stadtbewohner singen *Requiescat in pace*, und die Raben übersäen den Himmel – fließt unter Goluža der Fluß, und sein Blick gleitet hinab, zum Fluß:

Er floß irgendwie stiller und langsamer denn je zuvor, als wollte er jeden Moment anhalten, um auf ihn zu warten.

Wir sind im Februar, der Frost klirrt, der Mondschein ist »vereist«, draußen verdichtet sich die *»eisige* Dunkelheit«, die Stadtbewohner tragen Pelze und Fellmützen (»bewaffnet mit Stöcken«), die Alten klappern vor Kälte mit den Zähnen, die Anwesenden wärmen die »verfrorenen Hände«, und weiß Gott, auch die Raben sind »vom Reif geschmückt«, und folglich müßte also der Fluß, der sich in den ersten Kapiteln bemühte, »sich selbst zu überholen« (Šćepanovićs Marathon als Leitmotiv!), jetzt nicht »langsamer denn je zuvor« fließen, sondern nach der Logik der Dinge und nach der Klimakarte, die sich aus der Geschichte selbst ergibt, zugefroren sein. Aber was macht's. Klar ist: Herr Goluža müßte sich dann auf

eine »spektakuläre Weise« umbringen oder aber sich kopfüber auf das Eis stürzen.

In der unverhofften Stille hörte man nur, wie in den Höhen der
Wind brauste [...] es schien, als lauschte er den letzten Schlägen seines Herzens [...]. In Wirklichkeit [...] überkam ihn eine tiefe Scham
angesichts der Erniedrigung, die ihm übrigblieb.

Wem schien es? Šćepanović, wir haben es gesagt, kann nicht
mit der Technik der Erzählperspektive umgehen.
    Die Erniedrigung, die ihm »übrigblieb«? Was soll das
heißen? Das soll vermutlich heißen: die Erniedrigung, die
ihm *bevorstand*, die ihm *bevorsteht*. »Sie laden große Schuld
auf sich, wenn Sie schlecht schreiben ...« usw. (Zola).

– Meine Brüder, ich habe mich doch verrechnet: dieser nichtswür-
dige Fluß wird mich sogar nach Norden schleifen.

    – Was bedeutet, daß sich Herr Goluža »verrechnet« hat?
    – ?!
    – Was bedeutet, daß ihn der Fluß »*sogar* nach Norden
schleifen« wird.
    – ?!
    – Welchen Sinn hat all das, was er sagt?

– Ihr wißt am besten, daß ich mir immer gewünscht habe, und sei es
tot, nach Süden zu gelangen.
– Etwa ans Meer, sagte jemand.
Herr Goluža nickte hilflos mit dem Kopf: er spürte, daß er in diesem
Augenblick im Begriff war, vor aller Welt schmählich loszuheulen.

Der Fluß fließt nach Norden und wird Herrn Goluža also
»sogar nach Norden« (vielleicht *sogar* zum Nordpol?) schleifen, er indes möchte sich, und sei es tot, »nach Süden« auf-
machen, und zwar nach der klassischen Kitschdichotomie
Nord ↔ Süd (»Erweiterung der Werteskala mit Hilfe der
Stereotypie«), jemand erwähnt das Meer, Šćepanović ver-

gißt das Fragezeichen, und Herr Goluža spürt, nach wie vor auf der Brüstung der Brücke, daß er im Begriff ist, schmählich loszuheulen.

Daßgotterbarm!

– Was also spürte Herr Goluža in diesem Augenblick?

– Daß er im Begriff war, schmählich *loszuheulen.*

– Und was machte er (nach dem Schema der schon klassischen Kitschdichotomie)?

»Seltsamerweise brach er nur in ein hysterisches Lachen aus ... Er *lachte* lange.«

Seltsamerweise? Daran ist überhaupt nichts seltsam. All das läuft nach einem klaren Kitschmechanismus ab, und Verwunderung, liebe naive Leser, ist da nicht am Platz.

Rat an schriftstellernde Anfänger, wie man nicht schreiben soll:

[...] Herr Goluža spürte, wie ihm die Angst, mit ihren fiebrigen Krallen, die Eingeweide zu zerreißen begann und hatte schon den Mund aufgemacht um endlich allen zu gestehen, daß er wirklich Angst hatte und sie alle um Verzeihung zu bitten, weil er sich, tja, niemals auch nur gewünscht hatte zu sterben.

Man achte auf die Banalität der Situation, die Banalität des Ausdrucks, die falsche Interpunktion, die Holprigkeit des Stils usw.

Neuer Knalleffekt! Neues Aufblitzen der Phantasie!

Indes [usw. usw.] schwankte er plötzlich [usw. usw.] und [...] es gelang ihm, sich irgendwie aufzurichten und seinen unharmonischen Körper wieder in das Gleichgewicht von Raum und Zeit zu bringen.

Übung für den schriftstellernden Anfänger:

Auf einen Schemel stellen und versuchen, den Körper »in das Gleichgewicht von Raum und Zeit zu bringen«! Nach der Übung den folgenden Satz ins reine schreiben. (»Er richtete sich auf und brachte seinen Körper ins Gleichgewicht.«) Varianten anbieten.

»[…] in das Gleichgewicht von Raum und Zeit […]. Strahlend sagte er leis':
– Es gibt den Gottesbeweis!
– Doch im selben Moment rutschte sein linker Fuß … usw.

Hausaufgabe:

Die Häufigkeit der Reime feststellen.

Ein Gedichtchen mit den folgenden Reimen verfassen (Beispiel):

> *Strahlend sagte er leis':*
> *»Es gibt den Gottesbeweis!«*
> *Doch im selben Moment*
> *Rutschte sein Fuß auf dem Eis.*

[…] Im selben Moment rutschte sein linker Fuß, und er – bestürzt, daß, tja, die gewöhnlichen Gummisohlen seinen Erlöser verraten hatten – stieß bitter hervor:
– Es gibt ihn nicht.
Und wirklich, für ihn konnte es auch nichts mehr geben.

Aufgabe:

Einen passenden Refrain ausdenken. Zum Beispiel:

> *Bitter war sein letztes Wort,*
> *Da trugen ihn die Englein fort.*

Oder:

> *Und wirklich, für ihn*
> *Lag gar nichts mehr drin.*
> *(Sein Leben war hin!)*

Das ist im Laufe dieser Weihnachtsgeschichte schon das dritte Mal, daß die Dinge bei Šćepanović linksherum gedreht sind, woraus deutlich hervorgeht, daß Šćepanović ein literarischer Linkshänder (*gaucher*) ist: der gottesfürchtige Goluža holt seinen Geldbeutel mit der *linken Hand* heraus, der Barbier bietet ihm einen »Spezialschnitt« *links* von der Gurgel an, und jetzt ist es auch noch der *linke* Fuß, der ausrutscht, weil es keinen Gott gibt. Links und rechts sind Begriffe, die ihre klaren anthropologischen, religiösen (und natürlich politischen) Resonanzen und Bedeutungen haben, und darüber gibt es in der Welt ernstzunehmende Literatur.[13] Diese Begriffe links und rechts können also eine sehr relevante und klar definierte Bedeutung tragen. In einem Ritterroman von Chrétiens de Troyes aus der zweiten Hälfte des zwölften Jahrhunderts erzählt ein gewisser Calogrenant, wie er auf Abenteuer ausging und, an einem Wald angelangt, den *rechten* von zwei vor ihm liegenden Pfaden ging. Auerbach mißt dem eine klare symbolische Bedeutung bei und kommentiert das folgendermaßen: »Zur Rechten? Das ist eine seltsame Ortsbezeichnung, wenn sie, wie es hier der Fall ist, absolut verwendet wird. Sie kann in einer irdischen Topographie nur bei relativer Verwendung einen Sinn haben. Folglich hat sie hier einen moralischen Sinn; offenbar handelt es sich um ›den rechten Weg‹, den Calogrenant fand [...]« *(Mimesis)*. Also, *links* und *rechts* hatten und haben in der Literatur auch heute eine Bedeutung, wie auch in der Literatur des neunzehnten Jahrhunderts oder im Alten Testament oder bei Homer, besonders wenn man darauf insistiert. Denn in der Literatur ist nichts zufällig, kann nichts zufällig sein (außer vielleicht die Gnade der Begabung), und wenn ein Schriftsteller also die ganze Geschichte über, und zwar an kardinalen Stellen, auf diesem Linkskurs, auf diesem Linksdrall besteht, dann weiß er also entweder, was er tut, oder aber er ist ein Bauchredner, ein

13 Im literarischen Bereich s. z. B. J. Cuillandre: *La droite et la gauche dans l'épopée homérique. (A. d. A.)*

Schriftsteller mit zwei linken Händen, was auch hier der Fall ist, in dieser linken Erzählung B. Šćepanovićs! Denn hätte Herr Goluža bloß den Geldbeutel herausgeholt, hätte der Barbier ihm einen laryngologischen »Schnitt«, also weder einen linken noch einen rechten, angeboten (nachdem er schon meschugge ist), und wäre Goluža auf der Brücke einfach der Fuß ausgerutscht, wäre die Sache ja in Ordnung, und die obige Feststellung – daß Šćepanović ein literarischer Linkshänder, *gaucher* ist – wäre vom Tisch. So aber gilt sie, und zwar links wie rechts.

Aber kopfüber hinunterfallend, erblickte er unter sich – das Meer: unendlich und verborgen lockte es ihn mit seinen blauen Tiefen, in denen ihn bereits die gespannten Himmel und jene unfaßbaren und flimmernden Sterne erwarteten, deren rötlicher Staub sein Fallen in diese nie gesehene, nicht einmal geahnte Schönheit beleuchteten, so daß in seinem Bewußtsein augenblicklich ein schrecklicher Fluch versiegte – gerichtet an die ganze Welt, die er verließ.

– Was beleuchtete Golužas Fallen?
– Der rötliche Sternenstaub.
– Fallen wohin?
– In diese nie gesehene, nicht einmal geahnte Schönheit!
– Wie nennt man ein derartiges literarisches Verfahren?
– Staub in die Augen des Lesers streuen.
Šćepanović wäre kein literarischer Linkshänder, hätte er es vermocht, hier einzuhalten, wenigstens hier! Aber nein. Nach dieser ganzen lyrisch-absurden Serenade und Limonade mit dem »unendlichen Meer«, den »blauen Tiefen«, den »gespannten (!) Himmeln«, den »unfaßbaren und flimmernden Sternen«, dem »rötlichen Staub«, den er uns mitten in einer grauen Geschichte in die Augen streut, der »nie gesehenen Schönheit«, der »ungeahnten Schönheit« und all diesen irdischen und himmlischen Wundern, von dem versiegten »schrecklichen Fluch« bis hin zur »ganzen Welt«, hat er immer noch nicht genug (weil ihm scheint, daß er für die Vereinigten Verleger noch nicht genug Seiten beisammenhat),

macht er gnadenlos weiter.[14] Denn Šćepanović, wir haben es gesehen, kann sich in seinem dilettantischen Ehrgeiz nicht mit einer Pointe zufriedengeben (und das sollte eine *Sujeterzählung* mit paradoxer Wendung sein), und Šćepanović weiß nicht und spürt es, wenn er es schon nicht weiß, auch nicht, daß eine Erzählung im Gegensatz zum Roman keine zwei Pointen duldet, daß solch eine Erzählung eigentlich, wie es das Genre erfordert, mit einer Pointe endet und daß es da keine »Korrekturen« geben kann und darf. »Ihrer Natur nach konzentriert die Novelle, ebenso wie die Anekdote, ihr ganzes Gewicht auf den Schluß. Wie eine aus dem Flugzeug abgeworfene Bombe muß sie jäh nach unten stürzen, um mit voller Kraft mit ihrer Spitze in einen bestimmten Punkt einzuschlagen [...]. *Short story* ist ein Sujetbegriff, unter dem die Verknüpfung zweier Bedingungen zu verstehen ist: geringer Umfang und Akzent auf dem Schluß« (Ejchenbaum). Und um das zu wissen, um diese einfache Dreierregel zu kennen, braucht man kein Theoretiker zu sein, braucht man keine Ästhetik bei Dragan Jeremić zu hören (das schon gar nicht!), ist es nicht notwendig zu wissen, daß die russischen Formalisten oder sonstwer auf der Grundlage der literarischen Erfahrung und der literarischen Praxis ein paar evidente Tatsachen von allgemeiner Bedeutung fixiert und definiert haben, sondern für eine derartige Erkenntnis braucht es Begabung, Talent, braucht es Gespür und Sensibilität, braucht es literarische (und Lebens-)Erfahrung, braucht es literarischen Geschmack, und da wird es Ihnen nicht passieren, daß Sie nicht spüren, wann eine Geschichte zu Ende ist, wann das Knäuel abgerollt ist. Diese Art Erfahrung hat jeder sensible und vernünftige Mensch, jeder gute mündliche (Volks-)Erzähler wie auch der letzte (Kaffeehaus-)Causeur, der Ihnen eine Anekdote anständig zu erzählen weiß, indem er sich nämlich dieser drei

14 »Denn wenn sie [die schlechten Dichter] Konkurrenzen veranstalten und die Handlung über die Möglichkeit hinaus ausdehnen [...]« – Aristoteles, *Poetik*, IX. *(A. d. A.)*

grundlegenden, für dieses Genre notwendigen Mittel bedient: Verschleierung (»Maskierung«) der erwarteten Pointe, Vorbereitung und Verzögerung (Verlangsamung, »Bremsung«) und Tempieren der Pointe. Das sind die mündlichen Erzähler, denen Sie gerne zuhören, weil sie in der Lage sind, Sie mit ihrer Geschichte zu unterhalten, Sie in Spannung zu halten, Sie mit ihrer Anekdote zum Lachen zu bringen und zu zerstreuen. Sie wissen natürlich über Literaturtheorie genauso wenig, oder gar nichts, wie Brana Šćepanović und haben keine Theorien gelesen, aber Gott hat ihnen ein wenig Erzähltalent, ein wenig Erfahrung und ein wenig Beobachtungsgabe mitgegeben. Und wenn Ihnen solche Causeure mit ihren Anekdoten nicht auf die Nerven gehen, dann nur deshalb, weil sie können, was der Literat Šćepanović nicht kann: mit einem inneren Metronom (und psychologischer Erfahrung) abmessen, wie lang ihre Geschichte dauern und wie lang die Pointe maximal hinausgezögert werden darf, ebenso wie sie imstande sind, mit dieser empirischen Methode auch den richtigen Moment zu bemessen, wann ihre Pointe einschlagen soll, die einzige, kurz und scharf wie eine Rasierklinge, eine Pointe, die den Gang der ganzen Geschichte wenden, auf den Kopf stellen, in den Abgrund stürzen wird, und jetzt hören wir nur noch den Widerhall des umgeschwenkten und verschobenen Sinns, und bei dieser Umschwenkung, diesem Widerhall, diesem momentanen Echo bleibt uns genügend Raum für das Lachen, für die Verwunderung, für eine spontane Reaktion. Da schweigt unser Causeur, ebenso wie er, unmittelbar bevor er die Pointe knallen ließ, an der Grenze zum Schweigen war, ohne uns gewarnt zu haben: »Achtung, gleich kommt das Vögelchen raus!«, vielmehr hat er uns durch seine Haltung, seine Stimme, die Leichtigkeit seiner Erzählung glauben gemacht, die Dinge würden sich nach demselben Schema, auf derselben Bahn, nach demselben Sujetverlauf weiterentwickeln, doch dann kam der unverhoffte Schnitt, der Übergang, der Schluß, die Lehre, die »Nutzanwendung« oder der Unsinn, in den alles wie in einen Abgrund stürzte, aber es hat sich wenigstens gelohnt, es hat sich gelohnt, die Geschichte zu erzählen und anzuhören. Und wenn der kleine Beamte von Tschechow schon gestorben ist, unverhofft, umsonst, nicht nur im medizinischen und psychologischen Sinn, sondern umsonst im Sinne der Pointe der Erzählung, dann gibt es da nichts mehr zu erklären, zu ergänzen, keine Perspektive mehr zu wechseln, nichts mehr zu faseln. Der Beamte ist tot und – Schluß! Die Pause, der Schock, der nicht durch den Tod des Beamten, sondern durch den plötzlichen Abbruch der Geschichte hervorgerufen wird, diese überraschende Bremsung und Unterbrechung war ja gerade der Sinn und Zweck dieses ganzen literarischen Tricks, gerade wegen dieser überraschenden Bremsung wurde die Geschichte vermutlich auch geschrieben, und nicht damit der Leser das Schicksal eines Beamten im zaristischen Rußland beklagt oder damit ein Adelsfräulein über sein trauriges Los in Tränen ausbricht. Kein Eisen durchstößt das Menschenherz mit solch eisiger Kraft, sagt Babel, wie ein im richtigen Moment gesetzter Punkt. Erzählen ist eine Kunst, und Begabung ist, die Geheimnisse dieser (Erzähl-)Kunst zu besitzen. Wenn Šćepanović also das Meer, die Himmel, die Sterne und den Sternenstaub aufwirbelt, um seinen »Beamten« (Herrn Goluža) in den Abgrund zu stürzen (vorausgesetzt natürlich, man hat uns überzeugt, daß der Fluß nicht zugefroren ist), wenn er also das lebendige Projektil seiner totgeborenen Pointe, angekündigt durch Fanfaren und roten Sternenstaub, losläßt, dann muß diese unglückliche Pointe widerhallen, wenigstens ein bißchen, wenigstens wie der Aufprall eines Körpers auf der Wasseroberfläche oder der Bruch eines harten Schädels auf der harten Oberfläche des zugefrorenen Flusses. Aber nichts von alldem passiert, weil uns Šćepanović während seiner langen und langweiligen, auf einer spärlichen und unsinnigen Fabel basierenden Geschichte deutlich signalisiert, daß sich sein Beamter in den Fluß stürzen wird (und der Bluff des Autors mit den Pistolen und Brownings ist danebengegangen), und in dem Augenblick, als unser Beamter auf der

Brüstung der Brücke balanciert, läßt Šćepanović auf einmal die Trompeten aus dem *Star-dust* ertönen, bekreuzigt und verbeugt er sich, ruft vorgeblich Gott an (es gibt ihn – es gibt ihn nicht), und das alles, um seine unselige Pointe, seine »Bombe« vorzubereiten, die, wie sich herausstellen wird, gar nicht explodiert, und diejenigen, die sich die Ohren zugestopft haben (wie Dr. Jeremić), um diesen schrecklichen Knall von Šćepanovićs Bombe nicht hören zu müssen, machen sich lächerlich vor der nüchternen Menge, die schon im vorhinein gewußt hat, daß all das nur ein Bluff ist und daß die Bombe aus Papiermaché ist.

So sahen schließlich alle, wie Herr Goluža, sich kraftvoll rückwärts werfend, einen Überschlag machte wie ein Akrobat und dann – mit gewundenem Körper und gespannt wie ein Flitzbogen – in der Luft schweben blieb, als hätte ihn etwas erschüttert oder als hätte er – aus dem Wunsch, sie alle noch einmal zu verspotten – eine Art zu fliegen erdacht.

»Wenn der Schriftsteller die Technik des Schreibens bis in alle Feinheiten beherrscht, kann er keine Entschuldigung mehr suchen, kann er nicht mehr versuchen, sich zu rechtfertigen, wenn er einen Fehler begangen hat« (Pound). Und ich bin mir nicht mehr sicher, ob Šćepanović das alles eigentlich macht, weil er ein Alibi braucht, weil er, wenn auch halbbewußt, erkannt hat, daß die »Bombe« nicht explodiert ist, oder nur deshalb, weil die Geschichte allzu kurz für die Vereinigten Verleger ist und er sie dann eben wie Prokrustes streckt und dehnt. Denn diese Sternenpointe, dieser von Fanfaren angekündigte Seiltanzakt und der Sprung in die »ungeahnte Schönheit« wurden also, wie unsinnig auch immer, aus der Perspektive Golužas dargeboten, und sein Sprung in den zugefrorenen Fluß, der dem nicht zugefrorenen Roten Meer ähnelt usw., hätte für ein »Ach« von seiten des Lesers völlig ausgereicht, »Ach, dem Allmächtigen sei Dank, die Geschichte ist aus! Aus und vorbei! Schluß – fertig – aus!« Indessen – die Geschichte geht weiter, Šćepanović spielt seinen Trumpf aus, das Ende nach dem Ende, die gezündete Bombe aus Papier-maché (ein neuer Bluff des Autors!), die auch nicht explodie-ren, sondern nur ein bißchen Gestank und Qualm von sich geben wird. Denn welche schöpferische Phantasie, frage ich Sie, welche schöpferische Phantasie kann sich einen akrobati-scheren und unsinnigeren Sprung in den (zugefrorenen?) Fluß ausdenken als die von Šćepanović? Noch einmal lesen: Unser tschechowscher Beamter wirft sich in den Sternenstaub, in die gespannten Himmel, in die flimmernden Sterne usw. – *rückwärts*, RÜCKWÄRTS, wie ein waschechter Akrobat, und wir warten jetzt vergeblich auf die Wendung zur Farce, zur »Korrektur«, ungefähr so, als wäre all das nur ein guter Witz gewesen, weil unser Beamter eigentlich gar kein Beam-ter ist, sondern ein berühmter Luftakrobat, der auf das Eis fallen und sich aufrichten wird, um stürmischen Applaus zu ernten! Denn das wird nicht mehr aus Golužas Perspektive dargeboten (was angeblich – aus Sicht des Autors – die Vision der gespannten Himmel und des rötlichen Sternenstaubes rechtfertigt!), sondern das ist das Meisterstück des Autors, ein »Holzschemelchen«, getischlert und gehobelt und ge-drechselt für die Meisterprüfung (Kommissionschef: Dr. Dragan Jeremić), nun wechselt man die Perspektive, den *point of view*, wie das richtige Schriftsteller tun (nur leider hier auch das falsch). Diese Szene also wird jetzt aus der Perspek-tive des zuverlässigen Erzählers betrachtet, weil der »Chor«, die »unüberschaubare Masse«, hier die objektive Sicht dar-stellt. Und wie also fällt Herr Goluža, aus der Perspektive der Masse, also objektiv (weil die Masse keine falsche Sicht haben kann, zumindest nicht in Fragen der visuellen Perzeption), in den Abgrund? Die Masse, der »Chor«, *sieht den Fall Golužas objektiv* – »*alle sahen*« –, was bedeutet, daß Herr Goluža ob-jektiv, wirklich, »in der Luft schweben blieb«, trotz der Ge-setze der Gravitation (der Schwerkraft), die allen Körpern, und eben auch den Körpern von Selbstmördern aus Maku-latur, dieselbe Beschleunigung von 981 cm/s² verleiht, ob der Fluß nun zugefroren ist oder nicht! Demzufolge sieht die

Masse dieses Wunder der Selbstmordtechnik, diesen Suizid-
trick, mit dem sich Šćepanovićs Goluža *rückwärts* von der
Brüstung der Brücke wirft, *objektiv*!

Gliedern wir auf:

Herr Goluža hat sich also in den (zugefrorenen?) Fluß geworfen:

1. *»kraftvoll rückwärts«,*
2. wobei er *»einen Überschlag machte«,*
3. *»wie ein Akrobat«,*
4. *»mit gewundenem Körper« und*
5. *»gespannt wie ein Flitzbogen«!*

Das war er, dieser Augenblick des Falls, *objektiv präsentiert.*

Dann setzt eine neue *Suspense*-Szene ein, eine Art Pointe in
der zweiten Pointe, weil es hier, literaturtheoretisch gesprochen, zur »Bremsung der Handlung« kommt und es Herrn
Goluža, nachdem er sich wie ein echter Akrobat ins Boden-
lose geworfen hat, jetzt also auch noch gelingt, in der Luft zu
schweben!

– Was ist mit Herrn Goluža geschehen, als er sich rückwärts von der Brücke warf?

– Er blieb in der Luft schweben!

– Wie?

– *»Als hätte ihn etwas erschüttert«!*

– Und wie noch?

– *»Als hätte er eine Art zu fliegen erdacht«!*

(Ich wiederhole: *»Als hätte er eine Art zu fliegen erdacht«!)*

– Wieso? Und wie? Und weshalb? Und aus wessen Sicht?

– *»Aus dem Wunsch, sie alle noch einmal zu verspotten«!*

Ich überlasse es Dr. Jeremić und Dr. Nedeljković und Jean
Descat und Dr. Pigeon, den geschätzten *NIN*-Abonnenten
und der gesamten Leserschaft die Größe und die Bedeutung
dieses ikarischen Draufgängertums in der Literatur und dieses Schweben im Äther der Unsinnigkeit in der serbischen
Literatur der siebziger Jahre des zwanzigsten Jahrhunderts zu
erklären. Zum Fliegen braucht man Flügel, und für eine Geschichte braucht man Talent. Wer keine Flügel hat und sich

von einer Brücke stürzt, der fällt wie ein Stein in den Abgrund (981 cm/s²), und da gibt es kein Schweben, keine Akrobatik und keinen Wunsch nach Spott; wer keine Geschichte schreiben kann, der erdenkt vergebens eine Art zu fliegen! Der fällt in den Abgrund der Unsinnigkeit! Und auch da gibt es kein Heilmittel!

Da helfen keine Korrekturen, da, Freundchen, hilft gar nichts.

[…] allen verschlug es vor Freude und Erwartung den Atem. Aber gerade da, als ihnen schien, es werde sich ein Wunder ereignen, stürzte Herr Goluža, wie ein jäh fallen gelassener Stein, in den Fluß.

… da, Freundchen, hilft gar nichts, weil der Fall, der Fall als Schriftsteller, nur noch tiefer ist!

Šćepanović indes insistiert darauf, daß diese seine Unsinnigkeiten über den Mann, der in der Luft schweben bleibt, von Dauer sind, denn dieses Schweben dauert allzu lang, nicht nur weil die Geschichte langsam fließt, *als wollte sie sich selbst überholen* und sich selbst überspringen, sondern auch dieses expliziten Insistierens wegen: den Anwesenden verschlug es den Atem vor »Freude« (?!) und »Erwartung« (?!), was bedeutet, daß diese Handlung dauert. Und damit nicht zufällig jemand auf die Idee kommt, dies sei nur ein Gedankenblitz gewesen, dieses Schweben und diese psychologische Reaktion der Zuschauer, verlängert Šćepanović das Dauern, zerschlägt er uns jede Möglichkeit zu glauben, all das habe sich in nur einem Augenblick ereignet: »als ihnen schien, es werde sich ein Wunder ereignen« – was für ein Wunder? –, also mit der durativen Verbform von *scheinen*, obwohl da, ehrlich gesagt, auch die perfektive Verbform nichts hätte ausrichten können, denn daß Zuschauer – lang oder kurz – darauf warten, daß sich in dem Moment, wo einer von der Brücke gesprungen ist, sich in voller Länge und Breite hinuntergestürzt hat, ein Wunder ereignet, ein Wunder des Schwebens und der Himmelfahrt, das wäre wirklich ein nie gesehenes Wunder, wie auch in der gesamten Weltliteratur ein nie gesehenes Wunder (ich wette mit Jeremić zehn gegen eins) allein schon dieses Schweben in der Luft auf den Flügeln von Šćepanovićs Schwebe- und Luftphantasie ist! Denn Golužas Schweben dauert länger als das Schweben von Lilienthals Fluggerät im Jahre 1896, und Šćepanović wird in die Geschichte der Aviation eingehen, nachträglich, wie ein verspäteter Konkurrent, mit einem Rückstand von etwa achtzig Jahren, als Anachronismus also, wie auch seine Schriftstellerei und sein ganzes bisheriges Schweben in der serbischen Literatur – ein Anachronismus sind.

Die Alten erhoben sich von ihren Holzstühlchen und bekreuzigten sich. Die Frauen blickten verächtlich auf ihre Männer.

(»Der Mann strebt nach Ruhm und die Frau nach Glück …« – Jeremić, 307)

Die Männer senkten die Köpfe […]. – Die Kinder aßen an ihren Äpfeln weiter, während gewisse Schwangere mit unverhohlenem Stolz ihre Bäuche betrachteten.

(»Der Mann ist immer, vor allem, stolz auf sich selbst, auf seinen Beruf, auf seine Erfolge; die Frau ist eher stolz auf andere und auf das, was sie umgibt: auf ihren Mann, ihre Kinder, ihr Heim« – Jeremić, 306)

Dennoch schrie jemand:
– Und was, wenn er nicht schwimmen kann?

Und so bis ins Unendliche: ein Verbrechen, dann die Reue, nach dieser šćepanovićmäßigen Schwarzweißtechnik, mit der die psychologischen – »absurden« Schichtungen der menschlichen Seele aufgenommen werden, die hier den jeremićmäßigen Termiten als Nahrung dient, und deshalb werden sie diese Seele mit ihrem Termitenappetit vertilgen, indem sie die

»psychologischen« Unsinnigkeiten von Šćepanovićs Helden
als Vielfalt und Vielschichtigkeit menschlichen Verhaltens, als
Pathologie des Alltagslebens, als »Transposition des Metaphysischen auf das Physische«, als Philosophie des Augenblicks und des Terrains, als archetypische Formeln, als Archäologie des mythischen Bewußtseins usw. deuten, um den
unschuldigen Leser davon zu überzeugen, daß all das in bester Ordnung sei, daß jede Unsinnigkeit, jede literarische
Lüge mit der »Phantastik« gerechtfertigt und auf ein höheres
semantisches Niveau gehoben werden könne.

Es lohnt sich wirklich, diese Schlußszene *in extenso* anzuführen, es lohnt sich, Šćepanovićs literarisches Gezappel bis
ans Ende zu verfolgen, diese Todeszuckung der Talentlosig-
keit, die sich in den Geburtswehen quält, um den Bauchnabel
durchzuschneiden, der diese Fehlgeburt von Geschichte,
diese Frühgeburt, an ihn bindet:

Viele Stadtbewohner stürmten auf die Brüstung, und die, die an den
Ufern gestanden hatten – liefen den Fluß hinunter.

wo erneut, als Leitmotiv, die subtilste der šćepanovićmäßigen
psychologischen Reaktionen auftritt, die Lieblingsreaktion
der šćepanovićmäßigen Helden, die beständigste der šćepanovićmäßigen Metaphern: ein halsbrecherischer Lauf, der
natürlich ebenso unmotiviert enden wird, wie er angefangen
hat, denn wozu auf einmal all das Laufen und Rennen, wo
doch der Autor nur zwei, drei Zeilen weiter oben bemüht
war, mit der ganzen Kraft seiner psychologistischen Argumente uns davon zu überzeugen, daß die Menge unbeweglich
in ihrer versteinerten Gleichgültigkeit verharrte, die Kinder
weiter an ihren Äpfeln aßen, gewisse Schwangere mit unverhohlenem Stolz ihre Bäuche betrachteten, die Alten ... usw.,
und jetzt, auf einmal, dieses Gerenne, bei dem »*viele Stadtbewohner*« auf die Brüstung der Brücke stürmen, als hätten sie
nicht auch schon vorher auf der Brüstung der Brücke sein
müssen (da sie ja den akrobatischen Sprung Golužas ange-

schaut haben), während diese unüberschaubare Masse an den Ufern den Fluß hinunterrennt (der »langsamer denn je« fließt) usw., und das alles nur, damit Šćepanović diesem Gerenne mit einem »indes«, mit dieser dilettantischen Ankündigung einer dramatischen Pseudowendung, Einhalt gebieten kann:

Indes, der lange Körper Herrn Golužas tauchte momentan aus dem trüben Wasser auf, dann verschwand er für immer.

Dann folgt natürlich noch eine (uff, die letzte!) »Wendung«, die siebenundsiebzigste Blindgängerpointe, ein psychologischer Trick, eine literarische Motivation nach dem besten šćepanovićmäßigen Verständnis, die Lackmusreaktion, bei der die Leute gleich vor Scham oder Reue rot werden:

Die, die an ihm gezweifelt hatten – schämten sich.
Der, der kurz vorher geschrieen hatte – schrie erneut: Herr Goluža hat sein Wort unseren Erwartungen entsprechend gehalten. Ihr habt ihn gen Norden gehen sehen!
– Gen Himmel, sagte ein Alter. Er sei gerühmt.

Diese Schlußszene der Šćepano-Jeremić-Mythologie des Alltagslebens, dieses lange kitschige Finale einer kitschigen Geschichte hätte vor jeder stilistischen und textologischen Analyse eine visuelle, graphische Realisierung für den Anschauungsunterricht verdient: man zeichne oder male also eine Kitsch-Ansichtskarte, auf der sich die Alten, auf der Brücke stehend, bekreuzigen, wo die Frauen verächtlich auf ihre Männer schauen, die wiederum reuevoll ihre Köpfe gesenkt haben, wo ein ganzer Haufen Kinder, an die fünf-, sechshundert mindestens, Äpfel knabbert, alle zur gleichen Zeit und wie eins, als wären wir in der Jahreszeit der Apfelernte und nicht im Februar, und »gewisse Schwangere« dabei mit »unverhohlenem Stolz« ihre gewissen Bäuche betrachten, in denen klitzekleine Golužas, glitschige kleine Golužas zappeln, die bald ausschlüpfen werden und von ihren Müttern mit unverhohlenem Stolz erzählt bekommen, wie sie von dem dann schon verstorbenen Herrn Goluža höchstpersönlich produziert worden sind, dem Goluža, der in den Fluß gesprungen ist (Gott sei seiner Seele gnädig!), rückwärts, wie ein richtiger Luftakrobat!

Welche andere Literatur, frage ich Sie, welche andere Literatur in der Welt wäre imstande, auf eine derartige Kitschszene und derartige Kitschkarten stolz zu sein, und welche Kritik, außer unserer jeremićmäßigen, noch dermaßen taub und blind, dermaßen korrumpiert und korrumpierend, derartige Dinge als Anthologietexte zu qualifizieren und ein derart dummes, miserables, verlogenes, dilettantisches Gebilde als Vorbild für junge Schriftsteller und als Modell der Erzählkunst und der psychologischen Schattierungen hinzustellen! Seit Vojislav Ilić Mladji[15] in der Poesie hat die serbische Literatur (in der Prosa) keinen größeren Kitsch als diese Anthologieerzählung hervorgebracht, und diese wird eines Tages ohne jeden Zweifel in eine Anthologie aufgenommen werden: in die Anthologie des serbischen literarischen Kitsches! Diese absurde Szene »à la Camus«, fabriziert nach dem besten Rezept von Dragan Jeremić (nach demselben, mit dem dieser seine eigenen Stücke und seine Liebesgedichte, seine Geschichten und seine Aphorismen-Apophthegmen und seine kolossalen Essays verfaßt), wird den Literaturhistorikern als Zeugnis einer Epoche dienen, als bei uns die jeremićmäßige Kritik wie Unkraut wucherte: diese Geschichte wird ihnen dann als Anschauungsmaterial über die Dekadenz des Geschmacks, über den Verfall (literarischer) Werte und ästhetischer Kriterien dienen! Ich überlasse es also ihnen, den künftigen Literaturhistorikern, aus einer zeitlichen Distanz und Perspektive zu erklären, wie und warum es zu einem derartigen Geschmacks- und Werteverfall kommen konnte. Zu prüfen, warum sich unsere Kritik von dieser jeremićmäßigen

15 Vojislav Ilić Mladji (1877-1944), serbischer Dichter. *(A. d. Ü.)*

Ästhetik des Kitsches hat kontaminieren lassen, und die moralische Verantwortung der Kritiker festzustellen, die geschwiegen und mitgemacht haben! Den Schaden zu ermessen, den diese jeremićmäßige Kritik unserer Literatur zugefügt hat.

In Belgrad, Mai 1977.

Bibliographische Anmerkungen der Übersetzerin

Andrić, Ivo: *Wesire und Konsuln.* Aus dem Serbokroatischen von Hans Thurn, Wien 1996: Paul Zsolnay.

Aristoteles: *Poetik.* Übersetzung, Einleitung und Anmerkungen von Olof Gigon, Stuttgart 1961: Philipp Reclam jun.

Auerbach, Erich: *Mimesis. Dargestellte Wirklichkeit in der abendländischen Literatur,* Bern 1946: Francke, S. 126.

Borges, Jorge Luis: *Gesammelte Werke* 5/I und 5/II, München 1981: Carl Hanser. *Essays 1932-1936,* S. 145 ff. *Essays 1952-1979,* S. 117.

Eckermann, Johann Peter: *Gespräche mit Goethe in den letzten Jahren seines Lebens,* Berlin und Weimar 1982: Aufbau-Verlag, S. 95 und S. 428.

Flaubert, Gustave: *Briefe.* Herausgegeben und übersetzt von Helmut Scheffel, Stuttgart 1964: Henry Goverts, S. 291.

Foucault, Michel: *Die Ordnung der Dinge. Eine Archäologie der Humanwissenschaften.* Aus dem Französischen von Ulrich Köppen, Frankfurt a. M. 1974: Suhrkamp, S. 70.

Freud, Sigmund: *Gesammelte Werke,* Bd. 17 (Schriften aus dem Nachlaß), Frankfurt a. M. [4]1966: S. Fischer, S. 52.

Grass, Günter: *Über meinen Lehrer Döblin.* In: *Akzente* 14, 1967, Heft 4, S. 291.

Kiš, Danilo: *Ein Grabmal für Boris Dawidowitsch. Sieben Kapitel ein und derselben Geschichte.* Aus dem Serbokroatischen von Ilma Rakusa, Frankfurt a. M. 1986: Suhrkamp.

Lotman, Jurij M.: *Die Struktur des künstlerischen Textes.* Herausgegeben mit einem Nachwort und einem Register von Rainer Grübel, Frankfurt a. M. 1973: Suhrkamp, S. 155 f. und S. 429.

Mann, Thomas: *Die Entstehung des Doktor Faustus. Roman eines Romans,* Frankfurt a. M. 1949: Suhrkamp vorm. S. Fischer, S. 68 f. und 169.

Moles, Abraham: *Psychologie des Kitsches,* München 1972, S. 109 und S. 113.

Montaigne: *Essais.* Für die Deutsche Bibliothek herausgegeben und bearbeitet von Dr. Felix Groß, Berlin 1915, S. 147.

Pascal, Blaise: *Über die Religion und über einige andere Gegenstände (Pensées).* Übertragen und herausgegeben von Ewald Wasmuth, Heidelberg 1946: Lambert Schneider, Nr. 937.

Pound, Ezra: *ABC des Lesens.* Deutsch von Eva Hesse, Berlin und Frankfurt a. M. 1957: Suhrkamp, S. 51 (bei Kiš S. 98).

Schklowski, Wiktor: *Der Zusammenhang zwischen den Verfahren der Sujet-fügung und den allgemeinen Stilverfahren.* In: Striedter, Jurij: *Russischer Formalismus. Texte zur allgemeinen Literaturtheorie und zur Theorie der Prosa,* München 1969: Wilhelm Fink, S. 51 (bei Kiš S. 53).

Štajner, Karlo: *7000 Tage in Sibirien*, Wien 1975: Europaverlag, S. 74 f.

Die übrigen Zitate sind aus dem Serbokroatischen übersetzt.

Inhalt